ピリオド

乃南アサ

双葉文庫

ピリオド

序章

1

その家は、駅からほんの数分の、いわば一等地に建っていた。

上り下りを合わせても、日に数えるほどしか通らないというローカル線の軌道に並行する形で南北に走る国道を、宇津木葉子は駅に向かって黙々と歩いていた。冬の津軽と聞いただけで極めて短絡的に、荒れる日本海や点在する寂れた集落、津軽平野などの風景ばかりを思い描いていた彼女にとって、初めて訪れたその町は、拍子抜けするほどに明るく開けており、また乾いた印象だった。モノクロに近い雪景色を期待しての旅だったのに、少しばかり時期を誤ったらしい。例年ならば、既に一度や二度くらいは地吹雪が舞うような日があってもおかしくない時期であることは確からしいが、今年はまだ、長くとどまれるほどには、雪は里まで下りてきていないのかも知れなかった。

肩から重い鞄を下げ、わずかに身体を傾けて歩き続けながら時折振り返るたび、建物の陰になったり、電柱に阻まれたりしながらも、常に雪を被った岩木山が見えている。

葉子はその都度、日本中のどこででも見かけそうなこの小さな町も、やはり津軽なのだと思った。それでも、葉子が重い鞄からカメラを取り出し、レンズを向けたくなるような、そういう町ではなさそうだ。

町は全体に明るく、ある豊かさのような空気が感じられた。それは、町を取り巻くように広がっているリンゴ畑がもたらすものかも知れない。その町が県内でも有数の良質なリンゴ産地であることは、後で分かったことだ。

歩きながら、葉子は少し前に道を尋ねた自転車屋の店主の顔を、思い浮かべた。六十代の後半くらいだろうか、見事なほどに酒焼けした顔には、何本もの深い皺が刻まれており、津軽弁で道案内をしてくれたときの息は、昼下がりとは思えないほど、つい今し方まで飲んでいたのではと思わせるくらいに酒臭かった。白目の部分は黄色く濁って、ところどころ抜け落ちてまばらに残っているだけの、ろくに磨いてもいないに違いない歯と同じような色をしていたし、正直言えば、その説明の半分以上が、葉子には理解できないままだった。この町でもっとも津軽を感じさせたのは、あの老人だったかも知れない。だが、あの人にレンズを向けることは出来なかっただろう。写真を撮りたいと申し出たところで、やはり聞き取りにくい津軽弁で何事か呟き、そのまま店の奥にでも引っ込んでしまいそうな、そんな人だった。

酒臭い老人の説明から、何とか聞き取ることの出来た部分だけをつなぎ合わせて考えると、そろそろ駅に着いても良いはずだった。信号のある交差点にさしかかったところで、葉子は、何気なく左手に延びる道を見た。そして、意外なほどに幅のある、がらんとした道の片側に、その家を発見したのだった。

2

全体に明るく、柔らかい陽の光を受けているように感じられる町の中で、その家だけが黒々としていた。古い木造校舎を思い起こさせる、塗装も装飾も施していない板を横に張り合わせただけの外壁の家は、公共の建物かと思われるほどに大きく、また、全体にべしゃりと強い圧力で上から押さえつけられているように見えた。つい興味をそそられてその角を曲がり、葉子は改めて正面からその家を眺めてみた。

それは、総二階建ての、いわゆる棟割長屋だった。だが、赤茶色に塗られたトタン屋根の高さはひどく中途半端で、平屋でないことは、途中に同じ色のトタンの庇が走っていることから分かるにしても、妙にバランスが悪い。周囲を見回して、納得がいった。筋向かいに立つ、同じ二階建ての家に比べると、全体の高さがずっと低いのだ。おそらく普通の家でいうなら一階と半分くらいの高さしかないだろう。つまり、二階建てでありながら、上の階も下の階も、ひどく天井の低い家なのに違いなかった。

いかにも陰鬱な表情で、自らの重みに耐えかねるように横たわるその長屋は、ひと言で表現するなら貧しかった時代の遺物そのものに見えた。もしかすると、以前はその町全体が、このような建物のひしめく、単に貧しげな小さな黒い集落だったのかも知れない。そんな場所は日本中に珍しくなかった。だが、時が流れた。時代と共に町の表情も変わったのだ。

もちろん、二時間ほどをかけて葉子が歩き回った限りでも、それなりに古そうな木造の家屋は町のそこここに点在していた。今では見かけないホーロービきの看板などが、外壁に残っているような古い家は、どれも脇に土蔵を構えたり、大きく育った庭木に囲まれていた。それら、手入れが行き届いている家の佇まいは、住む人の威厳のようなものさえ感じさせる。そういう家々に比べると、地面に貼りつくように残っている眼の前の長屋は、あまりにも貧しげで、また荒れていた。

この建物は既に廃屋になっているのではないか。葉子は、探るような気持ちで、ゆっくりと歩を進めながら、建物を眺めた。間口にして一間半の部屋が横並びになっている。割れた窓に貼られているボール紙まで、さらに破れている箇所がある。入口の引き戸には、隙間を埋めるつもりだったのか、すっかり黄ばんだ紙が何枚も貼られている箇所もあった。カーテンの引かれていない窓は真っ白なくらいに埃を被って何も見えない状態になっている。けれど、思わず建物に近づいて、注意深く眺めると、玄関の上に設置された電気メーターが密やかに回っているところがあった。

——住んでるんだわ。まだ人が。

その発見に、葉子はまず驚き、まるで、こんな場所で生活など出来るはずがないと思っていたらしい自分に、また驚かなければならなかった。世の中に、貧しい人はいないとでも思っていたのだろうか。

今でも使われている建物ならば、あまり不躾に見回すというのも、住人に失礼な話かも知れない。それでも、葉子は建物から目を離すことが出来なかった。単なる好奇心だ。軽いカルチャー・ショックかも知れなかった。

ちょうど大きな建物の中央辺りだった。そこだけ、一間に満たない幅で大人の背丈ほどにブロック塀が立っていた。その塀の脇に目を移した途端、葉子は息を呑んだ。ちょうど一世帯分の幅だけが、一階も二階も、見事なほどに外壁を剝ぎ取られているのだ。それは、黒々と横たわる古い家の、ちょうど脇腹の辺りを大きな鋭い爪でえぐり取ったような印象だった。

——どういうことだろう。

訳もなく鼓動が速まった。ひどく残酷なものを見た気分になっていた。単に、古い建物が時と共に朽ちつつあるのとは異なる、完璧に人為的な破壊のされ方だ。長い間に自らの表情や、もしかすると意志さえ持つに至っているかも知れないと思わせる、それほど迄の存在感を持つ建物に対する蹂躙だ。

正面の壁を剝ぎ取られたその部屋は、スタジオのセットのように、本来ならば部外者が知ることもないはずの一世帯分の住空間を、無造作に人目にさらしていた。

玄関があったはずの箇所には、申し訳程度の土間があった。さらに、上がりかまちと呼べるほどの高さもない段差に続いて、畳を上げられて板がむき出しになっている部屋がある。広さは三和土《たたき》の部分も入れて四畳半というところだろう。雪深いこの辺りで、こんなに床が低くては、さぞかし冬は辛いだろうということは容易に想像がつく。

押入もなければ、壁紙もない、ただの板張の箱のような空間の、ちょうど中央辺りに、電球も笠も取り外されているコードだけが、ゆらゆらと揺れている。そして、妙に白く見える正面の壁に、天井と床とを斜めに結ぶ梯子《はしご》段が、張りついていた。葉子は建物に近づいたり、また数歩後ずさったりしながら、何分間も壁の剝ぎ取られた空間を眺め回し、ついに思い切って、そのむき出しになった一階部分に足を踏み入れた。

実際に入り込んでみると、天井は外から見た以上の低さだった。手を伸ばせば届くほどだ。斜めにわたされた梯子段の先にある、小さく四角い口から上を覗くと、二階の細い梁と、ベニヤ板の屋根裏が見えた。天井板は張られていない。壁紙代わりに包装紙でも貼っていたらしい跡が、まだところどころに残っている。階段を上ってみようかと思いつき、次の瞬間、葉子は慌ててその考えを捨てた。一見してよそ者と分かる人間が、まだ壁一枚隔てたところには人が住んでいるかも知れない長屋に入り込み、二階まで上がっていたら、これは確実に怪しまれるだろう。葉子は素早くその空間から外に飛び出した。そして改めて、長屋を見た。

一世帯分だけ、正面の壁を剝ぎ取ってあるということは、この部屋に限ってもう二度と、人に使わせないためにとった行為であることは間違いがないだろう。だが、それならば戸口に封印をするなり、窓や玄関に板でも打ちつけておけば済むことだ。壁をむしり取るという行為は、それ以上に見せしめとしての意味や、怒りの表現にも思えた。そうまでしなければならない理由が、何かあったのだろうか。

あれこれと思いを巡らせながら、改めて脇のブロック塀を見る。やはり、かなり古いのだろうか。大人の背丈ほどある塀の角の部分は一つ、二つと崩れ落ちていた。葉子は再び建物に近づき、今度はその塀の向こうを覗いてみた。

そこにもやはり壁はなく、ぽっかりと口が開いていた。もう少し奥を覗き込むと、向こうは明るかった。建物の向こうまで、通り抜けができるらしい。土間になっている空間には、片側にいくつかの古い木の扉が整然と並び、アンモニアの臭いが微かに鼻をついた。それは、共同便所だった。

へえ、と密かにため息をつきながら、葉子は便所の中に足を踏み入れた。こんな臭いすら、久しぶりに嗅いだ気がする。この場所を、日常的に使用している人がいるのかと思うと、やはり不思議な気がして、さらに葉子は微かな羞恥を覚える。都会人ぶって。トイレは水洗が当たり前、洋式便器が当然と、いつの間にかそんなふうに思っている自分が、奇妙にひ弱で嫌な人間に思えた。

人気がないのを良いことに、共同便所を通り抜け、建物の裏側に出た。裏庭にあたるはずのそこは、案外広い空間になっていて、向かいにはもう一棟、同じ建物が建っていた。振り返ると、あの壁を剝ぎ取られた部屋の裏側には、また別の部屋があった。この巨大な建物は、背中合わせに二列の世帯が並んでいるということが初めて分かった。つまり、端の家以外は、三方を他人に囲まれて暮らすことになるのだ。

裏から見ると、長屋はさらに無残な表情を見せていた。今度は屋根の抜け落ちている箇所がある。さらに、朽ち果てた柱が宙に突き出ている箇所もあった。長屋は確実に死に向かっていた。人が住まなくなった場所から、少しずつ朽ち始めているのだ。

赤さびた三輪車、手押し車か乳母車の骨組みだけの残骸、竹製の物干し竿などが転がっている。建物の隅に、わずかに雪が残っていた。いくら暖かい冬でも、さすがにもう何度か雪を経験してはいるのだろう。

再び便所の中を通り抜けてもとの場所に戻り、葉子はもう一度、壁を剝ぎ取られた部屋を見た。やはり、どう見ても、ここだけは、朽ちたのではない。葉子の頭の中で、何かが小さくうごめいた。津軽。長屋。共同便所の脇の部屋——。

外壁のないその部屋の隣は、窓の外から扇形に穴を開けたトタンが張られている。以前は粋な小料理屋風に見えたのかも知れないが、そのトタンも今は真っ赤に錆びて、見る影もない。さらに隣は、壁に透明のビニールシートをかけて、風避《よ》けにしていた。その隣は外壁の上からトタンを張り、流し台でも取りつけたらしく、玄関の脇が道路側にせり出していた。その隣も、やはりトタン板で壁を補強している。建物に住み続けている人たちの、必死の工夫のあと、生へのあがきのようなものが感じられた。

巨大な長屋の先には、道路の突き当たりに小さな児童公園があった。そして、その公園の向こうに砂利を敷いた土が盛り上がり、線路が見えている。葉子は、自分が駅に向かおうとしていたことを思い出した。公園に入って首を巡らすと、すぐ先に、もう駅舎が見えていた。

ブランコに腰を下ろし、ほんのわずかにブランコを揺らしながら、葉子はブルゾンのポケットを探り、煙草を取り出した。十年以上も吸わなかったのに、半年ほど前から再び喫煙を始めて、今や昔と同じくらいに旨いと感じるようになった。

——古い長屋の共同便所。津軽の。駅の傍。

ついさっきまでは、少しでも早く、この町から立ち去りたいと思っていた。何の収穫もない町で、うろうろとしていても仕方がないのだ。たった一泊の短い旅の間に、撮るべき写真を撮って帰らなければならない。

自由業とは、つまるところ不自由業なのだと、最近の葉子はいつも思う。結局、葉子のようにフリーで働いている人間を、都合や気分に合わせて使ったり使わなかったり出来るのは、自由業者を使う側でしかないのだ。気楽で良い、気ままで良いと言われながら、自由業という看板を掲げている人間は、実際は先行きの不安や保証のなさを抱えつつ、自分の都合などは後回しにして動き回ることになる。出費を抑え、生活の安定を目指し、可能な限り仕事を抱えようとする。すべての時間は、自分のためのようでありながら、自分のためには使えなかった。そんな状態で過ごすことになる職業が、自由業と呼べるはずがない。

冷たい風と一緒に吸い込んだ煙は、ため息と一緒に吐き出され、凍てついた空気の中に溶けていった。雪こそ降っていないが、やはり東京とは比べものにならない寒さだ。髪と髪の隙間にまで冷気が入り込み、頭皮までもかじかみそうになる。

——雪下ろし。農業用水路。

そこまで考えて、ふと思い出した。確かに以前、読んだことのある小説に、共同便所の長屋というのが出てきたことがある。何カ月も家賃を滞納した結果、日当たりの良い部屋から、共同便所の隣の部屋に移された、貧しい少年の物語だった。異臭が漂う。酔っ払いの騒ぎ声が聞こえる。隣の長屋との間には、共同の井戸があって——岩木山が、常に見えていた。

そこまで思い出して、葉子は改めてすぐ前の長屋を眺めた。公園側から見ると、長屋の脇の壁には、やはり少しでも風を防ごうというのか、透明のビニールシートが張られていた。その剝がれかけている部分が、風にあおられて時折、ばさ、ばさ、と音を立てる。他に何の音も聞こえてこない海の底のように静かな町に、ばさ、ばさ、という音が響いた。

古さ。貧しさ。動いていく町。

頭の中には、もうずいぶん昔に読んだ小説が、断片的ではありながら蘇ってきていた。題名までは思い出せないが、まさか、という思いと、もしやという思いが交錯し始めた。

――少年は足が速かった。

公園の脇には、線路の下をくぐり抜ける通路があって、自転車の後ろに子どもを乗せた若い女や、ネッカチーフを巻いてゴム長靴を履いた老婆が通っていった。こんな冬の昼下がりに、一人でブランコに乗っている女を、彼女たちはどう思うのか、誰もが無表情のまま、それでもちらりと一瞥《いちべつ》をくれて通り過ぎていく。

公園の生け垣のすべてには、雪囲いがされていた。金沢の雪吊りのように、枝々を藁縄で吊った風情のあるものではなく、それは、まるで工事現場にある「立入禁止」の柵のようだった。横に渡した板を何枚も使って、脚立《きやたつ》のように前後から、すっぽりと木々を覆い隠してしまっている。風情だとか雪景色だとか、そんなことを言っている場合ではないのに違いない。それが、この地方の雪の恐ろしさを物語っていると思う。冬は、まさしくこもる季節なのかも知れなかった。

二本目の煙草を口に運んだとき、二棟の長屋の間に動く人影が見えた。ピンクのセーターの上に、チェックのストールを巻いている。年の頃は葉子と同じくらいだろうか、顔立ちまでは見えないが、肩のあたりまである髪は柔らかくウェーブがかかっており、肌の色が白く見える。

女は、隣の棟のどこかに行き、ほんの一、二分後には、また戻ってきた。そして、あの中央がえぐれている長屋に消えていく。

――やっぱり、人が住んでるんだ。

あんなに狭く、寒さへの対策も施されていないような部屋には似つかわしくないほど、女はどこか垢抜けて見えた。この辺りならば、住居費といっても、おそらく都会とは比べものにならないくらい安いはずなのに、どうして「よりによって」あの長屋に住んでいるのだろうかと、葉子はしばらくの間、思いを巡らしていた。

家を建て替えている最中なのか、それとも何か他の理由で仮住まいを余儀なくされているのか、子どもは、家族はいるのだろうか。

もしも自分だったら、たとえ仮住まいだったとしても、夫があんな部屋を探してきたら猛然と怒ったことだろう。どんな無理をしてでも、もう少しましなアパートを探して欲しいと言ったはずだ。もしも自分だったら。もしも、そう、もしも夫とまだ一緒にいたとしたら。

——こんなときに。

家庭を失ったのは、もう四年も前の、三十六歳の時のことだ。最近では、以前ほどにはもう別れた夫のことも、夫の周囲にいた人たちのことも、思い出さなくなった。それが、どうして今、こんなところで思い出すのか、理由は分かっていた。さっき思い出した小説だ。あれは、夫の本棚に入っていたものだった。

二本目の煙草を吸い終えたところで、葉子は立ち上がった。頬を触ると、驚くほど冷たく、固く感じられる。そう長居の出来る環境ではないのだ。取りあえず今日か、明日の午前中までには「津軽らしい」風景を何点かカメラに収めなければならない。雪景色を期待して、こんな企画を立てた編集者が眉根を寄せない程度の、それらしい風景を探す必要があった。

最後にもう一度、その長屋を撮ろうか撮るまいか考えた。だが、さっき見かけたセーターの女性のことが引っかかる。あの共同便所を日々使っているに違いない、むき出しのベニヤや錆びたトタンに囲まれた生活というものが、満たされたものではないことくらい、誰が見ても分かることだ。そんな人が、自分の住居を勝手に写真に撮られたら、どういう気持ちがするものか。

――変なところに気を使うんだな。

夫の言葉がまた蘇る。それが腹立たしい。

結局、カメラを取り出すこともせず、重い鞄を再び肩にかけて、葉子は目と鼻の先に見えている駅に向かって歩き始めた。

3

駅は、こぢんまりとして清潔そうだった。小さな売店もあったし、電話ボックスも並んでいて、ごく普通の駅に見えたのだが、壁に貼られた時刻表が極めて簡素なことを、葉子は切符を買おうとして初めて知った。南に下る線は、一日に十本程度。朝晩の通勤時間を除けば、日中は三、四本しか通っていない。次の電車まではまだ一時間以上もあった。思わず舌打ちをしそうになって、ここでも葉子は、小さな羞恥《しゅうち》を覚えた。ああ、まったく。本当に都会の生活に毒されている。ホームに立っていれば、日本中どこでも、十分と待たずに電車が滑り込んでくるものだと、完璧に信じている。

それにしても、ここで一時間以上も無駄にするのは辛い。第一、時間をつぶせるような喫茶店などは見あたらなかったし、先の乗り継ぎもスムースにいくか分からないのだ。ここは迷わずタクシーに乗るべきだ。幸いなことに、駅前にはタクシーの空車が何台も連なって、客を待っている。いくら国内とはいえ、あまりにも無計画に、時刻表一つ持たず旅に出たことを後悔しながら、葉子は足早にタクシー乗り場に向かった。

——もとはと言えば、こんな仕事を急ぎで回してくる方が悪いんだけど。

昨日の午後になって、予定していたカメラマンが急病だという理由で電話を寄越した女性編集者が思い浮かんだ。葉子よりもずっと若い、いつ会っても爪を綺麗に伸ばし、色とりどりのマニキュアで染めている彼女は、いつでも、まるで古い友人のように砕けた口調で話し、そして、こちらの都合を思いやるということがない。

まだ三十歳にもならないだろうと思われる彼女と話すたびに、葉子は「いつか、あなただって」と言いたくなる。あなただって、そのうち毎日爪の手入れなんかしていられなくなる。そのうち自分よりもずっと若い人の視線を眩しく感じるときがくる。いつか、あなただって。

空車の列の先頭にいて、運転席で新聞を読んでいたタクシーの運転手が、葉子に気づいて素早くドアを開けてくれた。

「寒かった」

乗り込んで、まず口にした言葉がそれだった。初老の運転手はあまり表情を変えないまま、黙ってドアを閉める。

「海の方へ、行きたいんですが」

「海？　海っていっても――」

「津軽らしい風景が見たいんです。昔からの」

「お客さん、観光かね」

運転手は、ゆっくりとギアを入れ、アクセルを踏み込んだ。小さな駅前広場を抜けて、さっきまで、葉子がのろのろと歩き続けていた国道と交差する道に入り、信号の手前で右にウィンカーを出す。

「次の信号を右に曲がったところに、古い長屋がありますよね」

「ああ、あるねえ」

「ずいぶん古いみたいですけど、真ん中の部屋だけ、壁がなくなってるでしょう？」

「ああ、そうだな」

「さっき見たんですけどね、ちょっと驚いちゃって」

運転手は黙って車を走らせる。車内の暖房が、冷え切った頬をようやく微かに痺れさせ始めた。

「わざと、剝ぎ取ったみたいに見えたわ」

「わざとだな。ああ、あそこは」

「何ででしょうね。どうして、そんなことしたのかしら」

話しているうちに、信号に差し掛かった。葉子は右の窓から、巨大な長屋をもう一度眺めた。黒っぽい巨大な建物も、中央のえぐられた部分も、窓の外を流れ去っていった。

「あそこの家は、さあ」

運転手が口を開いたのは、タクシーが国道からそれて、先ほど見かけた線路を乗り越え、さらにバイパスらしい道に入った頃だった。風避けらしい衝立のような金属板が道に沿って続き、その隙間からは田圃と、さらにひしめくように、建て売りらしい家の立ち並ぶ住宅地が見えた。ずいぶん新しい家が多いんですねと言いかけたときに、運転手の声が聞こえてきた。

「昔、忌《い》まわしいこと、あったからね」

忌まわしいという言葉を、日常の会話で耳にするとは思わなかった。ことに、多少しわがれている運転手の声が、呟くように「忌まわしい」と言ったとき、葉子はそれだけで、土の匂いを感じた気がした。

「——事件か何かですか」

「んだな。別段、あの家で起きたっちゅうわけでもねえんだが、あの家に住んでたから」

以前読んだ小説が、また思い出された。筆者は、連続殺人犯として刑事被告人になった男だ。事件当時のことは、まだ幼かった葉子には記憶がないが、とにかく犯人が十代であったこと、その犯行に及んだ範囲の広さと、拳銃を使用した犯罪ということで、当時の社会に大きな衝撃を与えたという話は聞いているし、その後の裁判が長引いたこと、被告人が獄中結婚したことなどで話題を呼んだことも覚えている。その男は獄中から何冊かの本を出版していた。

「ほら、去年、死刑になったでしょう」

そのひと言が、思いも寄らない衝撃になって葉子に降りかかった。

「あの男の一家が、あそこに住んでたのさ」

とうに忘れたはずの小説を思い出したのは、偶然ではなかったというのだろうか。葉子は、思わず背筋を寒いものが走るのを感じ、同時に、車をあの長屋の前まで戻して欲しいと言いそうになるのをこらえながら、運転手の白髪混じりの頭を見つめていた。

「一家って、確か、大家族だったんですよね」

「お父はな、いなかったんだな。おっ母と、あと兄弟がたくさんいてな」

「——すごく、狭い部屋じゃありませんか」

「んだな。まあ、あの頃はまわり中、皆、貧しかったども、そうはいっても、あそこの家は特別だったなあ」

津軽の小さな町のことだ。自分たちの町から、希代の極悪人のように言われた男が出たということを、この運転手はどう感じているのだろうか。

「運転手さん、その人のこと、ご存じなんですか」

「俺よりは、いくつか年下だったけどな、子どもの頃ぁ、何回か一緒に遊んだことも、あったよ」

「――どんな、子どもだったんでしょう」

　ミラーの中から、運転手がちらりとこちらを見た。

「普通の、おとなしい子どもだったな」

「普通の、おとなしい――」

「着てるものとか、いかにも貧しげだったから、何となく恥ずかしそうにしてて、夕方になって、他の子どもがおっ母に呼ばれて家に帰ってからも、一人でぽつぅんと、遊んでた」

「――」

「お客さん、あの家、見たんでしょ」

「あ、はい」

「あの家でな、男を連れ込んだりしてたんだと。おっ母が。そんで、少しでも大きくなりゃあ、そういうことも分かるから、入るに入られなかったんだろうけどもな」

「あの家で、ですか」

　胸に重いものを詰め込まれたような気分になった。押入一つないのだから、家財道具は、なお一層あの部屋を狭くしていたことだろう。そこに、総勢何人で暮らしていたのか、葉子にはそこまでの知識はない。

「事件の当時は、大騒ぎだったんじゃないですか」

「そりゃあ、もう、大変なもんだったよな。ヘリコプターはいくつも飛ぶし、後から後から、色んな人がやってきて、根ほり葉ほり聞かれてなあ。俺らにしてみれば、アレだよ、『あんなおとなしい子が』ってえ感じだったんだ。それに、あの人はこの町の生まれではねえんだし、中学を卒業してすぐに、集団就職で出ていったから」

そういえば、そうだったかも知れない。男の小説には、集団就職で青森を離れる時のことが書かれていた。青森駅のホームは日本一長いのだと、確か、そんな一節があったように思う。

「おとなしい子が、どうして、あんなことをしたんでしょうね」

「本人は色々、本にして出したりしてたけどなあ、俺らは大体、東京に行ったのが悪かったって、そう思ってる」

いつの間にか津軽平野のど真ん中を突っ切るように、タクシーは進んでいた。道と並行して、満々と水をたたえた川が流れている。河川敷には、枯れきった茅の原が黄金色に光りながら、どこまでも続いていた。

「東京になんか行かなければ、あんなふうにはならなかったんだってな。おとなしい、目立たない子だったんだから」

「――東京が、彼を悪くしたんでしょうか」

「だと、思うな。まあ、こっちにいても仕事がなかったし、当時は『金の卵』なんて言われて、全国から列車を仕立ててさ、皆、田舎を離れたんだから、何もあいつだけじゃあ、なかったんだけど。東京なんかに行かないで、せめて、もう少し情があるっていうか、あんなに恐ろしくない土地に行ってりゃあ、違ってたんじゃねえかな」

「東京は、恐ろしい土地ですか」

「恐ろしいねえ」

反発したい気持ちと、同調したい気持ちがあった。葉子は窓の外を眺めながら、微かにため息を洩らした。はっきりと行き先を告げないまま、ただタクシーを走らせているが、この運転手はどこへ行くつもりなのだろうか。

「海が近いっていう感じ、しませんね」

「津軽平野は広いからな。じき、海に出るよ」

「どこに向かってるんですか」

「お客さん、津軽らしい風景って、言ってたから。古い町ってことでしょう」

観光客に慣れているのか、さすがに地元の地理に詳しいのか、運転手は任せておけとでもいうように、快調に車を走らせる。

「この先に十三湖《じゅうさんこ》ってあってな、その先に、古い集落がまだ残ってるから」

葉子の不安を察したらしく、運転手はそう続けた。そして、「写真でも撮るのかね」と言った。

「出来れば、何枚か撮りたいと思って」

「そういう、仕事かね」

「そんなところです」

「まあ、この寒い時期に一人でこんなところに来るんだから、遊びでもねえだろうとは思ったけどね」

運転手の目尻に皺が寄ったのが見えた。葉子は、こうなったら、この運転手をガイド代わりにして、津軽半島を走り回るより他にないだろうと思った。東京を恐ろしいという彼は、逆に自分たちは安全だ、安心して良いと言っているのかも知れない。

「運転手さんは、ずっとこっちですか」

「五所川原にいたことは、あったよ」

「あとは、ずっとさっきの町？」

「いや、生まれは車力村《しゃりきむら》ってとこ。もうすぐ通るけど」

「東京には？」

「観光でならな、何回か行ったよ」

「東京は、嫌いですか」

「嫌いっていうかなあ、恐ろしいなあ。やたらと人が多くて、誰も彼も忙しくて。どこの誰とも分からないような人間ばっかり、溢れかえってるからなあ」

　葉子自身、かつては東京を恐ろしいと感じた時代があった。いや、今でもそれは変わらないのかも知れない。ただ、恐ろしい部分に目を向けず、または自分自身がすっかり東京の人間になりきったふりをしているだけのことかも知れない。それとも、自分も恐ろしい人間の仲間入りをしたのか。

　確かに、初めて東京で暮らし始めた当時は、たかだか百キロ程度しか離れていない故郷が恋しくて、毎日が、あまりにも心許なく、不安だった。

「あの男も、きっと目が回ったんでねえかな」

　運転手が呟くように言った。葉子は再び、さっき見た長屋を思い出した。

「他の家族は、皆、どうしてるんでしょう。もう、あの町には残ってないんですか」

「もう、だぁれも、残ってないな」

「家だけ、あるんですか。あの長屋は、町営住宅か何かですか」

「いや、個人の持ち物だよ。古いけどな、まだ住んでる人、いるから」

「そう、みたいですね」

　少しの間、沈黙が流れた。時折、大型のダンプカーが行き交う他は、道路はまったく空いていた。こういう土地に住んでいたら、渋滞さえ経験することもないのかも知れない。

「あいつは、足が速かったってさ」

ふいに運転手が言った。

「小さくて、痩せてて、ひ弱に見えたけど、足だけは、たったっ、たったって、どこまでも走って、速かったって」

葉子のイメージの中で、小さな少年が走っていくのが見えた。身体に合っていない、古びた服を着て、つま先がほつれかかった靴で、ひたすら走っていく少年。走って、走って、彼はついに故郷から永遠に離れた。事件を起こすまでの時間よりもずっと長い時を獄中で過ごして、最後に絞首台の露と消えたのだ。

男は知っていただろうか。自分が育った家が、今も残っていることを。壁を剝がれ、無残な姿をさらしていることを。周囲の風景はしなやかに、したたかに時を刻み続けているのに、その一角だけが、ひっそりと時を止めていることを。

気の滅入る想像だった。葉子は思わずため息を洩らし、煙草を取り出した。煙草を吸っても構わないかと運転手に尋ねると、運転手はまた目尻に皺を寄せて頷いた。

「ああ、良かった。お客さんが煙草吸わないってなると、こっちも気ぃ使うから。俺も吸うもんでな」

そして窓を細く開ける。東京のタクシー運転手は、客を乗せている間は喫煙しない規則になっていると聞いたことがある。だが、こちらでは、そういうこともないのかも知れない。葉子も自分の横の窓を細く開けた。その途端、斬りつけてくるような冷たい空気が顔に触れた。

4

やがて見えてきた松林を抜け、十三湖を過ぎると、左手に日本海が見えてきた。さっきまで穏やかに晴れていたのに、沖の方から雲が垂れ込め始めている。波消しブロックよりも遥か高く、盛り上がるように幾重もの白波が立っているのを見て、葉子は小さく声を上げた。

「冬の日本海ですものねえ」

「この風だから、時化《しけ》てるな」

運転手の言葉の語尾につく「な」は、微妙な余韻が残る。よそ者の葉子のために極めて標準語に近い言葉で話してくれているのだろうが、その「な」が津軽の響きに聞こえた。

「こういう海、こういうのが、見たかったの」

ずっとしまったままになっていたカメラを取り出して、葉子はコートの前のファスナーを上げた。やがて、全体が赤茶色に染まった、すり鉢を伏せたような形状の山が見えてきた。決して高い山ではないが、他の山と連なってもおらず、妙に唐突なイメージを与える。

「柏、ですね」

「柏、だな」

「この辺りに、多いんですか」

「どうかな」

山裾を通過するとき、身体を右に移動させ、額を窓ガラスに押しつけるようにして眺めると、柏はいずれも低木で、びっしりと山を埋め尽くしているのが分かった。誰かが手入れをしているのか、または自然の意志が木を育てず、他の植物が入り込んでくるのを拒んでいるのか、運転手はそこまでは知らないと言った。

「こっちの、左手の、こんな風景が昔からの津軽の家並みだ」

山のことばかり考えていた葉子は、その言葉に再び座席を移動し、今度は道の左手に目を移した。すべてが灰色がかった景色の中に、やはり灰色で不揃いの棒杭が何本も並んでいる。葉子は身を乗り出してその風景を眺め、車を停めてくれるようにと言った。

「寒いよ」

「でしょうね」

ドアを開けた途端に、猛烈な寒風が葉子を襲った。おまけに、霧のような海の潮を含んでいる。あまりの寒さに涙が出てきた。葉子はカメラを構えながら、集落を歩き始めた。

この強風から避けるためのものなのだろう、すべての家が、周囲に板や棒杭を、地面に突き立てるように張り巡らしていて、外からは見えないようになっている。中には、きちんと同じサイズの板で囲いを作っている場所もあるが、多くの囲いはまるで廃屋や廃船から引き剝がしてきたのではないかと思えるような、不揃いな板や棒杭をひたすら並べてあるだけのものだった。しかも、海沿いの集落の半数近くは、既に廃屋になっており、朽ちるに任せているらしい。

板囲いはばらけて崩れ落ち、それらに囲まれている家そのものも、屋根が抜け落ちて柱と梁だけが残っている。灰色の空に、灰色の木々が突き刺さり、その下には、使わなくなった魚網や浮きがうち捨てられている。すぐ目の前には小さな防波堤と、その先に波消しブロックが続いていたが、風と共に飛ぶ潮までは防ぐことが出来ない。葉子は全身が湿っていくのを感じながら、朽ち木をまたぎ、倒れそうな板塀を避けて、海と廃屋との写真を撮り続けた。白波が、うねるように次から次へと盛り上がってくる。頭の中で津軽三味線の音色が響くような気がした。

——耐えるばかりの人生。

すべてをうち捨てたくなる気持ちも分からないではないと思った。誰が好きこのんでこんなにも厳しい、容赦ない環境に身を置きたいものか。自ら選んで、この土地に生まれてきたわけでもないのだ。たとえば葉子の故郷がこの場所にあったとしたら、と考えた。他に居場所さえ見つかれば、おそらく葉子ならば振り向くことさえなく、この土地を捨てるだろう。現に、こんなに淋しいわけでも、色のない土地だったわけでもないのに、葉子は故郷を捨てたのだから。

潮を含んだ強風にさらされながら、葉子はフィルム一本分ほどの写真を撮り、さらに歩いた。海から少し引っ込んだ辺りまで行くと、今度は板の囲いも整然と並べられて、どちらかと言えば牧場のような印象を与える一角が見つかった。相変わらず灰色っぽく見える板塀に囲まれた、迷路のような砂利敷きの小道に足を踏み入れると、風の音さえ止んで、ただ、砂利を踏む靴音が辺りに響く。雑草一つ生えていない、灰色と茶色の世界が続いた。途中で誰かと行き会ったら、どこへ行くのだと咎められたらと、多少の不安がないではなかったが、まるで人気がない。人の温もり、生活している息づかいも、まったく感じられない。雲間から陽が射してきたが、背の高い板囲いは、強風ばかりでなく、陽の光さえも遮ってしまっていた。

やがて、小道の前が明るく開けて、きちんと手入れされている家が建っていた。やはり、潮で洗われた木肌の色をそのままにしている家だが、窓枠はアルミサッシがはめ込まれており、カーテンもかかっていて、ささやかながら生活感がある。その窓の前に、細い洗濯ロープがわたされていた。干されているのは、イカの開きが三枚。鳥に奪われないためか、それとも風に飛ばされないようにしているのか、上からネットがかぶせられて、端は洗濯バサミで止められていた。

——三人家族。

イカの開きにカメラのレンズを向けながら、葉子はふと考えた。せめて、そうであって欲しいとも思った。

家の屋根にはコールタールが厚く塗られていた。軒先で小さな滴を作ったまま固まっているコールタールは、家を潮から守るための知恵なのだろう。だが、うっすらと砂埃を被り、ひび割れている黒い屋根は、そのまま荒涼とした風景そのものにも見える。そんなふうに、目にとまるすべてを、悲しみを含んだもののように受け取ることは、この土地で暮らす人に、ひどく失礼なことかも知れない。たまたま通りかかった旅人の、単なる感傷に過ぎないのだろう。

——それに、町の中のあの家よりも、ずっと良い。

かじかんだ手でカメラを構えながらも、葉子の中には、さっき見た長屋の印象が焼きついて離れなかった。生け贄か見せしめのような、あの大きく腹をえぐられた長屋の方が、この潮にさらされ続けている風景よりも、ずっと悲しく見えたではないか。

「ああ、寒かった」

二十分ほども辺りを歩き回り、フィルム三本分の写真を撮って、待っていたタクシーに戻ったときには、また同じ言葉が口をついて出ていた。のんびりと煙草を吸っていた運転手は「そうだろう」と笑いながら、ゆっくりと車を走らせ始めた。

「この先は？　どうしますかね」

「戻って、ください。出来れば、違う道を通って」

「違う道ねえ。じゃあ、十三湖の反対側を回るかね。あっちも展望台があるし、写真、撮れるだろうから」

運転手は、予想外に長くなったドライブを楽しむつもりになってきたのかも知れない。表情そのものは変わらないが、口調が少しずつうち解けてきたようだった。

「さっきの集落の、板の囲い、ありますね」

「ああ、かっちょ」

「かっちょ、っていうんですか」

「かっちょって、いうな。こう、植木なんかを囲んでる、あれは普通に雪囲いって言ってるけども」

「かっちょは、今はあの辺りでしか見られないものですか」

「そうだなあ、あんなふうに、ひとまとめになってるようなところは、減ってきたかな。昔の映画で見たような風景はな」

それから、運転手は青森の貧しさについて、津軽の人間の気質について、あれこれと語り始めた。雪の深い、自然の厳しいこの土地で、人はねばり強く、我慢強くなるという。その一方で、口べた、純粋、一本気などという言葉も聞かれた。

「それでも、やっぱり最近の若い連中は、変わってきたな。近所づきあいなんて、面倒臭いと思うようになってきたらしいし、俺らが何か注意しても、『うるさい』って思うような連中が増えてきてな。自分さえよければ、自分たちだけ楽しければって、そういう連中が増えてきてるな」

「日本中どこも、そうなんでしょうかね」

「どうかなあ。俺らが守りたいと思うものがあっても、テレビやら何やらで、都会の文化がどんどん入ってくるから」

「やっぱり、都会の文化が良くないですか」

「そう思うがなあ。良くねえんじゃねえかなあ」

運転手は、本当に都会が嫌いな様子だった。この頃は、都会からきたセールスマンが、何も知らない老人に使いこなせないような品物を売りつけて、法外な料金を取っていくようなことも増えてきて、家々は戸締まりをするようになってきたとも言った。そうやって、近所のつきあいが希薄になっていくと、徐々に冬を乗り越えられなくなっていきそうだとも。

「お客さんは、東京の人」

「そうですけど——田舎はありますけどね」

「生まれは、違うかね」

「生まれは、栃木です」

「へえ、栃木ねえ。栃木っていうと——何があるのかな」

「そうねえ、日光とか、那須高原とか」

「ああ、ご用邸のあるとこだ」

運転手は小さく頷きながら「栃木かね」と繰り返している。無意識のうちにため息が出た。そう、東京の人間などではない。さほど遠い距離ではないが、東京とはまるで違う、栃木の、山の見える小さな町で、葉子は生まれ、育ち、そして、捨ててきたのだ。

津軽というと、山が深く険しい印象があったのだが、実際にはさほど高い山があるわけではなかった。葉子を乗せたタクシーは十三湖の周囲を回り、ところどころに雪の残っている渓流沿いの道を通って、再び津軽平野に戻った。話好きらしい運転手は、津軽について、青森について、様々な話を聞かせてくれた。彼の頭の中には、もうあの長屋で育った死刑囚の話題など何も残っていないのだろう。だが、葉子の頭からは離れていない。早く、もう一度あの長屋の前に戻って、今度はきちんとカメラに収めたかった。

さっきから照ったり曇ったりしていた空は、いつの間にか全体に厚い雲に閉ざされていた。憂鬱な灰色が、果てしなく広がる平野の冬枯れの色と、寒々としたコントラストを描く中を、葉子たちの車はほとんど対向車にも会わないまま、快調に進んだ。

「今夜は、この町に泊まるのかね」

「宿は、弘前にとってあるんです」

「弘前だったら津軽三味線を聞かせる居酒屋があるから、行ってみちゃあ、どうかな」

金木《かなぎ》を過ぎた頃、運転手は弘前にある居酒屋の名前を教えてくれた。実は昨夜もその店に行き、少しばかり深酒をしたので、今日の午前中はずっと二日酔いだったのだと笑っている。初めて運転手の笑い声を聞いたと思いながら、揺れる車の中で、葉子は手帳に居酒屋の名前を書き留めた。一体どこへ行けば津軽三味線が聞けるのかと思っていたのだが、今、普通に町中で津軽三味線を聞くことができる場所など、そうはないという話だった。

再び町に戻ったときには、夕方になっていた。今夜は雪が降るかも知れない。これまでは何度か雪になっても、その後の雨が溶かしてしまったが、今日の冷え込みからすると、おそらく雪になるだろうと、そんな話を最後に聞かされて、葉子は駅前でタクシーを降りた。

風はさほど吹いていないが、容赦ない寒さが全身を包む。そろそろ空腹を感じていた。暗くなるまでに、弘前までたどり着こうと心に決めながら、葉子は再び鞄を肩から下げて、勝手が分かっている者のように、迷うことなく歩き始めた。目的は、ただ一つ。真っ直ぐに歩けば、二、三分程度で着く距離だった。

灰色の雲と、辺りに立ちこめ始めている夕闇の気配の中で、その長屋は日中よりもなお一層、重苦しく、寒々しい印象を放っていた。継《つ》ぎ接《は》ぎのように手入れをしながら、今も人が暮らしているらしい一角も、崩れかけているブロック塀に遮られている共同便所も、すべてが息をひそめているように感じられる。そして、やはり長屋の中程にある、共同便所の隣、正面の外壁をむしり取られた場所から、目が離せなかった。葉子はカメラを構え、周囲に人気がないことを確かめて、ファインダーをのぞき込んだ。

——知っていたんだろうか。

さっきと同じ思いが、やはり浮かぶ。昨年、ついに死刑を執行された男は、自分が育った部屋が、こんな状態で残されていることを、知っていただろうか。すべてを消し去られたわけでもなく、こんな形で、むしろ意識的とも思える残され方をしていることを、彼は知っていただろうか。

長屋の前を何度も往復し、道路の反対側に寄ったり、長屋に近づいたりしながら、葉子はシャッターを切り続けた。そうするうちに、なぜだか奇妙な悔しさを覚え始めた。自分とは無関係と分かっていながら、小さな苛立ちが、心を落ち着かなくさせる。

男一人いなくなったところで、町は町として時を経てきている。男は死ぬまで故郷の光景を思い描いていたかも知れない。だが、男の知っている町など、もうこの世の中には存在していないのだ。自ら捨て、そのくせ自分の時間が止まった後になって、何度となく思い描いていたに違いない町は、男への憎しみにも似た拒絶の意思表示を残したまま、しなやかに少しずつ変貌を遂げている。

——故郷。

もしも、ここで撮った写真を使うことがあったとしたら、タイトルは「故郷」にしようと思った。それにしても、この苛立ちと、奇妙な悔しさは何のためだろうかと考えながら、葉子はシャッターを切り続けていた。

第一章

1

兄嫁から電話が入ったのは、東京に戻った翌日のことだった。前日の晩のうちに、羽田から出版社に直行してフィルムを納めてしまったから、葉子はその日は一日、用もなく、少しゆっくりと過ごせると思っていた。

「この二、三日、ずっと電話してたんだけど」

昼前になって、そろそろ何か口に入れるもののことを考えようとしていた矢先にかかってきた電話だった。懐かしいとも思わない、さりとて馴染みがないわけでもない声が、こちらの様子を窺っているとも、非難しているともとれる口調で「忙しいの？」と言った。

「そうでも、ないけど」

「でも、いなかったから」

「地方に行ってたから」

この人のことが嫌いなわけではない。いや、むしろかつては同じ教室で机を並べ、同じ校庭を駆け回っていた友人だったことを思えば、もう少し心が弾んでも良さそうなものかも知れない。だが、ほとんど条件反射的にこちらの声も表情を失い、事務的になってしまう。そういう癖がついていた。

「ああ、地方に。取材、とか？」

「まあ、そんなとこ」

「あの——どこに」

「津軽。青森ね」

いつもながら彼女の歯切れの悪い、おどおどした語り口調が煩《わずら》わしい。声を聞くだけで、これだけ人を苛立たせる存在も珍しいと、葉子は彼女と話すたびに感じることを、今回も思い出した。

「どう、そっちの具合」

相手のペースのままだと、いつまでも話が前にすすみそうになかったから、仕方なくこちらから聞いてみた。かつての級友は、「まあねえ」と曖昧な答え方をした。

「このところ、落ち着いてるといえば落ち着いてるの。まあ、はっきりしないわ」

兄の癌《がん》が発見されたのは、まだ暑い頃だった。本人には知らされず、兄嫁が医師から聞かされて、その報告を葉子に寄越した。あの時の彼女の言葉が、今も葉子には重く引っかかっている。

——結局、こんなことになるんなら。

電話口での彼女は、涙ひとつ流している様子はなかった。見舞いに行こうか、という葉子の申し出を、「怪しまれるから」とあっさりと拒絶した彼女は、果たしてどんな顔をしているのだろうかと、受話器を耳にあてながら、薄ら寒い思いになった記憶がある。最後に会った三年前でさえ、既に老いを感じさせるほどに、彼女は老けて、疲れ果てて見えたのだ。あれは、葉子の母の葬儀の時だった。

「本人も、薄々、気がついてるんじゃないかとは、思うんだけどね」

少女時代ばかりでなく、兄と結婚した当初くらいまでは、互いの名を呼びあい、またはわざと「義姉さん」「義妹」などと言いあって、笑ったこともあったのに、その後、さほど長くかからずに、他人同士でいた方が良かったのだと思うようになり、いつの頃からか「あの」とか「ねえ」と呼ぶくらいで、互いの名前さえきちんと呼びあわなくなった。その兄嫁が、受話器の向こうで微かにため息をついている。

「調子がいいときは、『まだまだ死ねないからな』なんて言うこともあるけど、まあ、人に当たってることの方が多いわね」

「——もともと、人一倍気が小さいから」

「そうなのよね。何でもかんでも、格好ばっかりで」

本人は小料理屋の名前のようで嫌いだと言っていたが、かつては「志乃」という名のイメージ通り、どこか古風で控えめな顔立ちの少女だった。高校生の頃は、豊かな髪を太い三つ編みにして、少しでも緊張すると、白い頬が瞬く間に桜色に染まった。そんな彼女が、葉子の兄と所帯を持ち、兄の転勤に合わせて長野に越したのは、何年前のことだろう。やがて、三十を過ぎた頃から、彼女は不健康に太り出して、目の下にはたるみを作り、眉間に皺を刻むようになった。

――子どもたちのことさえ、なければねえ。

たまに会っても、ため息ばかりを洩らすようになった、その最大の原因が兄にあることは間違いなかった。だからこそ、葉子は必要以上に兄嫁が疎《うと》ましく感じられてならなかった。否応なしに後ろめたい気分にさせられる。友だちなのに、どうしてあんな男だということを教えてくれなかったの、どうしてやめておけと反対してくれなかったのと、暗に責められている気になる。彼女の人生を台無しにした、その責任の一端を負わされているような気持ちにさせられるのだ。

「――大変だとは思うけど、あの、身体に気をつけて。あなたが倒れるようじゃあ、元も子もないし――」

「今日はね、あの人のことじゃないの。実は、お願いがあって」

志乃の声は相変わらずあまり感情を含んでいないように聞こえた。彼女が葉子に頼み事をするなど、滅多にあることではなかった。肩で受話器を挟み、室内を歩き回ってライターを探しながら、葉子は「彰彦のこと」という兄嫁の声を聞いた。

「彰彦くん？　どうしたの」

「今度、受験でしょう？　それで、下見を兼ねて、冬休みにそっちの予備校に通いたいって言い出してて。私も、病院を往復しなきゃならないし、何かと落ち着かないこともあるものだから」

「――ああ」

ああ、としか言い様がなかった。兄の家の上の子は、もうそんな年頃になるのかという思いもあった。ついこの間、高校入学のお祝いを送ったばかりだと思ったら、もう大学受験だという。同い年でありながら、志乃と葉子とは、その後の人生のテンポも展開も、まったく異なっている。

「お父さんが、あんな具合だからって、本人は受験を諦めようともしてたみたいなのね。確かに、これから先のことを考えると、不安なことは不安なのよね――」

「そうねえ」

「だけど、男の子だし、本人だって先の夢があるしねえ、他の部分で切りつめても、あの子のことは何とか行かせてやりたいと思ってるの。取りあえずは、今すぐに困るっていうわけでもないし、やれるところまで、やってみようかって」

相手が何を言いたいか、分かる気がした。だが志乃は、それを葉子の方から口にするのを待っているのだ。押しつけがましいことは言いたくない、嫌な顔をされたくない、そういう気遣いが、以前は彼女を慎ましやかに見せていた。だが最近では陰気臭く、したたかにさえ感じさせる。とにかく長いつきあいだ、こちらから先回りしてやれば、相手は気持ちを軽くするということくらいは分かっている。それも良いだろうと諦めかけたとき、次の彼女のひと言が、葉子を思い止まらせた。

「もう少しだと思うから、頑張ってはいるけどね。まあ、こういうことは、子どものいない人には、なかなか分からないとは思うんだけど」

やはり、出ると思ったひと言だった。葉子は「なるほどね」と言いながら、受話器の向こうに気取られないように、くわえた煙草に探し当てたライターで火をつけ、ため息と一緒に煙を吐き出した。葉子がこれまでに二度の流産を経験していることを、忘れているとは言わせない。神経質に、小心に見せながら、その一方では平気でそんなことの言える無神経さが、葉子には何よりも気に入らない。癇に障ってならないのだ。

「それで、すごく言いにくいっていうか、本当に申し訳ないんだけど――」

葉子の方からは、期待したような申し出がされそうにないことを察したのか、やがて、志乃はさっきとは多少、口調を変えてきた。その時点で、葉子は覚悟を決めなければならなかった。常日頃から、何ひとつとして世話になっていることもないのに、夫の身内といえば、義妹しか残っていないのに、こんな時にさえ親戚らしいことをしてくれない、病気の兄とその家族を労《いたわ》る気持ちすらないと、そんなふうに思われるのが煩わしかった。まだ、縁が切れたわけではない。兄は存命だし、互いに同じ町の出身で、多少の親類が残っていないわけでもないのだ。受験期の甥を預かる面倒と、後ろめたさを引きずる不安、日頃はつきあいさえなくなっているかつての同級生や遠い親戚から、遠回しに嫌味を言われる面倒、さらに、一応は血のつながっている十代の甥から、いかにも冷淡で薄情な叔母だと思われることなどの、どれを取るかと言われれば、迷う余地もなかった。

「自分のことは自分でするようにって、きっちり言ってあるから、本当に、寝る場所さえ提供してもらえれば、それでいいの」

志乃は、幾分早口になりながら、ようやく自分の口から用件を切り出した。学校が冬休みに入る暮れの二十日過ぎから、年明けの七日まで、彰彦を泊めてもらえないかというのが案の定、彼女の用件だった。

「迷惑なのは重々、承知してるのよ。でも、受験生用とは言っても、ホテルみたいなところだと、やっぱりそれなりにかかるし――」

「別に、迷惑なんかじゃないわよ。ただ、私も仕事があるから、大したことはしてあげられないけど」

そんなことは気にしないでもらいたい、幼い子どもではないのだから、大抵のことは勝手にするだろうからと答える志乃の声が、ようやく少しだけ明るくなった。

「本当に、寝るところさえあればいいの」

「食事のことなんかも、そう期待してもらっちゃ困るけど、それでも良かったら、どうぞ。いつから来るの」

煙草の煙を吐き出しながら、葉子はコーヒーメーカーをセットし始めていた。ニコチンの少ない煙草に切り替えたせいか、本数ばかりが多くなる。吸いすぎだと思うときは、代わりにコーヒーを飲む癖がついている。

「冬期講習が二十二日からだから、二十日か、遅くとも二十一日には、行かせようと思うの。今、家もこんな状態だから、一人で行かせることになるけど――」

「高校を受験するわけじゃないんだし、本番に備えて練習のつもりで来るんでしょう？一人じゃなきゃあ、意味がないわ」

「そう？　あの、失礼にならないかと思って。身体だけ大きくても、ちゃんと挨拶が出来るかどうかも、心配だし」

何、言ってるのよと、出来るだけ軽い口調で答えながら、葉子は志乃まで来られたのではたまらないと思った。それこそ、疲れ切った顔と向き合って、兄の病状や、生活の細々したことを聞かされるのでは、たまったものではない。

「それで？　迎えに行った方がいいの？」

「本人は、大丈夫だって言ってるんだけどねえ、ちゃんと覚えてるからって」

そういえば、まだ中学生の頃に、彰彦はこのマンションに来たことがあった。夏休みを利用して、ディズニーランドに行きたいと、妹と二人でやってきたのだ。あの時、葉子は夫に気を使いながら、慣れない子どもの相手をしなければならなくて、疲れ果てた記憶がある。日頃、両親の不仲を目の当たりにし、母親から様々な愚痴を聞かされて育ったらしい兄妹は、まるで憂さ晴らしのようなはしゃぎ方をした。だが、少しでもこちらが怖い顔を見せれば、すっとおとなしい子どもに戻るという、妙に分別のある部分も見せた。ことに彰彦の方は、絶えず大人の顔色を窺う、おどおどした子どもだった記憶がある。

「あれ、もう五、六年も前よ。覚えてないと思うけど」

「そう、かしら――」

「まあ、本人が大丈夫だって言うんなら、いいんじゃない？　心配なようだったら、電車の時間が決まったところで連絡してくれてもいいけど」

志乃は、それならば今夜にでも、彰彦本人から電話を入れさせるからと言った。その後、数分間雑談をして、会話は終わった。最後に、「お大事にって、言って」と伝えると、志乃は「ありがとう」と答えた。

「彰彦を預かってもらえるって知ったら、あの人も喜ぶわ」

喜ぶだろうか。

電話を切った後、葉子は乱雑な室内を見回しながら考えた。

兄が何かに喜んでいる顔など、記憶のどこを探しても見あたらないような気がした。笑い声どころか、笑顔さえ思い浮かべることができない。他の、嫌な顔ならいくらでも思い出せるのに。

それにしても、二週間あまりも人を泊めるとなると、少しは部屋の掃除をしておく必要がありそうだ。夫が出ていった後の、このマンションは、最初の頃こそ葉子が一人で暮らすには広すぎるように感じられたものだが、夫婦で使っていた部屋は葉子の仕事場となり、マンションを購入した当時は子ども部屋にしようなどと言っていた部屋も、物置同然になっている。仕事柄、機材が多いのは仕方がないにしても、好き放題に物を散らかしているせいで、最近では、三LDKのこの広さが、一人の空間として当たり前のようになっていた。

——暮れの、大掃除のつもりにでもなるか。

考えてみれば、昨年も、一昨年も、暮れの大掃除などしないまま、新年を迎えていた。淹れたてのコーヒーを飲み、室内を見回しながら、葉子はほぼ五年ぶりに会う甥の顔を思い浮かべた。中学生の彼は、容易に思い出すことが出来たが、それが、今の彼につながるものかどうか、自信がない。いずれにせよ、十八歳の少年が、母親のような女と、気安く話をするとも思えないから、下手に叔母さん面などせず、適当に放っておけば良いだろうと考えることにした。

2

「じゃあ、正月はどこにも行かれないじゃないか」

テーブルに肘をついてビアグラスを口に運んでいた杉浦が、わずかに眉根を寄せて言った。葉子は、つまみに出したラッキョウに爪楊枝を立てながら「そういうこと」と答えた。

「何だ、二週間も？　大変じゃないか」

「そうでもないでしょう。放っておいていいっていうんだから、適当にしておくわ」

「そうはいったって、まるっきり放っておくっていうわけにもいかないだろうし。受験生に風邪をひかせるわけにもいかないだろう、結局、何だかんだと気を使うぞ」

不満げに歪められている口元に、爪楊枝に刺したラッキョウを近づけると、杉浦は、魚のようにぱくりと食べる。彼が、良い音を立ててそれを嚙むのを確認してから、葉子は自分も爪楊枝を立てたラッキョウを口に運んだ。

「じゃあ――その間は、僕も来ない方がいいんだろう？」

「そりゃあ、そうでしょうね」

別に、どうでも良いような気もする。だが、わざわざ受験生の甥に愛人を見せて、刺激する必要もないだろうと思った。

「正月くらい、ドライブでもしようと思ってたのに」

「ほっとしてるんじゃないの？」

かつては夫が座っていた席に、当然のように腰を下ろして、もうすぐラーメンが食べたいと言い出すに違いない杉浦が、今度は自分の箸でラッキョウをつまむ。こり、こり、と音を立てながら、彼はわざとらしいほどに頓狂な、とぼけた表情でこちらを見る。

「出かける口実を作らなくて済むんだから」

「出かけるのに、口実なんか、作らない」

正月早々、夫が愛人の元へ出かけるのに、「いってらっしゃい」と愛想良く見送る妻など、この世にいるはずがない。現在まで彼の妻は、葉子の存在には気づいていないと、杉浦は言っている。だが、果たして本当にそうなのか、葉子自身は疑っていた。そんなに長く、気づかないものなのか。毎日、家にいるだけの妻は、たとえ育児に追われているとはいえ、夫が外から持ち帰る空気には、ことのほか敏感になるものだと思う。それは、自分と子ども、家庭という砦を守るための、本能に近いものではないだろうか。そして、夫の浮気を知りながら、敢えて何も言わないのも、知恵のひとつに違いない。

「本当だぞ。しばらく、どこへも行ってないし」

「じゃあ、家族と行けばいいでしょう?」

「――そういう言い方、するなよな」

「だって、日頃はなかなか遊んであげられないんだから、子どもだって楽しみにしてるんじゃないの?」

いくら時間に不規則な編集者とはいえ、杉浦が作っている雑誌は月刊誌ということもあって、月末を除けば、週末はきっちりと休むことが出来るし、盆も正月も、普通のサラリーマンと同様に休みがある。彼は、休日にここを訪れることは滅多になかった。ゴルフのコンペや、イベントが入っていると、様々なことを言ってはいるが、そんな時は家族にも良い顔を見せているのだろうと、葉子は解釈していた。

「兄さんて、そんなに具合が悪かったの」

気を取り直したように杉浦が口を開いた。この人と、こういう個人的な話はしたくなかった。互いの家庭の事情になど触れたくはないと思っているのに、甥を預かる話から、つい兄の病状のことまで言わなければならなかったことが、少しばかり悔やまれた。自分の背景を語れば語るほど、相手の背景だって気になってくる。これまで意識的に触れずに来たことに目を向けたくなるのが嫌だった。

「もう、そう長くないみたい。一度手術したけど、あちこち転移してて、手の施しようがないらしいから」

「いくつ、だっけ」

「四十四」

「俺より、若いのか――」

杉浦は憂鬱そうにため息をつき、グラスのビールを飲み干した。葉子は黙って缶ビールの残りを注いでやった。三年前に会ったきりだから、最近の様子は知らないし、特に、発病してからの兄のことは分からないが、それでも、杉浦の方がずっと若く見えるはずだと葉子は思った。職業柄か、服装のせいか、それとも妻も若く、子どもも幼いせいか。

「その子にしても、気が気じゃないだろうな。親父がそんな状態で、受験しなきゃならないっていうのも」

「だから、さっきも電話で言ってたわ。絶対に浪人するわけに、いかないからって」

昼間、志乃が言っていた通り、日が暮れた頃になって電話をかけてきた彰彦は、葉子の記憶とは異なる、別人のような声になっていた。と、いうよりも、昔の兄の声に、よく似ていた。葉子は、懐かしさよりも、彼の中にも間違いなく兄の血が流れている、ひいては自分とも血がつながっているのだという、奇妙な薄気味悪さを感じながら、「こんばんは」という声を聞いていた。

――住所、分かるから。一人で行くから。

親しさの表れか、ぶっきらぼうなのか分からない口調で、彰彦は言った。少しでも何か言えば、かつての兄の声に「うるせえな」と怒鳴り返されそうな錯覚に陥りながら、葉子は、それならばごちそうを作って待っているからと、つい相手の機嫌をうかがう口調になっていることに気づき、内心で慌てた。嫌な声だ。彰彦のせいではないけれど。

「じゃあ、まあ、しょうがないか」

「何が？」

「正月」

「だから、たっぷり、家庭サービスすることね」

返事をする代わりに、杉浦はふん、と鼻を鳴らす。別段、嫌味で言っているつもりはなかった。かつて、自分が置かれていた立場に、今、よその女性を置いていることを改めて思えば、何やら奇妙な気持ちにならなくもないが、それとは別だという気がしている。第一、葉子は夫の愛人だった女性のように、無言電話をかけてみたり、自宅を確かめたりしたこともなければ、彼を追いつめ、彼の家庭を壊そうと考えているわけでもない。心のどこを探っても、杉浦と生きていく、または人生を分かち合いたいと望む自分は見あたらない。これまでにも何度となく確かめてみたことだった。

「そうなると、受験の時も当然、ここに泊まるんだろうな」

「よっぽどのことがない限りね。親にそう無理は言えないことくらい、分かってるだろうから。多少のことは、我慢するんじゃない？」

「我慢、ねえ。俺なら、下手なホテルに泊まるより、ずっといいと思うけどな。もちろん、家族がたくさんいれば気も使うけど、若い叔母さんが一人でいるだけなら、そのまま下宿したいくらいのものじゃないか？」

そこまでは考えなかった。葉子は、ふと憂鬱になった。まさかとは思うが、いつもの志乃の語り口で、家の経済事情などを切々と訴えられ、適当な条件を出されて、ひれ伏すように頼み込まれたら、容易には断り切れなくなるかも知れない。

「冗談じゃないわよ。そこまでは面倒見切れないもの」

「だったら、早いうちに言っておいた方が、いいぜ。住み心地がいいからって、甘えられたら、面倒だろう」

「そうする。受験期間中だけにして欲しいって」

杉浦は、ゆっくりと頷き、今度は葉子の口元にラッキョウを持ってくる。子どものように口を開けて頬張って見せると、彼は、穏やかに目を細めた。自分の子どもにも、こういうことをしているのだろうか。こうして、目を細めて見せるのだろうかと思う。初めて知りあった当時、まだこういう関係になる前に、もう小学生になったと言っていたから、杉浦の一人娘は、そろそろ五年生になろうとしているはずだった。杉浦の娘の学年は、葉子と彼との関係の年月であり、また、葉子が離婚してからの年月でもある。

「まだ、ビールでいい？」

「いや、変える」

杉浦の言葉に従って、葉子は台所に立ち、ロックグラスに氷を入れてテーブルに戻る。それほど強くもない酒を、ここにたどり着く前に、彼はもう十分に飲んでいるのが常だった。それでも、それが葉子への気遣いとでも思っているのか、彼は何時にやってきても、軽くシャワーを浴びた後、こうして酒を飲みたがった。

夜半を過ぎて、仕事帰りにここに来るとき、彼が家族にどう言い訳をしているのか、葉子は知らない。だが、この家で朝を迎えた日には、必ず出勤前に自宅に立ち寄っているらしいことは知っていた。杉浦の所属する編集部には、葉子も時折、顔を出している。朝、軽い抱擁と共に別れた相手が、まったく異なる服装でデスクに向かっている姿を見るとき、葉子は裏切られた気分を味わう一方で、彼が自分なりのペースと家庭を守る意志を失わずにいるらしいことに、微かな安堵を覚えたりもした。

「なあ、まさか」

ウイスキーを注がれたグラスを軽く揺すりながら、杉浦は、空いている方の手を伸ばしてきた。葉子の手を握り、甲をさすりながら、悪戯《いたずら》っぽい視線を送ってくる。

「その甥っ子と、どうにかなったりしないだろうな」

あまりに突飛なことを言われて、思わず笑ってしまった。だが、杉浦は満更冗談でもなさそうな表情で、葉子の顔を見つめてくる。こういう視線、こういう温もりに、救われてきたのだと思った。離婚した当時の挫折感や敗北感、自分自身から水分が失われていくような孤独感といったものを、ほんのわずかずつでも薄れさせ、忘れるために、杉浦は確かに欠かせない存在だった。だが、別に杉浦でなくても構わなかったのだ。たまたま、そこで出会ったのが彼だったというだけのことだ。

「どうする？　今どきのアイドルみたいな、可愛い子になってたら」

「馬鹿なこと言わないでよ。自分の甥と、そんなことになるわけ、ないでしょう」

「分からないぜ。向こうは受験前で悶々としてるだろうし、慰めて欲しいって言うかも知れないしさ。よく聞くだろう、受験生と母親がどうにかなりやすいって」

「お生憎様《あいにくさま》。私は母親じゃないし、自分の身体を投げ出してまで、受験生を応援しようなんて、思うわけないでしょう」

杉浦は、これでも一応は心配して見せているつもりなのだ。嫉妬の芝居をしていることも承知していた。二人で築くべきものが何もない関係では、こうして火種を探し回るより他に、長続きさせる方法はないのだと思う。

「別に、葉子が一方的に犠牲になるってことでも、ないかも知れないじゃないか。葉子がさ、そうしたいって、思うかも知れないいんだから」

もちろん、一度でもそんなことになったら、自分は葉子を許さないだろう、その受験生のことだって、ただではおかないと、杉浦は再び握りしめた葉子の手を自分の口元に引き寄せながら言った。葉子は、それも面白いかも知れないと思った。もちろん、巻き添えを食う彰彦はたまったものではないだろうが、実際に、杉浦が嫉妬のために猛り狂うものかどうか、見てみたい。

――そんなことにはならないって、分かってるから、そう思う。

別れの時が、そう遠くないことを、葉子自身がどこかで感じているのに違いなかった。実際、最後にはどんなシーンが用意されているのかと、時折、考えるようにもなっている。四年間は、少しばかり長すぎたかも知れないという気もしていた。それでも、葉子には必要な時間だった。離婚した後の隙間を埋めるためにも、仕事のペースを摑むためにも。

「甥っ子が来る前に、年内にもう一、二回は逢えるようにしようか。クリスマスも、一緒に過ごせないっていうんなら」

「そんなこと、ないわよ。外で逢う分には構わないもの。私が時間に不規則な仕事をしてるっていうことは、向こうだって分かってるんだし、子どもじゃないのよ、留守番くらい、出来るでしょう」

「外で、か。何か、面倒じゃないか」

「最近、ちょっとケチ臭くなったんじゃない？」

半ば冗談めかして言うと、杉浦は眠そうになってきた目を何度か瞬かせ、「そんなこと、ないさ」と口を尖らせる。だが、仕事が絡んでいない状況で、二人が外で逢ったことなど、もう一年近くもないことは確かだった。

「ここの方が、落ち着くからじゃないか」

葉子のような仕事は、結局は人間関係のつながりから、活動範囲を広げていくより他はない。個展を開けるような、芸術的な写真を撮るカメラマンならいざ知らず、名前も個性も関係のない、雑誌の片隅に載せるための、使い捨ての写真ばかり撮り続けている葉子にとって、杉浦は人脈を広げていくためにも、必要な存在であることは間違いない。

「何だか、今日は棘があるな」

「そんなこと、ないわよ。そう聞こえた？」

「聞こえたなあ。意地悪だ」

「だって、もともとが意地悪だもの」

結婚していたときも、それなりに仕事はしていたが、ほとんどアルバイト程度だった葉子が、本格的に仕事に復帰できたのは、ひとえに彼のお陰だった。何年も前に数回だけ写真を納めたきり、その後のつきあいがまったく途絶えていた雑誌の編集部に杉浦が異動してきて、葉子の撮った風景写真の一枚を覚えていてくれた、それが、彼との出会いのきっかけだった。

だが、考えてみれば頼りない話だとも思う。フリーのカメラマンを名乗り、完全に自立しているようでありながら、その実、たった一人の男のつてを頼りに、細い糸をたぐり寄せるように仕事を続けている自分は、本当は夫の庇護の下に暮らしていた頃よりも一層、自由を奪われているのかも知れない。いつのことか分からないが、円満な形で別れるようにしなければ、その段階で仕事に行き詰まる可能性さえある。それを考えると、不安にならざるを得なかった。慎重に、賢くならなければならないと、葉子はそんな考えが浮かぶ度、自分に言い聞かせている。

「寝ようか、そろそろ」

以前は夫の席だった場所で、大きく伸びをする杉浦を、葉子は時折、夫の亡霊のように思うことがあった。

3

葉子が一日中、家にいられる日というのは、月のうちでそう多いわけではない。ことに泊まりがけで地方に行き、帰ってきた翌日などは、可能な限り出かけたくないと思ってはいるが、それさえも希望通りにいかないことの方が多いし、日曜も祝日も関係ないというのが現実だった。風景でも、飲食店のメニューでも、インタビュー記事のスナップ写真でも、依頼のあった仕事は選り好みせず、全て引き受けてようやく、人並みの生活が出来る程度の収入にしかならないからだ。

「大丈夫なのか、用意とか何とか」

翌日、葉子のマンションを出ようとするときに、杉浦はいつになく生真面目に見える顔で振り返った。仕事のことか、または彰彦を受け入れる態勢のことを言われていると思った葉子は、軽く辺りを見回した。

「今のところはね。甥を相手に、格好をつけても仕方がないもの。男の子なんだし、ちゃんと寝る部屋を確保してあげて、勉強できるスペースさえあれば、いいんじゃない?」

「そうじゃなくて、金の方。こっちにいる間は、何かと出してやらなきゃならないんじゃないのか。食費だってかかるんだし、多少は買い揃えるものも」

葉子は探るような目で相手を見た。そんなことにまで考えを巡らす杉浦が、好ましくも、煩わしくも感じられた。そこまで口出しをされたくないという思いと、実は不安なのだとでも答えれば、では、幾ばくかでも援助するつもりがあるのだろうかと計算する思いが同時に働いた。

「そりゃあ、ある程度は覚悟しなきゃならないでしょうね」

「だから、大丈夫なのかって。久しぶりに会う甥っ子に、あんまり貧乏くさいところ、見せられないだろう」

贅沢を出来ないとは言っても、貧乏くさいとまで言われるほどの生活を送っているわけではない。むしろ、育ち盛りの子どもを抱えている家庭の主婦に比べれば、ずっと呑気な状態だと思う。だが葉子は「そうかしら」と呟き、上目遣いに杉浦を見た。

これまで葉子は一度だって、杉浦に対して金銭的な援助を願い出たことはない。仕事を世話してもらっていることを考えれば、それが間接的な援助だと言えなくはないかも知れないが、彼個人の懐を痛めさせているわけではない。だが、相手は葉子の仕事ぶりを知っているのだし、当然の成り行きとして、収入も察しがついているだろうから、虚勢を張っても仕方がないことは確かだった。

「親父さんは入院中だし、何かと大変なんだろう？　だったら余計に、ちょっとは考えてやらないと、まずいんじゃないか」

「――お小遣いくらい、やらないとまずいっていうこと？」

杉浦は、わずかに口を尖らせて、少し考える顔をした後、背広の内ポケットから財布を取り出した。そして、数枚の一万円札を「取りあえず」と言って差し出した。そんなことはして欲しくない、男の援助を受けなければ、親戚の子ども一人も預かれないというわけではないと思いながら、葉子はおずおずと金を受け取った。ありがとう、と小さく笑うとき、ふと、売春をするときというのは、多少の違いはあっても、おそらくこんな感覚なのかも知れないと思った。慣れてしまえば、どうということもないのだろうか。

「何だったら、今度逢うときに、もう少し渡せるから。少しはいいところ見せてやれよ」

「――優しいのね」

「ケチ臭くなったなんて、言われたくないからさ」

昨夜の会話を覚えていたらしい。彼はにやりと笑い、そして帰っていった。玄関のドアをロックしながら、葉子は小さくため息をついた。今日は葉子も仕事がある。昼前には家を出て、レストランを三軒ほど梯子しなければならない。重い鞄を提げて、寒い中を歩き続けるのは、もっとも腰に響く。使い捨てのカイロでも当てていった方が良さそうだ。

葉子たちの業界は、不景気のあおりをまともに受けた。もともと、ギャラの相場など、あってないような職種だ。大手の出版社ならいざ知らず、下請けの編集プロダクションになれば、方針もまちまちだし、まず経費の節減を迫られるようになり、カメラマンのギャラは、真っ先に下げられることになった。それでなくとも、カメラマンの仕事は経費がかかる。機材も高価だし、少しでも良い写真を撮りたいと思えば、下見の必要もある。フィルムの本数もそう節約できるものではない。さらに、取材先への交通費程度は経費として計上できるにしても、現在、葉子が仕事をもらっている下請け編集会社の場合は、ラボと呼んでいる現像所に支払う費用や、ラボ、編集部との往復にかかる交通費など、全てを自分で支払わなければならない。写真一点あたりの値段もそこそこに支払われ、下見の為の交通費までも請求できたような有り難い時代は、既に昔話だった。何もかも経費として請求すれば、次回から仕事が来なくなることもある。下手をすれば、働けば働くほど、赤字になるケースもあるくらいだ。

――味をしめないことだわ。

杉浦から手渡された一万円札は三枚だった。それが、喜んでおし頂くほどの金額かどうかは分からない。だがとにかく、それだけの金額を自分自身で稼ぎ出そうとすれば、それなりの時間と労力が必要になることは確かだ。

好意から出たものなのだろう。杉浦が、葉子の生活にそれなりの関心を寄せ、軽い責任めいたものを感じている証拠かも知れない。または、家庭の外に女が存在することを、多少の経済的負担という行為で実感したいとでも思ったのか。それにしても、意外だった。

確かに、杉浦は目配り、気配りの利く男ではある。不愉快な場面に遭遇するくらいならば、多少のことは自分が呑んで、その場を切り抜けようとするところもあると思う。そんな神経の細やかさには、これまでにも何度か驚かされた記憶があった。葉子にとっては、彼のそんな気遣いが、かえって煩わしく、また女々しく思われることがあった。

いわゆる普通のサラリーマンとは異なる雰囲気を持ち、知識の幅も広く、器用で、大きな挫折など経験することもなく生きてきた男が、実は卑小な自分の世界を守ることに汲々としているだけの、世俗的で平凡な男に過ぎないのではないかと感じることがある。

嫌悪というのでも、冷めたというのでもないが、葉子が少しずつ別れの日を覚悟し始めていることを、杉浦は感じているのかも知れないと、ふと思った。こういう形で、それをくい止めたいと考えた可能性がある。保守的な彼は、自分の世界に変化が起きることそのものを好まないだろう。他愛ない嫉妬や軽い口喧嘩と同様に、今度はまた新しい方法で刺激を与えなければ、二人の関係に新たな力が加わることはない。

だが杉浦だって、こういう関係はいつでも終わりにできるから良いのだと、そう思っているに違いないのだ。現に彼は、葉子との関係に前向きな結論など微塵も望んではいないのだし、こんなものは自分の人生におけるある時期の、ほんの小さな彩りに過ぎないことくらいは、十分に承知していると思う。世の中がどう動き、彼の周囲がどう変化しようと、彼の人生の優先順位から考えれば、葉子は末端に位置し、いつだって、いとも簡単に切り捨てられる存在でしかない。

何《いず》れにせよ、これからだって、くれるというものを断る理由はないと自分に言い聞かせることにした。ただ、あてにしないこと、卑屈にならないこと。そんなことのために、この関係を続けているわけではないということを、彼にも感じさせる必要はあるかも知れない。少なくとも、彼から疎ましく思われたり、厄介な荷を背負いこんだと感じられ、挙げ句の果てに相手の口から別れを切り出されるような事態だけは避けたい。捨てるなら、葉子の方からでなければならない。

普段ならば、杉浦が帰った後でもう一、二時間は眠るところだったが、出かける前に少しずつでも部屋の片づけをしようと思い立って、葉子はテーブルの上に三万円を放り投げ、まずは物置と化している東向きの部屋に足を踏み入れた。

改めて見回してみると、何とも殺風景で乱雑な部屋だった。子ども部屋として使おうなどと夢見たこともある名残といえば、窓にかかっているカーテンだけだ。二度目に妊娠したとき、「今度こそ」という願いを込めて新調したカーテンは、芽吹いたばかりの若草を連想させる、柔らかい緑を基調としたものだった。今は日に焼けて、枯れ草のような色に見えるカーテンを、こんなにしみじみと眺めたのは、久しぶりのことだ。

――考えないこと。過ぎたことなんか。

自分の中で小さく疼きそうな何かを感じる度に、常に言い聞かせる言葉だった。切り捨てなければ、自分など保てるはずがないのだから。

レースと二重になっているカーテンを押し開き、窓を開けると、午前中の柔らかい日射しと共に、師走の風が吹き込んできた。雑然と積み上げられている荷物の上を埃が舞い、カーテンが揺れて、部屋中が長い眠りから目覚めたように、少しだけ賑やかに感じられる。

改めて眺めるうち、古いトランクや写真用の機材の向こうに、粗大ゴミに出してしまおうと思いながら、つい放りっぱなしにして、すっかり埃を被っている折り畳み式のパイプベッドを見つけた。以前は、月のうち何回か引っぱり出され、主に酔っ払った夫の友人のために用意されたベッドだ。フレームの間に挟まれているウレタン製のマットだけ日に干しておけば、彰彦に使わせるにはもってこいだ。しかも、その隣にはがらくたのうずたかく積まれているテーブルがある。葉子が独身時代に使っていた安物のテーブルは、デコラの表面に、思い出のあるシミをいくつか残して、ただ捨てる理由がないというだけで、長い間埃を被ってきた。そんな物があることさえ忘れかけていたが、あのテーブルを勉強用に提供すれば、立派な自習室の出来上がりだ。

――泊めるだけとは言っても、結局、こういうことはしなきゃならない。

大掃除のつもりで良しとしよう。引き受けたことの文句を言っても仕方がない。葉子は、この部屋から持ち出すべき荷物――彰彦の滞在に邪魔になる物と、甥に触られたくないと思う物――を選り分けながら、一歩ずつパイプベッドに近づいていった。日の当たっているフローリングの床も、荷物と同様にうっすらと埃を被っている。一人で暮らしているとはいえ、いや、だからこそ、あまり無機的で粗雑な雰囲気を漂わせるべきではない。この部屋ばかりでなく、少しは生活感というものも必要かも知れない。

ようやくパイプベッドにたどり着く頃、そういえば、暖房器具も何とかしなければならないのだと思いついた。夫婦で暮らしていた当時から、ここは納戸も同然で、エアコンも備えつけていなかったし、葉子の住まいには、余分なストーブもヒーターの類もない。

やはり、杉浦から渡された三万円が有り難く感じられそうだ。仕事の合間を縫って、取りあえずは暖房器具を買うことにしようと考えながら、葉子は久しぶりに触れるパイプベッドの、二つに折り畳まれているフレームの隙間から、グレーのマットを引きずり出し、そのまま脇に抱え込んでベランダに出た。

何カ月ぶりだろうか。ベランダの縁にマットを干し、久しぶりに眺める町並みが、少しばかり空に食い込む凹凸を大きくし、空を狭くしていることを発見して、葉子はしばらくの間、師走の風に吹かれた。

以前から立て込んだ地域ではあったが、この部屋は六階ということもあって、見晴らしが良かった。さほど天気の良くない日でも、新宿の副都心くらいは容易に眺めることが出来たものだが、いつの間にか他にも高層マンションが建って、視界を遮るものが増えたと思う。冬枯れの季節ということもあるのだろうが、緑はほとんど見受けられず、風景全体が灰色にくすんでいた。

――これが、私の街。

干したばかりのマットに寄りかかり、今度は振り返って部屋の中を眺める。フレームだけになって、余計に不格好な印象を与えるパイプベッドの向こうに見える荷物は、どれも冬の日を受けながら、ひっそりと、雑然として見えた。その時、ふと、津軽で見た長屋の光景が蘇った。正面の壁を剝ぎ取られて、剝き出しにされた狭い空間が、荷物のひしめきあっている部屋と重なった。

——ここにある全てのものがなくなっても、今の私の生活には何の影響もない。無論、仕事で使う機材も少なくない。必要だと思うからこそ買った物ばかりであることは間違いなかった。だが、滅多に使わないからこそ、この部屋に押し込んだ。あの長屋の一角よりも広いに違いない部屋は、今となっては滅多に明かりを灯されることすらなく、物の墓場のようになっている。見る人によっては、贅沢この上ない話なのかも知れない。これだけの空間を独り占めし、物を溢れさせておきながら、それらの物の存在さえ忘れかけて暮らしているなんて。

余計なことを考えている暇はなかった。自分の暮らしと、何十年も前に極貧の少年一家が暮らした部屋を比べたところで、どうなるわけでもない。葉子は部屋に上がり込み、取りあえず仕事部屋に移せる荷物だけでも運び出すことにした。夫が自分の荷物を持ち出して以来、ほとんど何もいじらずにいたから、おそらくクローゼットの中はがら空きのはずだ。運び出せない物は、そのクローゼットに押し込んで、掃除機をかけ、テープルとパイプベッドを適当な場所に置けば、何とか格好はつきそうだった。

4

カメラマンは、どこに行っても滅多に取材先の相手と会話をする必要がない。大抵の場合、取材には編集者かライターが同行するものだし、先方とのやりとりは、全て彼らの仕事だからだ。こちらは、写真を撮る対象に応じて、「笑って」とか「もう少し右に」などという程度の事務的な言葉を口にするだけで良い。ライターたちが取材をしている間は、黙々と撮影の準備をしたり、彼らの会話に耳を傾けて待ち、撮影が済んでしまえば、話の途中で抜け出すこともある。一応は名刺も用意しているし、挨拶も欠かしたことはなかったが、だからといって、葉子の名前など記憶に刻む相手は皆無に近いはずだった。気楽と言えば気楽なのだが、一年に何十人、何百人の未知の人と出会いながら、その関係を育むこともなく、ただ流れていくだけの日々は、考えようによっては虚しい、手応えのないものでもある。

「暮れは、どうするんです？」

今日も、葉子はある編集プロダクションからの注文で、都内にある私鉄沿線の街を取材した。同行したのは、これまでに何度か組んだことのあるライターだった。

「甥が受験で出てくるものだから、その世話をしなきゃならなくて」

街の風景を数点と、ケーキが美味しいという喫茶店の売れ筋のケーキ、行列が出来るたこ焼き屋、アンティーク・ショップにオリジナル子ども服の店などの写真を撮るのに、合計で四時間あまりを費やし、都心に戻る電車に乗り込むと、葉子はライターの女性と、ぽつり、ぽつりと言葉を交わし始めた。

「あら、じゃあ大変ですね」

「本人が来ちゃえば、あとはどうってことないと思うけど、その前の方がね。あれこれと用意しなきゃならないみたいで」

スタッフの間から「みさとさん」と呼ばれている彼女は、なるほどというように、わずかに眉をひそめて頷く。カメラマンほどではないにしろ、やはり大きな鞄を肩からかけている彼女が吊革に伸ばしている左手には、プラチナの指輪が輝いていた。離婚してずい分時が過ぎ、もう何も引きずってはいないと思う頃になってもまだ、葉子は、女性の手に光る結婚指輪を見る度に、目をそむけたい気持ちにかられ、意味もない苛立ちを覚えたものだ。その指輪に、無言の威圧感を覚えなければならなかった。それが、まるで無縁の見知らぬ女性の場合ですら、自分が嘲られている敗残者のように感じ、その指輪を憎んだ。ようやく何も感じない、または淡々と受け止められるようになったのは、この一年ほどのことだ。

「お客さんて、気を使いますよねえ。私も、ダンナの親戚が来たりすると、くたくたになりますもの。特に受験生なんかだったら、大変じゃないですか?」

「でも、あんまり家にいないから。ずっと一緒にいれば、気疲れもするだろうけど」

「だって、お正月の間は、そんなに仕事もないでしょう? ああ、でも、三箇日くらいは、その子も田舎に帰るのかしらね」

「そこまでは、聞いてないけど。予備校の予定次第なんじゃないかしら」

「ああ、予備校のね。懐かしいわ、私もそんな時代があったもの。入試直前短期集中講座とか、何か、そんな迫力ある名前の講座。最初の三日だけ張り切って行きましたけど、あとはサボっちゃった記憶があります」

本人に会うまでは、葉子は編集プロダクションのスタッフの間から「みさと」という名前を耳にする度、フリーでありながら、名前で呼ばれるほどにスタッフと打ち解けている、強いパイプを持っている人なのだと想像していた。だが、実際に会って名刺をもらうと、「みさと」というのは「三郷」と書く、彼女の名字なのだと知った。三郷エリという、芸名のような名前を持つ彼女は、ゆくゆくはルポライターとして一本立ちする夢を持っているのだという。子どもを保育園に預け、夫の協力を得ながら仕事に励んでいる三郷エリは「大変です」を連発しながらも、いつ会っても身綺麗で、笑顔を絶やさない女性だった。まるで、成功するためだけに日々を歩んでいるような、そんな印象の彼女を、葉子は好ましくも思い、時には腹立たしくも感じる。

「じゃあ、せっかくまとまって休めるっていっても、あんまりゆっくりは、出来ないんですね」

「今年も昨年も風邪をひいて寝込んだから、かえっていいんじゃないかと思って。気がゆるむと、すぐにそういうことになるものだから」

「それ、私も同じです。ちょっと休みが続きそうだと思うと、そうなるんですよね」

三郷エリは、それから子どもが保育園で風邪を移されて帰ってきた話や、子どもに移される風邪は症状が重くなることなどを語った。葉子は「なるほどね」と相づちを打ちながら、所帯じみた雰囲気をまとっていない彼女が、家庭ではどんな母であり、妻であるのかと想像を巡らした。少なくとも、新年に一人で寝込んでしまう情けなさを、多分このライターは知らないだろう。

「じゃあ、頑張ってくださいね。良いお年を」

電車が渋谷に着くと、彼女は夕食の買い物をして帰ると言いながら、手を振って離れていった。葉子は鞄を肩にかけ直し、撮影したフィルムをラボに入れるために街に出た。

渋谷の喧噪が好きだった時代もある。だが、いつの頃からか、この街は二十代以上の人間を排除しかねない雰囲気に包まれ始め、六本木や歌舞伎町などとも異なる、棘々しさばかりが目立つヒステリックな街になってしまったと思う。この街をあてもなく流れていく若者たちは、一体どこへ向かっているのだろう。彼ら全員に、待っている家族がおり、帰るべき家があるのだろうかと、いつも思う。

彼らの親たちと葉子は、おそらく年齢的にみれば大差ないに違いない。流れてしまった二人の子どもが、きちんと育っていた場合の年齢を考えても、上の子はもう中学生になっているはずだ。自分の子どもが髪を染め、こんな街を練り歩くような成長の仕方をしていたとしたら、自分はどう対処し、何を感じていただろうかと思う。だが、それ以上のことは想像もつかなかった。現に子どもは生まれなかったのだし、葉子は誰の親でもない。

駅から十分近く歩いた場所にあるラボにフィルムを納め、再び駅前にとって返す頃には、冬の日は既に傾いて、渋谷の街にはクリスマスのイルミネーションが溢れ始めていた。それらを眺めながら歩くうち、ふと、クリスマス・ツリーのことを考えた。部屋の掃除をした結果、葉子はクローゼットの一番奥から、小さなクリスマス・ツリーと、何年も前に自分で作ったクリスマス・リースを見つけ出していた。毎年、少しずつオーナメントを買い換えて、趣向を変えてツリーを飾り続けていたのは、離婚する三年ほど前までの話だ。何も、今更クリスマスでもない、捨ててしまおうと思っていたが、どうせ捨てるのなら、今年の冬だけ飾ってからでも良いような気持ちになった。

――別に、彰彦のためじゃない。

男の住まいかと見紛《みまが》うほどに殺風景な住まいが、甥にどういう印象を与えるかと思うと、それが気がかりになったからだ。あまりにも味気ない暮らしをしているとは思われたくない。その上、二週間ほどだという滞在を終えて親元へ帰ったときに、彼が、あの志乃に対してどういう報告をするかと思うと、多少なりとも体裁をとりつくろいたい気持ちも働いた。

重い鞄を下げて、いくつかの雑貨店を歩き、葉子は新しいクリスマスのオーナメントを少しとリースを一つ買った。店に展示されている全てのクリスマス商品を買い込めば、あの家もさぞかし明るくなるのだろうが、華やかな飾りの中から選び出し、葉子が手にしたそれは、かなりささやかで、ちっぽけなものでしかなかった。

最初は温風ヒーター。少し気になって加湿器。卓上用のスタンド。新しい茶碗と箸。そして、今度はクリスマスの飾り。気は使わない、身構えないと思いつつ、結局、買い揃える物が増えていく。ひょっとして歯ブラシが必要だろうか、パジャマは持ってくるだろうかと、気になり始めるときりがない。杉浦のためにだって、こんな色々と気遣って、買い物をしたことはないと思うと、苦笑したい気持ちにもなる。楽しみになんかしていない、待ち望んでいるわけではないと言いながら、仕事の合間を縫っては買い物を続ける自分が、少しばかり可哀相な存在にも思えた。

「へえ、ちゃんとなってるじゃないか」

明日には彰彦が上京してくるという晩、やはり深夜になってから現れた杉浦は、すっかり勉強部屋らしい体裁を整えた部屋をのぞき込んで、感心した声を上げた。最初に三万円を置いていった彼は、次にやってきた時にはさらに五万円を置いていった。それらが、新しい暖房器具や食器類、フリーザーの中の冷凍食品に化けたことを確認すると、彼は満足げに目を細めた。

「こうしてみると、結構、広いんだな」

「荷物が山積みだったから」

「こんなに居心地のいい部屋を用意してもらったら、こりゃあ、いよいよ下宿したいって言い出すんじゃないか？」

「だから、それは断るって言ってるでしょう。大丈夫よ」

二人並んで部屋の入り口に立ち、こざっぱりと片づいた室内を見回しながら、葉子と杉浦はそんな会話を交わした。彼の手が肩に回される。葉子は、杉浦の肩に軽く頭を寄せた。端から見たら、息子の帰宅を待つ夫婦のように見えるだろうかと、ふと思う。

「じゃあ、今度は俺が下宿しようかな」

「家賃、高いわよ」

「何でだよ。甥っ子にはただで貸すくせに」

「あなたは身内じゃないもの」

考える余地も与えないように言い返す。耳元でふう、と小さなため息が聞こえた。

「じゃあ――身内に、なろうか」

突然、何を言い出すのだろう。冗談にしても、返す言葉を考えなければならないではないか。葉子は杉浦から身体を離して、彼の顔を見上げた。葉子よりも十五センチほど目線の高い彼は、何を考えているのか分からない、静かな目をしていた。短い沈黙が煩わしく、空恐ろしかった。葉子は自分から目をそらすと、そのままダイニングに向かった。杉浦は、何と答えて欲しいのだろう。どんな返答を望んでいるのだろうか。もっとも気の利いた回答は、何だろう。そんなことを考えると、柄にもなく動揺しそうになる。ところが、背後から「冗談だよ」という言葉が追いかけてきた。

「分かってるわ」

反射的に答えた。冷蔵庫からビールを取り出し、グラスやつまみを用意している間に、杉浦はいつの間にか、当たり前のように、以前は夫の席だった場所に腰掛けて、テーブルに向かっていた。

「だけどさ、何も、そんなに迷惑そうな顔をすることも、ないんじゃないか?」

葉子は、黙って彼の顔を見つめた。迷惑そうな顔をしただろうか。瞬間、したかも知れないと思う。杉浦は、それを見逃さなかったのだろう。

「そんな顔、してないわよ」

「したね。冗談じゃないっていう顔」

「してないったら。被害妄想」

「じゃあ、なるか？」

「だって、冗談なんでしょう？」

「そうだけど」

缶ビールを差し出すと、杉浦は黙ってグラスに受ける。今夜はさほど酔っているように見えない彼は、相変わらず、何を考えているか分からない、静かな表情のままだ。葉子はふと、不安に駆られた。別れるつもりになっている？　それとも、何かの結論を出すつもりに？　それは困る、と咄嗟に思った。今はまだ、その時期ではない気がする。第一、別れを切り出すのなら、葉子からでなければならないのだ。意地でも、捨てられる女にはなりたくなかった。二度と。

「──今朝、さ」

ビールを飲み、小さく一つ息を吐くと、杉浦は口を開いた。

「女房に言われちゃった」

「──何を」

「別れたいって」

彼の口元には、微笑みともつかない歪みが浮かんでいた。葉子は背筋を伸ばし、大きく息を吸い込みながら、伏し目がちになっている杉浦を見た。

「私の、せい？」

それならば、さっさと身を引くしかない。自分の責任で、他人の運命が変わってしまうのは、たまらない。残念だけど、と言えば良いのか。それなら仕方がないわね、とでも言うべきか。だが、杉浦は「いや」と首を振った。

「原因は、向こう――つきあってる男が、いるんだと」

「奥さんに？」

思わず笑い出しそうになってしまった。だが、杉浦はその時になって初めて、わずかに情けなく見える、打ちひしがれたような表情になり、テーブルに片肘をついて前髪を掻き上げた。知りあった頃から比べても、ずいぶん白いものが増えたと思う髪は、今夜は特に脂気がなく見えた。

「どうしても、あきらめられない、その相手を、裏切れないからって」

「――どうするの」

夫婦のどちらかが、そんなことを言い出せば、別れないわけにはいかないだろう。たとえ、意地や執念で籍だけは抜かないにしても、とても共に暮らせる状態ではなくなるに違いない。子どもはどうするのだろう、やはり母親が引き取るのだろうか。だから杉浦は、葉子と一緒になる気になったのか。腹立ち紛れに、または淋しさを紛らすために、手っ取り早く帰る家を用意するつもりでいるのかと考えていた矢先、杉浦は「決まってるじゃないか」と言った。

「別れるわけ、ないだろう」

杉浦は、まるで見えない標的に狙いを定めるかのように、わずかに目を細めた。

「相手の男に慰謝料を請求する。もしも、どうしても別れたいって言うんなら、女房にも、それなりの慰謝料を請求する。絶対に支払えないくらいの金額を」

「それでも無理して払ったとしたら？」

「徹底的に邪魔するだけだな。追いつめて、噂を流して、その男だって、今の職場にいられなくさせる」

「そんな――」

「当たり前だろう？　男のメンツを丸つぶれにされたんだ。自分たちだけ、勝手に幸せになられてたまるか」

背筋が寒くなった。静かな表情のままで、この男は一体自分が何を言っているか、分かっているのだろうかと思った。それこそが、見苦しい悪あがきではないか。杉浦の表情を見る限り、彼が受けているショックは、愛する妻に裏切られたことによるものや、慈しんできた家庭が崩壊の危機にさらされているものとは、完全に異なる気がした。彼は、妻のことなど、とうに愛していないのかも知れない。それでも、家庭は壊さないという。

「あなた——全然、気がつかなかったの？」

探るように相手を見ると、杉浦は大きくため息をついた後、奇妙に素っ気ない表情のままで「ああ」と答えた。不自由はさせていない、苦労をかけたことはない、子どもだって可愛がっている。不満を抱かれる筋合いはないと、彼は言った。思っていたよりも愚かな男なのだろうか。

「無理に家庭に引き戻して、それでうまくやっていかれる？　あなた、浮気した奥さんを許せるの？」

「そりゃあ、あいつの努力次第だな」

目の前が真っ暗になる思いだった。この人が自分の夫でなくて何よりだったと、心の底から思った。

葉子の夫だった男は、確かに気難しく、身勝手だった。彼は離婚話を切り出したとき、葉子に対する感情が嫌悪に変わる前に、結論を出したいのだと言った。

——一緒にいる理由が、分からなくなったんだ。葉子の何が嫌だとか、どこが嫌いとか、そういうのじゃない。だけど、俺自身、君に必要とされてる気がしないし、二人ともが、一緒にやっていこうっていう気をなくしてる気がする。

日頃は決して口数の多い男ではなかった。その彼が、いつになく饒舌《じようぜつ》に、真剣に、誠意のある表情で自分に対して語りかけた内容が、二人の別れに関することだとは、何とも皮肉な話だと思った。そして、遠く過ぎ去った恋愛時代や新婚当初は、彼は常に、自分に対してこんな眼差しを向けてくれていたことを思い出した。いつの頃からか、彼が変わったのだと勝手に解釈していたが、そうではなかった。葉子に対してだけ、そういう眼差しを向けなくなっていたのだということを悟らされたときでもあった。

「努力なら、これまでも、しようとしてきたんじゃないの？　それが無理だと思ったから、自分なりに結論を出そうとしたんじゃない？」

「そんな勝手な話が聞けると思うか？」

「でも——無理に引き留めたって——」

「じゃあ、娘のことは、どうするんだよ！」

杉浦の怒鳴り声を初めて聞いたと思った。咄嗟に身構える気持ちになりながら、その瞬間、葉子は兄のことを思い浮かべた。男の怒鳴り声に、こんなにも恐怖を感じる一番の原因を作ったのは、兄だった。今、病床にいる兄は、怒鳴り声さえ上げられずにいるのだろうか。それとも、病人の苛立ちを、ベッドの上からでも周囲の人々に、あの志乃に、まともにぶつけているのだろうか。

「——とにかくさ、そうなったら色々と大変になるだろうと思うんだよな。だから、その時はさ——」

彼はグラスのビールを飲み干した。葉子は黙って二杯目のビールを注いでやった。

「協力してくれるよな」

「――何の？」

「だから、俺が心穏やかでいられるための」

動かない杉浦の顔が、この上もなく不気味なものに見えた。わずかに目尻が下がり気味の目元は、日頃は彼の思慮深さと共に円満な人柄を表していたはずだ。だが、その目こそが今、何の感情も含まず、奇妙に歪んで、自分に都合の良い身勝手な論理ばかりを湛える、不気味な淵に見えた。

この男の、こんな不気味な部分に四年間も気づかなかったとは、お笑いぐさだと思った。だが、彼は仕事上では貴重な存在でも、葉子の夫ではない。それを感謝すべきだった。別れるなら、早くするに限る。それも、かなり上手な言い訳を用意して、相手が納得する別れ方をしなければ、これまで葉子が漠然と思い描いていたものよりも、ずっと面倒なことになるだろう。離婚話が進んでいる最中に、愛人にまで別れを告げられたら、彼の中のバランスは、どうなるだろうか。タイミングをはかる必要がある。上手に。

「ああ、こんな時に甥っ子が来るなんてな。それさえなかったら、この年末年始、ずっと葉子と作戦を練れたかも知れないのに」

つまらなそうに呟いた後、「ウイスキー」と言う彼のために、静かにテーブルを離れ、葉子は、彰彦に感謝しなければと考えていた。少なくともこれから二週間あまり、この男から離れていられるだけでも、救われると思った。

5

翌日、日も暮れた頃になってようやく彰彦はやってきた。昼過ぎから鍋の支度を始め、風呂の用意も済ませて、何となく落ち着かない気持ちで甥の到着を待っていた葉子が、窓の外が暗くなるにつれて、苛立ちを覚えそうになってきた頃だった。

「すぐ、分かった？」

手には大きな鞄と紙袋を提げ、やはり大振りのリュックを背負っている彰彦が玄関に現れた時、葉子は思わず目をみはった。大きくなった。はにかんだように曖昧な笑みを浮かべているが、きちんと葉子の目を見るし、人に不快感を与えるような雰囲気でもない。髪は短くて黒いまま、ピアスもしておらず、むしろ好青年と言って良い子に育っていた。

「駅前の交番で聞いたんだけど、一度、分からなくなって」

重そうな荷物を下に置いて、彰彦はスニーカーを脱ぎ始める。少し前にブームになったものだろうか、ブランドまでは分からないが、とてつもなく大きく見えるスニーカーだ。あの志乃が、この子をここまでに育て上げた、様々な思いを抱き、幾度となく兄との離婚を考えながら、こざっぱりとした服を着せ、人前に出しても恥ずかしくない子どもにしたのだと思うと、不思議なほどに胸が熱くなった。

「途中で人に聞いて、やっと分かった。何だか、変わったみたいで」

「そりゃあ、そうよ。年中新しい建物が増えるしね」

靴を脱いで上がり込むと、彰彦はさらに一層大きく見えた。目線の位置からすると、杉浦と同じくらいだろう。思わず「大きくなったわねえ」と呟く葉子に、彰彦はまた曖昧な笑顔で応える。彼の服からは、ひんやりとした外気が伝わってきて、葉子はいそいそと、マンションの奥に彼を案内した。背後から、かつての兄によく似た声が「お邪魔しまぁす」と聞こえた。

日頃はダイニングのテーブルで食事をするのだが、今夜に限っては、リビングに出してあるコタツの方が良いだろうと思って、そこには、既にカセットコンロや食器の類を用意してある。葉子に素直に従ってきた彰彦は、コタツの傍まで来ると重そうな鞄やリュックを下ろして、紙袋をこちらに差し出した。

「母さんから。『お世話になります』って」

受け取った紙袋の中を覗くと、栗むし羊羹や栗鹿子の包みが入っていた。さらに彰彦は、鞄の中から野沢菜漬けと馬刺の燻製、ブルーベリーのジャムまで取り出した。志乃の心遣い。息子を託す母親の思い。何年も会っていないが、やはり、彼らは葉子の身内に違いなかった。

「こんなに、重かったでしょう」

「だって、母さんがどうしても持ってけって言うから」

「本当は、持って来たくなかったのに?」

わざと意地悪く言うと、彰彦はわずかに戸惑った表情になり、また曖昧な笑顔になる。それが、この年齢特有のものなのか、彰彦の性格から来るものなのかは分からなかった。だが、久しぶりに顔を見た甥からは、葉子が危惧していた、兄から受け継いでいるかも知れない猛々しさは感じられなかった。顔立ちそのものは、確かに兄の面差しと似ていなくもないが、その柔らかい雰囲気は、むしろ志乃から受け継いだものだろう。

全ての土産物を取り出して、ようやくコタツに足を入れた彰彦は、改めて室内を見回している。そして「懐かしいな」と呟いた。

「そう? 覚えてる?」

「覚えてるよ。テレビの位置も、あのラックも。前は、あそこに何かの額がかかってたと思ったけど」

彰彦の視線をたどって、葉子はわずかに微笑んだ。確かにかつて、彼が見ている壁には葉子が撮影した何点かの風景写真に混ざって、一枚のリトグラフがかかっていた。葉子は結婚祝いにもらったその絵を、独りになった最初の数カ月はぼんやりと眺めて過ごしていた。それを取り外させたのは、他ならぬ杉浦だ。意外に値打ちが出ているはずだという彼の言葉に従って、葉子は、それを売り払ってしまった。

「部屋、案内するわ。一応のものは揃えたつもりだけど、もしも足りないものがあったら、遠慮なく言って」

彰彦は素直に頷いて、葉子と一緒に立ち上がる。玄関に近い東向きの部屋をのぞき込んで、彼はやはり、黙って頷いた。

「どう?」

それでも彼は、ただ黙って頷いているだけだ。杉浦でさえ、立派なものだと言ったのに、手応えのない話だ、それとも何か不満でもあるのだろうかと考えていると、ようやく「ありがとう」という言葉が聞かれた。きょろきょろと見回す表情だけでは、何を考えているのかは分からない。だが、そんなものかも知れない。十代の少年がまことしやかな感謝の言葉を口にすることなど、期待する方が無理な話かも知れなかった。

「温風ヒーターしかないから、ひょっとしたら寒いかも知れないけど、寒いようだったらまた考えるからね。取りあえず、ご飯にしようか」

ゆっくりと頷く甥を見てから、葉子は台所に向かった。下ごしらえは済んでいる。あとは鍋を一煮立ちさせ、他に用意した総菜を出すだけだ。

彰彦が持ってきた野沢菜漬けをさっそく切ろうと思い立ち、流しに向かいながら、葉子は、こうして誰かの為に食事の支度をすることなど、何年ぶりだろうかと考えていた。以前は、料理は嫌いではなかった。夫は年中、会社の同僚や飲み友だちを連れてきたから、その度に台所に立って、忙しく立ち働いたこともある。

「今日は、ちょっと気合いを入れて作ったけど、毎日こうだと思わないでね」

台所から振り返ると、ちょうどテレビのリモコンを手にしていた彰彦は、こちらを見ずに、ただ頷いている。この家に着いて、まだものの数分しか経っていないというのに、すっかり勝手を知った者のように振る舞っている甥を見て、葉子は何となくくすぐったい気分になった。嫌な気はしない。むしろ、すぐにくつろいでいるらしいのが微笑ましかった。

二人の夕食は、テレビの音を背景に、和やかに、静かに進んだ。彰彦の方から口を開くことはほとんどなかったから、葉子は時折、自分の方から、志望校のことや、志望する学部のことなどを聞き出した。こちらの質問には、素直に答える。その結果、彰彦は工学部を志望していて、理系の大学についてはあまり詳しくない葉子にも分かるくらいの、かなり程度の高い大学を目指しているらしいことが分かった。

「頭、いいんだね」

「そうでもないけど」

「でも、落ちるに決まってる学校は、受けないでしょう」

葉子の言葉に、甥はまた、例の曖昧な笑顔で応える。優しげで好感は持てるものの、穏やかというのとも異なる笑顔に、葉子は微かに引っかかるものを感じた。少なくとも以前、この家に来た頃の彰彦は、こんな無意味な笑い方はしなかった。愛想の良さというよりも、それは、幼い頃から大人の顔色ばかり窺う傾向のあった彼が、多少の分別と共に身につけた、ある種の処世術のようにも思えた。

この少年は、それだけのストレスを溜め込み、それだけの傷を負っているのだろうかと思った。ふと、兄のことを聞いてみたい気がして、葉子は甥の様子を探った。遠慮しているふうもなく旺盛な食欲を見せている彼が、父親の話題になった途端に表情を変えるようでは困ると思う。本人は、出来る限り雑念を払って、受験に専念したいはずだということも分かっている。だが、家族の近況を聞くことは、自然なことだ。

「工学部に行きたいって、でも、誰に似たんだろう。お父さんは文学部だったし、お母さんだってどっちかっていったら文系だったでしょう」

彰彦は、初めて出てきた話題ではないという表情で、もぐもぐと口を動かしながら、「お祖父ちゃんじゃないかって」と言った。どちらの、と言おうとして、葉子は「ああ」と頷いた。葉子の亡父は、設計の技師だった。

「もし、そういうのが遺伝なんだとしたら、隔世遺伝だね」

彰彦は、こともなげに言った。十年以上も前に逝った父のことを、別に忘れていたつもりはなかった。むしろ、兄が癌を発病してからは、やはり父の因子を受け継いでいるのかと思い、前よりも頻繁に父のことを思うようになったくらいだ。だが、父の仕事のことは、あまり考えたことがなかった。

「お祖父ちゃんねえ。彰彦、覚えてる？」

「結構、覚えてるよ。夏休みとか遊びに行くとさ、映画とか、プールに連れていってくれたりした」

あまり家にいた記憶のない、たまにいる時には、いつも酔っていた印象のある父だったが、孫のことはそれなりに可愛がっていたのだろう。自分の父に、孫と呼ぶべき存在がいたこと、あの父が「お祖父ちゃん」と呼ばれる不思議さを感じながら、葉子は、彰彦の器にポン酢を注ぎ足したり、ガラス窓を曇らすほどに温かい湯気を上げ続けている土鍋から野菜などを取り分けてやった。

「それで、お父さんの具合は、どう？」

よく煮えた豆腐を熱そうに食べながら、彰彦は「べつに」と言った。

「急に、どうこうっていうことはないみたいだよ」

「こっちに来る前に、会ってきた？」

今度は、彰彦は首を振った。

「病院が、どこよりも一番、色んなウイルスの多い場所だから、今は行かない方がいいだろうって」

「お母さんが？」

小さく何度も頷く甥を眺めながら、葉子の中には志乃の顔が思い浮かんでいた。看病にやつれながら、この息子の成長ばかりを心待ちにしているに違いない志乃は、そんな形で息子を守ろうとしているのか。その言葉に従って、彰彦は、死に向かっている父親の顔も見ずに上京したということか。

「容態が急に変わって、よっぽど危ないっていうことにでもなったら、電話するって言ってたけど、親父はまだ、自分が癌だって知らないし、俺なんかが行くと、かえって怪しむかも知れないしさ」

「ああ、そういえば、お母さんに電話しておきなさいよ。ちゃんと着いたからって」

食事が一段落したら、と言う前に、彰彦は「うん」と言って勢いよくコタツから出た。場所を教えてやった電話に歩み寄る甥の後ろ姿を、葉子は改めてしみじみと眺めた。

——大きくなった。本当に。

兄と志乃という両親のもとで生まれた彼は、こうして何かあれば葉子を頼ってくる存在でありながら、確実に葉子とは無関係な人生を歩む存在であり、葉子には想像のつかない運命を背負っている。まだ少年の面影があるとはいえ、こうして眺めていても、男を感じさせる背中を持つようになった彼の心の中に、そう簡単に立ち入ることなど、もはやできるはずがないと思った。だがそれは、葉子に限ったことではない。本人が気づいているかどうかは分からないが、母親である志乃にしても、同じはずだ。

「もしもし？　ああ、俺。うん――着いた。五時、ちょっと前かな。ああ、うん――」

兄によく似た声が聞こえてきた。葉子は自分のためにだけ用意したビールを少しずつ飲みながら、改めて誰かと囲む食卓というものを眺めていた。結婚した当初も、その後の何年間も、一人が二人になり、やがて三人、四人と食卓を囲む人数が増えていくことを信じていた頃のことを思い出す。

「叔母さん、替わってって」

ほとんど会話も交わしていないと思ううちに彰彦に呼ばれた。葉子は電話をそのまま持ってきてくれるようにと手で合図をした。彰彦は、ああ、そうかという表情になって、コードレスの電話を持ってコタツに戻ってきた。

「お土産、色々とありがとう」

電話を替わると、葉子は真っ先に礼を言った。志乃の声は相変わらずで、「こころばかりの」と言ったり「お恥ずかしい」と言いながらも、別段、息子が無事に到着していることを安心して喜んでいるようでも、葉子に感謝の念を抱いている様子でもない。要するに、無感情なのだ。今更、驚くにあたらない。

「それにしても、大きくなったわね。びっくりしたわ。今、一緒にご飯を食べてるところだけど」

「ごめんなさいね、あの子、食べるでしょう」

「育ち盛りだもの、当然よ」

「後片づけ、させてちょうだいね。お風呂掃除でも何でも、自分のことは自分でさせてね」

受験勉強のために上京している甥に、そうそう家事の手伝いなどさせるわけにいかないではないかと思う。だが、そんなことを言えば、志乃は余計に恐縮して見せるに違いなかった。そして、さらに申し訳ない、有り難いなどという言葉を連発するだろう。見せるだけ。唇を動かすだけ。話が長くなるだけだ。

「取りあえず、出来るだけのことはするから。心配しないで」

「本当に、助かるわ。よろしくお願いします」

それから志乃は、今日も病院へ行って来たこと、兄もよろしく頼むと言っていたことなどを話し始めた。適当に相づちを打ちながら、ふと彰彦の方を見て、葉子はおやと思った。葉子が電話をかけている間、気を使って箸を休めているのかと思っていた甥は、いつの間にか煙草を指の間に挟んで、ゆっくりと煙を吐き出しながら、テレビを眺めていた。

6

翌日から予備校が始まるとわかっていながら、結局、十二時過ぎまで、葉子は彰彦と共に起きていることになった。まず、喫煙で驚かせてくれた彰彦は、食事が済んで風呂から上がると、今度はビールが飲みたいと言い出した。

「知ってるの？　お母さんは」

「知るわけ、ないよ」

「いつの間に、覚えたの」

「そりゃあ、友だちの家とかさ。ああ、叔母さん、まさか裏切ったりしないよね」

共犯者のような笑みを浮かべる甥を見るうち、葉子は自分でも不思議なほど気分が明るくなっていた。甥と一緒に、ささやかであっても志乃を裏切っている、母親の知らない一面を自分は知っているのだと思うと、愉快だった。

「そうねえ、条件次第かな」

「あ、汚ねえ。条件なんか出すの」

「決まってるじゃない」

条件にするつもりではなかったが、短い共同生活の間、甥に守らせたいと考えていた事項を、葉子は数え上げた。シーツや枕カバーはともかく、自分の衣類は自分で洗濯すること。夜食など、食事時間以外に台所を使った場合は、自分で片づけること。予備校で親しくなった人間を気安く家に上げたり、住所や電話番号を教えないこと。朝は自分で起きることなど。

「それから、もう少しあるわ。寝煙草は厳禁。お酒を飲んで帰ってこないこと。下手に補導でもされたら、私の責任だからね。今日は初日だから大目に見るけど、毎晩、飲むようでも、困るわよ」

彰彦は、何だ、という顔で頷いている。

「もっと、何か凄いことを言われるのかと思った。分かってるって。これでも受験生だし、日曜だけに、しておくよ」

それにしても、したたかな子だ。普通ならば、二、三日くらいは猫を被っていても良さそうなものなのに、上京した日のうちに堂々と煙草を吸い、ビールを飲みたがるところを見ると、幼い頃の、ただ小心なだけの彰彦ではなくなっているに違いなかった。

そして、甥と一緒の、新しいリズムの生活が始まった。八時前には家を出なければならないという彰彦のために、葉子は七時前に起きて、朝食の支度をするようになった。コーヒーを淹れ、トーストを焼いて、一応は相手が受験生であることを考え、卵とベーコンを焼いたり、サラダを作ったり、牛乳を温めたりする作業は、ずっと朝食抜きで過ごしてきた葉子にとって、そう楽ではない。一日二日だけならともかく、一週間、十日と続けばなおさらだ。

「彰彦くん、今日は？」

「昨日と同じ」

「私、今日は三時には終わる予定だから、夕ご飯、作れるから」

結婚していたときも、幾度となくこんな会話を交わしたことがあった。あの当時は、古い知り合いから依頼があったときだけの仕事だったから、多い時でも週に一、二回という程度だった。それも、その知り合いが職場を替わったりして、仕事は少しずつ減っていった。こんな会話を交わすことが出来たのは、結婚した当初の一、二年だったかも知れない。

「何か、食べたいもの、ある？」

彰彦はトーストを頬張りながら、すっかりこの家の住人のような顔で「そうだな」と首を傾げている。

「叔母さん、オムライスって作れる？」

「オムライス？　あんなもの、食べたいの？」

「俺、あれ好きなんだよね。だけど、うちの母さん、作れないんだ。チキンライスの上に、ただオムレツを広げたヤツが載ってるだけで、ちゃんと包めてないんだよな。俺ねえ、オムライスと、あと鶏の唐揚げが食べたいかな」

身体は大きくても、やはりまだ子どもなのだろうかと考えながら、葉子は頷いていた。本当は、オムライスを上手に作れるかどうか、自信がない。だが、以前の取材で、オムライスを売り物にしている洋食屋の写真を撮りに行き、店主が作るところをじっくり見学したこともあったし、別の機会には、オムライスを作ることの出来る専用フライパンという商品の写真を撮ったこともあった。フライパン中央に楕円形の凹みがあって、それを利用して卵を焼き、凹みの部分にケチャップライスを入れて、包み込めば良いという品物だ。いずれにせよ、何とかなる。

「そうそう、お小遣い、足りてる？」

「昼飯以外は、ほとんど使ってないから」

玄関口で送り出すとき、葉子は「いってらっしゃい」という言葉と共に必ず手を振った。そしてドアを閉めた後、まるで新婚時代に戻ったような、奇妙に華やぐ気持ちになっていることに気がついて、一人で赤面した。

――忘れないこと。あの子は私の子でも何でもない。

年末年始の時期は、印刷所やラボもまとまって休むから、雑誌は早めに仕事を進めなければならない。それだけに、世間が御用納めと呼ぶまでの数日間は、葉子も忙しく動かなければならなかった。疲労がたまらないように、翌日まで持ち越さないようにするために、本当ならまたベッドに潜り込んで、もう少し眠りたいところだったが、一人で暮らしているときとは勝手が違う。

──そういえば、明日はイブなんだ。

新しくコーヒーを淹れなおし、テレビのスイッチを入れて思い出した。彰彦に、何かプレゼントを用意するべきだろうか。家族から離れて、一人で受験勉強に励んでいる甥に、それくらいの気遣いをしてやっても良いかも知れない。

それから葉子はしばらくの間、今どきの十代の少年がどんなものを喜ぶかを考えた。女の子なら、流行のキャラクター・グッズでも、可愛らしい小物でもぬいぐるみでも、またはちょっとした化粧品でも、容易に思いつくものだが、男の子の物となるとどんと分からない。

コーヒーを飲み終え、家中に掃除機をかけながらも、葉子は考えていた。普段なら週に一度程度しかしないことを、この数日は毎日、忠実にこなしている。リビング、ダイニング、自分の寝室と仕事部屋に続いて、彰彦の部屋に向かう。彼が来た当初、「見られて困るものは出しておかないこと」と言い渡してあるから、躊躇《ためら》うことなく掃除機をかけることにしている。

ドアを開けた途端に、煙草の匂いと、何かの化粧品らしい匂いが鼻腔を刺激した。カーテンは閉じたままで、室内は薄ぼんやりとしている。彰彦の匂いの満ちた部屋に足を踏み入れ、葉子はまずカーテンと窓を開け、室内の空気を入れ換えた。ベッドの上は寝乱れたままだが、ヒーターのスイッチも切られていたし、さほど散らかっているということもない。

朝の風が吹き込んできて、テーブルの上に出しっぱなしにされている参考書類と、マンガ雑誌のページをめくった。その音を聞き、数日前まで物置だったときとは、まるで異なる部屋になった感のある空間を、葉子はしみじみと見回した。

――人の、匂い。

馴染みもない、懐かしさを覚えるものでもなかったが、それは、決して不愉快な匂いではなかった。今、志乃と彰彦の妹が留守を守る家の、彼の部屋も、この匂いがしているのだろうか。志乃は、息子の部屋の匂いを嗅ぎ、その都度、息子の無事を祈っているのだろうかと思う。それは、容易に想像のつく、また一方で、何となく薄気味の悪い光景だった。

「ねえ、家では、やっぱりお母さんに掃除させてるの？」

その日、約束通りにオムライスと鶏の唐揚げという献立で、二人で夕食をとりながら、葉子は思いついたように話しかけた。志乃の作るものよりも断然よく出来ていると褒めたオムライスを、言葉通り旨そうに頬張りながら、彰彦は「そんなわけ、ないじゃん」と答えた。

「じゃあ、今頃、お母さんは彰彦くんの部屋、探索してるわね」

例の曖昧な笑みを浮かべていた甥の眉の辺りに、ふっと苛立ちらしいものが浮かんだ。

「入るなって、言ってきたよ」

「そんなこと、守るわけないと思うけど」

「――どうして、そういうことすんのかな」

不機嫌そうな顔をすると、やはり、兄によく似ていると思う。だが、そんなことを言ったら、彰彦は今度こそ本当に怒り出すかも知れなかった。かつての兄が、そうだったように。

――そういうとこ、お父さんにそっくり。

母が言う度に、兄は猛り狂ったものだ。兄が怒ると分かっていながら、どうして同じことを言うのかと、その都度、身を固くしながら、葉子は不思議に思っていた記憶がある。母が無神経だったとは思わない。それでは、さほどの悪気はなかったからか、兄が怒り出すことなど何とも思っていなかったのか、思わず口をついて出てしまう言葉だったのか、第一、母はどういうつもりで、兄を父に「そっくり」と言い続けたのか――その辺りのことは、今もって分からないままだ。ただ、その一言によって兄が怒り出すことは、ほとんど日常茶飯事だった。同じ一言に、同じ反応。どちらも、その習慣を改めようとはしなかった。

「まあ、そうかもな。うちの母さんなら、そういうことしておきながら『知らないわよ』とかって、平気で言うんだろうな」

少し間をおいて、彰彦の方が口を開いた。葉子は「そう?」と言いながら、甥の顔を眺めた。

「そういうとこ、あるからさ。何か、こそこそしてるっていうか、疑い深いっていうか」

「そうなの?」

「叔母さん、そう思わない? うちの母さんてさ、結構、陰険なところ、あるって。昔から、ああだったのかな」

水を向ける言い方をされて、葉子は少しの間、迷わなければならなかった。何となく、腹の底の方から、微かな喜びにも似た感情が湧いてくる気がする。だが、相手は志乃の息子だった。まるで友だちに話すように、志乃と机を並べていた頃の思い出を語って良い相手だとも思えない。そのくらいの分別は持っているつもりだ。

「陰険ていうこと、ないんじゃない? ちょっと、はっきりしないところはあるけど」

「はっきりしないふりして、腹の中では、結構勝ち気だったりするんだ。やっぱり、陰険なんだよ」

すっかり母親っ子なのだろうと思っていた彰彦から、こんな話を聞くことになろうとは思わなかった。息子はかなり冷静に、きちんと母親を見ているということだ。葉子は志乃の顔を思い浮かべていた。一日に数え切れないくらい、ため息をつきながら、必死の思いで育ててきた息子に、こんな言い方をされていると知ったら、彼女はどうするだろうか。それを思うと、やはり哀れな気がする。

「親父が苛々するのも、分からないじゃないなあと思うとき、昔からあったんだ。あのおふくろが相手じゃあ、さ」

それだけ言うと、彰彦はオムライスの最後のひと匙を頰張り、「おかわり」と言いかけて、はっとする。

「あ、ないよね」

「チキンライスだけなら、多めに作ってあるけど」

「じゃあ、自分でやる」

皿を持って、素早くコタツから抜け出す甥を眺め、葉子は少しばかりやりきれない気持ちになりそうなのを感じていた。

兄の気持ち。志乃の気持ち。そんな両親を見てきた子どもたちの気持ち。この家族に、誰か幸せなものがいるのだろうか。それとも、一つの家庭を維持するということは、案外、どん欲に幸福など追い求めてはいけないものなのだろうか。家族というものは、共に幸せになりたいなどと、強烈に望むものではないのだろうか。今の葉子には、そんなことすら分からない。

　このところ、電話もかけていない杉浦のことが思い出された。妻の浮気を知りながら、絶対に別れないと言い切った男は、葉子のところへ来られない夜を、どこでどうやって過ごしているのだろう。彼は何のために、家庭を維持するつもりなのだろうか。幸福になりたいと、彼は望んでいるのだろうか。

「俺さ、このグリンピースっていうの、あんまり好きじゃないな」

「我慢しなさい。見た目もあるし、第一、豆類は頭にいいんだからね」

「分かってる」

　フライパンに残っていた分の、ほとんど大半を盛ってきたらしい皿に向かいながら、ちらちらとテレビを見、葉子の話しかけにも答える甥は、自分の両親や妹に対して、中でも、余命幾ばくもない父に対して、どんな感情を抱いているのだろうかと思う。

「俺さ」

テレビから目を離さないまま、彰彦が口を開いた。

「決めてるんだ」

「何を？」

「さっさと独立してさ」

「それで？」

「田舎も何もかも、全部、捨てようって」

もぐもぐと口を動かしながら、彰彦は、極めて明るい表情で言った。葉子は少しの間、何と答えたら良いのかも分からなくなって、ただ甥の顔を見つめていた。何か言ってやるべきだろうか、それでは志乃はどうするのだと、問いただすべきかと考えているとき、彰彦は再び、「叔母さんだってさ」と口を開いた。

「そうだったんだろう？」

「――そうだったたって？」

「だから、全部捨てて、身軽になったんだろうっていうこと。田舎とかさ、親とかさ」

志乃が話して聞かせているのに違いなかった。または兄だろうか。そんなことを、彼らに言われる筋合いはないと思った。その一方で、胸の奥が小さく疼いた。そう。私は捨ててきた。田舎も、親も、何もかも。

「男っぽいっていうか何ていうか、荷物を抱え込むのが嫌いなんだって、母さんも言ってたよ。うちの母さんは、何でもかんでもため込む方だけど、叔母さんは、感心するくらいに思い切り良く捨てるって。きっとダンナもその勢いで捨てたんだろうって」

「そんなことまで言ってるの？　もう、志乃ったら」

心の奥底に、長い間静かに沈殿していたものが、かき混ぜられて舞い上がる。彰彦の言葉に嘘がなければ、志乃の言い方は、決して悪意から出たものではないのかも知れない。だが、夫に愛人がいたことは、離婚を決めた時に話した記憶がある。捨てられたのは葉子の方だと、彼女は知っているはずだった。

「そういうの、いいよな。潔いっていうかさ。やっぱ、前に進もうと思うときは、厄介なものは捨てるしかないんだ」

屈託のない表情で、彰彦は自分に言い聞かせるように言った。葉子の中で舞い上がった沈殿物は、甥の言葉を肯定しようとも、否定しようともせず、ただ渦を巻いて葉子を混乱させていた。

7

仕事の帰りに、葉子は彰彦のために若者の間で流行っているという腕時計を買った。明るいうちに、急いでいったん家に戻り、カメラ機材を置いて、今度は夕食の買い物に出かけて、多少なりともクリスマスらしい献立を考え、両手に一杯の買い物袋を提げて再び家に戻る。

時折、壁の時計を気にしながら台所に立つうち、「我ながら」とため息が出た。特別なことはしないと言いながら、結局はこうやって動いてしまう自分が、少しばかり情けないと思う。その一方では、近い将来、故郷や親を捨てるつもりだと言い放った甥との関係を、志乃よりも自分の方が長くつなぎ止めておきたいという下心があるような気もした。意識的に計算しているつもりはないが、結果的にはそういうことになっているのではないかと思う。

五時過ぎには夕食の支度も整って、葉子は久しぶりにCDプレーヤーのスイッチを入れた。勉強で疲れて、寒い中を帰ってくる甥のために、少しでもクリスマスらしい雰囲気を作っておいてやろうという思いつきだった。

だが、一枚のCDが演奏を終える頃になっても、彰彦は帰ってこなかった。葉子は他のアルバムをかけ、徐々に感じてきた空腹に耐えながら、ぼんやりと時を過ごした。

——何かあったら、電話してね。

ここに来た最初の日に、葉子はそう言い渡してある。緊急の場合を考えて、携帯電話の番号も教えてあった。だが、電話は一度も鳴っていない。彰彦が来て以来、すっかり夕食の席になったコタツの上に準備されている料理や食器を眺めながら、葉子の中に小さな苛立ちが芽生え始めた。何か、あったのだろうか。幼い子どもではないのだから、まさかとは思う。それなら、なぜ電話を寄越さないのだ。放っておくべきだろうか。

少しずつ、落ち着きが失われていく。CDの音など耳に入らなくなってきた。こんなふうに誰かを待ち、苛立ちを覚えることは好きではなかった。

——何、やってるの。

今朝、いつもと変わった様子もなく、リュックを背負って出かけていった彰彦の姿が、繰り返し思い出された。もしも、甥の身に何かあれば、あの志乃に申し開きが出来なくなる。受験期の大切な少年を預かりながら、どうしてくれるのと詰め寄られる場面まで思い描いて、葉子の中の苛立ちはますます募った。

二枚目のCDが演奏を終えたところで、葉子はテレビのスイッチを入れた。民放の多くの局ではニュースを流している時刻だった。ニュースが終わる。NHKに替える。ニュースが始まる。また終わる。この苛立ちは、一体どこまで膨らむものなのだろう。いつまで、こうして待たされなければならないのだろうか。

だから、よその子を預かることなど、嫌だったのだ。どんなに大きくなったとはいえ、やはりこうして、葉子は気疲れする日々を送らされている。毎朝、早く起きなければならないことも、洗濯や掃除に時間を割かなければならないことも、可能な限り早く帰宅して夕食の献立を考えるだけだって、しばらく一人で暮らしてきた葉子にとっては、一つ一つが負担になっているのだ。

――電話の一本も、かけられないわけ？

九時を過ぎた。苛立っている場合ではないのかも知れない、これはいよいよ何かの対策を考えなければならないのだろうかと考え始めた矢先、ようやく電話が鳴った。葉子は飛びつくように受話器を取り上げた。

「ああ、やっぱりいたんだ」

「――どうしたの」

「どうしたのは、ないだろう？　このイブに、何をしてるかなと思って、電話したんじゃないか」

杉浦の声は、いつもと変わりがなかった。葉子は舌打ちしたい気分で煙草をくわえながら、「ありがとう」と答えた。

「どうだい、甥っ子との生活は」

「まああだけど――」

「今夜は甥っ子と二人でディナーってとこか？」

「――まだ、帰ってきてないわ」

「へえ、デートかな。やるねえ」

何となく小気味よさそうに聞こえた杉浦の声が、苛立ちのはけ口になった。「冗談言わないで」と、思わず語気をあらげて、葉子はこの数時間抱え続けてきた不安を一気にぶつけた。

「電話の一本もかけてこないのよ。これまで、ちゃんと毎日、決まった時間に帰ってきてたのに。もう、だから、嫌なのよ。こういう思いをしなきゃならないから、人の家の子なんか、預かりたくなかったんだから。ねえ、何かあったんだと思う？　どうしたら、いいかしら」

一息に言ってしまうと、受話器の向こうから「おいおい」という、何となく間延びした声が返ってきた。

「驚いたな。落ち着けよ」

「だって——」

「君が、そんなに過保護だとは思わなかった。相手は十八の野郎だろう？　そんなに心配することなんて、ないって」

「でも、渋谷あたりで遊び回ってる十八歳とは、わけが違うじゃない。珍しくて、夜の盛り場かなんかうろうろしてたら、喧嘩を売られる可能性だってあるだろうし、恐喝されるかも知れないし——」

「事件になってれば、警察かどこかから、必ず連絡があるさ。大丈夫だよ」

そう言われれば、そんな気もする。だが、それでも葉子の気持ちは完全には鎮まらなかった。

「だったら、どうして電話してこないんだと思う？　もしも何かあったら、私、あの子の親に何て言って謝ればいいと思うの？」

気持ちを鎮めたくて口にしているのに、かえって逆効果だったようだ。葉子は、ますます苛立ちが募るのを、もう止めることが出来なくなった。

「受験生なのよ。こっちはクリスマスだと思うから、それらしい用意までして、待ってるっていうのに」

「葉子」

杉浦に名前を呼ばれても、返事をする気にすらなれない。

「なあ、ちょっと出てこないか」

意外な言葉だった。こんな時に、家を空けられるわけがないではないかと答えようとして、だが葉子は、ふと思い止まった。考えてみれば馬鹿げた話ではないか。自分の子どものことでもないのに、こんなに気を揉んで、苛立たなければならないなんて。危ない。エネルギーを注ぎすぎている。

「今、新宿にいるんだけどさ。前、よく行ってたバー、覚えてるだろう」

それも良いかも知れない。だが、杉浦に会っても、さほど気が晴れるとも思えなかった。こんな時にまた、妻との離婚話について、奇妙に捻れた考えを自信たっぷりに語られるのは、たまったものではないと思う。それでも、そんな話は聞きたくないと突っぱねれば良いことだ。それに、会わなかった数日の間に、杉浦の方の状況も変わっているかも知れない。取りあえず、ここで空腹を抱えたまま、一人で苛々しているよりはましかも知れなかった。

「三十分で、来られるよな」

「今夜は、混んでるんじゃない？」

「もう、人の波も引ける頃だろう。熱い恋人たちなら、そろそろ二人だけになりたい時間だ」

電話を切ると、葉子はさっそく化粧をして支度を始めた。もしも今、彰彦が帰ってきても、冷ややかに、無表情に「出かけてくるわ」と言って、彼を置き去りにしてやろうと思ったのに、身支度を終えても、やはり彼は帰ってこなかった。

――最低。

急用で出かけるという言葉に、帰りが遅くなるのなら、電話をかけるように言ったではないかという文句を書き添え、さらに、帰り次第、葉子の携帯電話を鳴らすようにと書いたメモをコタツの上に置いて、葉子は夜の街に出た。

待ち合わせをしたバーに着くと、葉子を覚えていたらしいバーテンが穏やかな笑みを浮かべて慇懃《いんぎん》に会釈を寄越した。葉子も軽く微笑みを返して、既にカウンターに向かっていた杉浦の隣に腰をかけた。

「しかし、驚いたな」

イブだからということで赤のワインを抜き、乾杯をした後、杉浦は笑いながら口を開いた。この店には、常に控えめな音量でジャズが流れている。

「葉子が、あんなに心配性だったとはね。知らなかった」

「だって責任があるじゃない」

「大丈夫さ。今どきのガキは、こっちが思ってるほど間抜けじゃないって」

それは、よく承知しているつもりだ。渋味の強い、芳醇な香りを放つワインを口に含み、葉子はようやく、苛立ちの波が退いていくのを感じた。慣れないことをして、気負いすぎていたのだろうということが、ようやく実感出来てくる。

「大体、いくら受験生だって、せっかく田舎から出てきてるんだ、少しは羽根を伸ばしたいんだろう。葉子だったら大目に見てくれると思って、やってるんじゃないか?」

「あの子が何をしようと、そりゃあ、私は何も言わないわよ。ただ連絡がないのがね、嫌なだけ」

ひと言話してはため息をつき、ワインを飲んでは、ため息をつく。そうするうちに、あっという間に冷静になっていく自分がおかしかった。結局、自分は母親でも何でもないのだということが今更ながら感じられ、それにしても、こういうときのためだけでも、杉浦の存在は貴重だと改めて思う。自分らしさを保つために、周囲と適当な距離を置きながら、あまり大きく心を揺らさないために、やはり今のところ、杉浦は必要なのかも知れない。いや、杉浦のような存在は。

「これで、帰ってから小言でも言うのか?」

「まさか。『あら、いたの』って、言ってやるわよ」

葉子の答えに、杉浦は小さく笑っている。その、普段と変わらなく見える横顔を少しの間、眺めた後で、葉子は「ねえ」と少しだけ肩を寄せた。

「この前の話だけど」

「この前？　ああ、女房のこと」

「どうなった？」

「膠着状態。年末だろう、俺だって忙しいし、ゆっくり話してる暇はないから」

「ちゃんと、帰ってるの？」

上目遣いに相手を見やる。杉浦は「もちろん」と言うように眉を上下させた。

「他に、行くところもありゃあしないしさ。それに、こっちが留守にしている間に、とっとと家出でもされたら、かなわないから」

そして彼は、正月休みは車で田舎の実家に行くことにしたのだと言った。離婚話を持ち出している妻を連れて、自分の両親がいる家に帰るというのだ。

「しょうがないさ。葉子は受験生の坊ちゃんに夢中なんだし、同じ家の中で、女房の顔だけ見ながら過ごすなんて、息が詰まるし」

彼は普段の表情を崩さない。その横顔と、彰彦の曖昧な笑顔とが重なって見える。この男たちは、一体何を考えているのだろうか。どうして、そんな和んだ表情で、残酷なことを考え、人の気持ちに無頓着でいられるのだろう。

「奥さん、可哀相じゃない？」

「普段、ずっと離れてるんだ。たまに嫁さんらしいことをしたって、罰は当たらない」

「でも、家庭がうまくいってないときに、そんなことさせるの、酷じゃないの？　奥さん、余計に辛くなって、もっと別れたくなるかも知れない」

イブの晩に、ワインを傾けながら男と女が交わす会話にしては、あまりにも場違いで、重過ぎる。だが、それが今の葉子と杉浦が抱えている現実だ。彼は、他に話せる相手がいないと言った。だから、イブに呼び出しても、結局はこういう話になる。いや、違う。水を向けたのは葉子の方だった。

「現実をな、見せてやらないと、駄目なんだよ」

真っ直ぐに前を向いたまま、杉浦は呟いた。グラスの中の赤ワインは、店内の仄かな照明を受けて妖しい力を秘めた液体のように見える。グラスを掲げて飽きもせず、そんな光を眺め続けていた頃があった。この揺らめきや、自ら放つように見える輝きを、そのままカメラに収めてみたいものだと、憧れた頃があった。

「俺たち夫婦だけの問題じゃないってことを、分からせないと。親もいる。親戚もいる。子どももいる。その中で、誰だって皆、我慢してるんだっていうことをさ」

分別のある表情。もっともらしい口調。それは、間違ったことなど一度だって口にしたことはないという自信の現れだろうか。

「我慢するだけが、人生じゃないわ」

グラスのワインを見つめたまま、今度は葉子が呟いた。視界の片隅で、杉浦がわずかに驚いた表情を見せたのが分かった。

「私にだって、親もいた、親戚もいた。子どもはいなかったけど、それなりのしがらみがあった。でも、夫も、私も、それを切り捨てる覚悟をした」

「そりゃあ、君らの場合は——」

「要は、覚悟の問題よ」

どうやら今日は最後の最後まで、ワインを堪能する日にはならないようだと、小さくため息をつこうとしたとき、携帯電話が鳴った。

「ああ、叔母さん？　ごめん」

受話器の向こうから聞こえてきたのは、彰彦の声だった。予備校で出来た友だちと盛り上がって、一人だけ帰ると言い出せずにいたのだと言う彰彦の声は、多少のノイズに邪魔されながらも、十分に弾んで聞こえた。

「今夜中には、帰れるの？」

「今、もう帰るとこ。家に電話したら、いなかったから」

「私も、今から帰るところ」

「分かった。じゃあ、俺が先に着いたら、風呂の用意、しておくよ」

電話を切る頃には、杉浦は懐から財布を取り出していた。葉子は、ゆったりと微笑んで彼を見た。

「帰りますか。王子さまのお世話に」

ほんの少し冗談めかして言う彼の表情が、いつになく皮肉っぽく、歪んで見えた。

8

彰彦の予備校は暮れの三十日まで授業があった。新年は二日から始まるということで、たった二日の休みなら、田舎に帰っても仕方がないからと、彰彦は最初から東京で年越しをするつもりでいたらしい。それならば、少しはお節料理の体裁も整えなければならない。年内に片づけなければいけない仕事が一段落したと思ったら、今度は葉子の毎日は買い物に明け暮れることになった。我ながら嫌になると自嘲ばかりしていても、仕方がない。甥を預かることで、しばらくの間忘れていた、家庭らしい生活を取り戻したと思えば良いのだと、葉子はそんなふうに考えるようになりつつあった。

確かに、この数年の生活の方が、あまりにもなおざりで渇いたものだったという気がする。一人で暮らしているからといって、季節の推移にも無関心になり、心地良い住空間を演出することも放棄して、わざとと言えるほど味気ない日々を紡ぎ出してきた。わざわざ惨めになることはない。「どうせ」と半ば自棄《やけ》になり、拗ねたように温もりから遠ざかることもないのだと、改めて思い始めた。

「大晦日、俺、帰らないからね」

注連飾《しめかざ》りを買い、玄関の下駄箱の上には鏡餅も飾った日、夕食のときに彰彦が言い出した。

「友だちと初詣して、初日の出、見に行こうって言ってるんだ」

葉子は「あらそう」としか答えなかった。クリスマスイブ以来、彰彦は毎日ではないにしろ、少しずつ帰宅時間が遅くなりつつあった。時にはわずかに酒の匂いをさせて帰ってくることもある。自分は母親ではない、いちいち小言を言って、残り少ない共同生活の期間を不愉快にすることもないと、割り切ることにした。

「初日の出、どこに見に行くの」

「江ノ島がいいんじゃないかって。海から昇るんだって?」

幼い頃は栃木で過ごし、その後は長野に転居した彰彦にしてみれば、太陽は常に山の端から昇っていたことだろう。海から昇る太陽を見たいと思うのも、無理もない話だと思った。

「江ノ島ってさ、遠い?」

彼の左手首には、葉子が贈った時計が当然のように巻かれている。それを手渡してやったとき、彰彦は、初めて見せる生き生きとした表情で「すげえ」と言った。

「神奈川県、だよね。どうやって行くのかな」

「小田急線で行くつもりなんだろうけど、そうねえ、ちょっと、あるんじゃない？」

「二、三時間？」

「そんなには、かからないと思うけど。でも、言っておくけど、すごい人よ。初日の出より、人ばっかり見るようなものだから」

彰彦は「へえ」と目をみはり、嬉しそうにしている。このくらいの年頃では、人混みさえも嬉しいのかも知れないと、葉子も苦笑したい気分になった。

「そういえば、私も東京に出てきた最初の年、江ノ島に行ったわ。夜中まで友だちと騒いで、それから明治神宮に行って、その後で」

そんな頃もあった。上京して初めての新年だというのに、田舎にも帰らずに、あの年の冬はアルバイトに明け暮れて、その後はスキーに行ってしまった。

「でも、何だか曇ってて、初日の出なんて、はっきりと見えなかったような気がするな」

彰彦は、面白そうな顔で聞いている。

「とにかく、明け方になったら急に寒くなってきて、眠いし、お酒も醒めちゃってるでしょう。早く帰って眠りたいって、途中からは、それればっかり思ってた」

「そんなことまで、覚えてるんだ」

彰彦が目を丸くした。葉子は「当たり前よ」と笑った。

「だって、もう随分、昔のことじゃないの」

「そりゃあ、数えてみれば二十年以上も昔のことだけど、結構、覚えてるものよ。それに、自分では、そんなに時がたったなんて思えないしね」

今日も茶碗に山盛り三杯のご飯を食べ、多すぎるほど用意したおかずの全てを平らげて、ようやく満足した表情の彰彦は、葉子が淹れてやった茶をすすりながら「ふうん」と呟いた。

「だから、叔母さんは若いのかな」

「若い？」

「そんなに時間がたったって、思えないんだろう？　だから、若いまんまなのかなって」

確かに葉子は、とても四十には見えないと言われることがある。ショートカットでパーマもかけていないせいか、あまり小皺の目立たない肌質のせいか、それとも日頃はジーパンばかりという、服装のせいかは分からないが、仕事先でも三十代の前半に見られることがあった。それは、日頃の生活において、特に有利に働くことではなかったし、時には明らかに年下と思われる相手から横柄に扱われて、不愉快な思いをすることもある。それでも、こんな子どもからでさえ若いと言われて嬉しいと思うということは、それだけ老けてきた証拠なのかも知れない。

「うちの母さんと同い年なんて、絶対に思えないもんな」

彰彦は、わずかにつまらなそうな顔で呟いた。葉子は「そう？」と答えながら、志乃の顔を思い浮かべ、また、つい昨晩、彼女からかかってきた電話の声を思い出した。正月も東京に残る息子を気遣っての電話だったが、彼女の声はいつにも増して哀れっぽく、くたびれて聞こえたものだ。

——ちゃんと、やってるかしら。ご迷惑、おかけしてるんじゃないかしら。

葉子は、勉強のことは分からないが、毎日きちんと予備校へは行っているようだと答えた。単に授業を受けるだけでなく、いつの間にか友人まで作っていることは、黙っていた。葉子から見れば頼もしいことだったが、志乃が同様に感じるかどうかは分からなかったからだ。それを、彰彦は葉子が自分の味方になってくれたものと解釈したらしい。クリスマスイブ以来、葉子に余計なことを言われたくないせいか、何となく避けるような様子を見せていた彼が、再び人なつこい表情であれこれと話をするようになった。

「お母さんは、色々と苦労があるからでしょう」

「そうかな」

「あんたたちだっているし、お父さんのこともあるし、私みたいに一人で呑気に暮らしてるのと、違うじゃない」

彰彦は、納得したような、しないような表情でミカンの皮をむく。受験生といえば、もう少し切羽詰まったものではないかと思うのに、余裕があるのか、実感がないのか、彼はせっかく早く帰宅した日でも、こうして食事をとった後は、それなりにゆっくりと過ごすのが好きなようだ。

「だけどさ、昔から、そうだったよ。友だちの間じゃあ、家の母さんは、年は一番若い方だったけど、とてもそんなふうには見えなかったもん」

「でも、可愛かったのよ、お母さんの若い頃って」

「写真で、見たことある」

彰彦はミカンを頬張り、「あれじゃあ、詐欺だよな」と言った。

「あんなに変わるものかと思ったらさ、あんまり若いうちに結婚なんか、するもんじゃないなあって、思うよ」

「あら、結婚のことなんか、考えるの?」

志乃の話は、どちらに転んでも愉快なものにはなりそうにない。葉子自身、志乃の息子に対して本音で語るわけにもいかないから、話題を変えることにした。

「そういえば彰彦くんて、彼女、いるの?」

彰彦は、少し驚いた表情になり、照れ隠しのようにまたミカンを頬張る。

「そういうこと、いきなり聞くなよ」

「いいじゃない。教えてよ」

肌が黒くて、妙に長く見える指で、彼はミカンの筋をむく。その手の表情が、亡父に似ていると思った。父の手というものを、これまではっきりと思い出したことはなかったが、その手は確かに彼の祖父のものと、そっくりだ。理系に進みたいと言い、手の形まで受け継いでいる彰彦を、葉子はやはり血縁として眺めないわけにいかなかった。

「大晦日にさ――だから、一緒に初日の出、見に行こうって言ってるヤツ」

「ああ、それが彼女なの？　一緒に、東京に出てきてるの？」

それならば、イブも、その子と一緒に過ごしていたのだろうかと考えたとき、甥は、そうではないと首を振った。予備校で親しくなった数人の仲間の中に混ざっていた、新潟から出てきている少女と親しくなったのだという。

「じゃあ、出来たてのホヤホヤ？　まだ、彼女とも呼べないくらいじゃない」

「そうかも、知れないけど」

「予備校で彼女まで作っちゃうなんて、しっかりしてるわねえ」

葉子に冷やかされて、彰彦は例の曖昧な笑みを浮かべた。そして、実は同じ学校にもつきあっている子がいるのだが、彼女とは進路が違いすぎるので、卒業すれば終わりになるだろうと考えていた矢先だったのだと言った。

「へえ、もてるんだ」

「そんなことも、ないけどさ」

外見からすれば、確かにそれほど見栄えの悪い方ではない。今どきの高校生に、彼女の一人や二人いるのは、何の不思議もない話かも知れなかった。

「じゃあ、同じ学校の彼女の方とは、もうすぐお別れになっちゃうんだ。それで、平気なの？　全然？」

「だって、しょうがないじゃん。俺って基本的に、いっつも傍にいたい方なんだよね」

「あら、でも、今度の彼女なんか新潟なんでしょう？　冬休みが終わったら、離れ離れじゃない」

彰彦は、一人前の男のように、わずかに思案深げな表情でため息をつく。

「だから、まあ、今回限りってことに、なっちゃうかも知れないよね。お互い、志望の大学に入れたら、新しい展開があるかも知れないけどさ」

ドライというか、淡泊な話だ。葉子が知っている恋愛感情とは違う次元の話のように思えた。ついでに、相手の少女がどう考えているかも聞いてみたが、彼女の方も、今は取りあえず受験に集中すべき時だから、お互い故郷に帰ったら、受験が済むまでは連絡も取り合わないようにしようと言っているという。

「本当はさ、そいつ、一浪なんだよ。だから、かなり必死なんだ」

「――ねえ」

頬杖をついて、しげしげと甥の顔を眺めながら、葉子は言うべきかどうか、わずかに迷った言葉を口にすることにした。

「避妊だけは、ちゃんと、しなさいよ」

彰彦は、ちらりとこちらを見て、それからわずかに憮然とした表情で「分かってる」と答えた。

「そういうこと、言うかな」

「だって、言っておいた方がいいと思ったから。傷つくのは、女の子の方なんだからね」

「分かってるよ」

「コンドーム、自分で買うのよ」

「分かってるって」

「コンビニでもどこででも、売ってるからね。そういうこと、女の子に心配させるんじゃないのよ」

「もう、分かったから」

二つ目のミカンに手を伸ばし、彰彦は膨れ面になりながら皮をむき始めた。うるさいと感じるのなら、さっさと席を立ちそうなものなのに、動く気配はなかった。

「――やっぱ、傷つくよな」

わずかに口調を変えて、彰彦が呟いた。

「叔母さん、知ってる？」

「何を」

「理菜のこと」

突然、姪の名を出されて、葉子は首を傾げた。彰彦が妹の名を口にしたのは、ここに来て初めてのことかも知れなかった。幼い頃の理菜は、すぐに調子に乗る性格で、おとなしい兄を泣かすような少女だった。叱らなければならない回数も多かったが、褒める回数も多かった、笑わせてもらうことも多かったという、要するに活発で愛敬のある少女だったと思う。五、六年前に、彰彦と一緒に泊まりに来たときも、三つ違いの兄よりもよほどしっかりしていて、瞬く間にこの家での生活に慣れ、葉子の夫も、理菜に話しかけられるときだけは相好を崩していたものだ。

「妊娠してさ」

葉子は一瞬、どう答えれば良いか分からないまま、ミカンの皮をむく彰彦を見つめていた。妊娠？　あの子が？　そんな早熟な少女になっているのだろうか。志乃は、一体どんな子育てをしてきたのだろう。頭の中を様々なことが駆け巡ったとき、だが彰彦は、苦々しい表情で、大きく息を吸い込み、妹の責任ではないのだと言った。

「レイプされたんだ。それで」

咄嗟のことに、声も出なかった。胸が詰まった。葉子は言葉を失い、自分の頭の中で「レイプ」という言葉を繰り返していた。あの小さな理菜が、ぴょんぴょんと飛び跳ねていた少女が。そんなことが現実に起こるのだろうか。その結果、妊娠するなんて。そんなことに、なっていたなんて。

「俺は、知らないことになってるんだ。だけど、母さんがパニックになっちゃってさ、すごく泣いて、どうしたんだって聞いたら——話してくれた」

「——いつの話？」

「今年の、春。中三になって、すぐ」

少年にとって、自分の妹が他者によって暴行を受けるということが、どう感じられるものかは分からない。だが、日頃は淡々とした表情を崩さない彰彦が、さすがに苦しげな暗い顔になっている。

「東京に出てきた方がいいのは、俺より、あいつの方かも知れないんだよな。犯人も捕まってないし、あいつ、変わったから」

身内でなくとも、衝撃を受ける話だった。暴行を受けただけでなく、その結果、妊娠までした少女が、それからの日々、どんな現実を背負っているのだろう。兄は、志乃は、そんな娘を、どうとらえているのだろうか。

「そんなこんなで、何を考えてもさ、いいことなんか、何もなさそうな気になるから、だから俺、全部、捨てるんだ」

最後に、彰彦はそう呟いた。

第二章

1

年が明けて松がとれた日、彰彦は「またね」と言い残して、実家へ戻っていった。三学期は、始業式にだけ出席すれば、後は授業がなくなるので、じきにまた上京するからと、彼は着替えや数冊の参考書を残していった。

仮ではあっても、主が不在になった部屋には、彰彦の匂いだけが残されていた。葉子は、毎日その部屋の空気を入れ換え、埃を払うことを忘れなかった。言い訳はいくらでも出来る。だが、再び彰彦がやってくる日を心待ちにしていることは否定のしようがなかった。一人に戻った空間は、重く、虚ろだった。

「そっちの方が集中できるって、帰ってきてから、そればっかり」

彰彦が帰った当日に電話を寄越した志乃は、さらに数日後にも電話をかけてきて、そう言った。

「あんまり言うものだから、理菜まで『私も葉子叔母ちゃんのマンションに行きたい』

なんて言い出して。困るわ」

最後の「困るわ」というひと言には、葉子に迷惑をかけて困っているというわけではなく、まるで自分の子どもが葉子に籠絡されたとでも思っているかのような、どこか非難めいた響きがあった。

「兄さんの方は、どう」

相手の不快感になど気づかないふりをして、葉子はさり気ない聞き方をした。志乃は、相変わらずだと答えた。徐々に衰弱し始めているような気はする。随分痩せて、かえって若い頃の風貌に似てきたようだと、志乃は淡々と語った。

「毎日、行ってるの？」

「一応ね。完全看護だから、何をするっていうこともないんだけど、八つ当たりの相手が欲しいんでしょう。何かの用があって行けなかったりすると、次の日はものすごく不機嫌になるから」

兄本人は、正月くらいは一時帰宅が許されるのではないかと、微かな期待を抱いていたらしいという。だが、病院の許可は下りなかった。

「その上、この前、隣のベッドにいた患者さんが、亡くなったのね。それでまた、ものすごく動揺して。暮れまでは、気持ちも安定してたんだけど、それきりずっと、例の調子」

「――やっぱり、怖いんだろうと思うわ」

「そうなんだけど。でもねえ――」

志乃の言いたいことは察しがつく。手に余る。ほとほと愛想が尽き果てているところへ来て、最後まで、こんな思いはさせられたくないと、そう言いたいに違いなかった。

確かに、患者の中には、一時的に動揺したとしても、時間の経過に伴って、自分を襲った病、突きつけられた死というものに対して、真摯に向き合い、心の整理をつけようとする人もいることだろう。愛する家族や周囲を気遣うことを忘れない人も少なくないに違いない。兄という人は、自分が健康なときには、それこそ誰よりも胸を張って、自分は病も死も畏れないと公言するような男だった。

だが、いざ人生の終焉を迎えようという段になってもまだ、兄は兄のままでしかないということなのだろう。元来、利己心ばかりが強く、周囲の者をどれほど振り回してきたか分からないというのに、その上さらに、日頃は虚勢を張り続け、隠しおおせているつもりでいたに違いない小心さをも露呈させて、妻に当たり続けている。最後の最後まで、そういう人なのだと、志乃のため息が物語っている。

「彰彦がね、こっちに戻ってきてから一度、顔を出したんだけど、もう駄目。受験を控えてる息子に、『頑張れ』でもなければ『俺のことは心配するな』でもないんだもの。まるで、何しに来たんだとでも言いそうな雰囲気で」

そんな父親と対面したとき、あの彰彦はどんな表情を見せたのだろうか。一見して穏やかに見える彼の内で、やはり「捨てる」意識ばかりが育ったのではないだろうか。

相手の嫌味から解放されたくて話題を変えたつもりが、かえって長い愚痴を聞くことになった。志乃は、それから小一時間も話し続けた。

「私も、行きたいくらい。もう、疲れちゃった」

そろそろ電話を切りたいと思い始めたとき、葉子の耳に、兄嫁の呟きが届いた。

一瞬、志乃も死にたいと言っているのかと思った。地元の短大を卒業した直後、兄に押し切られる形で家庭に入った彼女は、その後の二十年の間に、少なくとも十回以上は葉子に対して「死にたい」と洩らしたことがある。だが、志乃は「東京へでも行きたい」と続けた。葉子は内心、ほっとため息をついた。

「子どもたちが、羨ましい」

姪のことを思い出した。彰彦から口止めされているから、彼女が受けた屈辱的な体験については何を言うつもりもなかったが、やはり、何とかしてやれないものかという気持ちは働いている。姪だから、ということもあるだろうが、葉子ですら経験したことのない思いを、中学生の少女が背負うことになった、既に一年近くも背負い続けているという事実が、やはりあまりにも痛ましかった。

「何もかも放り出せたらって、思うわ」

葉子から、どんな言葉を期待しているのだろうか。志乃は、くどいほど自分の窮状を訴え続ける。だが、もう少しの辛抱ではないかなどと言える事柄ではなかった。少なくとも、死の床に伏しているのは彼女の夫であり、葉子の兄なのだ。

「理菜ちゃんも、受験でしょう」

「ああ、そう。そうなの。二人同時だからね」

「それが済んだら、少しは楽になるんじゃない？　理菜ちゃんだって、家の手伝いくらいしてくれるんでしょう？」

「そうだけど——」

こういう話に結論はない。取りあえず、電話を切りたかった。葉子は、彰彦については、受験期間中は引き続き受け入れるつもりであることを告げ、あまり相手が嬉しそうな声も出さないので、ほとんど勢いのようなもので、良かったら理菜も寄越さないかと言ってしまった。言いながら、自分が泥沼にはまっていく気がする。自分で自分の首を絞めていると思った。

何が出来る？　普通に接するより他に、出来ることなど、ありはしない。いや、何かしてやりたいから呼ぶのではないかも知れない。葉子自身が、持て余しそうになっている心の隙間を、そんな方法で埋めようとしているのに違いなかった。

「理菜も？」

「受験が済んで、春休みにでもなったら、どうかしら。高校進学のお祝いっていうことで」

「でも、お兄ちゃんがお世話になる上に、理菜までっていうのは――」

「昔は二人揃って来たじゃない。それに、あなたも少し、一人になった方がいいかも知れないでしょう」

「一人に――」

「病院のことはあるだろうけど、他の煩わしいことからは解放されて、少し考える時間も必要なんじゃない？」

「――そうねえ」

志乃は、それならば娘に聞いてみることにすると、憂鬱そうな声で答えた。

「でも、お兄ちゃんよりも、もっと、ご迷惑をかけることになるかも知れないわ。あの子――難しい年頃だから」

「そうなの？　前は明るくて扱いやすい子だったじゃない」

「――まあ、色々とあってね、変わった、わねえ。悪いことするとかね、そういうんじゃないけど」

「二人いっぺんじゃあ大変かも知れないけど、彰彦くんの受験が終わった後なら、私の方は構わないわよ」

小ずるい計略のような気がした。仕事以外の部分で多忙になりたいと思っている。親切な叔母のふりをして、その実、我が身を守ろうとしている。頭の片隅で、杉浦のことを思った。彼が再びこの家に通う日を、何とか日延べしようという、そういう計算も働いていることは否めない。

何れにせよ、急ぐ話ではないのだから、姪にそのつもりがあるのなら、そのうち電話を寄越すようにと言伝《ことづて》をして、ようやく長い会話は終わった。葉子は、何気なく彰彦の使っていた部屋を覗きに行き、彼が去った後、今度は姪が使うかも知れなくなるときのことを想像した。まだ微かに残っている彰彦の匂いも、その時は新たな匂いにかき消されるのだろう。そうして、特定の個人の痕跡は互いに混ざりあい、互いを薄めあって、やがて何も残らないようになる。その方が、後々は楽になる気がした。

2

正月気分も冷めた頃、普通の会社勤めの人たちより一足遅く、葉子も活動を再開した。それを待っていたかのように、クリスマスイブに呼び出されたきり、連絡が途絶えていた杉浦から電話が入った。一月も半ばを過ぎていた。

「ご無沙汰してます。お元気ですか」

仕事場から電話を寄越すときの、芝居がかった口調だった。その時は葉子もカメラを構え、冬の陽射しがこぼれる公園で、子犬の写真を撮影している最中だった。

「お忙しいでしょう」

「今、仕事中なのよ」

「そりゃあ、申し訳なかった。すぐに済みますから、よろしいですか」

「日が陰ると困るの。手短にして」

「今夜ですねえ、ちょっと、お時間を作っていただけませんか」

「今夜？」

「何か、ご予定がおありですか」

小さな携帯電話に向かって「分かりました」と答えると、杉浦は「助かります」とだけ言って電話を切った。ブルゾンのポケットに電話を突っ込むと、葉子は再び営業用の笑みを浮かべた。

「済みません、失礼しました。じゃあ、ワンちゃんをもう一回、こちらに走らせていただけますか」

枯れた芝生の上に腹這いになり、自分の背後に飼い主を控えさせて、子犬を走ってこさせる。この仕事は、毎月というわけでもないが、定期的に舞い込んでくるペット専門誌の仕事だった。動物の写真を本格的に撮ろうと思うと、人間を相手にするよりも、よほど難しい。単に風景を撮ったり、飲食店や商店を歩き回るよりも、ずっと神経を使って、愛想を振りまかなければならない面倒もあった。

背後から、飼い主の「チロちゃん」という呼び声がかかった。その瞬間、二十メートルほど離れた位置で、ライターに抱き留められていた子犬は、自分の勢いでつんのめるのではないかと思われるほどの足取りでこちらに向かって突進してきた。ファインダーを覗き、その表情を連写しながら、葉子は、そのひたむきさに小さく感動していた。誰かに向かって突進する勢い。疑いを知らない眼差し。今の自分にはまるで無縁なものだ。

――来るのは愚痴をこぼしたい男と、受験生だけ。

それにしても、杉浦は「助かります」と言っていた。その言葉が引っかかった。周囲に人がいることを気にしての、営業用社交辞令なら良いのだが、本当に葉子の助力を必要としているのだとしたら、また面倒なことになりそうだ。

一度、飼い主の腕の中に全力で飛び込んだ子犬は、まるでじっとしていることがなく、千切れんばかりにちっぽけな尾を振りながら、今度は腹這いになっている葉子の顔をなめ始める。葉子は声を出して笑い、「今度は横から撮りましょう」と言った。

「チロちゃん、今度は横からだって。格好良いところ、撮ってもらいましょうねえ」

飼い主の女性は、葉子と同年代と思われる主婦だった。我が子を慈しむのと同じ眼差しで、彼女は、尾を振り続ける子犬に話しかける。葉子は服についた芝を払いながら、適当なアングルを探して移動した。

――私も、犬か猫でも飼おうか。

だが、淋しさの慰めをペットに求めて、今よりもなおひっそりと暮らす自分を想像すると、かえって惨めな気がしてくる。部屋にはカメラの機材もあるのだし、埃を嫌うものも少なくない。地方に行かなければならないときは、留守の間の処置にも困るだろうし、死なれた時のことを考えればなお憂鬱だ。そんなあれこれを考えると、やはり面倒になってしまう。

「お写真て、いただけるんですか？」

撮影が済むと、子犬を抱いた飼い主が話しかけてきた。葉子は、それならば編集部の方にプリントしたものを渡しておこうと請けあった。そう約束しておきながら、実は忘れたままになっている写真が、これまでにも、数多くある。悪気はないのだが、次から次へと取材先を回り、ほとんど機械的にこなしている日々の中で、普段と異なる手間はつい後回しになり、やがて記憶の彼方にも追いやられて、たまに思い出した時には、必要なフィルムは既にうずたかく積み上げられた底の方に紛れ込んでいて、容易に探す気にさえなれなくなっているからだ。

「よかったわねえ、チロちゃん」

飼い主は、心から嬉しそうな笑顔になって、抱き上げた子犬に話しかけている。葉子も一緒になって子犬の頭を撫でた。

「チロちゃん、頑張ったわねえ。

「頑張り屋さんだものねえ」帰って、ごちそう食べましょうねえ」

飼い主は、子犬についてその性格から始まって、親犬の血統、その飼い主、自分の夫との関係に至るまで、いつ果てるとも知れない自慢話を始めた。葉子はライターと共に、しばらくの間は笑顔で彼女の話を聞いていた。時折、心の底から馬鹿馬鹿しくなる。相手に不快感を与えず、出来るだけリラックスした表情を引き出すのが、カメラマンに要求される技術の一つだ。それは十分に承知しているが、明らかに世辞と分かる言葉を並べ立て、時にはこうして子犬の機嫌まで取らなければならない自分が、単にカメラを携えた太鼓持ちにしか感じられなくなる時がある。

――いつまで、続くんだろうか。

おそらく、可能な限りいつまでも続けなければならないのだ。運と仕事ぶりによっては、やがて著名人のスナップなども撮れるようになり、写真の脇に自分の名前も印刷してもらえるようになるかも知れないが、結局は、それだけのことだ。子どもの成長が励みになるわけでもなく、悠々自適の老後が待っているとも思えず、その日暮らしに毛が生えた程度の日々の中で、ただ年齢だけを重ねていくのだろう。

「宇津木さん、そろそろじゃないですか」

ライターが腕時計を指さしながら囁きかけてきた。今日はこの後、別の編集プロダクションのライターと落ち合って、「タウン情報」の写真を撮りに行くことになっている。回るのは、内装やメニューの奇抜な個性を売り物にしているカラオケボックスと、昔ながらの駄菓子屋、そして、おからケーキの専門店。葉子は目顔で頷き返して、まだ話し続けている飼い主をライターに任せ、せっせと機材をしまい始めた。「じゃあ、これで」と挨拶をすると、飼い主は少しばかり意外そうな表情になったが、話を止めてまで葉子に挨拶を返そうとはしなかった。

——こんな毎日のために。

馴染みのない街を、来たときの記憶を頼りに駅に向かって歩きながら、ふと思う。こういう日々を送るために、これまでの人生があったのだろうか。今の彰彦や理菜の年頃には、何を思っていただろう。自分もいつか四十歳になり、夫も子どもも持たないまま、子犬の機嫌を取って、真冬の芝の上に寝そべるような仕事をするなどと、ほんのわずかでも想像したことがあっただろうか。

子ども時代に描いていた夢を実現させている人間など、そう多くいるはずがないことくらい、百も承知している。誰もが偶然の積み重ねの上で、職業を選び、住む場所を選び、夢という言葉さえ忘れて、現実という重荷を背負っている。やがて、この鞄の重さが肩に応え、職業病とも言える腰痛が、我慢できないほど辛く感じられるときが来るに違いない。その時、自分にはどんな選択の余地があるだろう。やはりまた、何かの偶然に頼ることになるのだろうか。

電車に揺られながら、今夜、久しぶりに会う杉浦のことを思った。今更、ときめきや、気分が浮き立つということもなく、ただ単に、冷蔵庫の中の食料のことに頭が行く。それでも葉子は、彼の顔を見れば微笑みを浮かべて「久しぶり」と言うだろう。会いたかった、とも。

もしも彼が、今度は冗談ではなく、葉子と一緒になりたいと言い出したら、自分は何と答えるだろうか。その可能性は、以前よりも高くなっているかも知れない。一人でいるよりはましだから、これからの季節を、ずっと自分一人で迎えるのは辛いから、再婚も一つの選択だとは思う。もはや、反対する身内は、葉子の側には誰一人としていない。今度こそ大丈夫なのと、葉子の決断を心配してくれる人間さえ、いないのだ。兄などは、たとえ健康でいたとしても、関心さえ示さないだろう。だが、あの杉浦は、やはり避けた方が良い気がする。どうも、あの杉浦には、何か引っかかるものを感じる。日頃の彼からは想像もつかない、だが間違いなく彼の中にひそんでいる何かが、最近の葉子には不気味に思えてならないのだ。意外な、または新たな一面に過ぎないと、簡単に解釈し、受け入れることなど、到底できない気がする。今更、それに気づかないふりをし、妥協してまで結婚することはない。

その日、予定の仕事を全て終え、フィルムをラボに納める頃には、身体は芯から冷え切っていた。温かいコーヒーを飲みたかったが、既に午後八時を回っていたから、葉子は寄り道をせずに、真っ直ぐマンションに向かった。

葉子のマンションは、中野にある。葉子の好きな街だ。少し足を延ばせば、新井薬師もあるし、東京が江戸だった頃から栄えていたという商店街もある。駅前は常にざわめいていて、献血を呼びかける人がいたり、花売りがいたり、時には面倒なキャッチセールスなども徘徊している。その、埃っぽく、落ち着きのない駅に降り立つと、ようやく一日が終わった気分になった。

「叔母ちゃん！」

改札を通り抜け、酔ったサラリーマンたちの姿も見られる時間帯になった駅前に足を踏み出した時だった。細く、甲高い声が聞こえた。振り返った葉子の方に、長身の、髪の長い少女が駆け寄ってきた。

「——理菜ちゃん？」

白い息を吐きながら目の前に立った姪は、葉子よりもずい分、背が高くなっていた。

「どうしたの、こんなところで」

「叔母ちゃん、待ってた——電話してみたけどずっと留守だったから」

「いつ、来たの」

「夕方」

カーキ色のオーバーを着て、チェックのマフラーを巻いている理菜は、驚くほど鋭角的な印象の、神経質そうな少女になっていた。葉子は、ほとんど反射的に、この子を叱ってはならないと思った。この子を拒絶してはならない。

「じゃあ、夕方からずっと、待ってたの？」

「マンションまで、行ってみようとしたんだけど、何だか分からなくなっちゃったから」

「寒かったでしょう」

それだけ言うのが精一杯だった。駅の改札口からは、次々に人が吐き出されてくる。

葉子は、彼女の背を押して、歩き始めた。

「もう一つの改札口にいなくて、良かったわねえ」

「改札口を出たところの風景は、何となく覚えてたから」

並んで歩きながら、葉子は未知の人と歩いている気分になっていた。葉子の記憶の中にいる理菜は、まだ小さくて、丸顔で髪も短かった。その変貌ぶりは、彰彦以上のものがある。

「背、伸びたのねえ。何センチあるの」

「一六三センチ。去年の春、はかったときは」

「じゃあ、もっと伸びてるかも知れないわね」

笑顔で見上げても、理菜は口元で薄く微笑むだけだ。それは、彰彦の曖昧な笑みとも異なる、外界と彼女とをつなぐための、唯一の糸のように思えた。

「ねえ、ちゃんとお母さんに、言ってきてるんでしょうね」

「——お母さん、今日も病院だから。手紙、置いてきたけど」

それならば、今頃は葉子の家の電話には、志乃からのメッセージが何度となく入っている可能性がある。そのことを考えると、憂鬱になった。彼女の「困るわ」と言った声が思い出される。

「叔母ちゃん」

細い声で呼ばれて、葉子はもう一度理菜を見上げた。

「いつでも、来ていいって、言ったんでしょう？」

「ああ、春休みになったらどうかって、そう言ったけど」

「それ、聞いて。春休みは、まだだけど」

「学校は？」

返事はなかった。休んだに決まっているではないかと、葉子は自分で自分に答えた。高校生ではないのだ。卒業間近まで、授業はあるに決まっている。理菜は、それさえも放棄して、葉子のもとへやってきた。

「携帯電話の番号、聞けばよかったのに。お兄ちゃんには、教えてあったのよ」

それにも、理菜は答えない。ただ黙って葉子についてくるだけだ。葉子は、何度となく彼女の横顔を見上げ、拒絶はしないにしても、では、この少女をどう扱えば良いものかと思案していた。とにかく、まずは杉浦に今夜の約束をキャンセルする電話をしなければならない。歩きながら携帯電話を取り出し、葉子は理菜に笑いかけた後で、杉浦の携帯電話を呼び出した。数回のコールの後で出てきた杉浦は、だが、もう既に葉子のマンションに到着していると言った。

「仕事が早く終わったんだ。たまには一緒に夕食もいいだろうと思ってさ。こういう時のために、鍵を渡しておいてくれればいいのに」

今度は葉子が、業務用の言葉で話す番だった。急な予定が入ったので会えそうにないと告げると、杉浦はあからさまに不満そうな声を出した。

「何だよ、大丈夫だって、言ったじゃないか」

「申し訳ありません」

「今、誰かと一緒なのか」

「そうなんです」

「男か」

「とんでもありません。本当に申し訳ないんですが、明日にでもまた、こちらからご連絡いたしますから」

「俺、折り入って聞いてもらいたいことがあったんだ。だからじゃないか。もう、マンションの下にいるんだぜ」

「近いうちに、必ず、時間をとりますので」

もう、マンションが見え始めている。杉浦は一体どこにいるのだろう。ひょっとすると、すれ違う可能性があった。葉子は、手早く電話を切ると、理菜にコンビニエンスストアに寄ろうと提案した。

「仕事が忙しかったもんだから、買い物、出来なかったの。何か、適当に買っていかない？　理菜ちゃんだって、お腹空いてるんじゃない？」

「――何か、用事だったの」

理菜は、半ば怯えたような目でこちらを見る。葉子の顔色を窺っている。その表情は、まるで自分のことを邪魔者だと感じているように思わせた。葉子にとって、ということばかりでなく、この世界にとって。つい、そんなことまで想像させるほど、彼女の瞳は暗く、澱んでいた。嫌でも姪が負わされた傷のことに頭がいく。

「用事っていうほどのものじゃないの。仕事先の人からね、宴会に誘われてただけ。ただの、酒飲みの相手よ。断る口実が出来て、ほっとしてるくらい」

我ながらわざとらしいと思うほど、思い切り笑顔を作った。理菜は、志乃に良く似た、切れ長の目でこちらを見ると、すっと視線を落とした。以前は、必要以上にはしゃぐ少女だった。大人を喜ばせることを心得ているようなところがあった。

「何よ、元気ないのねえ。お腹、空きすぎてるんじゃないの？」

再び彼女の背を押して、マンションにほど近いコンビニエンスストアのドアを押す。白々とした蛍光灯の光に浮かび上がる空間に入り込んで、何となく外の気配を探りながら通路を歩き始めると、案の定、ガラス張りの店の前を、杉浦らしい男が、駅に向かって通り過ぎていった。

3

葉子が危惧した通り、自宅の留守番電話には、志乃からのメッセージが七本も残っていた。葉子は、それらの全てを聞き、すぐに受話器を取り上げた。

「何て、言うの」

理菜が不安そうな顔で横に立っている。葉子は、電話のボタンをプッシュしながら、

「何て言おうか」と聞き返した。理菜がわずかに口を尖らせている間に、もう受話器の向こうから志乃の声が聞こえてきた。葉子は、たった今、帰宅したこと、駅前で理菜が待っていたので驚いたことなどを話した。

「じゃあ、いるの？　そこに、いる？」

志乃にしては珍しい早口だった。やはり、娘のことが気がかりだったのだろう。彼女は、娘と替わって欲しいと、いかにも性急な口調で言った。だが、葉子が受話器を差し出そうとすると、理菜は細かく頭を振り、葉子の傍から後ずさりする。まるで、何かに苦痛を感じているように、彼女は白い顔を歪めた。

「ああ――今ね、お風呂に入れてるから」

「そうなの？　帰ってきたばかりで？」

「大分、長い間、待ってたみたいなのね。凄く寒そうにしてたから、風邪ひかせちゃ、まずいでしょう？　すぐに入りなさいって、私が入れたのよ」

受話器を通して、聞こえよがしなほど大きなため息が聞こえてきた。その頃になってようやくエアコンの温風が室内を巡り始めた。

「もう、何ていう子なのかしら。今、うちがどういう状態か分かってて、こんな心配させるなんて」

志乃の声は、怒りのためか心配のためか、わずかに震えて聞こえた。葉子は、横目で室内を歩き回っている姪を眺めながら、取りあえずは無事ここに着いたのだから、安心してくれて良いと言った。

「まだ何も聞いてないから、どうして急に来たのか分からないんだけど。心当たり、ある？」

理菜の耳に届いていることを意識しながら、葉子は聞いてみた。だが志乃は、何もないと答えた。

「それに、学校だってあるんだし、あの子だって受験が近いのよ。それが分かってて、どうしてこんなことするのか、私が知るはずがないわ。もう、お兄ちゃんが、東京が良かった良かったって、あんまり言うもんだから、理菜まで羨ましくなっちゃったんじゃないの」

おそらく、彼女の傍には彰彦がいるのだろう。葉子と彰彦との両方を責めるような口調で志乃は「ほんとに」と言った。

「今夜は疲れてるだろうから、早く寝かせて、明日にでも、ちゃんと事情を聞くわ、それでいい？」

「明日には、帰るようにって、そう言ってくれる？」

「――言うだけは、言ってみるけどね。本人の話を聞く方が、先なんじゃない？」

「話なんか、ないわよ」

「理菜ちゃんには、あるかも知れないでしょう」

「でも、あなたに話したって、仕方がないことでしょう！」

志乃の声は、ほとんど悲鳴に近かった。こんなに激しい志乃の口調を聞いたのは初めてのことだった。葉子は一瞬、呆気にとられ、それから、自分だけは落ち着いていなければと思った。ああ、それにしても面倒臭い話だ。関わりたくないと思い、自分とは無関係だと思いながら、結局、甥の次には姪のことで心を砕くことになる。

「じゃあ、とにかく、本人がお風呂から上がって、落ち着いたら、電話させるわ。それで、いいでしょう？　まだ、何も食べてないし、ちょっと遅くなるかも知れないけど」

葉子は何とか取りなす言い方をしてから、彰彦に電話を替わってくれないかと言った。

「お兄ちゃん？　どうして？」

「ほら、彰彦くんが使ってた部屋にね、理菜ちゃんを寝かせようと思うから、一応、断っておこうと思って。いるんでしょ？」

志乃の「待ってね」という声には、明らかな不快感が滲み出ていた。葉子は、不安げな表情でこちらを見ている理菜に、肩をすくめて見せ、受話器の向こうからの「もしもし」という彰彦の声を聞いた。

「お母さん、大分、興奮してるみたいね」

「ああ、そうだねえ」

母親が傍に張りついているせいだろう、彰彦は、いつにも増してのんびりとした声を出す。

「ちゃんとなだめて上げなさいよね。勉強もあって、大変だとは思うけど」

「そうだねえ」

「あんたは、理由、知ってるの？」

「まあね」

「今は言えないんだろうから、今度、適当な時に電話してくれない？」

「分かった」

「長く話すと、お母さんが疑うから、じゃあ、替わって」

一体、自分は何をやっているのだろう。他人の家庭の問題に、完全に巻き込まれている。まるで共犯者になったようだ。

最後にもう一度、志乃の「本当に、もう」という声を聞いてから、電話を切ると、思わずため息が出た。

「お母さん、怒ってたでしょう」

理菜は、相変わらず不安そうな表情のままで、こちらを見ている。葉子は「カンカンよ」と笑いながら答えた。笑うより他に、仕方がないではないか。叔母という立場に、役目というものがあるならば、今、それを果たさなければならないということだ。

「とにかく、後で電話しなきゃね。ごめんなさいって、それだけでも言わなきゃ」

「――謝るようなこと、してない」

理菜は固い表情で小さく呟いた。

――志乃の家庭。

彰彦を預かったときと同じ思いが、以前にも増して葉子の中で大きく膨らんだ。自分もそうだが、志乃の人生も、あまりにも予想外の展開ばかり待ち受けている。必死で守り続けてきたものが、今や、空中分解寸前の状態だ。その不安、恐怖、絶望感は、おそらく、葉子がこれまでの人生で体験した以上のものに違いない。そう思うからこそ、葉子は、彼女の興奮した口調も、葉子に対する無神経な言動も、すべてやり過ごすつもりになっている。

「ああ、お腹、空いたわね。とにかく何か食べよう。理菜ちゃん、何、食べる？」

理菜がコンビニエンスストアで選んだものは、アイスクリームにカップラーメン、数種類のスナック菓子という、葉子の感覚では、およそ夕食になりそうもないものばかりだったから、葉子は帰り道で既に、台所に立つ覚悟を決めていた。疲れた、だるいとは言っていられそうにないと思ったからだ。ところが、理菜は宅配ピザが食べたいと言い出した。葉子は慌てて古新聞の山の中から、いつもポストに放り込まれている宅配ピザの広告兼メニューを探し出すことになった。十年ほど前、宅配ピザが流行り始めた当時は、葉子も何度か利用したことがあったが、少なくともこの三年ほどは、一度も口にしていない。ようやく一つの店の広告を探し出すと、葉子はそれを理菜に差し出し、好きなメニューを選ばせた。

「本当にいい？　お母さん、とらせてくれないんだもの」

理菜は、初めて嬉しそうな表情になり、熱心に広告を眺め始める。背だけは高くなったが、コタツに入ってうつむいていると、やはり全体の雰囲気は、幼かった頃とあまり変わらないような気がした。肩も薄く、頼りなげで、ああ、こんな子がレイプされたのかという思いが、改めて大きくなった。

やがて、理菜は迷った挙げ句にピザの一つを選び、フライドチキンとコーラも欲しいと言った。葉子は胸焼けしそうな夕食だと思いながら、黙って頷いた。

葉子が電話で注文し、ピザが届くのを待つ間も、二人でそれを食べる間も、会話らしい会話はなかった。理菜は、当たり障りのない葉子の質問には答えるが、それさえ必要最小限の短いもので、それ以外には、上京してきた理由についても、何を考えているかも、語ろうとはしなかった。

「これ食べたら、お母さんに電話しなさいね」

理菜はうつむき加減のまま、ただ顎を動かしている。喜んで注文したくせに、美味しそうでも不味そうでもない。

「先に延ばすと、余計に嫌になるから。お母さんだって、心配してるんだからね」

油で光っている指先を眺め、理菜は微かに息を吐き出した。葉子は、ピザに添えられていたペーパーナフキンを差し出しながら「いいわね？」と念を押すように言った。

「――じゃあ」

やがて、消え入りそうな声がする。思い切ったように顔を上げた理菜は、初めて正面から葉子を見た。

「ここにいて、いい？」

「――どれくらい？」

「ずっと」

「ずっと？　だって――」

「ここに、住みたいの！」

彰彦が言っていた通りかも知れなかった。もしかすると彰彦以上に、この理菜は、全てを捨てたがっている。

「もう、帰りたくないの！」

「だけど、受験だってあるだろうし――」

「高校なんか、行きたくない。別に、行かなくたって、いいもん」

「でも、お母さんが――」

「お母さんは、関係ない！」

激しい口調で言われて、葉子は思わず口を噤んだ。興奮させてはまずい。とにかく気持ちを落ち着かせる必要がある。

「――他に、行くところなんか、ないから、だから、来たのに」

彰彦を迎え入れたときとは、まるで違っていた。今度こそ、責任の重さを痛感させられる役回りになったと思わないわけにはいかなかった。

「とにかく、お母さんに電話しよう、ね？　細かい話はしなくていいから、ちゃんと謝って、今夜のところは、それだけでいいから」

「――謝るの？」

「だって、断りもなしに勝手に来ちゃったんだし、心配かけたんだから、謝るのは当然でしょう？」

「手紙、置いてきたし」

「それでも、謝るものなの」

理菜は、まるで納得がいかないという表情をしていたが、葉子がコードレス電話を差し出すと、渋々受け取った。

直径が三十センチはあろうかというピザは、以前はもう少し美味しく感じられたものだが、二切れも食べると、もうたくさんだった。食べられる量そのものが、若い頃とは違っている。これくらいは食べられるだろうと思っても、その前に満腹になってしまうことが増えたと思う。「お母さん？」という理菜の細い声を聞きながら、葉子は妙に甘く感じる、気の抜けかけたコーラを飲んだ。

理菜は、黙って受話器を耳に当てていた。志乃が、ものすごい剣幕で話しているのだろうか、最初に母を呼んだきり、理菜はずっと黙りこくっている。じっと見つめる葉子の視線に気づいたのか、大分長くそのままの姿勢を続けた後、ようやく彼女は「分かったから」と呟いた。

「だから、ごめんなさいって」

そして、また沈黙。志乃は、何を言っているのだろう。娘が口を挟む余地もないほどに、激しい口調で話し続けているのだろうか。そんな性格だっただろうか。いつも、どことなく煮え切らない話し方しかしない人だったのにと、葉子はまた意外な思いにとらわれた。

「――叔母ちゃんに、替わるから」

大分、長い沈黙を続けた後で、理菜はふいにそう言った。葉子は、今度は志乃の様子を案じながら電話を受け取った。「もしもし」と言うと、鼻をすする音がそれに応えた。

「もう――誰も彼も、勝手なことばかりして」

「ねえ――」

「この大変なときに、皆、自分勝手で」

「志乃？」

「あの人に、そっくり。彰彦も、理菜も」

意外なほど、絶望的な気持ちが広がっていく。それは、言ってはならない言葉ではないか。子どもたちは、母が父を憎んでいることを、十分すぎるほどに知っている。その父親に似ていると言われて、どんな気持ちになるか、なぜ分からないのだろう。

「落ち着いて、ねえ。とにかく理菜ちゃんも、もう少し落ち着いた方がいいと思うから、ね？」

洩れてくる嗚咽と、鼻をすする音。電話線の向こうが、同じ空の下とも思えない、志乃の怨念が渦巻くばかりの、どこか異界のような気さえした。葉子は思わず背筋が寒くなるのを感じながら、彰彦のときのように、礼の言葉だけでも聞きたいと思うことも忘れ、明日また電話すると言って、早々に電話を切った。やはり、今夜のところはどうすることも出来そうにない。

「泣いてたわねえ」

だが、理菜の表情は動かなかった。葉子は微かに苛立ちを覚えそうになり、説教や小言は、今は言うべきではないと、再び自分に言い聞かせた。

「お母さんだって心細いし、心配してたのよ。今は、お父さんもああいう状態だしね。理菜ちゃんも、理菜ちゃんなりに大変なのかも知れないけど」

「――お母さんには、分からないんだよ」

再びピザにかじりつきながら、理菜はぽつりと呟いた。

誰も彼もが、満たされず、恵まれず、孤独で、渇いている。切なく、やり切れず、理解しても、されてもいない。

半分以上のピザを残して、理菜は風呂にも入らずに眠りたいと言い出した。確かに疲れているのだろう。彰彦が使っていた部屋に案内してやると、彼女はわずかに顔をしかめて「くさい」と言う。

「うちの、お兄ちゃんの部屋と同じ匂い」

「これでも、毎日空気は入れ換えてるのよ」

葉子は苦笑しながら、新しいシーツや枕カバーを用意してやり、再び折り畳み式のパイプベッドを引き出して、寝床を整えた。葉子の中では、もっと暖かくなって、射し込む朝陽ももっとまばゆく感じられる頃に、迎える心づもりになっていた。その頃なら、葉子の方も、少しは覚悟らしいものが出来ているはずだった。

まったくの手ぶらで来た彼女のために、自分のパジャマを貸してやり、コンビニエンスストアで買った歯ブラシを手渡して、葉子は部屋のドアを閉めた。

――さて。

明日から、どうなるのだろう。預かるのは仕方がない。姪は救いを求めている。これ以上、本人を追いつめるのはまずいと分かっていながら、では、自分は何をどうすれば良いのだろうかと考えると、やはりため息が出た。レイプのことなど、知らない方が良かったのだろうかとも思った。だが、そんなことを言っても仕方がない。今夜のうちにでも、事実は事実として受け入れる覚悟を決めるべきだった。

4

インターホンのチャイムで目が覚めた。枕元の時計は、午前六時半を回ったところだ。こんな早朝から、一体誰だろう、まさか、志乃が駆けつけてきたのではあるまいかと考えながら、葉子はベッドから抜け出した。カーディガンを羽織る間も、しつこいくらいにチャイムは鳴り続けている。まだ完全に覚めていない頭で、何とか応答すると、インターホンの向こうから聞こえてきたのは男の声だった。

「宇津木さんですよね」

「――そうですが」

「ちょっと、お話をうかがいたいんですがね」

「どなた」

「警察の者なんですが、とりあえず開けてもらえませんか」

警察と聞いて、思わず眠気が吹き飛んだ。

「あの、警察の方が、うちにどういう――」

「直接、お話ししたいんです。開けて下さい」

葉子は慌ててオートロックになっているマンションの入口ドアの解錠ボタンを押し、声の主がエレベーターで上がってくる間に、急いで髪を撫でつけた。とても着替えている時間はない。

「朝早く、すみませんね。警察の者です」

ドアチェーンの隙間から、小さな目と、黒い手帳が見えた。本当に警察だ。葉子は改めてドアチェーンを外し、扉を大きく押し開いた。

玄関口に現れたのは、二人連れの男だった。一人は四十前後、もう一人は、三十二、三というところだろうか。彼らは、人の目もあるだろうからと言いながら、中に入ってきた。若い方の刑事が、素早く辺りに視線を配っている。外見は普通のサラリーマンと変わりなく見えたが、その目つきは、やはり刑事らしいと葉子は思った。年長の刑事が口を開いた。

「杉浦隆也さん、ご存じですね」

どきりとした。早朝に刑事がやってくるだけでも、心穏やかではないのに、まさか彼らの口から、杉浦の名を聞くとは思わなかった。葉子は、カーディガンの襟元をかきあわせながら頷いた。

「どういう、ご関係ですか」

「どういうって――」

すぐ脇の部屋に理菜がいることを思い出した。こんな話を、姪には聞かせたくない。一瞬、口ごもっていると、刑事たちがほんのわずかに身体を近づけてきた。葉子はますます慌てて、寝起きの頭を必死で働かせ、彼らを奥に上げることにした。

「親戚の子が、来てるんです。この部屋にいるものですから」

目線で指し示しながら小声で言うと、彼らは葉子が指したドアを一瞥し、それならと靴を脱いだ。ほとんど体裁ばかりで、まったくと言って良いほど使ったことのないスリッパをラックから取り出して勧め、葉子は彼らをリビングに案内した。

慌ただしくエアコンとコタツのスイッチを入れ、それにしても刑事たちと、パジャマのままでコタツを囲むというのも変なものかと立ち尽くしていると、年長の刑事が「寒いですね」と言った。葉子はまた慌てて、コタツを勧めた。彼らは、意外なほどに遠慮のない様子で、さっさと腰を下ろす。年長の刑事が、「警視庁城北警察署」と刷り込まれた名刺を差し出した。警部補という肩書きの下には、丘という名前がある。若い方の刑事は、名刺を出すかわりに大きめの手帳とペンを取り出した。

「それで、杉浦隆也さんとは？」

「仕事の関係で、お世話になっています」

「失礼ですが、宇津木さんのお仕事というのは」

「カメラマンです」

若い方の刑事が手帳を開いてメモを取り始める。まるでドラマだ。丘の方は、「ほう」と、室内を見回し始める。

「フリーで？」

「はい」

「そりゃあ、大したもんだな。女性カメラマンですか」

それから丘は葉子の仕事について、二、三の質問を寄越した。特に珍しくも意外でもない、ありきたりの質問に、葉子は素っ気なくならない程度の簡単な答え方をした。

「ところで、親戚の子っておっしゃいましたね。他に、ご家族は？」

「一人です」

「独身ですか。ずっと？　ああ、不躾ですみませんが」

「四年ほど前に離婚しました」

「ああ。離婚か。なるほど」

「杉浦さんとは——個人的にも、おつきあいしています」

どうせ、根ほり葉ほり聞かれるなら、答えにくいことは自分から話してしまう方が良かった。そのために、わざわざ奥まで上げたのだ。丘警部補は「ほう」と、まるで驚いた様子もなく、頷いて見せる。

「つまり、男女の関係、ということですか」

「はい」

「どのくらい前から、ですかね」

「四年前、です」

「うん？　そうすると、お宅さんの離婚の原因というのは、それですか」

「違います。離婚して、一人で食べていかなければならなくなりましたので、あれこれと仕事の口を探して、その時にお世話になりました――今のようなおつきあいをするようになったのは、もう少したってからですが」

それも、もうじき終わると思います、と言ってしまいたかった。だが、何を聞こうとしているか分からない相手に、余計なことまでは言う必要はない。彼らは、それから少しの間、杉浦と葉子との関係について、念を押すように、主に会っていた場所や、将来の約束の有無などを尋ねた。葉子は全ての質問に、よどみなく答えた。

「と、つまり、よくここには来ていたと」

「去年までは」

「なるほどね。一番最近は、いつ来られました？」

「多分――昨夜、来たと思います」

「昨夜、ですか？　多分というのは？」

葉子はコタツの中に入れているのに、かえって熱を奪われているかのように手足が冷たくなるのを感じながら、昨夜は杉浦と会う予定になっていたこと、親戚の子が急に上京してきたので、携帯電話でその約束を断ったことを説明した。

「その時、もうここの前まで来ているって、言ってましたから」

「それ、何時頃ですか」

初めて、若い方の刑事が口を開いた。葉子は一瞬、口ごもり、確か、八時半過ぎか、九時少し前だったと思うと答えた。

「間違いは、ないですか」

「多分——ええ、はい」

刑事たちの表情がわずかに険しくなる。

「杉浦さん、どうかなさったんですか」

彼らは、眉根を寄せ、難しい表情のままで、居所を探しているのだと言った。

「昨日の晩からね、探してるんですわ」

「あの——何か、あったんですか」

丘警部補は、隣の後輩らしい刑事とちらりと顔を見あわせ、微かにため息を洩らした。

「杉浦真希子さん、ご存じですか。杉浦さんの、奥さんですがね」

口調は穏やかだが、その目はいかにも抜け目なく、何ものをも見逃すまいとしているように見える。葉子は、その目から逃れたい気持ちを、多少の努力を要して抑えながら、杉浦に妻がいることは承知しているが、名前までは知らないと答えた。丘は、小さく頷く。

「亡くなったんです」

早朝のチャイムに続いて、警察というひと言を聞いたときから、自分の内で膨らみ始めていた不安が大きく弾けた。刑事の来訪など、これまでに葉子は一度だって受けたことはない。だが、彼らが、そう景気の良い話、喜ばしい報告を持ってくるはずのないことくらいは、これ迄にそういう経験がなくても、何となく承知していた。それでも杉浦の名を聞き、次いで、彼の妻が死んだと聞けば、落ち着きをなくすのは当然だった。葉子は、自分でも意外なほどに視点が定まらなくなり、言葉を失った。

「亡く、なった――」

「夕べね」

よく見れば、丘という刑事の目は、わずかに充血しているようだ。昨晩は寝ていないのだろうか。何か大変なことが起こり始めているのだろうか。

「あの――どうして」

「夕べの午後八時半頃、自宅近くの路上で、何者かに刺されたんです」

杉浦の妻という人が、どういう人なのか、葉子は写真さえ見たことがない。だが、葉子の脳裏に、女性が血にまみれ、路上に倒れている映像が浮かんだ。

「通り魔の犯行かも知れないんでね、あらゆる方向から捜査はしてるんですが、何しろ昨日から、御主人と連絡が取れないんですわ」

顔だけは刑事の方に向けながら、葉子の目は、何も見ていなかった。

「会社の方にも問い合わせたし、携帯電話をお持ちだというから、その番号にもかけ続けているんですが、留守番電話サービスにつながるだけなんです」

杉浦の妻が刺されたという。路上で刺されて、死んだという。

「それで、杉浦さんが勤めておられる編集部ですか、そこに残ってた人に色々と聞いたら、ひょっとすると宇津木さんがご存じかも知れないって言うもんで、こうして来たわけなんですがね」

その説明にも、葉子は密かに衝撃を受けた。杉浦との関係については、彼の妻はもちろん、編集部の誰も知らないはずだと思っていた。杉浦自身もそう言っていたし、葉子だって、自分の口から誰かに話したことは一度もない。

「それは、あの、誰ですか」

「ええ――」

丘が腕組みをしている間に、ぱらぱらと手帳をめくっていた若い刑事が、「小山さん」と答えた。思い出すまでに、少しばかり時間がかかるほど、葉子とは無縁の編集者だ。杉浦と特に親しいとも聞いていない。どうして彼がそんなことを言ったのだろう。杉浦と葉子がどこかで逢っているところを見たことがあるのだろうか。あれこれと考えを巡らしていると、丘が「宇津木さん」と改めて声をかけてきた。

「お心当たりは、ないですかね。杉浦さんがどこにいるか」

葉子に出来ることは、首を傾げて見せることだけだった。嘘偽りなく、共に過ごしている時以外の、杉浦の時間の使い方など、葉子はまるで知らなかった。別に知りたいとも思ったことはない。そんなことに興味を抱いたことさえ、なかったのだ。

「さっきの、昨日の夜、ここまで来たっていうのは、間違いないですか」

彼と顔を合わせたくないばかりに、理菜の背を押して入ったコンビニエンスストアの前を、すっと横切っていった人影を思い出す。あれは、確かに杉浦だった。いや、そんな気がする。そのことを話すと、丘たちは再び険しい表情になり、コンビニエンスストアの場所や、その時に見かけた杉浦らしい人物の服装などをしつこく聞き始めた。具体的に質問されると、葉子の記憶はさらに曖昧になり、結局、あまり信頼性が高いとは思えない程度の説明しか出来なかった。

「じゃあ、確認はしてないわけですね。ちゃんと話したわけでもないし、ねえ」

「——それは、そうです」

「まあ、本人の居場所さえ摑めればいいんです。今日の朝刊には、もう報道されているはずだ。それで慌てて駆けつけてくれれば、ね」

「杉浦さんは、疑われてるんですか」

ふいに、彼ならばやりそうなことだという気もした。血塗れのナイフを持って笑っている杉浦の姿さえ、容易に想像出来そうな気がして、葉子は慌ててその考えを振り払おうとした。まさか、そこまで愚かな男ではない。だが、それでも葉子の中では、夜の闇に紛れて懐に包丁をしのばせ、妻の帰りを待つ杉浦が、ほとんど現実のように生々しく、思い浮かんでしまっていた。

「まだ、分かりません。我々の仕事というのはね、その大半が無駄骨ですから。とにかく、奥さんが殺されたわけですから、それだけでも、何としても出てきてもらわなきゃあ、ならないでしょう？　それで、我々に昨日のアリバイさえ話してくれれば、そして、その裏づけさえとれればね、それでいいんです」

アリバイ。葉子の目撃証言が、唯一のアリバイになる可能性があるということだろうか。

刑事たちは、それからも一度聞いた質問を何度も繰り返すようにしながら、三十分近く、コタツにあたり続けていた。杉浦らしい人物を見かけた時間についての確認。通話記録でも調べるつもりなのか、葉子の携帯電話の番号。このところの杉浦についての印象など。葉子は、下手な嘘やかばい立てはかえって逆効果になる可能性があると自分に言い聞かせて、杉浦夫妻には、妻の方から離婚話が出されていたらしいことなども話した。

「なるほど。離婚話、ですか」

大きな収穫を得た表情になって、二人の刑事がようやく腰を上げたのは、普段、葉子が起きる時間を、とうに過ぎた頃だった。彼らは玄関で意外なほどによく手入れのされている靴を履きながら、もしも杉浦から連絡が入ったら、居場所を聞き出した上で、是非とも警察に連絡してもらいたいと言った。

「――承知しました」

寒さのせいばかりではなく、両手を胸の前でこすりあわせながら答えると、彼らは満足げに頷き、ふと目に留まったのか、新聞受けに届いていた朝刊を引っ張り出して葉子に手渡してから、帰っていった。

「叔母ちゃん――誰？」

ぎょっとなって振り向くと、すぐ後ろのドアの隙間から、葉子のパジャマを着込んだ理菜が、怯えた顔を覗かせていた。

5

刑事が帰った後、葉子はまたコタツに入りさっそく、朝刊を開いた。理菜も、パジャマの上から自分のセーターを着込んだ格好で、コタツに入ってきた。

「本当だ――出てるわ」

独り言のように呟くと、理菜が身を乗り出してくる。そして、朝のニュースでも流れるかも知れないと言った。葉子が目でテレビのリモコンを探している間に、姪はひょろ長い腕を伸ばしてリモコンを取った。

「知ってる人?」

「仕事の関係でね、知ってる人の、奥さん」

記事によれば、杉浦真希子は、背後から刃物で刺されており、その傷は、数カ所に及ぶということだった。テレビでは、他のニュースをやっている。

「警察の人、何を聞きに来たの」

「その、叔母ちゃんの知り合いとね、まだ連絡が取れないんだって。居場所を――知らないかって」

新聞を広げたまま、ちらりと横を見ると、理菜は昨日よりは幾分落ち着いた表情で、熱心に新聞を覗きこんでいる。ああ、こんな時に一人ではなくて良かったと、ふと思った。もちろん、理菜に聞かれたくない話は山ほどあるが、こんな衝撃を、自分一人で抱え込まなければならなかったときのことを考えれば、やはり姪がいてくれて助かったと思う。だが、その一方では、彼女が突然やってきたりしなければ、杉浦のアリバイは確実だったのだという思いも拭いきれなかった。

〈——次に、昨夜、東京都北区の路上で、帰宅途中の主婦が路上で突然何者かに襲われて死亡するという事件がありました——〉

「叔母ちゃん!」

理菜が小さく叫んだ。葉子も、食い入るようにテレビの画面を見つめた。撮影用のライトに浮かび上がった夜の町が映る。何人もの警察官が歩き回り、立ち入り禁止の黄色いテープが巡らされている。路上に、黒いシミのようなものが見えていた。

——死んだ。殺された。

刑事の来訪さえなければ、「またなの」という思いだけで見過ごしてしまいそうなニュースだった。たとえ、画面の下に被害者の氏名が出たとしても、それが自分に無関係とはいえない人物の名前とは、気づかなかったかも知れない。だが、そこに映し出されている名前は間違いなく、さっき刑事から教えられたばかりの、杉浦の妻の名前だった。

〈——目撃者の発見に努めると共に、被害者の周辺と、通り魔による犯行の両方から捜

査する方針です——次に〉

　杉浦は、どこでこの報せを知るだろうか。それとも、もう知っているのか。まさか、彼が犯人であるはずがないと信じたかった。葉子もよく知っているあの手で、自分の妻を殺《あや》めるようなことを、して欲しくはない。

　こんな時、何をどうすれば良いのだろう。自分に出来ることが、何かあるだろうか。頬杖をつき、長い髪を背中に波打たせた姿でテレビを見ている理菜を眺めながら、葉子は考えた。そして、取りあえず杉浦の携帯電話を鳴らしてみることにした。

「どこに電話するの、うち？」

　途端に理菜が怯えた表情を向ける。葉子は精一杯の微笑みを浮かべて、首を振った。それからすぐに真顔に戻って、杉浦の番号をプッシュする。刑事が言っていた通り、留守番電話サービスが応答に出るだけだった。

「——宇津木です。至急、連絡したいことがありますので、電話してください。自宅でも構いませんし、携帯でも結構です」

　メッセージを残して電話を切り、今度はすぐに杉浦が勤めている編集部に電話をする。だが、編集者がこんな早朝からオフィスにいるはずがなかった。五回、十回とコールする音を聞いて、葉子は電話を切った。他に連絡出来るところはないだろうか。

「叔母ちゃん」

「──うん。なあに」

「殺された人のこと、知ってるの？」

「知らないわ。知り合いの奥さんていうだけだから」

「──そう」

つい、苛々と落ち着きを失いそうになりながら、葉子は「どうして」と理菜を見た。理菜は、力のこもっていない瞳をこちらに向け、葉子の顔色が真っ青だからだと答えた。葉子は、慌てて自分の頬に手をやり、冷たく感じられる頬をさすりながら、必死の思いで微笑んだ。そうだ。取り乱したところで、仕方がない。所詮、自分とは無関係のところで起きた事件でしかない。葉子に出来ることは、何一つとしてありはしないのだ。

「何か、こんな朝からびっくりしちゃって。本物の刑事と話したのだって、叔母ちゃん、初めてだもの」

ふうん、と頷く理菜を見ているうち、この子は、警察にも行ったのだということに思いがいった。暴行事件の被害者として、警察官にも事情を聞かれたに違いない。そして、傷の癒える間もなく、妊娠を知り、さらに衝撃を受けることになった。それだけの思いをしながら、ほぼ一年近くを過ごし、故郷を飛び出すだけのエネルギーをまだ残していてくれたことが、今の葉子には不思議なほど嬉しかった。

「ああ、びっくりした！」

わざとおどけたような言い方をすると、理菜はわずかに不思議そうな表情になり、それからふっと、愛想笑いのようなものを浮かべた。

「どうする？　もう一回、寝る？」

理菜は小さくかぶりを振る。

「じゃあ、仕方がないから、起きちゃおうか」

こっくり、頷く。生きているから、こうして人の言葉に反応し、成長した姿を見せることが出来る。そのことの貴重さが、この子には分かっているだろうか。人間は、傷つかずに生きてはいかれない。傷は、完全に癒えることはない。それでも、もしかすると醜く残った傷痕さえ自分の一部として、受け入れていかなければならない。あらゆる傷を受けてもなお、生き続けた方が良いことを、この子はいつ知ることだろう。

——殺された。

杉浦の妻だった人は、今こそ人生をやり直そうとしている矢先だった。周囲も傷つけるだろうが、自分自身も更に無傷ではいられないことを覚悟した上で、新しい世界に踏み出そうとしていたのだ。だが、彼女はもう二度と、子どもと言葉を交わすことも出来ず、夫の罵りを受けることも、家庭を捨ててまで走ろうとしていた男の温もりを感じることもない。

理菜に着替えるように言い、自分も寝室に戻りながら、葉子の気持ちは、やはり暗い澱みにはまりこんでいく。考えたくはなかったが、もしも犯人が杉浦だとしたら、ということが頭から離れなかった。自分も遠因と言われるのだろうか。葉子が杉浦の気持を和らげなかったから、相談に乗らなかったから、彼は精神的に追いつめられたのだなどと言われたら、どうすれば良いのだろう。

——殺人者の家。

津軽の、あの長屋が思い浮かんだ。まさかとは思いながら、杉浦の暮らす家が周囲の見せ物のようになる様が想像された。近所の人間は遠巻きにしながら囁き合うだろう。生前の被害者や、普通のサラリーマンとは異なる時間帯に姿を見せる一家の主人について、あることないことを言うに違いない。そして、その家は破壊されるか、売りに出されるか、または永遠に空屋になるのかも知れない。

「今日、仕事？」

普段着に着替え、コーヒーを淹れていると、自分で髪を綺麗な三つ編みにした理菜が、いつの間にか背後に立っていた。

「午後からね。六時頃までには戻れると思うけど」

昨夜、コンビニエンスストアで買ったパンを取り出し、卵を焼いてウインナーソーセージを炒める。頼みもしないのに、理菜は一つ一つを葉子に確かめながら食器を取り出し、フライパンの様子を見、ダイニングテーブルの上を濡れ布巾で拭う。手慣れている。

彼女が普段、家でどんな手伝いをしているかが窺われた。そうだ。この子のことも考えなければいけなかった。

にわかに周囲が慌ただしくなった。その思いは、葉子を苛立たせ、その一方で、奇妙な高揚感をもたらした。鍋や菜箸を持つ手さえ、何となく落ち着かず、そわそわとしているのは、やはり動揺しているせいだろう。当たり前の話だ。たった一晩のうちに、レイプされた姪が現れ、愛人の妻の死を知らされて、平静でいられるはずがない。

食卓に向かいあって、葉子は改めて理菜を見た。

「ねえ――」

「いただきます」

理菜は、葉子の視線を逸らすように、さっさと手を動かし始める。用意だけはしたものの、葉子は、料理に手をつける気分にはなれず、大きなマグカップに注ぎ足したコーヒーだけ飲んでいた。とにかく、この子を何とかしなければならない。

杉浦を、妻の死とは無関係だと信じたいが、それでも万が一ということがある。もしも、そんな容疑を着せられたままで、彼がこの部屋を訪ねてくるようなことがあったら、話は嫌でも深刻になるだろう。理菜に、杉浦との関係を知られたくはない。かといって、葉子が拒絶することで、彼が余計に行き場所を失い、追いつめられる可能性を考えると、恐ろしい。場合によっては危険なことにもなりかねないと思うのだ。今の段階では想像の範囲に過ぎないが、妻との離婚話が持ち上がった時に、初めて見せたように、杉浦は、葉子のまるで知らない一面を、まだまだ隠し持っている可能性があると葉子は思っている。その杉浦が、いよいよ追いつめられたときにどんな顔を見せるかと考えると、不安を通り越して怖いのだ。だが、そんな恐ろしい場面に、理菜を遭遇させることだけは避けたい。もちろん、一人で心細くないはずがない。だが理菜は、葉子の恐怖や不安を託せるような相手ではないことを、肝に銘じておくべきだった。

「ねえ、理菜ちゃん——」

「叔母ちゃん」

「——何」

「今日、叔母ちゃんの仕事についていったら、いけない？」

昨夜ほど憔悴した様子ではなかったが、それでも理菜の表情は、やはり暗く、硬く見えた。葉子は両肘をテーブルに突き、両手でマグカップを包み込んだ格好で、改めて姪の顔を見つめた。十五歳。見知らぬ子のようだ。

「帰らないつもりなの？」

「——帰らない」

「学校は？　受験だって、もうすぐでしょう」

「——いい」

何がいいのと言おうとして、葉子はその言葉を呑み込んだ。味など分からないような表情で、ただ顎を上下させているだけの理菜は、葉子がこれ以上に追いつめれば、この場からも消えてしまうかも知れないと直感させた。家にいたたまれないからこそ、上京してきた。それが、ここにもいられないとなったら、今度は違う世界に旅立ってしまうかも知れない。杉浦のことなどより、まず、この子のことを考えるべきなのだ。この子を守らなければいけない。たとえ杉浦が現れたとしても。

「理菜ちゃんがそう言うんなら、叔母ちゃんには、どうすることも出来ないけど」

ため息混じりに呟いてみた。理菜は、ちらりとこちらを見て、葉子の言葉の意味が理解できなかったかのように小首を傾げた。

「どうすることも出来ないって?」

「だから、無理に戻れとは、言えないけどっていうこと」

安堵のため息。

「だけど、お母さんはどうする?　今日中に帰ってきなさいって、昨日の電話でも言ってたでしょう」

また目を伏せる。久しぶりに会った彼女は、以前のように全身で感情を表すことはせず、ただ瞳の奥だけを揺らす。それは、日頃、ファインダー越しに人の表情ばかり追いかける仕事をしているからこそ感じられるくらいの、ごくわずかな変化だった。葉子は、自分のような仕事でなければ、この子の心の揺らぎなど、まるで気づかないかも知れないと思った。もちろん葉子だって、揺れていると感じるくらいで、感情そのものを理解することなど、とても出来そうにない。

「理菜ちゃんは『関係ない』って言うかも知れないけど、そういうものでも、ないでしょう？　心配してるんだし、たった一人のお母さんなんだから」

「でも――」

箸使いの上手な子ではなかった。理菜は、げんこつのように見える奇妙な握り方で箸を動かし、皿の上のプレーンオムレツをつついた。

「お母さんは、自分の都合でしか、私のことなんか考えてないから」

「そんなこと、ないでしょう」

驚くほど即座に「ある！」という鋭い言葉が返ってきた。さっきからずっと同じ姿勢で、葉子は理菜の硬い表情を見つめていた。怒りとも悲しみともつかない感情が、理菜の瞳にさざ波を立てていた。

6

落ち着かない気持ちのまま、葉子は昼前には仕事に行く支度を始めた。

「本当よ、散歩くらいならいいけど、電車に乗って、勝手にふらふら出かけないでね」

朝食の後、志乃にも電話を入れて、理菜の気持ちがまだ落ち着かないことを報告し、葉子は、もう二、三日、理菜を預かると告げていた。志乃は、昨日よりは幾分落ち着いた様子だったが、相変わらずの陰鬱な声で「そう」と言った。

「こっちがこんなに心配してるのに、どんなに苦労して育ててきたか口では言えないくらいなのに、こうやって裏切るんだものねえ」

そういう言い方はないではないかと言いたかった。だが、傍には理菜がいたし、志乃自身の気持ちも落ち着かせなければならないと考えて、結局、葉子には簡単な相づちしか打てなかった。

「でも、必ず帰るように言ってね、説得してくれるわよね？」

「様子を見ながらね」

「何だったら、私、どんなに無理してでも、今日あたり、そっちに行こうかと思ってたんだけど」

「まだ、もう少し待った方がいいと思うわ」

横目で理菜を見ると、彼女は俯いたまま、それでも全神経を集中させて聞き耳を立てているのが分かった。葉子は、彼女の耳に届くことを意識しながら、「あの子、疲れてるみたいね」と言った。

「疲れてる？」

志乃の声が強ばった。

「そんなふうに見えるわ」

「疲れてるのは——皆、同じだわ。私だって病院の往復でくたくただし、家族なんだから、少しくらいは分かってくれたって」

「それは分かってると思うのよ。だから、かなり無理してきてるんじゃない？」

だが志乃は、無理ならば自分だってしていると答えた。葉子は内心でため息をつきながら、頑なな志乃の姿勢が、ある意味で理菜を追いつめてきたのかも知れないと考えた。確かに志乃だって疲れているだろう。声色からも口調からも、余裕のなさが窺える。それは、今の葉子には察する以外にない、家庭という最小単位の社会が抱える疲労なのかも知れなかった。それでも、理菜は子どもなのだ。まったく同じ重さの荷を背負わされても、大人のようには耐えられないに決まっている。その上、たとえ母親だって引き受けてやることなど出来ない傷を、身体と心に受けているというではないか。

取りあえずは、すぐに帰らされずに済むらしいと分かった理菜は、電話の後でようやくほっとした表情になった。こんな殺風景な部屋にいても、何もすることはないだろうと思うのに、彼女は葉子の言いつけを守って、おとなしく留守番をしていると言った。まさか、年端もいかない姪を助手代わりに連れて歩くわけにもいかない。

「もしも誰かがインターホンを鳴らしても、留守番の者ですから分かりませんって答えればいいわ。用があるんだったら今夜か明日にしてくださいって」

いざというときのために、携帯電話の番号を教え、先日まで彰彦に持たせていた合鍵を渡して、さらに、五千円札を一枚渡しながら言うと、理菜は小さく「ありがとう」と言った後、警察の人間が来たらどうしようかと聞いてきた。頭の片隅に追いやろうとしていた今朝の出来事が、再び重くのしかかってくる。

「来ないと、思うけど。もしも来たら、夜にしてくださいって。そうじゃなかったら、携帯に電話してくれてもいいって」

理菜がこっくりと頷くのを確かめて、葉子は靴を履いた。

「いってらっしゃい」

背後から細い声が浴びせられた。葉子は振り返って小さく手を振った。ああ、姪が来ている、留守番をさせているのだと、改めて感じた。

考えてみると、彰彦が来ている間、葉子は自分より早く出かけていく彰彦を送り出すことはあっても、自分が送り出されるということは一度もなかった。もちろん、離婚してからの数年間も、さらに言えば結婚していた頃だって、葉子は常に送り出す立場だった。「いってらっしゃい」という言葉を、果たして何年ぶりに聞いただろう。エレベーターで階下に下り、建物の外に出たところで、葉子は改めて自分の部屋の辺りを見上げてみた。さすがに、ベランダから顔を出して手を振る姪の姿は見られなかった。

——そこまでやられたら、かえって気になっただろうけど。

都会のマンションなどという、空中に浮かんでいるような小さな空間で、半ば息をひそめるようにして、姪は一日をどう過ごすつもりだろうか。今度は彰彦のように、適当に放っておくというわけにもいかないと思った。恐らく、これといった目的もなく、自分で自由に動き回るだけの財力もエネルギーもないような少女にとって、東京という土地は、逃げ場所として選ぶにはもっとも不適当だ。

朝食も満足にとれなかったし、昼近くなっても大して空腹を感じなかった胃袋が、わずかに痛む。とうに空っぽのはずなのに、まるで昨夜のピザがまだ消化されていないような、粘りけのある重さばかりが感じられた。

駅に近づくにつれ、葉子の頭の中にはもう一つの大きな問題が膨らみ始めていた。杉浦は、一体どうしてしまったというのだろうか。メッセージを残しておいたにもかかわらず、彼は未だに何の連絡も入れてこない。果たして彼が妻の死を知ったかどうか、それだけでも知りたかった。胃が痛い。駅前の薬局に飛び込むと、葉子は胃の薬を買った。

「知ってます？　『エンド』の杉浦さんの奥さんが殺されたって。杉浦さん、警察に追われてるっていう話ですよ」

仕事先に行くと、これまでにも何度か仕事をしたことのあるライターが、いかにもわくわくした表情でそう言った。いつものように、数軒の店を回る写真撮影が終わったら、杉浦が勤める編集部を訪ねてみようと考えていた葉子は、噂の早さに内心で驚きながら、ライターの顔に見入った。

「今朝の新聞にも出てたし、ニュースでもやってたな。家に帰る途中でね、道端で誰かに刺されたんだそうです」

「刺された――」

既に知っている事実を、葉子は初めて聞いたかのように呟いてみた。杉浦真希子に対しては、良心の呵責めいたものを感じたこともなかったし、後ろめたさを抱いたこともない。会ったこともなければ、顔も、名前も知らない、葉子にとっては無縁の存在でしかなかった。だが、杉浦という男と生涯を共にするつもりだったはずの女性が、杉浦以外の男性を選ぼうとしていると知って、葉子の中には初めて、ある種の親しみのような感情が芽生えたことは確かだ。理由は何であれ、女が、それまで持ち続けていた何かを捨てるという決断を下すことが、どれほどのエネルギーを費やし、敗北感や喪失感を抱え込まなければならないか、葉子にはよく分かっている。

「――気の毒だわ。助からなかったのかしらね」

「みたいですよ。結構、何カ所も刺されてたみたいだから、即死に近かったんじゃないですか。犯人は、そのまま逃げちゃったらしいし」

ライターも気の毒そうな表情になっていた。そんな形で断ち切られる人生もある。道理の通らない、理屈に合わない終幕を迎えなければならない人がいる。

「それなのにね、ダンナの杉浦さんが、連絡がとれないらしくて」

「どういうこと？　じゃあ、杉浦さんが疑われてるの？」

三十を少し過ぎたくらいに見えるライターは、「さあ」と首を傾げる。

「僕が聞いたところでは、とにかく居所が摑めないっていうことでしたけどね。犯人が他にいたとしたって、女房が殺されて、ダンナが知らないっていうのはまずいでしょう」

「それ、いつの話？」

「殺されたのは夕べだそうです。今日の午前中にね、同じ事務所の仲間から電話がかかってきたんですよ。同業者なんですけど、そいつが、何度か『エンド』の仕事してて」

彼が仲間同士で事務所を開いているという話を、そういえば以前、聞いたことがあった。ライターに限らず、何ものにも束縛されたくないと望みながら自由業を選んだ人間の中には、やはり個人の非力さを痛感し、様々な便宜を考えた結果、同業者同士で事務所を構える場合が珍しくない。葉子も以前、大してよく知りもしない同業者から、共同で事務所を借りないかと言われたことがあった。だが、当時の葉子は、さほど大きな負担になるとも思えなかった条件の、その申し出を、あっさりと断ってしまった。今にして思えば、仲間を持つチャンスだったかも知れない、時には仕事を回しあうなどの利点もあっただろうと思うのだが、当時は、自分が望んでいるのは、そんな仲間などではないという思いの方が強かった。利便と共に生まれる煩わしさの方にばかり頭がいった。

「それにしたって、『エンド』の人なら携帯電話くらい持ってるだろうに、どうして連絡がとれないんですかね。他に手がかりが摑めないんだったら、やっぱり警察だって、疑いたくもなりますよね」

彼の目に宿っている好奇の光は、葉子にも向けられているものかも知れない。既に、葉子と杉浦との関係が噂になっている可能性も十分に考えられると思うと、憂鬱だった。さっき飲んだ胃の薬は、まだ効いてこない。

「僕は杉浦さんていう人、名前しか聞いたことがないんですけど、電話をくれた仲間が、すっかりパニックになっててね。『大変だ、大変だ』って。『エンドで記事にするつもりかな』とか言っちゃって」

だが、ライターは、葉子と杉浦との関係を知ってか知らずか、とにかく必要以上に葉子の反応を窺おうというつもりはないようだった。汗を拭いたい気持ちで、葉子はひたすら相づちを打っていた。とにかく、噂は思った以上に早く流れている。このライターが、やがて葉子と杉浦との関係を耳にする日も、そう遠いことではないかも知れない。その時に、彼が葉子について、「知らん顔をして聞いていた」「涼しい顔で頷いていた」

などという感想を他人に洩らすようになっては、余計に面倒なことになる気がした。

——面倒臭い。

こういう煩雑なことにまで思いを巡らせなければならないのが、何よりも嫌なのだ。誰が何を言おうと、何をどう感じようと、関係ないではないかと、知らん顔をしていたいのだ。それなのに、あれこれと考えて、胃まで痛くしている自分が嫌だった。自分は組織とは無関係に動いている、誰に迷惑をかけているわけではないと思いながら、結局は人の顔色を窺い、誰よりも風向きを気にしている。

「宇津木さんは、知ってます？　杉浦さん」

「——結構、お世話になってるわ」

下手な嘘を言う気力さえなく、ぼそりと答えると、若いライターの表情が大きく動いた。

「じゃあ、ショックでしょう」

ライターは同情と好奇の入り交じった表情で、こんな事件が身近で起こるとは思わなかったと続けた。

「奥さんのことは？」

「聞いたこと、なかった。仕事以外の話は、ほとんどしたこと、ないし」

こういう嘘が、後でどういうふうに解釈されることになるものか。だが、とにかく死者に対する気遣いは失うべきではないし、また、受けた衝撃と抱いている同情も自然に出しておくべきだ。計算ではなく、ごく普通の反応として、そうするべきだと思う。

「それにしても、気の毒だわねえ——」

「仕事によってはね、そういう事件ものっていうのかな、生ネタを追いかけるっていうことも、なくはないんだけど。僕はそういうのが嫌で、グルメマップとか、タウン情報とかに回ってる部分、あるんで」

だが、彼に連絡を寄越した仕事仲間は、主に事件ものを担当する場合が多いのだと、そのライターは続けた。それだけに、困惑する一方で必要以上に興奮し、妙な張り切り方をしているのだとも。

「——杉浦さんが、そんなことするはず、ないわよ。カッとなるタイプでもなさそうだし、いつも冷静で、穏やかな人よ」

相手の顔を見る勇気まではなかった。むきになって、下手にかばい立てをしているとも思われたくない。葉子は出来る限り淡々と、無表情に「それにしても」と続けた。

「奥さんがそんなことになったら、大変でしょうね。確か、小学生くらいのお子さんがいらしたんじゃないかしら」

深々とため息をついてから、ようやくライターの顔を見た。彼は、なるほどと言うように頷いていた。

「まず、こんなに噂になるだけでも、大変でしょうね」

結局、その日は撮影済みのフィルムをラボに持ち込んだだけで、葉子はそのまま家路についた。閉店まではまだ間のあるスーパーに寄って、カゴ一杯の食料品や、理菜のためのスナック菓子などを買い込み、仕事用の鞄と共に重いポリ袋を提げて、冷たい風に吹かれながら歩くうち、憂鬱な思いと胃の痛みは、ますます広がっていく。

——面倒臭い。

誰かのために、こんな思いをしなければならないなんて。自分とは無関係のところで起きていることに、こんなにも気持ちを揺さぶられ、ペースを乱されなければならないなんて。煩わしい。忌々しい。

「お帰りなさい」

いつもの習慣でインターホンを鳴らすこともせず、自分の鍵で玄関を開けようとすると、意外なことに、ドアチェーンが引っかかった。葉子は思い出したように玄関脇のチャイムを鳴らして理菜が迎え入れてくれるのを待った。理菜は、はにかんだような笑顔で手を差し出した。その手に、スーパーの袋を手渡して、葉子はほっと息を吐き出した。「いってらっしゃい」の次は「お帰りなさい」。当たり前の挨拶を、こんなに嬉しく感じるとは。

——でも、面倒なことには変わりない。

忘れてはいけない、この子も、単に預かっているだけのこと。志乃の手にきちんと返さなければならない子なのだ。彰彦が来ていたときと同じことを考えながら、靴を脱ぐ。リビングまで行くと、甘い灰かな香りがした。見ると、テーブルの上に百合の花が活けられている。

「出かけたの？」

「ちょっと、散歩しただけ。お花屋さんがあったから」

葉子がスーパーから買ってきた品物を取り出して、せっせと冷蔵庫にしまっている理菜を眺めるうち、急に切なくなった。そんなふうにしてもらっては、こちらが困るのだ。ただ面倒だと思わせてくれていた方が、まだましなのだと思った。

それにしても、花を買うだけの余裕があるのなら、そう心配はいらないのかも知れない。本当に気持ちのゆとりを失っているとき、疲れ果てて何も見えなくなっているときというのは、一輪の花さえ飾る気にはなれないものだ。あれば慰められると分かっていながら、美醜の区別も好き嫌いも関係なく、周囲の全てのものを排除したくなる。そんな状態よりは、理菜は、まだましなのかも知れなかった。

7

夕食の時、葉子は今度こそと自分に言い聞かせて、理菜に家出の理由を聞くことにした。こちらの説得に耳を貸す余裕が出てきたら、早く帰らせるに限る。それが理菜のためでもあり、また葉子自身のためでもある。人にはそれぞれ居場所がある。いくら居心地が良くても、自分の居場所ではないところにしがみつけば、ただそれだけで、人は誰かを傷つける。この家には、客を迎えるくらいの隙間はあっても、十五歳の少女を住まわせるだけの空間は、ありはしない。

葉子に出来ることなど、そうあるわけでもない。それはもちろん、理菜のことばかりでなく、杉浦のことにしても同じだった。取りあえず、目の前にいるのが、たった一人の姪でもあり、多感な年頃の少女だから、こちらから取りかかるというだけのことだった。より慎重に。丁寧に。

このまま、理由も分からずにいさせるわけにはいかない、志乃だって心配しているし、彼女は無理をしてでも迎えに来るつもりなのだからと、出来る限り穏やかな口調で説明する間、理菜は、ひたすら箸を動かすだけだった。

「分かるでしょう?」

あまりに何も答えようとしないので、つい身を乗り出すようにすると、姪は小さくため息をつき、「だって」と口を開いた。

「理由って言われても——よく、分からないんだもん」

「分からないって。でも、家にいたくなかったから、出てきたんでしょう？　それには、何か理由があるはずでしょう」

「そうだけど——」

理菜はわずかに困惑した表情になり、自分の中で言葉を探しているようだった。やっと胃の薬が効いてきたのか、何とか食欲の戻ってきた葉子は、自分もゆっくりと箸を進めながら、ちらちらと姪の様子を窺った。

「じゃあ、特別、何かがあったっていうわけでもないの？」

理菜は、こちらを見ないまま、小さく頷く。

「前から、考えてたの？」

「そういうわけじゃ、ないけど——お兄ちゃんの話とか聞いてたら、何となく」

「何となく、出てきたくなった？」

「て、いうか——」

理菜は、相変わらず困惑した表情のまま、またため息をつく。ああ、面倒だ。嫌な感じだ。葉子の中に疲労と無力感が広がった。無理にえぐり出したものを、きちんと受け止める覚悟も出来ていないくせに。いくら大人らしいポーズをとったって、叔母ちゃんと頼られたところで、だからといって、何が出来るとも思えずにいるくせに。

「まあ、いいか」

つい呟いた。理菜は意外そうな目でこちらを見た。決して突き放すつもりではないということを示すために、葉子は大きくゆっくりと笑って見せた。事実、無関心に徹するつもりで言ったのではないことを分かって欲しかった。

「出てきたかったから、出てきたんだもんね。そんなときだって、あるわね。叔母ちゃんにも、経験がある」

出来るだけ軽い口調で言ってみた。実際には家出の経験はない。だが、確かに中学生の頃、誰にも告げずに家を出てみたいと、繰り返し夢想したことはあった。未知の世界に飛び込んで、まったく違う人間になりすましてみたいと、そんなことを思い描いた。実際にそうしなかったのは、おそらく弾みになるほどの事件も起こらず、簡単に行動を起こすにはその後に待っている親の叱責や学校での噂などのことを想像し過ぎ、自分を受け入れてくれる世界がどこにあるのかも分からず、さらに、時代のせいもあったのだろう。

「理菜ちゃんにだって、色々と悩みはあるんだろうしね。家から離れて、少し考えたいっていうんなら、それはそれでいいじゃない」

理菜は、かえって心細そうな表情になる。この子は葉子を味方だと思っているだろうか。または、味方になって欲しいと望んでいるだろうか。だが、彼女の瞳は、親のことも信じられない、誰のことも信じられないと訴えている気がする。それなら当然のことながら、葉子だって含まれているはずだ。

「取りあえず、問題は、お母さんをどう説得するか、だわね」

理菜は葉子の言葉を聞いて、わずかに口元を尖らせた。母親のことに触れるだけで、こんな表情になってしまう娘が痛ましく思える。

「赤ちゃんじゃないんだから、本人が嫌だって言うものを、無理矢理引っ張って帰れるわけでもないし、ちゃんと説得すれば、分かってはくれなくても、諦めては、くれるかも知れないでしょう?」

思っているのと正反対のことばかり口にしている。これではまるで、好きなだけいれば良い、ここに住んで良いと言っているようなものではないか。葉子は内心で舌打ちをし、それを気取られないように、箸を動かした。

「お母さんの言うことだって、分からないわけじゃないでしょう? 特に、理菜ちゃんは受験生なんだしね。ちゃんと学校に行って、高校も受けてもらいたいって思うのは、当たり前だって」

「お母さんと——」

ふいに理菜が呟いた。彼女は微かに息を吸い込み、ゆっくりとその息を吐き出しながら、テーブルの上の百合を眺めている。

「一緒に、いたくないっていうか——」

どうして？　どこが嫌なの？　お母さんは口うるさいの？　あなたのことを理解しないの？　お父さんが入院中だから、家が暗いの？　あなたの——あなたの事件以来、何かが変わったの？

喉元まで出かかっている疑問を呑み込んで、葉子は姪を見つめていた。先回りをしてはまずい。彼女が言いたい言葉だけを聞く方が良い。だが理菜は、それきり黙って宙を見つめている。硬い、虚ろな表情。幼かった頃の面影さえも感じられないほどに、顔中の筋肉が強ばっている。見ようによっては、老婆のように見えなくもない。または、年齢も性別も不詳の、人間とは異なる生き物のようにも。

沈黙が続いた。結局、葉子は「そう」としか言えず、再び箸を動かし始めた。すると理菜は、しばらくの間、黙ってこちらを見つめていたが、「別に」と呟いた。

「別に、お母さんだけじゃなくて、誰ともっていうか——何か、嫌だなと思って」

半ば、予測していた言葉だった。やはり、理菜は人間不信に陥っているのだろう。暴行を受けた女性が、その後、いわゆるセカンド・レイプとも言われる体験を重ね、傷をさらに深くして、人間不信に陥っていくという話は、葉子も聞いたことがある。志乃は、自分の娘がそんな被害者になったことを、果たしてどう受け止め、理菜に対して、どんな眼差しを向けてきたのだろう。

「――誰とも？　お兄ちゃんや、お父さん？　それとも、学校の皆とか？」

「皆のことっていうより」

理菜の顔はあくまでも白く、表情はまるで動かなかった。葉子は箸を置き、顎の下に手を当てて、黙って姪を見つめた。

「――全部。自分のことも」

強い力で胸を突かれた気分だった。葉子は言葉を失い、ただ理菜の顔の上に視線をさまよわせた。きつく結ばれた唇。耳元から顎までの尖った線。わずかに我の強さを感じさせる、小鼻が張り気味の鼻は兄に似ている。一方、奥二重の瞼と、長めではあるが、真っ直ぐなまつげ、比較的薄い眉の柔らかいラインは、かつての志乃から受け継いだものだろう。

「叔母ちゃんには、よく――分かんないけど」

この子は絶望している。

おそらく、葉子さえ経験したこともない深い絶望の淵に沈み込んでいる。

硬いままの理菜の顔を見つめながら、葉子は自分の無力さを思い知った気分だった。

この子にしてやれることなど、何一つとしてありはしないのだということが、痛いほど感じられる。面倒だと思ったり、こちらから拒絶などしている場合ではない。理菜自身が別段、葉子を望んでなどいないのだ。彼女は何一つとして望んでいない。ただ、他にどうすれば良いか分からないから、ここへ来た。

「――嫌に、なっちゃったのか。じゃあ、しょうがない、ね」

理菜の瞳には光が宿っていない。たとえ視線を移し、こちらを向いたとしても、彼女の目は、葉子など見てはいない。あんなに輝いていた、目まぐるしく動いていた、その同じ目が、ただのガラス玉のようになってしまっている。

――死ぬかも知れない。

ふと、思った。たとえば今すぐに、そこのベランダから空に飛んだとしても何の不思議もないだろう。

この子を拒絶してはならないのだと、改めて自分に言い聞かせながら、葉子は、十五の姪が抱え込んでしまったものの、途方もない重さに思いを馳せ、微かにため息をついた。

「お母さんに、何て言うの？　私が嫌がってるって、言う？」

機械的に箸を動かし始めると、今度は理菜の方が口を開いた。葉子は「そうねえ」と呟き、あれこれと考えを巡らせた。すぐに結論の出せる問題ではない。第一、預かることになったとしても、日がな一日、こんな場所に閉じこめておくことなど出来はしないだろう。では、東京の学校に通わせるのか？　親代わりになって、この子の世話をしながら生活していく？　そんなことは無理だと突き放すべきなのだろうか。その場合、この姪はどうなってしまうのだろう。

「言わないで」

理菜が重ねて言った。

「お母さん、また泣くから。パニックになるかも知れない——死にたいとか、言い出すかも知れないから」

死にたがっているように見える理菜の口から、そんな言葉を聞いて、葉子は内心でぎょっとなっていた。この子なりに精一杯に、母親のことを考えている。だが志乃の方は、この子の支えにはなっていないのだろうか。この子が今見せているような気遣いを、母親である志乃はしているのだろうか。

「今日は、何してたの？　散歩して、お花屋さんに寄った以外は」

話題を変えるつもりでした質問に、理菜は表情も変えず、ただ「別に」と答えた。

「ごろごろ、してた。昼寝、したり」

「ああ、今朝、変なふうに起きちゃったものね」

言ってからしまったと思った。気分を変えて、少しは気楽な他愛ない話に持っていきたかったのに、これでは墓穴を掘るようなものだ。

「知り合いの人、見つかったたって？」

理菜は、表情こそ変わらないものの、自分の話をするときよりは幾分気楽そうな口調で言った。葉子は「さあ」と首を傾げて見せた。この子がごく単純な理由で、もっと無邪気に遊びに来てくれたのだとしたら、葉子は小さな大人と向きあうように、案外あっさりと自分の不安をぶつけただろう。以前の理菜には、大人以上に人の話を聞こうとするところがあったように思う。彰彦と一緒に泊まりにきたときも、何かと葉子にまとわりついてきては、妙に物分かりの良い表情を見せながら人の話に耳を傾け、誰かの受け売りに違いないにせよ、大人びた、時には分別くさく感じられるような言葉を口にしたものだった。

「連絡がないから分からないけど。でも、見つかったとしたって、奥さんがあんなことになったら、よそに連絡なんかしてる場合じゃないかも知れないしね」

「他にその人のことを聞ける人、いないの？　その人もカメラマン？」

「出版社の人だけどね」

「じゃあ、同じ会社の人なら、知ってるんじゃない？　聞いてみれば？」

恐らく、物心のつくかつかない頃から、常に志乃の愚痴を聞き、話し相手になってきたからこそ、理菜は普通の子どもよりも一見しっかりとして、大人びた反応を示す子になったのだ。だが、しっかりした受け答えの出来る子どもが、精神的にも成長しているかといえば、それは、まったく別の問題だ。むしろ、幼い頃から母を支える立場に立たされてきた子どもは、自分がつまずいたときに、助けを求める相手を持つことが出来ない。

「だって、あんなに朝早くから、ここにまで警察がきたんだよ。叔母ちゃんだって、まるっきり無関係っていうわけじゃ、ないでしょう？」

「それは、そうかも知れないけどね」

「その人の会社に電話できないの？」

「出来ないこともないけど――やめておく」

葉子は、初めて人を気遣う表情を見せている姪に薄く微笑んだ。

「変に野次馬みたいに思われても嫌だし。明日か明後日にでも、どっかから連絡が入るでしょう」

姪は「ふうん」と小首を傾げている。葉子にも経験があった。かつて葉子自身が、今の理菜と同様に母の話し相手になり、時には母を慰めたり叱るような真似までした記憶がある。本当は、何一つとして分かっていたはずもないのに、気の利いた受け答えをしたつもりになっていたものだ。

葉子が食事の後片づけをしている間に、理菜は風呂の支度をした。家でも、こんなによく手伝いをしているのかと尋ねると、彼女は照れくさそうに首を振った。

「やれって言われれば、やることもあるし、お父さんが入院してからは、少しはやってるけど。一応、居候だから」

「ああ、ごますりね」

葉子の言葉に、理菜は「まあね」と笑った。だが、風呂が沸く頃、部屋を覗いてみると、彼女はもうベッドに潜り込んで寝息を立てていた。昨日も風呂に入らなかったのだし、今日は何もしていないのだから、起こしてしまおうかとも思ったが、葉子は少しの間、成長した姪の寝顔を見て、部屋の電気を消した。

絶望している。疲れている。レイプや妊娠中絶が全ての始まりなのか、それとも、他の要素も加わっているのか、その辺りのことは分からない。とにかく、理菜は逃げ場所を求めており、そして休息を必要としている。やっとのことで日々を過ごし、ただ死なずにいるというだけで、精一杯なのかも知れない。

——志乃に、どう話すか。

風呂から上がって、薄い水割りを作り、葉子はテレビを見ながらぼんやりと考えた。叔母として、理菜を守ってやりたい気持ちはある。だが、あの志乃と、志乃の娘のことで話しあわなければならないのは、何とも憂鬱だった。

何をどう考えても、自分に出来ることなどないという結論しか導き出すことが出来なかった。水割りの杯を重ね、さっき理菜に言った「まあ、いいか」という台詞を、自分に向けても呟けるようになるのを待っても、葉子の中の苛立ちと焦燥感は、強まることはあっても薄れることがなかった。午前零時に差し掛かろうとしたとき、電話が鳴った。葉子は立ち上がるときに初めて、わずかに酔いが回っていることを感じた。受話器を通して聞こえてきたのは、昨日とは別人のような杉浦の声だった。

「君のところにも、警察が行ったってね」

「どこに、いたの」

「映画のレイト・ショーを見てさ、その時に携帯のスイッチを切ったままだった」

「――大変なことに、なったわね」

こういうとき、何をどういう順番で話せば良いのか分からなかった。とにかく、電話の向こうにいるのは、つい昨日、妻を亡くした男なのだ。取りあえず、いかにもありきたりな悔やみの言葉を口にする。杉浦は、いかにも機械的な口調で、「どうも」と答えた。今日一日だけで、彼は一体何回くらい、同じ挨拶に接し、同じように返事をしてきたのだろうか。

「今日は仮通夜でさ、明日が通夜、明後日、告別式っていうことになってる」

「犯人は？」

「いや――まだ」

「あの――あなたの、アリバイは？」

「大丈夫なんだ、それは。君のマンションから戻るときに、駅前のパチンコ屋に寄って、そこの店員が覚えていてくれた」

「あなた、いつ、知ったの」

「今日の昼前。飯田橋のバーで飲んでたんだけど、そのまま寝ちまって、朝になってからサウナに移動してさ。その間は、携帯なんかロッカーに放り込んであるから」

葉子と会い、いつもと同じようなひとときを過ごすはずだった杉浦の、都会の夜をさまよう姿が目に浮かんだ。パチンコをし、映画を観て、バーで酔い潰れ、そうやって一人の時間をつぶしていた男が、妙にうら寂しげで哀れに思えた。同じ頃、彼の妻は、もう冷たくなっていたことだろう。

やはり、昨日は理菜が来てくれて助かったと、葉子は考えていた。全ては結果論に過ぎないが、もしも、事件が起きていた時に、杉浦がこの部屋にいたのだとしたら、葉子はもっと寝覚めの悪い思いをしなければならなかったはずだ。必要以上に自分を責めたかも知れないし、警察だって、今朝とは違う目で葉子を見たことだろう。

「——真っ直ぐ帰れば良かったのに」

「帰ったって、その時は、もうあいつは——こういうことになってたんだよ」

「——お子さんは？」

「親戚が来てるから、皆で世話してくれてるけどね」

「これから、大変ね」

返事の代わりに大きなため息が聞こえてきた。

「本当に、何て言ったらいいか分からないけど——とにかく、私としては、あなたのアリバイが成立したっていうだけでも、一安心したわ」

杉浦は呻くような声で「ああ」と言う。

「正直言うと、まだ、何が何だか分からないんだ。何ていうか——とんでもなく陳腐な芝居でも観させられてる気分かな」

それは、そうだろう。葉子だって、まるで夢でも見ているような気分だ。当事者ともなれば、その非現実的な感覚は、さらに強まるに違いない。

「何もかも初めてだしさ、とにかく、やたらと人の出入りばっかり激しくて、俺は、『はい』とか『いいえ』とか、『あっち』『それは、そっち』なんて、そんなことしか言ってない」

「——そう、でしょうね」

「後ろから、刺されたんだそうだ。近所の誰も、悲鳴らしいものさえ聞いてないんだと。だから、最初の一撃で、ほとんど即死に近かったんじゃないかっていうんだけどね」

「——そう」

「つまりは、苦しまなかったのかなとは思うけど、何しろ本人に確かめることが、出来ないだろう。驚いたのか、驚く間もなかったのか、痛みはどうだったか、犯人を見たか――何も、分からないから」

杉浦の声は確かに疲労を滲ませていた。その一方で、ある種の興奮状態にあるのかも知れない。彼は普段よりも早口で、葉子が相づちを打つ間もないほどに話し続けた。

「それにしても、驚いたな。君のところまで警察が行くとはね。日本の警察っていうのは、結構、働き者なんだってことが、分かったよ」

「こんな時に言うのも何だけど、職場の、小山さんなんかに、私のこと、話してたの？」

それに対しては、杉浦は否定した。勤め先の誰に対しても、葉子の存在など、匂わせた記憶さえ、ないという。それなら、どうして小山が警察に対して葉子の名前を出したのかは、杉浦にも分からないらしかった。

「君は、来ないだろう？」

「明日？」

「それこそ小山たちも手伝いで来るだろうし、まだ犯人が捕まってないわけだから、警察もうろついてるし」

普通の葬儀とは異なる雰囲気になることだろう。だが、葉子は、せめて焼香ぐらいはしたいと思った。小山を通して編集部には、もう噂が広がっているだろう。警察に対しては、葉子自身が自分の口で杉浦との関係を告白している。そんな人々の目が光る中で焼香に行けば、どんな陰口を叩かれるか分からない。それでも、思いもよらない形で突然に生命を奪われた人に対して、せめて手をあわせ、頭を垂れて、慰めでも成仏を祈る言葉でも良いから、何か話しかけてみたい気持ちがあった。

「行くわ。明後日は仕事が入ってるから、告別式には伺えないけど、明日なら大丈夫だから。お通夜は、どこでやるの」

それに、これが杉浦と会う最後になるかも知れない。まさか、こういう形で終わりが来るとは考えていなかったけれど、葉子は姪を抱えているし、杉浦だって当分の間は身辺が慌ただしくなるに決まっている。少なくとも、この部屋で会うことは、しばらくはない。そうなれば、葉子はもう二度と、杉浦を自分の住まいに招き入れたくはなくなるような気がした。

「来てくれるのか。だったら――」

葉子は杉浦の妻の遺影に向かって誓っても良いとさえ思っていた。

あなたもたくさんの心残りがおありでしょうが、私のことだけは気になさる必要はありません。たとえ、別れを切り出していたとしても、一応は最後まであなたの夫だった人を、あなたがいなくなったのを良いことに奪おうなどとは思っていません。本当に、まったくご心配はいりませんから、と。

杉浦から言われた斎場の場所をメモしながら、葉子は、こんな幕切れもあるものかと考えていた。彼はもう二度と、以前のような声で葉子の名を呼ばないだろう。葉子のベッドは、葉子だけのものになるだろうし、彼が残していったわずかな着替えやひげ剃りなども、いずれ処分することになる。

――一人になる。今度こそ。

多少、絶望的なため息が出なくもない。だが、感傷が入り込むことはあっても、気持ちが揺れ動くことはなかった。やはり、杉浦に対する自分の思いとは、共に生き、共に暮らしたいと望むような類の感情とは異なるものだったのだろう。結局は、妻がいるからこその愛人、妻がいなくなれば、愛人としての自分の存在理由も消え失せる気がした。

「話をする時間はないと思うけど」

「気にしないで。電話をくれただけで安心したわ」

「――君の方は？　あの日、急用って何だったの」

「姪が、家出してきたの。暮れに預かった甥の、妹なんだけど」

「家出？」

「いろいろ、悩みを抱えてる子なのよ」

「――じゃあ、当分は預かるのか」

「分からないけど。下手をすれば、ここで暮らすことになるかも知れないわ」

こんな時ではあったが、今、言ってしまうしかなかった。だから、もう杉浦の来る余地はないのだと、暗に匂わせたつもりだった。杉浦は「そうか」とまたため息をついた。

「君も、大変だな」

「そうでもない。周りが忙しく動いてるだけで、私自身は、何も変わってないもの」

「――そうか」

「身体、大切にね」

「ありがとう」

そうして電話は切れた。葉子は初めて深々とため息をついて、ゆっくりと電話を置いた。

――こういう終わり方も、ある。

今度こそ、一人になったのだと思った。まだ理菜がいるから良いようなものの、理菜が帰ってしまえば、今度こそ、葉子は誰も待たず、誰にも待たれない日々を送ることになる。

もう少し水割りを飲もうかと考えたが、いくら飲んでも胃に負担がかかるだけだという気がして、やめにした。いつもの量に比べれば、今日はもう随分飲んでいる。

部屋に引っ込む前に、もう一度、理菜の部屋を覗いてみた。部屋の外から洩れる光を頼りに見ると、理菜はさっきとは異なる姿勢で、相変わらず規則正しい寝息を立てていた。

——いろいろ、あるものよ。生きてるとね。

自分自身は、この理菜の年頃だったときと、特にどこも変わっていないような気もするのだ。ただ、迎えた季節の数が増えるごとに、様々な人を見て、様々な思いをしたことだけが違っているのかも知れない。一度経験したことには免疫が出来る。だから少しずつ打たれ強くなった。けれど、自分という人間そのものが、そう変わっているような気はしなかった。

8

翌朝、理菜はなかなか起きてこなかった。葉子は一人でコーヒーを飲み、新聞を読んで、テレビのニュースとワイドショーを見た。捜査に進展がないからか、報道では、杉浦の妻の事件のことは報じられない。だがワイドショーでは、事件現場の映像に続いて、杉浦真希子の顔写真までが大きく映し出された。葉子は初めて愛人の妻の顔を見た。

——この人が、彼に別れを切り出していた。

遺族からというよりも、恐らく周辺の誰かから提供されたスナップ写真を使っているのだろう。身軽な服装で、背景には緑と青空が見えている。良くも悪くも平凡な、特に際だって美しいわけでもなければ、人に不快感を与える容貌でもなかった。ただ、そこにいて、普通に暮らしているという雰囲気の人だと思った。彼女がどんな性格なのか、どういう妻であり、母であったかは、とりたてて何も聞いたことはないし、その多少ピントのぼけた写真から推し量ることも出来なかった。

——私のことは知らないままだったんだろうか。

もしかしたら、知られていたのかも知れないと思う。少なくとも、夫以外の男性とつきあうまでには、彼女自身の中にも様々な葛藤があったに違いないし、第三者が入り込むだけの、心に隙間があったはずだ。葉子という存在までは知らなかったとしても、彼女が満ち足りた家庭生活を送っていたとは思えない。

当初、行方が分からないと報じられていた被害者の夫は、仕事の都合で連絡がとれなかっただけだとレポーターの声が言った。妻の突然の死を聞きつけて、今はただ悲しみに打ちひしがれていると報告するレポーターの表情は、いかにも芝居じみて偽善的に見えた。

〈単なる通り魔的な犯行でしたら、そんなに何カ所も刺すということは、あまり考えられないと思うんですがね〉

ブラウン管の中でもっともらしい表情のコメンテーターが語る。

〈はい。警察でも、その辺りのことを重視しておりまして、殺害された真希子さんの身辺などを捜査しているということなんですね。ご近所で聞きましても、とても明るい奥様で、人から恨まれるようなことがあるとは思えないということだったんですが。悲しみのお通夜は今夜、そして告別式は明日の予定なんですが、それまでに犯人を逮捕したいと、現在、警察の必死の捜査が続いている模様です〉

近所の人間が、何を知っているというのだろうか。たとえば子どもを通して、ある程度のつきあいがあったとしても、たった薄い壁一枚を隔てただけの世界だったとしても、家庭という閉ざされた社会の中で起こることは、ほとんどが外部になど洩れることはない。それが都会ならば、なおさらだ。

理菜が起きてきたらすぐに支度に取りかかれるように、野菜だけは洗って、葉子は久しぶりに袖を通すことになった喪服を風に当てることにした。いつの間にか、新年の頃の空気は消え失せて、一年で最も寒い季節に向かおうとしている。その弱々しい陽射しに喪服を当て、そういえば、スカートで外出すること自体が実に久しぶりなのだと思った。

——冷えるわね、きっと。

この前、喪服を着たのは、確か一昨年の秋口のことだったと思う。あの時は、知人の父親の葬儀だった。故人が高齢だったこともあって、葬儀の席はしめやかではあったが、どこか落ち着いていて、穏やかだった。未亡人となった知人の老母だけが、静かに白いハンカチで目元を抑えていた。秋晴れの日の葬儀は、何となく日常から抜け出して、半ば遠足気分のような雰囲気でさえあったと思う。

だが、今日はそういうわけにはいかないだろう。そして、次にこの喪服を着る時は――。

志乃に電話をしなければと思った。苛立ちながら娘の帰宅を待っている母親に、きちんと話をしなければならない。本当なら電話よりも、直接会う方が良いのだろうとは思う。だが、今日は通夜に行かなければならないし、明日も明後日も仕事が入っている。兄の見舞いを兼ねて、長野に行くのも良いのだが、実際には、それだけの時間を捻出することが出来そうになかった。

ふと、どうしてこんなに人のことばかりで頭を悩ませなければならないのだろうかと思った。考えても仕方のないことだと分かっていながら、今度こそ一人になるつもりの自分が、心の隙間を埋めるために、甥の世話を焼き、姪のことを気遣っているのだとしたら、愚かな執着だ。後に残るのは惨めな自分だけということにもなりかねない。それだけは、避けなければならなかった。

9

その日は午後から雲が低く垂れ込め、夕方には小雪が舞い始めた。杉浦の妻の通夜は、彼らの自宅からほど近いという、葬儀会社の持っている斎場で執り行われた。テレビ局の車が何台も止まり、入り口付近には、明らかに葬儀関係者とは異なる雰囲気の、喪章を腕に巻いただけの男たちが数人ずつ立っている通夜の会場は、葉子が予想した通り、ものものしい雰囲気に満ちた、陰鬱なものだった。

「宇津木さんも、来たの」

「昨日、仕事先でライターの人から聞いたから」

途中で数人の知り合いと会い、葉子は彼らとそんな会話を交わした。小山という編集者に会ったら嫌だと思ったが、杉浦の仕事仲間はどこかで手伝いでもしているのか、誰も見かけなかった。

「驚きだよなあ。女房に死なれるだけでも、男としては相当こたえるものなのに、急にだよ、ましてや殺されるなんてさ」

「こういうことって、本当にあるものなんだね」

顔見知りたちは誰もが、何ともいたたまれないという表情になっていた。僧侶の読経の合間には、方々からすすり泣きが聞こえ、遺族の席にいる杉浦は、終始俯いていた。

「子どもを、どうするんだろうね」

葉子たちの脇でも、そんな囁きが起きていた。杉浦の隣で、濃紺のワンピースを着た少女が、つまらなそうな顔をしていた。泣くことも忘れたような、硬い表情を見て、葉子は内心でひやりとした。理菜に似ていると思った。結局、今日は昼近くまで起きてこなかった姪とよく似ている。たとえ誰に抱きしめられても、頭を撫でられ、優しい言葉をかけられても、まるで受け入れるつもりさえないような、頑なな表情。それだけの衝撃を受けているということだ。確か、もう五年生になろうという少女には、何が起こったのか、よく分かっているはずだった。大勢の大人たちに混ざって、自分がどういう役割を果たすべきかも理解しているのだろう。

——母を亡くした少女と、母から逃げてきた少女と。

やり切れなさが冷たい風に吹かれて葉子の中で凍りつく。辺りが闇に包まれる頃には、雪はかなり本格的に降り始めていた。この分では、明日の告別式はますます陰鬱なものになりそうだ。

芯まで冷え切った身体でマンションに帰り着くと、葉子は迎えに出てきた理菜に、会葬御礼に入っていた塩の小袋を渡した。

「悪いけど、これ、かけてくれる」

玄関先に立つ葉子の背後から、理菜は「外、寒いね」と言いながら塩を振りかけてくれた。

「どうしてお塩かけるの」

「お清め」

「何を清めるの」

「何って――何かしら」

「変な霊を憑《つ》けてこないようにっていうことかな」

室内は暖かかった。葉子がコートを脱ぐ間、理菜はずっと話しかけてきた。昨日までと少し様子が違うようだ。こちらから話しかけるまで、ほとんど口を開かなかった子なのに、よく眠って少しずつ気持ちがほぐれ始めているのだろうかと考えながら、葉子は理菜を振り返った。

「可哀相だったわ。小学生の女の子がいたのよ。何も考えられないみたいな顔になってて」

理菜はコタツに頬杖をつきながら、「ふうん」と聞いている。

「泣いてた？」

今度は葉子が首を振った。理菜は小さくため息をついた。

「泣くのも忘れるときって、あるよね」

葉子は一瞬、言葉を失いそうになり、それから急いで「そうね」と頷いた。

「自分の身に何が起きたか分からないときって、確かにそうなるわね。頭の中が真っ白になってね」

理菜の表情が、ほんのわずかに動きかけた。目が落ち着きを失い、怒りとも猜疑心とも異なる、だが荒々しい感情がちらりと顔を出す。彼女は初めて苛立った表情で眉をひそめ、落ち着きのない様子でこちらを見た。叔母ちゃんは何を知ってるの。私の何かを聞いてるのと言われそうな気がして、葉子は「叔母ちゃんにも、経験がある」と慌てて言い足した。

「――そう?」

「そりゃあ、あるわ。理菜ちゃんの倍以上、生きてるんだから」

「――どんな?」

「思い出したくもないようなこと」

泣くことさえ忘れるほどの、そんな衝撃を受けたことが、これまでにあっただろうかと思った。確かに一番最近のことを考えれば、夫から離婚を言い出されたときは、かなりのショックだったし、事実、一時は呆けたような状態にもなった。だが、目の前の少女や杉浦の娘のような、そんな自分自身から無理矢理何かをむしり取られるような傷とは異なると思う。彼女たちに比べれば、大人である自分がこれまで経験してきた絶望などというものは、極めて軽い、むしろ微少なものだとしか言い様がないのかも知れないと思った。

実のところは答えられなかっただけだが、敢えて答えないというポーズをとった葉子を、理菜は再び静かな瞳で見つめていた。

「ご飯にしようか」

葉子は気を取り直したように言い、いそいそと台所に立った。流しの中には、理菜が食べたらしいカップラーメンの容器と割り箸が置かれていた。

「こんな物、食べたの。だったら、お腹は、空いてない？」

「そうでもない。食べられるよ」

どんなにつまらなそうな、張りのない声しか返ってこないとしても、話しかける相手がいることが、やはり有り難かった。彰彦が来て以来、以前のようにまめに料理をするようになったせいで、どことなく埃じみて見えた台所も、今は輝きを取り戻している。

――あの人も、毎日、子どもと夫のために、台所に立っていたのだろう。

通夜の席で、祭壇の上に掲げられていた遺影を思い出した。テレビで見た写真とは異なり、鮮明な笑顔の写真だった。杉浦真希子という人は、いかにも家庭的な、柔らかい笑顔の持ち主だった。とても、夫以外の男とつきあって、離婚まで決意するような女性には見えなかった。いや、平凡で真面目な人だからこそ、自分の人生を忠実に、ひたむきに歩もうとしたとも考えられる。

――でも、杉浦が家で食事をしたことが、果たして週に何度、あったことか。

この寒さだから、簡単に寄せ鍋でも作ろうと、冷蔵庫から野菜を取り出しながら、葉子は考え続けていた。黒い額縁の中で笑っていた彼女は、何年、何カ月前の彼女だったのだろうか。現実には、ここしばらく、杉浦の妻は心の底から笑えたことなどなかったはずだ。

——あの子は、これからどうなるんだろう。

理菜が受けた傷だって計り知れないと思うのに、理菜よりもさらに幼い少女は、こんな形で母を失ったことを、どう受け止めていくのだろう。両親の間で離婚話が進んでいたことを、あの子は知っていたのだろうか。

あれこれと考えながら手だけ動かしていると、インターホンが鳴った。「出るよ！」という理菜の声がして、ばたばたと走る音が続いた。葉子は包丁を握ったまま「お願い！」と答えた。理菜が応対に出ている声がする。

「叔母ちゃん——」

背後から声をかけられたとき、葉子はいかにも気軽に振り返ったと思う。だが、理菜が妙な顔をしているのを見て、途端に不安になった。一瞬、また警察の人間でもやってきたのかと思ったのだ。

「——お母さん」

だが、理菜はすっかり強ばった表情で、それだけを言った。葉子は包丁を置き、慌ただしく手を拭きながら「それで？」と言った。

「オートロック、開けてくれた？」

理菜が首を振っている間に、またインターホンが鳴った。今度は葉子が理菜の脇をすり抜けてインターホンに走った。

「どうしたっていうのっ、早く開けて！」

驚くほど激しい声が大きく響いてきた。葉子は急いで解錠ボタンを押し、「どうぞ」と言った。理菜が硬い表情のままで立ち尽くしている。

「私、会わないから」

きつく結んだ唇の間から、彼女はやっとそれだけを言った。

「当分、こっちにいていいって、言ってくれなかったの！」

「言ったわよ。言ったけど、今朝電話をしたときは、お母さん留守だったし、夜にでもまた電話しようと思ってたのよ」

「私、帰らないからねっ。絶対に、帰らないから！」

それだけ言い捨てて、理菜は小走りに部屋に入ってしまった。確かに、今は会わせない方が良いような気もする。ここで母と娘が互いの感情をむき出しにして、罵りあったり、自我をぶつけあうという場面も、見たくはなかった。取りあえず理菜を抜きにして、志乃と二人で話しあう必要があると、葉子自身も感じていたのだ。だが、何をどう話そうか。どうしたら、志乃を納得させられるか、または無理矢理ではなく理菜を帰すことが出来るか。慌ただしく台所に戻り、ガスの火を止めて、葉子はまた小走りに玄関に向かった。ちょうど同じタイミングでチャイムが鳴らされた。

「――いらっしゃい」

寒風と共に現れた志乃に、葉子は懸命の作り笑顔を見せた。だが志乃は、今さっきの勢いを引きずったまま、強ばった顔で立っている。

――老けた。

志乃は、わずかに白髪の目立ち始めている、パーマ気のない髪を後ろで一つに束ね、口紅さえも塗っていなかった。手入れをしていない薄い眉の辺りに疲労をためて、志乃は何か言うよりも前に、大きなため息をついた。白く見えた息が、寒風に吹かれて震えながら消えていった。

第三章

1

「泊まっていくでしょう、今夜」

熱い茶を淹れながら声をかけると、全身を強ばらせたままコタツに入っていた志乃は、ちらりとこちらを見た。

「構わない、かしら」

この時間に着けば、たとえ理菜が一緒に帰ることを承知しようと、他にどうすることもできないではないか。分かっていながら、こういう物言いをするところが、いかにも志乃らしかった。葉子は「もちろん」と答え、さて彼女にはどこに寝てもらおうかと考えた。今の状態では、とても理菜が一緒に寝たがるとも思えない。現に、彼女は未だに部屋から出てくることもせず、ことりとも音をたてないでいるのだ。志乃が来てすぐにドアをノックしてみたが、鍵がかけられたドアの向こうからは「会わないから！」という怒鳴り声が返ってきただけだった。ドアを睨みつけている志乃をなだめ、とにかく落ち着いてなどと言いながら、ようやくリビングまで案内したのだ。

「子どもが勝手に家を出たのに、親が放っておくことも出来ないと思って、夢中で出てきたものだから」

彼女は手土産の一つも持たずに来たことを詫び、さらに、夫の病院に寄ってから、その足で来てしまったのだと説明した。とつとつと兄の病状を語り、彰彦のセンター試験が終わったばかりであることなどを話題にのせる志乃を見つめながら、葉子は、この人がこのところ毎日のように葉子の電話を受けていた相手なのだろうかと、半ば不思議な気持ちになっていた。考えてみれば二十年以上のつきあいになる。互いの上には同じだけの年月が流れていたはずだし、それぞれの環境や周囲の状況がどう変わろうと、二人で顔をあわせているときには、葉子はいつでも、高校時代とまるで変わらない気分になった。だが今、目の前で茶をすすっている志乃は、葉子とはまるで別世界の、かつて一度たりとも触れ合ったことのない人にさえ見えた。

「やっぱり、マンションて暖かいのね」

思い出したように彼女が呟く。葉子は「そうかしらね」と答え、周囲を見回しながら自分も茶を飲んだ。

「家みたいな木造は、何となくすうすうするわ。もともと中古だったのが、余計にだんだん古くなってきて、あちこちがたが来てるし」

「そうなの？」

「お父さん、家のことなんかまるで考えてくれなかったから。私や子どもたちが何度も何度も言って、やっと、じゃあ改築しようかっていうことに決まりかけてたのよね。そんな矢先に入院して、結局、そのままだわ」

始まった。こういう愚痴が始まると、途中で話を遮るのが難しくなる。理菜はカップラーメンを食べたようだから大丈夫だろうが、こっちは寒い中を通夜に行き、身体が冷え切ったままで、少しでも早く夕食にしたいと思っていたところなのだ。

――こっちのペースを崩さないこと。

いつでも志乃と話す度に自分に言い聞かせる言葉を思い出し、葉子は、目の下に疲れをためて、コタツの上に置かれた湯飲み茶碗に目を落としている志乃に「ねえ」と口を開いた。

「ご飯にしない？　ちょうど、支度してたところなの。まだ食べてないんでしょう？」

言うが早いか、素早く立ち上がった。背後から「ごめんなさいね」という声がかかった。

「こんな時間に、ご迷惑だって分かってたんだけど――」

「ちょうど良かったのよ。私も今さっき帰ってきたところだから」

意識的に明るい声で、葉子は通夜に列席して、帰ったばかりなのだと説明をした。

「お通夜？」

縁起でもないという表情で、志乃は半ば怯えたようにこちらを見る。少し離れた場所から眺めると、彼女はいよいよ老け込んで、肩の線は落ち、背中も丸くなりつつあるように見えた。かつての彼女が持っていた身体の線をそっくり覆いつくしてしまった不健康そうな脂肪は、そのまま彼女にまとわりついている人生の重みのようにも思えたし、それは、しばらく会わないうちに、すっかり白髪が目立つようになった艶のない髪と共に、葉子を無言で威圧しているような気さえした。

あなたに何が分かるの。私の人生がこんなになったのは、誰のせいだと思うの、と彼女の全身が語っている気がして、葉子は、かつての級友から思わず目をそむけた。彰彦が、葉子と志乃とでは随分違うと言っていたのを思い出す。あまりにも違う人生を歩んできてしまった。義理の姉妹にまでなりながら、志乃と葉子とは、いつの間にか、誰よりも遠く感じられる存在になってしまった。

「忙しいから、ニュースなんか見てないかしら。この前、路上で刺されて死んだ人がいるんだけどね、知りあいの奥さんだったの」

志乃が小さな声で「あら」と言う。

「それなら、見たわ。だから東京は怖いねって、彰彦とも話してたんだもの。あの人が、お知りあい？」

料理する手を休めずに、葉子は「直接じゃないけど」と答えた。

「まいったわよ。昨日なんか朝早くから警察の人が来てね」

「ここまで？」

「その、亡くなった人の御主人のね、居所が分からないからって。その御主人を、仕事の関係で知ってるのよ」

必要以上に明るい口調になっているのが自分でも分かる。笑いながら話すような内容ではない。だが、敢えて口にすることで、葉子は何かの決着をつけようとしている自分を感じていた。

「本当、すごいわね、警察って。時間なんかお構いなしに、こんなところにまで来るんだものね」

通夜の席では昨晩考えていた通り、葉子は故人の遺影に向かって密かに誓った。杉浦の隣にいた幼い娘にも、内心で語りかけてきた。心配しないで、私はあなたのお父さんを横取りしたりはしないから、と。

だが、本当に決心が固まっているかどうか、今ひとつあやふやな気もする。誰に迷惑をかけるわけでもなく、たまに逢う程度のことが、特に不自然でないのなら、それはそれで良いではないかという気もするのだ。杉浦の妻が死んだことを幸いとは思わないが、これで一応は不倫と呼ばれなくなることだけは確かなのだし、今の世の中で、何も故人に義理立てをしたり、杓子定規に考える必要など、どこにもありはしないという気もした。愛とか恋とか、そんなことを言うつもりはない。ただ、少しばかり心地良く感じられるなら、それで結構ではないかとも思う。

だが、そういう考え自体が、ふてぶてしい、無神経なものだということも分かっていた。別に良いではないかで済ますつもりが、やがて思いもよらぬ結果を招かないとも限らない。それに、葉子自身は簡単に割り切っているつもりでも、杉浦がどう感じるかはまったく別の問題だ。妻の浮気を知りながら、世間体を気にして、意地だけで離婚に応じなかった男が、こんな形で妻を失ったときに、何をどう考えるようになるか、新しく何を望み始めるか、葉子には想像もつかない。

「もう、慌てちゃった。こっちがパジャマのまんまでも、向こうは平気な顔して、ずかずか上がり込んで来るんだから」

「何を、訊きに？」

「だから、ダンナの居場所を知らないかっていうこと。私が仕事で色々とお世話になってるっていうこと、編集部の誰かが警察に喋ったのね。ひょっとしたら、ここにいるとでも勘ぐったんじゃない？」

敢えて口にすることで、自分自身にも言い聞かせているつもりだった。勘ぐられるような関係だった、嘘をつかなければならない関係だった、それが事実だ。だが、もう終わりにする。彼の妻に誓ったからというだけではない。最初から、葉子は杉浦の人生に巻き込まれるつもりなど、ないのだ。それだけは確かだった。彼からは世話にこそなっていても、何一つとして影響は受けていない。杉浦がいようがいまいが、葉子の人生に変わりはない。

「それで、その知りあいの方って――」

葉子は三人分の食器やカセットコンロなどを運んでコタツと台所を往復しながら、いかにも気軽な口調で、仕事の都合でその夜は家に帰らなかったらしいと言った。

「ほら、編集者って生活が不規則じゃない？　その間に、まさか奥さんが刺し殺されてるなんて、普通、思いもしないしね。昨日の夜になって、やっと連絡がきたんだけどね、私にまでとんだ迷惑をかけたって、謝ってたわ」

志乃は「なるほど」と言うように頷く。そして、ふっと小さくため息を洩らした。

「仕事してれば、そりゃあ、色んな人とのおつきあいがあるんだものねえ」

「まあ、特に一人でやってれば、人間関係だけがものをいうみたいなものだから」

「私なんか、そんな知りあい、一人もいやしない。最近は、病院の中にだけ、妙に知りあいが増えたけど」

初めて志乃が口元を歪めた。笑ったつもりなのだろうが、それは歪めたようにしか見えなかった。葉子は何も答えずに、また台所に戻った。思わずため息が洩れる。娘も不幸、母も不幸。一緒にいることによって、二人はなお不幸になっていくような気がした。

食事の支度が整って、改めて理菜に声をかけてみたが、彼女はドアの向こうから「いらない」としか答えなかった。一応は三人分用意したのだが、葉子は缶ビールを抜き、志乃と二人で鍋をつつくことになった。

「久しぶりじゃない？　二人でご飯食べるなんて」

後で疲れると分かっていながら、葉子は出来るだけ明るい表情を崩さなかった。志乃は、表情は暗いままだったが、それでも「美味しい」と言いながら箸を動かした。

「もしかしたら、結婚したばかりの頃じゃないかしらね、二人だけでご飯食べたのなんて」

「どっちが？」

「嫌あね、そっち」

「そうだったかしら」

葉子には、そのときのことがはっきりと思い出されていた。新婚の兄夫婦の家に招かれて、暑いさなかに遊びにいったときのことだ。あの時、葉子はまだ学生だった。志乃たちも、まだ栃木にいた。ちょうど夏休みで帰省していたから、葉子は半分冷やかすつもりで、彼らの新居を訪ねた。今夜は兄も早く帰ると言っていたから、張り切ってご馳走を作るなどと言いながら、志乃は、全身から匂うような幸福感を滲ませていた。

――だから、お昼はこれで我慢してね。

ひやむぎを茹でながら、彼女が笑っていたことを思い出す。そして、風鈴の音色や蝉の声を聞きながら、葉子は志乃と向かい合ってひやむぎを食べた。もう、ただの友人ではない、本当に義姉になったのだと、妙にしみじみと感じたことも覚えている。

「学生の頃だって、あんまり帰ってこなかったものね。帰ってきたとしても、家には寄ってくれなかったし」

「わざと寄らなかったわけじゃないわよ。いつもタイミングがあわなかっただけじゃない。そのうち子どもが生まれて、私が行ったって、いつもバタバタして落ち着かなくなったし」

「そうだったかしら」

一杯のビールで頰を真っ赤に火照らせながら、志乃は、それでもわずかに表情を和ませたようだった。葉子は自分も空腹にビールが沁みたらしく、普段よりも饒舌になって、思いつくままに昔の話をした。その都度、志乃の口からは「そうだったかしら」という言葉ばかりが返ってきた。本当に覚えていないのか、思い出すつもりがないのかは、分からなかった。

「噓みたいよね――」

やがて身体も温まり、胃袋も満ち足りて箸を置く頃、葉子は呟いた。

「あの時、まさかこういう日が来るとは思ってもみなかったものねえ」

そろそろ本題に入っても良い頃だ。志乃は、ふいにやりきれないという表情になると、自分もそっと箸を置いた。

「本当。まさか、こういうことで、こちらにお邪魔することがあるなんて」

わずかに声がかすれていた。葉子が、次に何と言おうかと迷っている間に、志乃は再び箸をとり、残り少なくなった鍋に手を伸ばしながら、気がつくと唇を震わせていた。

「こんな――こんな思いをさせられるなんて思いもしなかった」

既に冷めかけている土鍋から、くたくたに煮えた野菜の残りを取りながら、志乃は嗚咽を洩らし始めた。葉子は言葉が見つからないまま、ただ黙っていた。

「――失敗だった。私の、人生――」

震える唇の間から、志乃はかすれた声で呟いた。

「本当――失敗だった」

何を言ってやれば良いのだろうか。志乃はどんな慰めを望んでいるのだろう。葉子は黙って立ち上がり、後片づけを始めた。泣くのなら、好きなだけ泣いてもらって構わない。だが、それを辛抱強く見守っているつもりにはなれなかった。自分たちは、まだ四十ではないか。平均寿命を考えれば、人生の半分しか来ていないことになる。その時点で「失敗だった」と決めつける相手に、かけてやれる言葉など見つからない。

――その前に死ぬ人だっているのに。

しきりに鼻をすする音を、蛇口からほとばしる湯の音でかき消し、葉子は二人が使った食器を洗った。

――それに、あなたはそうやって泣けるんじゃないの。

泣くに泣けない娘が、向こうの部屋にいる。理菜だけでなく、杉浦の娘だってそうだ。彼女たちは全ての感情を自分の内に閉じこめることで、何とか自身を支えようとしている。泣ける場所が見つからないまま、必死で耐えている。そうやって誰かに自分の胸の内をぶつけられる、声を出して泣けることの幸福など、志乃には分からないのだろう。そんな機会や相手さえ持たない人間から見れば、それも大きな幸福の一つなのに。熱い湯で食器を洗い続けながら、葉子は考えていた。葉子自身、もはや声を出して泣ける場所も、相手も持ってはいないのだと思った。

2

志乃が泣いている間に、食器を洗い終え、明朝のための米を研いで、それから葉子は理菜のためにおむすびを作った。こんな物を作るのは久しぶりだったが、部屋から出てこない少女のために、大きめのおむすびを二つ、漬け物を添えて部屋へ運ぼうとすると、鼻をかんでいた志乃がこちらを見上げた。

「どうするの、それ」

「お腹、空いてるだろうから」

するると志乃は不快そうに顔を歪め、「我慢できなくなったら、出てくるでしょう」と言う。兵糧攻めも結構かも知れないが、幼い子どもが駄々をこねているわけではない。そんな仕打ちをしたって、何の効果もないだろうと葉子は言った。コタツに入って背を丸めたまま、志乃がそれ以上には何も言わなかったから、葉子はそのまま理菜の部屋へ向かった。ドアを小さくノックして「起きてる？」と声をかける。少し間をおいて、中から鍵を外す音がした。

「出てきたくないんだったら、これ」

ラップをかけた皿を差し出す。ドアの隙間から顔を出した理菜は、微かに目を細めて「ありがとう」と囁くような声を出した。

「出てこないの？」

こっくり。

「会いたく、ない？」

こっくり。

葉子は大きくため息をついてみせると、今夜は志乃も泊まっていくことになるだろうということと、明日には帰らなければならないだろうし、葉子だって仕事があるのだから、今夜中にある程度の話を決めなければならないことを小声で説明した。

「理菜ちゃんは、本当に帰りたくないのね？」

「――帰りたく、ない」

「受験のことや、卒業式なんか、どうするの」

「――考えて、ない」

「ここにいて、何をするつもり？」

「――分かんない」

「じゃあ、とにかく帰りたくないって、先のことは考えてないらしいって、お母さんに話すわよ。いい？」

理菜は返事をする代わりに、わずかに口を尖らせて首を傾げた。

「絶対、連れて帰るって言うよ」

「そりゃあ、言うだろうけど。あんた、嫌なんでしょう？　我慢できないくらい、どうしても嫌なんでしょう？」

理菜の表情に変化が表れた。瞳が不安そうに揺れ、眉がほんのわずかひそめられる。

葉子は、頷いて欲しかった。絶対に帰りたくない。東京の、叔母ちゃんの家にいると、何が何でも言い張って欲しかった。

――馬鹿らしい。自分の都合で。

思わず自嘲的な思いがこみ上げてきた。確かに理菜は疲れている。精神的にも追いつめられている。だが、それでも理菜は今すぐに母親を捨て、故郷を捨てる覚悟など、出来てはいない。当たり前ではないか。自分は、何を望んでいるのだろうか。理菜を母親から引き離すこと？　自分自身の孤独を癒す相手？　姪の立ち直り？

「――叔母ちゃんにも、迷惑だよね」

理菜が小さく呟いた。

「そんなこと、気にすることないの。叔母ちゃんはね、理菜ちゃんの気持ちを聞いてるの。それが一番、大事なのよ」

「でも――お兄ちゃんだって、もうすぐ受験が始まるし」

一輪の花に目を留め、買ってきた少女だ。葉子から見れば片時も目を離せないくらいに思い詰めて見えても、彼女自身は、まだ母や兄のことを考えられる余裕を残している。それならば、葉子が口を挟むことではないかも知れない。理菜は理菜で、自分の人生を歩むしかないのだ。受けた傷も、勝手に家を飛び出した経験も、全てを自分のうちに取り込んでいかなければならない。

出てきたくなったら出てくれば良いからと言い残して、葉子はドアを閉めた。居間に戻ると、志乃は丸い背中を見せたまま、ぼんやりと宙を見つめていた。

「この分だと、一緒に帰るかも知れないわよ」

自分もコタツに足を入れながら、葉子は小声で言った。志乃は、相変わらずあまり感情を表さない顔で「そう?」とこちらを見た。

「ほんの少しの間でも、それなりに考えることは出来たんじゃない? ここにいたって、することは何もないんだしね」

「一応、着替えや何か、少しは持ってきたんだけど」

やはり、母親だ。葉子は取りあえず明日の朝までには本人が結論を出すだろうと言い、思わずため息をついた。志乃も同時に深々と息を吐き出していた。

「それにしても、本当に驚いた。ここに来てなかったら、どうしようかと思ったわ」

「私だって驚いたわよ。おまけに、変わったわねえ、あの子」

志乃は肩をすくめ、またため息をつく。ほつれた髪がわずかに額にかかった。乾ききった、潤いのない肌をしている。ほつれ髪を払い、ついでに頬をさするように撫でる手も、すっかり荒れて、太くなった指に結婚指輪が食い込んでいる。

「可哀相だとは、思うのよ——色々あって、何とかしてやりたいとは思ったんだけど」

「色々って?」

出来るだけさり気なく聞いてみた。だが志乃は、表情一つ変えるでもなく、ただ「色々よ」と繰り返しただけだった。葉子は身内ではあっても、娘の受けた屈辱を共に味わう相手ではないと、その硬い表情が語っている。葉子は「そう」としか言えなかった。

「そんなときに、今度はお父さんがああいうことになったでしょう。もう、どうしたらいいか分からないことばっかりになって――結局、あの子、どんどんふさぎ込んで」

「私も焦ったわよ。昨日も今日も、あの子を一人で留守番させておいて大丈夫かしらって」

「留守番くらい、出来るけど」

「そうじゃなくて」

葉子はちらりと理菜の部屋の方を見て、玄関に続くガラスのドアがしっかり閉じていることを確認すると、わずかに志乃に顔を近づけた。

「馬鹿なことでも考えてるんじゃないかって」

志乃の顔に初めて驚愕の色が浮かんだ。かつては切れ長で涼やかだった目を精一杯に見開いて、彼女はじっとこちらを見つめてくる。目尻の皺も深くなった。日頃、肌の手入れさえしている余裕がないからか、それとも何をしても隠せないほどに苦労してきたからか。

「――馬鹿なことって、どういうこと」

「だから――」

「あの子が自殺でもするっていうこと？」

「そんな雰囲気が、あったっていうこと」

志乃は唇を噛み、親指を内側に折り込んで両手を握りしめた。

「電話でも言ったけど、すごく疲れてて、切羽詰まってる感じだったわ。現に、昨日も今日も、あの子は暇さえあれば寝てるみたいなのよね。お風呂にも入らないで、ご飯を食べたらすぐに寝てるんだから」

「あの子が――」

「何があったのかは知らないけど、まだ十五でしょう？　そんな様子を見てれば、むげに『帰りなさい』とは、言えないじゃない」

そこまで話したときにようやく、志乃は深々と頭を下げた。目の前に突き出された白髪混じりの頭を眺めているうち、その下から「ありがとう」という声が聞こえてきた。

「叔母ちゃんがいてくれて、助かった――」

改めて姿勢を戻すと、志乃は力が抜けたような、弛緩した表情になって呟いた。

「昔から、そうだったものね。何ていうの？　気がついてることでも、あんまり口に出さなくて、適当に放っておくのよね。誰のことでも」

「別に、気がついて放っておいたりは――」

「するの。そういうところ、あるのよ」

葉子は何だか嫌な気分になって志乃を見つめた。だが彼女の方は、さっきよりも幾分リラックスした表情になり、徐々に生気さえ取り戻してきたように見えた。

「子どもの頃から、私、何度かそういうところ、感じてきたわ。そのときによって、ずるいなと思ったり、利口なんだと思ったり、大人だなあと思ったり、それぞれだったけど、要するに、それって、あなたの優しさなのね」

心の奥がわずかに波立った。志乃の口からそんな話を聞くのは初めてのことだ。果たして自分がどういう場面で、彼女から軽蔑され、また嫌悪され、時には感心されてきたのか、まるで分からない。

「私は、駄目。ニキビでも何でも、いじって壊して、痕にする」

「そういえば高校の頃は、結構、悩んでたわね」

彼女がくすりと笑った。ここに来て初めての、いや、もしかすると、もう何年も見たことのなかった志乃の笑顔だった。それは、確かにかつて葉子も知っていた、恥ずかしがり屋の「志乃ちゃん」の笑顔だった。

「今みたいに、治療クリームなんて、なかったものねえ。とにかく毎日ひたすら洗って、洗いすぎて顔が粉を吹いたりしてね」

志乃はさらにくすくすと笑い、唇が荒れれば皮を引っ張って血を出したし、ささくれが出来れば無理にむいてばい菌が入ったこともあると言った。葉子は、そういえば志乃という娘は、いつでも小さな悩み事を抱え、慌てたり騒いだりしていたことを思い出した。葉子から見れば本当に取るに足りないことなのに、彼女はその柔らかそうで薄い眉を八の字にしては「どうしよう」を連発するような娘だった。

「結局は、人に対しても同じ。私はあなたみたいに、適当に距離をおいて見ることが出来ない。相手がどう思うかなんて考える前に、いじって、いじって、いじりすぎて、その関係をぐずぐずに壊していくんだわ」

志乃はふっと真顔に戻り、遠い目になった。葉子は煙草に手を伸ばして、一本をくわえた。思い切り吐き出したため息が、煙と一緒に広がっていく。

「あの子のことだって、もしかするとあなたが考えてる通り、少し、預かってもらう方がいいのかも知れない」

それは困ると言いたかった。理菜が帰りそうな素振りを見せるだけで、自分はこんなに動揺するのだ。いる時間が長くなれば長くなるだけ、葉子は理菜に執着するに決まっている。

「家に帰れば、きっと私、根ほり葉ほり、聞き出すわ。『叔母ちゃんは、あんたが死ぬかも知れないって言ってたけど、どういうことなの』とか、きっと聞く」

「そういうことは――」

「分かってる。聞かない方がいいことぐらい。でも、出来ないのよ。私、そういうこと、出来ないの。あなたと違うから」

そんなふうに比較することはないではないかと思った。第一、志乃の言うことだけを聞いていれば、葉子は大した大人で、強い女のように聞こえる。我が強いのは確かかも知れないが、自分の内の孤独や不安に対して、志乃などよりもずっと敏感で弱いことは、葉子自身がよく承知していた。

「でも、理菜ちゃんは、彰彦くんの受験のことも心配してたし、さっきの口振りじゃあ、帰りそうな雰囲気だったけど」

志乃は突然きっぱりとした口調になって「駄目よ」と答えた。それなら、どうして急に東京になどやって来たのだ。着替えなら、こちらで買うこともできるのだし、宅配便で送ってくれたって良かったのにと、葉子の中で不満が一気に膨らみかけた。だが、志乃はそんな葉子の心を読んだかのように、また微かな笑みを浮かべた。

「本当言うとね、ちょっと、羨ましかったのかな」

「何が」

「子どもたちが。ああ、私だって身軽になって、ひょいって、やってみたいって思った」

その気持ちは、分からなくはないと思った。葉子は志乃にかからないように煙草の煙を吐き出し、やはりこの人も、どこかに発散出来る場所を求めているに違いないと自分に言い聞かせた。それならそれで、いいじゃないの。たまのことなんだから。文句を言いながらも、兄の面倒を見てくれている人なんだから。

「本当は私だって、あなたみたいに東京の大学に行きたかったのよね。もう少し我を通して、親の言いなりになんかならなかったら、人生も、全然違うものになってただろうにね——」

葉子たちの世代では、東京の大学に行くという女の子は、まだそう多くはなかった。葉子の行っていた県立の高校では、四年制の大学はおろか女子短大に進む生徒でさえ少なかった時代だ。志乃のように地元の短大に進んだり、そのまま就職する生徒が一般的だった。

「——後悔したって始まらないけど。やっぱり、ため息がでるわねえ」

「——兄さんは？　どう」

志乃は微笑みの余韻を口の端に残したまま、恐らく今年の桜は見られないだろうと医師から告げられたと答えた。

「もう、時間の問題らしいわ」

「そう——じゃあ、やっぱり私、一度行った方がいいわね」

「そうしてくれる？」

「彰彦くんの受験が済んで、一段落した頃にでもね」

少しの間、二人は黙って俯いていた。思い立って熱い茶に淹れ替えると、彼女は黙って湯気を吹いた。

「それでねえ」

立ち上る仄《ほの》かな湯気を眺めながら、志乃はまた表情を殺している。笑えばそれなりに穏やかにも見え、少女の頃の面影だって漂わせることが出来るのに、どうしても、こういう顔になってしまうらしい。

「あの人が生きてるうちに、こんなことを言うのも何なんだけどね」

志乃は、いつもの小心そうな、どことなく抜け目なく見える目をこちらを向けて、遺産のことを考えなければならないだろうと言った。

「遺産？」

思わず眉をひそめると、志乃は途端に慌てた表情になり、もちろん、急ぐ話ではないのだがとつけ足した。

「それに、そんなに何かがあるわけでもないからね。問題はね、栃木の家のことなの」

「栃木の」

母の葬儀以来、一度も足を向けていない栃木の家が思い浮かんだ。

3

葉子が生まれ育った家は、栃木県内の小さな町にあった。関東平野の北の外れに位置するその町は、町中のどこからでも、遠く、また近くに山並みが見え、町そのものの地形も起伏に富んでいるという、未だにのどかな田舎町だ。その静かな町の、幹線道路からも外れた、さらに静かな一角に、葉子の家はある。バス停まで行くにも十分以上は歩かなければならず、家から一歩出れば、どこへ行くにも坂を上ったり下ったりしなければならない、そういう場所だった。

「この先、あの家に住む予定なんて、ある？」

志乃は、こちらの顔色を探るような表情で言った。

「今、どうなってるのかしら」

義姉の質問には答えず、葉子は、まるでカメラを向けるように、家の外観を思い浮かべ、玄関から中に入り、板の間を抜けて茶の間にすすむイメージから、さらに、壁、柱、襖と、徐々に細部までを思い浮かべようとしていた。

「お父さんが入院する前に、一度、空気を入れ換えに行ったけど。やっぱり、誰も住んでない家っていうのは、傷みが激しいって」

葉子は「そうでしょうね」と頷き、微かにため息をついた。日中でも薄暗かった台所。湿気の多かった浴室。雨の日は子どもの遊び場になった廊下。船底天井の座敷には雪見障子がはまっていた。そして、所狭しと物の置いてあった葉子の勉強部屋。

「お父さんは、ゆくゆくは栃木に帰って、あの家に住みたいようなことも言ってたんだけどね、結局、それももう無理だろうし」

母の死後、栃木の家は兄と葉子との共同名義になっている。もう二度と田舎には戻らないだろうと考えていた葉子は、本当は相続権を放棄しても良いつもりでいた。だが、家庭も失った上に仕事も不安定な状態なのだから、どんなにわずかでも相続できるものはしておいた方が良いと親戚一同から勧められ、相続することにした。

「家長は俺なんだぞ。いずれ住むのだって、俺なんだからな」

当時、まだ元気だった兄は、葉子が相続を放棄するものとばかり思っていたらしく、憮然とした表情で、そんなことを言った。葉子が離婚したときも、それ以前に二度の流産を経験したときも、兄らしい心遣いや慰めの言葉ひとつかけてくれたわけでもなく、亡くなった両親に対してだって、家長どころか長男らしいことも何一つとしてしなかった兄の、そのひと言が、葉子の決意を促したようなものだった。

「自分はもう何とかなってるんだから、本当だったら、妹の方を気遣ってやるものなのに」

葉子たちが幼い頃から何かと世話になっていた母の従姉妹にあたる人も、ため息混じりに呟いたものだ。子ども時代は、葉子よりも兄の方を可愛がっていたのだが、やがて兄が成長するに連れて「あんな子になるとは」という言葉を、誰よりも頻繁に口にするようになった人でもある。

「ねえ、この先、田舎に帰る予定なんて、ある？」

志乃が繰り返し聞いてきた。葉子は黙って首を傾げた。帰る予定など、あるはずがない。田舎に引っ込んでしまっては、葉子は住むところだけには困らなくとも、まるで仕事が出来なくなる。だが、この二十年あまり、いざとなったら帰る家があると思うことで、何とか東京の人間として暮らしてきた、その思いが、葉子の言葉を詰まらせる。あの家は、東京で暮らす上での砦だった。

志乃は、あの家というよりも、土地を処分したいと考えているのに違いなかった。確かに、これまで簡単なパートくらいしか働いた経験もなく、手に職のあるわけでもない彼女が、これから先の自分や子どもたちの生活のことを考えれば、朽ちかけている家を後生大事に残しておくよりも、処分して現金に換えることを考えるのが当然だ。

「住むつもりがあるんだったらね、こんなことは言えないんだけど」

志乃は、気まずそうな表情で、微かにため息をついている。やはり、こうした思わせぶりな言い方をする。いいわ、私はもう帰らないから、さっさと売り払ってしまいましょうよと、葉子が先回りして言うのを待っている。だが葉子は何も言わなかった。久しぶりに思い描いている家の風景を、もう少し味わいたい気持ちがあった。

庭の片隅には藤棚があった。子どもの頃、鉄棒代わりにぶら下がって壊したことがある棚だ。その近くには泰山木があって、白い大きな花が、濃密な甘い香りを漂わせていた。門の脇に植わっていた金木犀や万両はどうなっているだろう。その横には沈丁花の植え込みが続いていて、榊の木も植わっていた。ツツジ、ライラック、ヒマラヤ杉、木蓮、山茶花と、今にして思えば大して広くはなかった庭には様々な木が繁っていた。

あれこれと思い浮かべているうちに、どういうわけか津軽で見た、あの長屋が思い浮かんだ。見せしめのように、正面の外壁を剝ぎ取られた部屋が見えた。庭木に囲まれるどころか、わずかな隙間さえなく広い通りに面して、通る車が泥でも撥ね上げれば、そのまま畳まで汚れそうな位置に建っていた、あの剝き出しの貧しさが、実家の風景と重なって見える。打ち捨てられたもの。廃屋のたどる運命。津軽の海辺の集落も蘇った。潮で洗われ、朽ち果てた廃材の群。放っておけば、やがて栃木の家も、ああなるのだ。

「やっぱり今、こんな話をするべきじゃなかったかしらね。まだ、あの人がいるうちに」

「そんなことも、ないんじゃない」

志乃は、相変わらず抜け目なささえ感じさせる目つきで葉子が次の言葉を発するのを待っている。葉子は新しい煙草を取り出しながら、義姉を横目で見た。

「あの家が、どうしたの」

少しばかり意地の悪い言い方だという気もした。だが、たとえ心の中ではとうに別れを告げ、再び戻ることさえ半ば諦めているとはいえ、少なくとも自分が生まれ育った、数えきれないほどの思い出のつまった家を、自ら積極的に売ろうとか手放そうというつもりにはなれなかった。せめて、志乃の側にその意思があり、さらに、それが必要な決断だと懇願されてから、それならば仕方がないという形にしたい。

「だからね、これから先、あなたが住むつもりはあるのかなって」

「当分は、無理でしょうね。あっちに引っ込んじゃったら、仕事が出来なくなるし」

「じゃあ、帰るかも知れない?」

もしも、そのつもりだと言ったら、志乃はどうするのだろうか。葉子は、志乃という人は、こういう回りくどい話し方をすることによって、余計にどんな問題も複雑にしてきたのだろうと思った。兄も、彼女のそんな部分には、随分と苛立ってきたはずだ。

「そう先のことまでは、分からないわ」

突き放すように聞こえただろうかと思いながら、葉子は煙草を吸った。志乃が憂鬱そうにため息をつく。

「そうよね――先のことまではね」

本当に人を苛々させる。言いたいことがあるのなら、はっきりと言えば良いではないか。葉子はわずかに目を細めながら、自分の中で次の言葉を探しているらしい志乃に「ねえ」と話しかけた。

「私が住むつもりがあるんなら、どうなの」

「どうって──」

「あの家は、私と兄さんの共同名義になってる。そのことを言いたいんじゃないの?」

「それは──そうじゃなくて──」

「じゃあ、どういうことなの」

苛立ちながら、姿勢を変えて志乃を見据えると、彼女はまるで殴られようとしているかのように肩をすぼめた。

「あなた、兄の遺産のことも考えておかなきゃって、そう言ったでしょう? だから、あの家のことも考えてるわけでしょう?」

志乃は当惑した表情になり、何か言いたそうにしながら、それでも口を噤んでいる。

「どう考えてるのか、言えばいいじゃない? そこまで言っておいて」

「だけど──あなたが将来、帰るかも知れないって言うから」

志乃はすっかり慌てた様子で、「やめましょう」と言った。

「やっぱり、まだ、あの人がいる間に、そんな話をするべきじゃなかったんだわ。ごめんなさいね」

葉子は馬鹿馬鹿しさに小さく舌打ちをし、相手を突き放すように、鼻を鳴らしながら横を向いた。謝るようなことではない。むしろ、兄が亡くなってから、ばたばたと決めるよりは良いかも知れないのだ。実家が消える。あの家がなくなり、本当にこれで帰るところがなくなるという覚悟が決められる。

「だけどね――」

ほら、やっぱり話が戻ってくる。何が何でも葉子の口から言わせたいということか。

葉子は改めて志乃を見つめた。志乃は、葉子から目をそらし、一度、ぎゅっと口を引き締めて、それから意を決したようにこちらを見た。

「いずれにせよ、今のままじゃあ、暮らせないと思うのよ。本当に、傷んでるから」

「そうでしょうね」

「いつになるか分からないっていうんだったら、この先、もっと傷んでいくっていうことでしょう」

「そうね」

「それでね――あの家は、あなたと、お父さんの、共同名義になってるわけだから」

「だから？」

「あの人がどうにかなったら、私たちが相続することになると、思うの」

「そりゃあ、そうね」

手っ取り早く本題に入りたかった。夜も次第に更けてきた。これから風呂にも入りたいし、志乃のための寝具も用意しなければならない。明日は仕事があるのだから、そう夜更かしもしたくはなかった。

――盛りだくさんな一日。

今夜、通夜があったということさえ忘れてしまいそうだった。今頃、杉浦はどうしているだろう。幼い娘と二人で、妻の棺を守っているか、集まった親戚と、酔えない酒を酌み交わしてでもいるだろうか。

「私としてはね」

志乃は、何とも情けない表情で小首を傾げ、片方の手を頬に添えてため息をついた。額に浅い皺が数本、横に走り、眉が八の字に下がった。困惑の極みの表情というところだろうか。

「考えてみれば、兄嫁に当たるわけだから、ゆくゆくは帰りたくなるかも知れないあなたのために、あの家をちゃんと手入れして、守っていかれたらって、そう思うのよね」

意外なことを言い出した。葉子は、半ば探るような気持ちで、志乃を見つめ続けた。

「本当なら、そうすべきだと思うの。あなただって、他に頼る場所があるわけじゃないし、懐かしい我が家なんだしね。私がもっとしっかりしていて、力があるんだったら、そうしたいと思ってる」

胸の奥が微かにざわめいた。嘘でも、そう言ってもらえることが、こんなに心に沁みるとは思わなかった。葉子は自分が当惑していることを感じ、それにしても、兄嫁という立場は、そんなことにまで思いを巡らすものかと、初めて感心する思いだった。

――もしも、そうできたら、どんなに良いだろう。

葉子だって、今のような生活が、そういつまでも続けられると思っているわけではない。やがて疲れて、どこか帰るところを求めたくなるときが来ると思う。そのときに、たった一人でも笑顔で迎えてくれる人がいたら、幼い頃の記憶と共に、待っていてくれる人がいたら、どれほど良いだろうかと思う。たとえ相手が志乃であっても、そういう人がいてくれることが、きっと支えになるだろう。

「だけど、本当に申し訳ないんだけど、私にはそんな力、ないのよね」

志乃の声が微かに上擦り、やがて彼女は涙をこぼした。スカートのポケットからハンカチを取り出すと、彼女は折り畳んだハンカチの角を目頭に当てて、さらに溢れてくる涙を吸わせた。

「そりゃあ、保険には入ってたけど、あの人の病院の費用も、結構な額なのね。これから彰彦が大学に入れば、それなりの学費がかかるんだし、仕送りだってしてやらなきゃならないし、理菜は、こんな具合だし」

葉子は黙っていた。大変よねと、他人事のようなことしか言えないくらいなら、黙っている方が良い。一人になる覚悟を、この志乃もしなければならないのだということが初めて感じられた。子どもたちはやがて離れていくだろう。たとえどんな夫であったとしても、家庭という体裁を整えるために、また一家の生活の為には欠くことの出来なかった存在を、彼女は失おうとしている。それは、葉子のように空中に浮かぶ一室で、いかにも身軽に一人になるよりも、よほど重いものかも知れなかった。

「こんなことなら、本当に、もっと私が自分に力をつけておけばよかったんだと思うのよ——ちゃんとした仕事を持つとか、自立するとか、そういうことを考えておけば」

「——今更、そんなことを言ったって仕方がないわ。それに、まさか兄さんがこんなに早く駄目になるなんて、思わなかったんだし」

言いながら、コタツの脇に置かれていたティッシュの箱に手を伸ばす。志乃の方に置いてやると、彼女は小さく会釈をしてティッシュを引き出し、鼻をかんだ。

「あの人が、何とかしてくれたわけでも何でもないんだけど、こうなると、あの栃木の家だけが、頼みの綱なの」

鼻の周りをわずかに赤くして、志乃は潤んだ目でこちらを見た。

「もちろん、あなたと共同の名義になってるんだから、こっちの一存でっていうわけにはいかないいんだけど、あの家を処分すれば、少しは——」

そこで彼女は一人で激しくかぶりを振り、「少しは、じゃないわ」と言い直した。

「すごく。とても。命拾い出来るのよ。本当に、助かるの」

葉子は、もはや苛立ちを捨てていた。ストレートにあの家を売りたいと言われるよりも、前置きがあっただけでも有り難いと思うことにした。回りくどさも、時には役に立つ。

「あなたが、辛いだろうっていうことは百も承知してる。私自身、情けなくて、申し訳なくてって、そればっかり。でも——」

「いいわ」

それだけを言った。人に泣かれるのは好きではない。志乃は、鼻の下にティッシュを押しつけたまま、涙で潤んだ目をこちらに向ける。仕方がないのだ。それに、津軽のあの長屋のように、自分の実家が抜け殻のまま、見せしめのような状態になっているかも知れないと考えると、その方が辛い気にもなった。

「あの、それは、諦めてくれるっていうこと？」

志乃はまだ怯えたような口調のままで、こちらの顔色を窺っている。葉子は黙って頷いた。形のあるものはいずれ消えてなくなる。ここで意地を張って、是が非でも残しておきたいと言い張ったところで、葉子自身、傷んだ家を修繕するまでの力は持ってはいなかったし、借金をしてまで家を建て替えるつもりには毛頭なれなかった。あの家は、あのままでなければならない。それが無理ならば、潔く消えてしまう方が良いのだ。

「処分して、いいっていうこと？」

志乃は、もう一度念を押すように言った。葉子が再び頷くのを確かめて、彼女は背骨から力が抜けたように、ほうっと息を吐きながら、ゆっくりと身体を丸くした。

4

取りあえず、具体的にすぐ何かするというわけではない。全ては兄の生命の灯が消えてから行われることになるのだろうが、その晩、葉子は近い将来、実家を失うという覚悟を決めることになった。志乃は、当然のことながら土地を処分して得られた金額は自分たちと葉子とで分けようと言ったが、葉子は頷きつつも、それに関しては、もう少し考える必要があるとも思っていた。土地そのものは百坪前後はあったはずだが、都会とは地価が異なるのだから、思ったほどの金額になるかどうか分かったものではない。子どもたちのこれからや、生活力のない志乃のことを考えれば、自分の取り分などにこだわるべきではないという気がした。もともと相続するつもりさえ、なかったのだ。

「ごめんなさい、本当に。恨むなら、私を恨んでくれて、構わないから」

志乃は何度も頭を下げた。恨むなら、兄の方だと口にしかかって、葉子はその言葉を呑み込んだ。死の床にある人を悪く言っても良い気分にはならない。だが事実として、二言目には家長だ長男だと言い続けながら、親が遺した家さえもきちんと維持できずにいたのが兄だった。

話が一段落したところで、ようやく葉子は風呂の支度をし、志乃に使わせている間に、客用の布団を用意した。乾燥剤を挟んでおいたせいか、思いの外、湿気も感じられない布団をコタツの脇に敷いた後で、もう一度、理菜の部屋に声をかけてみる。相変わらずことりとも物音がしなかったから、今度こそ昨夜のように早々と寝てしまっているのかと思ったが、少し間をおいて、姪は空になった皿を差し出しながらドアの隙間から顔を出した。

「お母さん、今、お風呂に入ってるわ。その後、あんたも入んなさいね。昨日も一昨日も、入ってないんだからね」

理菜は渋々という表情で頷いた。

「着替え、何枚か持ってきてくれたそうよ」

理菜は思ったほど嬉しそうな表情もせず、相変わらず憂鬱そうな顔をしている。

「無理に連れ戻すつもりは、ないみたい」

「でも――帰った方がいいのかな」

理菜の心の揺れは、葉子の手には余るほどのものかも知れない。

「それは、自分で決めなさい。叔母ちゃんにも、お母さんにも決められない」

志乃は、一緒に帰ろうと言うだろう。葉子は残っても良いと言っている。だが、もしかすると、母親も叔母も、本当に理菜のためを思って言っているわけではないのかも知れないのだ。あなたがいないと淋しいから、困るから、だから傍に置いておきたいという、ただそれだけのことかも知れない。

「コタツに当たりに来ない？　ずっと顔を合わせずにいることなんて、どだい無理なんだから。何度も呼ばれて顔を出すよりは、気まずくないんじゃないの？」

虚ろで硬いままの表情の理菜から皿を受け取り、「いらっしゃいよ」と言い残して台所に戻ると、やがて理菜は、見知らぬ場所に連れてこられた猫のように、周囲の気配を窺いながら、足音も立てずにやってきた。そして、居間のコタツの脇に布団が敷かれているのを見て、彼女は「お母さん、ここに寝るんだ」と呟いた。

「一緒に寝るんだったら、お布団、運ぶけど？　そうする？」

理菜ははっきりと首を左右に振り、コタツに入った。そして、見覚えがあるに違いない志乃のバッグを眺め、そっと息を吐き出している。

「いい？　自分で決めるの。何か解決したいことがあるんだったら、そのことを一番に考えるのよ。逃げても仕方のないことなら帰った方がいいんだし、少し離れた場所で考えた方がいいと思うんなら、帰ることないからね」

志乃が風呂から上がる前に、葉子は念を押した。まだ中学生、まだまだ子どもだとは思う。だが、自分が十四、五の頃のことを考えてみれば、それなりに考える力はついているはずだ。理菜の場合は、むしろ家族を気遣って自分を殺すことの方が心配な気はしたが、それもまた理菜の性格であり、葉子などがとやかく言うべきことではないという気もした。

やがて志乃は風呂から上がってくると、理菜に目をとめて「あんたったら」と、葉子に対するときとは微妙に異なる声で呟いた。葉子は理菜の背を押して、浴室に向かわせようとした。だが志乃は「待ちなさいってば」と、今度はかなり厳しい口調でそれを押しとどめた。理菜は、膨れ面と緊張とがない交ぜになった表情で立ち尽くしている。葉子は、ここで母子の喧嘩は見たくないと思った。

「話しあうことがあるんだったら、私がお風呂に入ってる間にしたら？」

だが志乃は、こちらを見ようともしなかった。

「着替え、持っていきなさい」

葉子にはまたもや意外な言葉だった。本当は、大人になってからのこの人のことなど何一つとして知らないのかも知れないと、葉子は改めて感じた。葉子はあくまでも、義妹という立場に立たされただけの、少女時代の友人に過ぎなかった。

志乃が鞄から着替えを取り出した。理菜は黙ってそれを受け取った。

「汚れた下着くらい、自分で洗えるでしょう？　お風呂で、ついでに洗ってきちゃいなさい。何だったら叔母ちゃんから洗剤のある場所を教わって」

母親の言葉に対して、理菜は何の反応も示さない。代わりに、葉子の方を向いて「洗剤は」と言った。葉子は、脱衣所を兼ねている洗濯室に置いてあると答えた。理菜は小さく頷き、そのまま浴室へ向かった。後に残された母親と叔母の間に、さっきまでとは異なる奇妙な緊張感が残った。

葉子の前では常に弱々しく、自信なげで、どんな時も下手に出る志乃が、子どもを前にしたときだけ、別人のように自信に満ちた表情を見せる。

「ふてくされちゃって、もう」

やがて志乃は、初めて葉子に気がついたようにわずかに取り繕う笑みを浮かべた。長い髪をゆっくりとタオルで拭きながら、彼女は口元に微笑みの余韻を残している。それは、紛う方ない彼女の自信の現れであり、葉子への冷笑にさえ見えた。他のことはともかく、子どものことに関しては、葉子の言葉など聞く必要はない、これは自分たち母子の問題なのだと、風呂上がりで幾分和らいで見える志乃の横顔が語っていた。これまでにも、たとえば電話で話すだけでも、往々にして感じさせられたのは、錯覚ではなかった。結局、子どもも産めず、家庭も失った葉子に対して、彼女は腹の中では小馬鹿にし、本心では見下しているに違いない、と葉子は確信した。

「ニュースでも、見ようか」

これ以上、何も話したくない気がして、葉子はテレビのスイッチを入れた。志乃は何も言わず、再び無表情に戻って、ただテレビの画面を眺め始めた。

この家に三人以上の人間が寝泊まりすることなど、実に久しぶりのことだ。それこそ結婚していた当時、夫が部下を連れてきたとき以来のことだろう。だが、家のあちらこちらで生活の音がするというのに、葉子の中には索漠とした気持ちだけが広がりつつあった。離婚する少し前にも感じ、常に思い浮かべていた、「一人でいるよりも淋しい」という言葉が、久しぶりに思い出された。

〈――今月十七日に東京都北区の路上で帰宅途中の主婦が何者かに刃物で刺され、殺害された事件についての続報です〉

理菜に続いて風呂に入るために、自分も着替えを用意しておこうかと考えていた矢先、テレビから聞こえてきた声で、葉子は思わず背筋を伸ばした。

〈――捜査本部を設置して、杉浦真希子さんの交友関係などを捜査した結果、警視庁は先ほど、二十三歳の無職の男を逮捕しました。また、男の証言から、被害者の夫からも詳しく事情を訊いているということです。逮捕されたのは――〉

もう十分に疲れているはずの頭が、鈍く痺れたように感じられた。画面には、またもや事件現場の映像が映し出されている。今、アナウンサーは何と言っただろう。容疑者が逮捕された。それならばそれで良いと思う。杉浦だって、遺族なのだから事情を訊かれるのは当たり前のことだ。だが、それだけの意味あいではなかったように思う。杉浦自身が、犯人と関係のあるような、そんな受け取り方が出来る表現ではなかったか。

〈——また、犯行の動機については、『頼まれてやった』などと話していることから、捜査本部ではさらに厳しく取り調べる方針です〉

「これって、今日、お通夜に行ってきたっていう、あれ?」

タオルを持った手を休めて志乃がこちらを見たのが分かった。葉子は、テレビの画面を見つめたまま、ゆっくりと頷いた。

「嫌だわ、じゃあ、夫が人を使って、妻を殺させたっていうことかしら」

返事が出来なかった。疑念を抱かなかったわけではない。だが、そんなことのあるはずがないと信じていた。信じたかった。

「知りあい、でしょう?」

「——お世話に、なってるのよ」

自分の声とも思えなかった。その後に読み上げられているニュースの内容も耳に入らない。動揺していた。慌てている。こんな時には誰に連絡をすれば良いものだろうか。とても一人で抱えきれるようなものではない。

——まさか、まさか。

誰に電話をしよう。編集部の誰かにか。それとも、昨日会ったライターあたりが良いだろうか。または杉浦や業界とは無関係の、葉子個人の友人の方が良いのだろうか。せわしなく考え始めたとき、電話が鳴った。葉子は飛びつくように電話を取った。

「今、ニュースでやってたんだけどさ」

聞こえてきたのは、先ほどの通夜で顔を合わせた知りあいの一人だった。特に親しい間柄というわけでもないのに、葉子はその声にすがるような気持ちで、自分もテレビを見ていたと話した。彼は、ショックでいてもたってもいられなくなり、葉子の前にも通夜で会った知人に電話をかけたのだと言った。

「だけど、つかまらなくてさ。なあ、どういうことだと思う？」

「よく、分からないけど――でも、杉浦さんも疑われてるっていうことじゃない？　そう、受け取れなかった？」

言いたくない言葉を受話器に向かって呟く。背中に、志乃の視線が感じられた。だが振り返ると、志乃はこちらに丸い背中を見せて、やはり髪を乾かしながら、テレビの方を向いていた。

「じゃあ、杉浦さんが逮捕された男に、奥さんを殺させたっていうことかな」

「そうは――思いたくないけど」

まったく、何という一日なのだろう。長くて、長くて、それでもようやく終わろうとしていたのに、そんなときに、テレビのニュースから最後の衝撃を受けなければならないなんて。

「だとしたら、ヤバイよね。明日から、もう大騒ぎになる」

「でも、ちょっと、冗談じゃないと思わない？　だって、今日だって杉浦さん、お棺の傍で、悲しそうにしてたじゃない？　あんな小さな子どもだっているのよ」

出来るだけ、世間一般の野次馬と同様に聞こえることを意識しながら、それでも葉子は自分が思わず早口になっているのを感じた。そうなのだ。杉浦は、悲嘆にくれている喪主そのものだった。隣には、表情を強ばらせた少女がいたではないか。

「どうする、おい」

「どうするって言ったって、私たちに出来ることなんか、ないけどねえ」

「だけどさあ、きっと方々で聞かれるし、『エンド』だって、信用落とすぜ。俺、結構世話になってるしさ、杉浦さん関係で入ってた仕事が、全部ボツるなんてこと、ないだろうな」

「やめてよ、私たちまでとばっちり食うことなんて、ないでしょう？」

そんなことまでも考えなければならないのか。しかも、電話の相手はまだ知らないらしいが、杉浦との関係まで噂になってしまえば、葉子は電話の相手以上に苦境に立たされる可能性があるということだ。

「取りあえずさ、俺、もうちょっと情報、集めてみるわ」

「私も。明日、仕事で出るから、そのときにでも新しいこと、分かるかも知れないし」

電話の相手は幾分酔ってでもいるのだろうか、かなり興奮している声で、これからまだ何人かに電話をかけてみるつもりだと言って葉子との会話を終えた。

「なんか、大変みたいねえ」

背後から、志乃の控えめな声が聞こえてきた。葉子は、自分がぼんやりしそうになっていたことに気づき、ゆっくりと振り返った。

「私が大変なことは、何もないけどね」

それでも、彼女の方を見る気にはなれなかった。もう少し考えをまとめたい。煩わしさを全て切り捨てて、一つ一つのことを集中して考え、自分の周辺を整理したい。

「やっぱり、東京って怖いわねえ。通り魔っていうだけでも怖いのに、それが夫の差し金だったなんて、とてもじゃないけど考えられないわ」

一人にして欲しい。余計な雑音を聞かせないで欲しかった。

「彰彦なんて、大丈夫かしら。何だかんだいったって、やっぱりのんびり育ってるし」

東京という街が怖いのか、東京にいる人たちが怖いのか、または怖くならざるを得ないのか。杉浦の笑顔が思い出された。かつては夫の席だった場所に、当たり前のように座って、時には葉子の手を握り、葉子の手からつまみを食べたがった男の、穏やかな笑顔が浮かぶ。

「それにしても、人に頼んで奥さんを殺すなんて、ただ喧嘩して、頭に血が上ったっていうのとは違うわよね？　そうなるには――」

別れるも別れないも、あったものではない。これで杉浦が逮捕でもされれば、葉子はまた刑事の来訪を受けることになるだろう。

「お風呂、上がったよ」

葉子が貸し与えたパジャマの肩にバスタオルをかけた格好で、頬を紅潮させた理菜が戻ってきた。葉子は、それを合図のように今度は自分が立ち上がった。やはり、理菜には帰ってもらった方が都合が良いような気もする。動揺し、慌てつつ、再び刑事と話さなければならないような自分の姿を、健全とは言い難い状態の姪に見せたくはなかった。

5

だが、葉子の期待に反したというべきか、期待通りになったと言う方が良いのか、志乃は理菜を残して一人で長野へ帰っていった。二人でどういう話し合いをした結果かは分からないが、どんなに遅くとも、彰彦が受験のために上京してくるまでには、きっと帰るという約束で、理菜は東京に残る許可を志乃から得たらしい。やはり、勝手に飛び出してきたことを、彼女なりに悩んでいたのだろう、母親の許しを得たことで、理菜の表情は随分和らぎ、安心したらしいのが見て取れた。

「ねえ、やっぱり、仕事場についていったらいけない？」

朝の気配が薄れない時刻に志乃を中野駅まで見送って、二人並んでマンションへ帰る途中、理菜が口を開いた。彼女は、まだシャッターを降ろしたままの商店街を、初めて見る風景のようにきょろきょろと眺め、その視線を葉子にも寄越す。葉子は「そうねえ」と考えるふりをしたものの、その実、まるで何も考えられない状態のままだった。昨夜も、わずかに浅い眠りを味わった程度で、寝返りを打つ度に目が覚めた。闇の中に、杉浦の笑顔、背中、手の表情などが、次々に浮かび上がり、さらに、黒い額縁の中で微笑んでいた彼の妻の写真も思い出され、葉子を一層混乱に陥れようとした。

――私は関係ない。

最初は、その混乱を振り払い、自分にそう言い聞かせるだけで必死だった。だが、そのうちに、杉浦真希子が殺害された日のことが改めて思い出されてきた。コンビニエンスストアの外を、杉浦らしい人影が横切っていったこと。中野駅に降り立った途端、理菜が声をかけてきたこと。冬枯れの公園で、腹這いになって子犬の写真を撮っていたこと。そのときに、携帯電話が鳴ったこと。

――助かります。

ふと、杉浦のひと言が蘇った。

瞬間、葉子は息が詰まるような焦りを覚え、もう一度、その日の記憶をまるでビデオテープを巻き戻すように、繰り返してたどった。そう、あの日は仕事中に杉浦から連絡が入ったのだ。そして、彼は確かに「助かります」と言った。近くに人がいたための、ごく当たり前の社交辞令だと思っていた。

——折り入って聞いてもらいたいことがあったんだ。

杉浦のそのひと言を思い出した瞬間、葉子は、思わずベッドの上に半身を起こしたほどだった。自宅に向かって、理菜と並んで歩きながら、自分の携帯電話から杉浦に断りを入れたときのことだ。既にマンションの下に着いていると言っていた彼は、確かにそんなことを言った。

「荷物でも何でも持つから、ねえ」

彼は、アリバイを作りたかったのだろうか。何があっても疑われることがないように、確固たるアリバイが欲しくて、葉子に会いたいと言い出したのだろうか。いつもなら、夜更けにしか現れることのない彼が、あの日に限って早くやってきたのは、同じ時刻に妻が殺されることを知っていたからなのだろうか。

「駄目？　ねえ、叔母ちゃん！」

はっと我に返った。理菜が、怪訝そうな表情でこちらを見ている。葉子は自分よりも長身になってしまった姪の顔を見上げて、ため息をついて見せた。

「ついてきたって、面白いことなんか何もないわよ」

「でも、見てみたいんだもの」

「そんなに格好いいものでもないのよ」

それでも理菜は承知しなかった。小さな子どもではないのだから、連れていっても特に邪魔ということはないだろうが、取材先はともかく、ライターにどう説明すれば良いものかを考えると憂鬱になる。今日、組む相手は、と考えたところで、葉子は「分かったわ」と頷いた。一緒に回るライターが、三郷エリだということを思い出したからだ。彼女ならば、自分自身にも子どもがいるわけだし、ある程度の理解は示してくれるだろう。それに、長身の理菜なら、見ようによっては、十七、八と言っても分からないかも知れない。留守中、何をしでかすか分からないという不安を抱え、ひっきりなしに電話を入れて無事を確かめなければならないよりは、一緒に行動していた方が、まだ気が楽だ。

「じゃあ、あとでもう一回買い物に出なきゃね」

ほっとした表情になっていた理菜は、今度はわずかに目を見開いて不思議そうな表情になる。心なしか感情の表現がわずかに豊かになったようだ。そんな些細な変化でも、葉子を安堵させる。

「あのオーバーじゃあ、どう見てもカメラマンの助手には見えないし、どっちにしても、着た切り雀のままじゃいられないでしょう。せめてジーパンを一本と、セーターかトレーナーくらいね」

下着類や数枚の普段着は、志乃が持ってきていたが、それらはどれも、少しくたびれた感のある、いかにも子どもっぽいものばかりだった。たとえ葉子の仕事について来るのでなくとも、せめて新しい服でも買ってやった方が良いかも知れないと、考えてはいたところだ。

「それ、舌切り雀じゃないの？」

「着た切り雀。そういう言葉、知らない？」

腑に落ちないといった表情で首を振っている姪を見て、思わず笑みが浮かんだ。そのときに初めて、自分の頰の筋肉が強ばっていたことを感じた。やはり、有り難い。理菜自身にそのつもりがないとしても、こんなやりとりだけで、わずかに心を和らげることが出来る。

——一人なら一人で、それなりにやるんだけど。

身軽さと孤独。どちらを選ぶかということだ。大抵の場合は、否応なく選ばざるを得なくなるにしても。

いったん家に戻ると、葉子は理菜にも手伝わせて志乃が使った客用の布団をベランダに干し、洗濯機を回し、部屋中に掃除機をかけた。時計を見ると、もう商店街が開く時間になっていたから、再び理菜を急き立てて買い物に出る。小さな用事をたくさん作り、常に行動することで、葉子は大した努力もせずに、杉浦のことを考えずに済んだ。忙しく動き回ることで、新聞さえ読まずにいられた。

「挨拶だけちゃんとしたら、あとは黙ったままでいいから」

昼前に軽い食べ物を口に入れ、仕事先に向かう時、葉子は、上京して以来初めて電車に乗ることになった理菜に話しかけた。真新しいジーパンにアイボリーのタートルネックのセーターを着て、ベンチウォーマーのような丈の長い、黒のダウンコートを着込んだ理菜は、長い髪も後ろで一つにまとめ、随分大人っぽく見えた。緊張しているせいか、吊革につかまったまま、彼女は一点ばかりを見つめている。その硬い横顔を眺めながら、葉子は微笑んで良いものかどうか、迷っていた。ただ緊張しているだけなら良い。だが、この子の心の中には、まるで異なる風が吹いているかも知れないのだ。葉子にとっては日常の風景になってしまっている全てが、理菜には、ただ都会の人混みという以上のものに映っているかも知れない。

心して口にすまいとしてきた台詞が、また出そうになる。どうしたの。何があったの。何気ない問いかけから、どんな答えが返ってくるか、それを考えると迂闊に言葉に出来ない。たったそれだけで、激しい拒絶を招くか、理菜自身を動揺させるか。

志乃は、葉子が相手と距離を置くことを、葉子の優しさだと言っていた。だが相手の心に踏み込むことが、葉子にとっては単に恐ろしいだけなのだと、改めて思う。相手によっては、容易く胸襟を開くかも知れない。または、嫌悪感を抱く場合もあるだろう。いずれにせよ、葉子にとって未知の部分を見せつけられる、もしかすると、そのまま知らずに済んだ方が良かったと思う部分を呼び覚ましかねないのだと思うと、それが怖い。そして、それによって動揺し、あるいは対処を迫られ、または自責の念にかられる自分の姿も、見たくなかった。それが、たとえ年端もいかない姪だとしても同じことだ。

——昔から、そうだった。

人との深い関わり合いを極力避けて、周囲で何が起ころうとも自分のポジションだけは変わらないままでいたいという姿勢は、離婚を機に形成されたものだと、何となく思っていた。だが考えてみれば、志乃に言われるまでもなく、葉子は昔からそうだったのだ。だから、学生時代を振り返っても、友人と呼べる存在は数だけは多くても、そのいずれもが今となっては年賀状のやりとり程度で終わっている。いざというときに電話一本で駆けつけてくれるような、そんな友人を、葉子は一人として持ってはいなかった。

「すごい人でしょう」

新宿駅で中央線から山手線に乗り換えるときに、葉子は再び理菜に言葉をかけた。少し大人びて見える姪は葉子の重い鞄を右肩から左肩へと移し替えながら、黙って頷いた。

「私も初めて上京した頃は、気持ちが悪くなったわ」

「でも——」

理菜の消え入るような声は、ちょうどホームに滑り込んできた電車の轟音にかき消された。葉子は「え？」と首を傾げて、巻き起こった風に短い前髪を乱している彼女に耳を近づけた。

「こういう方が、楽かも知れない！」

今度は、理菜ははっきりとした声で言った。電車は減速し始めている。それも、分からないではない。無表情で、機械的にすら感じられる人々に混ざっていれば、自分も目立たない気にはなるだろう。だが、この街は人を癒す街ではない。消費させ、吸い尽くし、すり減らす街だ。

——田舎がいいんだろうけど。

だが昨日、葉子は栃木の実家を売却することに同意してしまった。兄は、今年の桜は見られそうにないという話だ。そうなると、早ければ新緑の頃には、あの家は壊されることになる。そのための覚悟もしなければならないのだということを思い出して、思わずため息が出た。

——何もこんなときに。

こんなときに、家の売却の話が起こらなくても良かったのに。こんなときに、杉浦の問題でまで、頭を悩まされなければ良かったのに。こんなときに、問題の多い姪を預からなくても良かったのに。頭が混乱しそうだ。何が最優先にすべき問題なのかが、分からなくなりそうだった。

本当は、何よりもまず、仕事のことを考えるべきときなのかも知れない。昨夜、電話をくれた知人は、ことによっては杉浦の件が自分たちの仕事にも影響する可能性があると言っていた。だとすれば、葉子はなおさらだ。噂は瞬く間に広がっているに違いない。葉子の代わりなど、掃いて捨てるほどいる。まずは生活のことを考えるべきだろうか。それならば、何を先送りにすれば良いのだろう。兄の死期は迫っている。杉浦のことは今ひとつ情況が摑めない。そして、何よりも理菜が、こうして葉子の隣にいる。面倒な話だった。全部、放り投げてしまいたいと思いながら、葉子は電車に揺られた。

「あら、アシスタントの方？　おつけになったんですか？」

一軒目の取材先であるカレー専門店へ行くと、先に到着していた三郷エリは、珍しそうに理菜を見た。まだランチタイムの客が残っているという話で、三十分ほど待たされることになったから、その間に葉子は簡単に理菜を紹介した。

「試験休みなものだから、退屈で出てきたんです。私の仕事に興味があるんだか何だか、見てみたいって言うものだから」

「姪御さん？　あら、確かこの前は甥御さんがどうとかって、おっしゃってませんでした？　受験とか何とか」

今日もかっちりとしたスーツ姿で、耳元には小さなピアスを輝かせている三郷エリは、いかにも慣れた雰囲気で柔らかくこちらの話を引き出そうとする。暮れに来ていた甥の妹にあたるのだと説明すると、彼女は「ああ」と嬉しそうに頷いた。それだけで、とても素敵な情報を仕入れたかのように見えるところが職業柄とでもいうのか、見事な部分だと思う。

インドの音楽が流れ、店内の至る所に極彩色の絵や民芸品が飾られている店の片隅で、サービスに出された紅茶を飲みながら、葉子たちはそれからしばらく雑談をして過ごした。葉子の言いつけを守って、最初に「こんにちは」と挨拶をした理菜は、それきりかしこまったように黙りこくっていた。

やがて、ランチの客もほとんどいなくなって、店内は静かになった。三郷エリはさっそくインド人の店主から話を聞き始めた。その間に、葉子は撮影の機材を鞄から取り出し、いつものようにセッティングを始めた。撮影用に出される料理の写りが良くなるように、簡易スタジオともいえる白い模造紙を広げて壁に貼り、照明を調節して露出を測り、店の自慢メニューが出来上がってくるのを待つ。そんな仕事の一つ一つを、理菜は黙って見つめていた。

6

カレーの店ばかり、四店舗を巡って、その日の仕事は終わった。

「服がカレー臭くなっちゃったみたいね」

新宿までと言いながら同じ電車に乗り込んだ三郷エリは、理菜に笑いながら話しかけていた。理菜は、無口ではあったが、話しかけられるとにっこりと笑って見せるだけの如才なさは未だに持っていた。

「素敵な服なのに、大丈夫？」

「叔母ちゃんに買ってもらったばかりなんですけど」

自分のダウンコートの袖を顔に近づけて匂いを嗅いでいる理菜から葉子に視線を移して、女性ライターは「可愛がっていらっしゃるんですねえ」と微笑んだ。葉子は、何となく面映《おもは》ゆい気持ちになって曖昧に微笑みを返した。確かに、仕事先にまで連れてきているのだから、溺愛していると思われても無理はない。

「姪御さん、いつまで東京に？」

葉子は「さあ」と首を傾げて見せた。すると三郷エリは少し考える表情になって「あのね」と言った。

「実は、今日お目にかかったら、ちょっと伺いたいなと思ってたことがあるんですけど。じゃあ、どうしようかしら。明日にでも、お電話しても構いません？」

取材現場か編集室以外で接触を持ったことなど、ほとんどない相手から急にそう切り出されて、葉子は急に不安になった。構わないが、どういう用件かと聞くと、三郷エリは、葉子を挟んで自分の反対側に立っている理菜の方をちらりと見たあと、わずかに声をひそめて杉浦のことだと言った。

「今日、お葬式なんですよね。奥様の」

心臓が、ぎゅっと縮んだ気がした。事件のことを知っていても不思議はないにしても、まさか彼女の口から杉浦の話題が出されようとは考えていなかった。これまで、一度として彼のことが話題になったことはないし、仕事でつながりがあると聞いたこともない。だが三郷エリは、杉浦が所属する『エンド』の編集部に知りあいがいるのだと説明した。

「それで、ちょっと小耳に挟んだんですけど、何ですか、宇津木さん、杉浦さんと、お親しかったって」

何と答えたら良いのだろう。額のあたりがかっと熱くなる。電車の暖房が急に気になり始めた。

「私、前々からルポを書きたいと思ってるって、お話ししたこと、ありましたよね」

「そうでしたっけ」

「それで今回の、この事件のことね、書いてみたいと思ってるんです。まだ詳しいことは分かってないみたいですけど、色々と複雑な事情もあったみたいですよね」

それから三郷エリは、夫婦という男女の関係について、改めて問い直す内容のルポを書きたいと思っているのだと言った。杉浦の事件は、ちょうど良い題材になる。だから、それについて、葉子に取材協力をして欲しいというのだ。葉子は黙って彼女の話を聞き、一方では理菜の様子も窺いながら、努めて平静を装った声で、それは難しいのではないかと答えた。

「杉浦さんの奥様のことについてなんて、私、何も聞いたことなかったですし、第一、プライバシーの問題があるでしょう」

「もちろん、そのあたりには細心の注意を払います。単なる興味本位の事件記事みたいにするつもりはないんです。つまりね、今回の事件を通して、夫婦のありようとか、男女の別れ方とか、そういうものを書いてみたいって、考えてるんですよね」

三郷エリの表情は、日頃、取材先の商店主から話を聞く時とは異なる、ある種の迫力と真剣さを十分に窺わせるものがあった。

「杉浦さんのお人柄とか、そういうことだけでも構いませんし」

「それなら、同じ職場の方とか、もっと適任の方がいらっしゃるんじゃないですか?」

「素顔ですよ、素顔」

「素顔っていったって——」

「宇津木さんの前でだけ見せていた顔が、あるんじゃないんですか？」

これまで、三郷エリを、品の良い落ち着いたたたずまいの人だと思っていただけに、その無遠慮な言い方と、一瞬の隙も見逃すまいとしているような彼女の目つきが葉子の癇に障った。葉子はすっと視線を外して、電車の窓から外を見た。

「そんなもの、あるわけないじゃないですか。あの人は、むしろ表裏のない方だっていう印象がありますけど」

誰が何と言おうと、そんなものに応じるつもりはない。冗談ではない。

「勿論、宇津木さんのお立場もあるかと思いますから、そのあたりも十分に注意します。ある意味で、宇津木さんていう方は、杉浦さんの一番近くにいらしたわけですよねえ」

「そんなこと、ないです」

それだけ言うのが精一杯だった。視界の片隅で、吊革につかまっている理菜の服の袖が揺れている。葉子を真ん中にして、三人で並んで立っているから、姪には三郷エリの声は、はっきりとは伝わっていないはずだった。それでも、葉子の中には激しい警戒心が働いた。

「ねえ、お願いします。ご協力願えません？」

「今、急にそんなことを言われたって」

相手の顔を見ないまま、呟くように答えた。すると、三郷エリは「そうですよね」と声の調子を変えてきた。

「ですから、今度改めて、お電話差し上げるようにします。他にも取材するつもりですし、今日明日にもっていうことは、考えていませんから。根気よく、いくつもりです」

いくら根気よく説得されても、無駄なものは無駄だと言おうとしたとき、電車が新宿に着いた。葉子は代わりに「お疲れさま」とだけ言って、無理に愛想笑いを浮かべて見せた。

「東京を楽しんでいってね」

三郷エリはいつもの品の良い笑みを浮かべて、理菜の方に手を振って電車から降りていった。葉子は、形ばかり頭を下げながら、思わず深々と息を吐き出した。あの三郷エリにまで、もう噂が伝わっているとは。

「私たちは？　まだどっか、行くの？」

「フィルムを現像に出さなきゃならないから、渋谷に寄るの。大丈夫？　疲れちゃった？」

大勢の人が吐き出され、今度は新たになだれ込んできた人の波に押されながら姪を見上げると、彼女は小さく首を振った。

思い出すまでもなく、今日は杉浦真希子の本葬だ。その席に、杉浦が喪主として出席できているかどうか、そのことがずっと気になっている。ただでさえ様々な憶測を呼びそうな葬儀だというのに、これで杉浦の姿がないとなったら、参列者の間では余計に色々な噂が飛び交うことだろう。葉子についての情報も、知れ渡っているかも知れない。

ラボに寄ってフィルムを納め、再び駅にとって返し、中央線が混み始める時刻だったから、新宿からは総武線の各駅停車に乗ることにして、葉子は重そうに鞄を提げている理菜を気遣いながらホームの人混みをかき分けて歩いた。

「――結構、大変な仕事なんだね」

ようやく中野止まりのすいている電車に乗り込み、空いている座席に腰掛けたところで、理菜が呟いた。

「でも、何か、格好良かった」

「そう?」

格好など良いはずがない。だが、たくさんの機材を使って、無駄な話もせずに黙々とシャッターを切る仕事は、見ようによっては、いかにも専門的に見えるかも知れなかった。そういう印象を葉子自身、カメラマンになりたいと思い始めた頃には抱いていたものだ。

「あの人の仕事より、いい感じ」

「あの人って、ああ、ライターさん?」

理菜は、あんなにずっと喋り続けなければならない仕事は、あまり好きではないと言った。

「それに、あとから記事にするんでしょう？」

葉子は「そうね」と微笑んだ。

「決まった字数で原稿を書かなきゃならないから。私の仕事は、その場で写して、あとは現像して終わりだけど、ライターさんの仕事は、帰ってからも続くのよね」

理菜は「ふうん」と頷き、そんな仕事は、自分には無理だろうと呟いた。作文も好きではないし、人と話さなければならないのも嫌いだからと。

「ああいう仕事をする人って、きっと、もともとが人間好きなんだろうな」

「そうかも知れないわね」

人間好きが高じると、人の心のひだにまで触れたくなり、閉じられている扉までこじ開けたくなり、静まっている澱みまでかき混ぜたくなるのだろうか。黙って見守るということが出来なくなるのか。何かをえぐり出さずにはいられなくなっていくのだろうか。やりきれない怒りが込み上げて来そうだ。だが、隣には理菜がいる。

「だったら余計、私は向いてないや。私、嫌いだからね」

慣れない人混みを歩き続けたせいか、理菜は疲れた様子だった。いつもの硬い表情に戻って、彼女の視線は、向かいの席の学生らしい若者に注がれている。座席に浅く腰掛け、だらしなく背もたれに寄りかかって、大きく脚を開いた姿勢で、その若者は手のひらにおさまるほどの小さなコンピューター・ゲームで遊んでいた。

「嫌いだから」

理菜は繰り返し呟いた。もしかすると、この子を襲った男というのも、こんな感じの若者だったのだろうか。葉子は、黙って姪の横顔を眺めていた。彼女が背負わされているものの重みを改めて思う。葉子自身は、このところの忙しさと煩わしさに苛立ち、疲れてはいるものの、結局、何も背負ってなどいない。やはり相も変わらず、常に蚊帳の外、何に関しても部外者のままだ。

「人間?」

大きく息を吸い込んで、出来るだけさり気なく聞いてみた。理菜はゆっくりこちらを向き、小さく、だがはっきりと頷いた。

「嫌い?」

「嫌い」

この子は、自分自身さえ嫌っている。それを忘れてはならない。

夕暮れの都会を、一駅ずつゆっくりと走る電車は、並行して走る中央線に追い抜かれつつあった。のんびりしているこちらに比べて、満員状態のオレンジ色の電車には、様々な乗客の顔がぎっしりと詰まっていた。そのいずれもが無表情なままで、中には、虚ろな視線とこちらの視線がほんの一瞬だけぶつかることもあった。互いに窓を開け、声を掛け合えば聞こえるくらいの距離に違いない。だが、あの電車と葉子たちの乗る電車とは、同じ方向に走りながら、まるで違うテンポで、まったく違う終点を目指している。

――そういうことだ。私たち、皆。

同じ人生を歩むことなど、たとえ母親にだって出来ることではない。せめて寄り添ってやりたいと思ったとしても、終点は先に来る。

「叔母ちゃん、知ってる？」

向かいの席の青年を見つめたまま、理菜が再び口を開いた。

「お母さんさ」

大久保を過ぎ、東中野に差し掛かる頃だった。春になれば、一面の菜の花に埋め尽くされる線路際も、今はまだ冬枯れの色をしていた。

「つきあってる人、いるんだよ」

ごとん、と一度大きく揺れて、電車が止まった。扉が開いた後になって、目の前の青年は、初めて気がついたように大股でホームに降りていった。冷たい風が吹き抜ける。網棚の上に放置されたマンガ週刊誌のページがばらばらと鳴った。

「つきあってるって――」

服装と髪型一つで、ぐんと大人びて見える理菜の横顔を、葉子は改めて見つめた。やめて欲しい。これ以上、頭を混乱させないで欲しい。だが、聞かないわけにいかなかった。上京してきて初めて、理菜が自分の内にためていたものを吐き出そうとしているのだ。

「私、知ってるんだ」

「知ってるって？　その、お母さんが誰かと、どうのっていうこと？」

「お母さんさ、お父さんが死ぬの、待ってるんじゃないのかな」

終点の中野に向かって、電車は再びゆっくりと走り始めた。さっきまで、抜きつ抜かれつを繰り返していた中央線は、とうに行ってしまったようだった。

7

スーパーで買い物を済ませ、家に帰って、二人で食卓に向かう頃までに、葉子は志乃についての理菜の疑念の、あらかたの部分を聞き終えていた。相手は五十過ぎの、ガソリンスタンドを経営している男だという。以前から顔見知りではあったが、兄が入院した直後から、志乃は足繁くそのガソリンスタンドに通うようになり、やがて「ご近所からもらった」と言っては、米や野菜、ミネラルウォーターなどを持ち帰るようになった。

だが、日頃は近所づきあいに神経質で、よそから何かもらえば必ず返礼の品を用意したり、理菜にも、道端で会ったら挨拶を忘れないようになどと言う母が、ただもらいっ放しで平気な顔をしている。理菜が「どこから」と聞いても適当にはぐらかすし、「お返しは」と尋ねても、必要ないと答えることが増えたのだそうだ。

母は毎日、病院に通っているとばかり思っていた理菜の中に大きな疑念が湧いたのは、病院とはまるで方向の違う幹線道路で母の車を見かけたときだという。その日、理菜は志乃にどこへ行っていたのかと尋ねた。だが志乃は、白を切った。

「とぼけちゃってさ。『見間違いよ』とか、言って。私は車のナンバーまで、ちゃんと見てるのに」

理菜はまるで別人のように饒舌だった。ほとんど無表情だった瞳は異様に輝いて、怒りのためか屈辱のせいか、頬までも紅潮させている。

「たとえば、色々と相談に乗ってもらってるだけっていうことは、考えられない？」

葉子には、にわかには信じ難い話だった。いや、分からないではないとは思う。長年、兄に苦労させられ、その挙げ句に入院までされた志乃が、他に救いを求める気持ちは、手に取るように分かる。だが今朝、葉子たちに見送られ、丸い背中を見せて帰っていった志乃からは、男の影など微塵も感じられなかったと思うのだ。彼女はひたすら疲れ果て、渇ききって見えた。ほんの一瞬でも心をほぐし、すがりつける相手さえ持っていれば、あそこまで老け込むことはないと思う。

「最初は、そう思ったよ。普通に、今日はガソリンを入れてきたとか、ガソリンスタンドのおじさんがどうしたとか、そんな話もしてたし。でも、お父さんが入院してからは、急にひと言も言わなくなった」

少女の観察眼と勘は鋭いものがある。男女の関係に敏感な年頃の上、特に理菜は、さらに男性というものに対して、否応なく神経過敏になっていることは容易に想像がついた。そんな少女だからこそ、母の不倫は、たとえ疑惑に過ぎないとしても、余計に嫌らしく、不潔に見えるに違いない。

「――どういう、人」

別段、興味があるわけではなかった。ただ他に口に出来る言葉が見つからなかっただけのことだ。理菜は、そのガソリンスタンド経営者が目の前にいるかのように、嫌悪感を剝き出しにした表情で「ただの、おじさん」と答えた。

「色が黒くて、お腹が出てて、頭が薄くて」

それだけの説明で、具体的なイメージを膨らませるのは難しかった。

「手首に、金のブレスレットしてる。金の指輪もしてる。ぎとぎとしてる」

理菜はさらにそうつけ加えると、小さく身震いをして見せた。彼女がもう少し大人だったら、そして、これが彼女の母親に関する話題ではなかったら、「そんなに脂ぎってる男が相手なら、少し分けてもらえばいいのにね」とでも言いたいところだ。だが今は、理菜の言葉を茶化せる場面でも、自分も感情的になって、「本当なの？」「嫌らしいわね」などと言える段階でもない。

「これだけは、分かるんだけどね」

葉子は静かに理菜を見つめた。理菜は、まだ言い足りなさそうな表情で、上目遣いにこちらを見ている。

「お母さん、必死なのよ。お父さんの看病だってしなきゃならないし、あなたのことと、お兄ちゃんのことで一生懸命だわ。私には、お母さんが本当にその男の人とつきあってるかどうかは分からないけど、たとえば理菜ちゃんの勘が当たってたとしても、あなたたちのお母さんは、何よりもあなたたちのことを一番に考えてる。自分のことなんか、全部後回しにしてる」

彰彦は、自分の母親に比べて葉子が若いと言った。体型や雰囲気の違いもあるだろう。仕事の内容や都会暮らしのせいも、あるのかも知れない。だが何よりも、志乃は自分に構う時間さえ持てずにいることが大きいはずだった。肌の手入れ一つせず、口紅さえも塗らずに、必死で日々を過ごしている。それは、娘の目からも分かるはずのことだった。

「お父さんの状態については、聞いてる？」

葉子の質問に、今度は、理菜は素直に表情を曇らせ、ため息とともに、微かに肩を上下させた。

「もう、助からないんでしょう？　退院なんて、無理なんだよね？」

葉子は、柔らかく頷いた。

「病院では、そう言われてるみたいね。だから、お母さんだって心細いんだと思うの。少しだけでも相談できる相手が欲しいのよ。そう思うことに、しない？」

少しの間、黙って俯いていた理菜は、やがてきっと顔を上げた。葉子を睨みつけ、彼女は顎を微かに震わせていた。

「心細いと――男の人が必要なわけ？　女の人に――、たとえば叔母ちゃんに相談するんじゃ、駄目なわけ？」

「それは――」

「私、嫌なんだ、そういうの。すごく、嫌！」

ほとんど叫んでいるような声だった。葉子は半ば呆気にとられ、一方で頭を抱えてしまいたい気分のまま、ただ姪を見つめているより他なかった。目を逸らさずにいるだけで精一杯だった。とにかく、これだけは確かだ。理菜がいる間は、これ以上、たとえば杉浦の話なども、耳に入れないようにしなければならない。せめてわずかな間でも、彼女を全ての雑音から遮断してやるべきだと思いながら、葉子は「絶対、嫌！」と叫ぶ声を聞いていた。頭の片隅に、杉浦の娘のことが思い浮かんだ。もしも、本当に杉浦が人に頼んで妻を殺させたのだとしたら、あの少女はどうなってしまうのだろうか。今、目の前で絶叫している理菜以上に、混乱し、傷を負い、重い十字架を背負うことになるだろう。それを考えると、余計に憂鬱になる。やはり、子どもなど産まなくて良かったのかも知れない。こうして一人で生きるので結構だと、ついそんな気にさえなった。

理菜が部屋に戻ってから、葉子は、意を決して新聞に目を通し、テレビのニュースも見てみた。だが、杉浦に関する新しい報道は、まったく見られなかった。つまり、任意の取り調べが続いているということなのか、少なくともまだ逮捕にまでは至っていないのだろうかと、葉子はさらに落ち着かない気分になった。だが、既に噂は広がっている。周囲の誰もが葉子と杉浦との関係を知っていると思うと、むやみな相手には電話もできない。明日になれば、また新しい情報が入る可能性もある、刑事がやってくることも考えられる。仕方なく、ある程度の覚悟を決める必要があると自分に言い聞かせて、葉子は床に就いた。昨晩もあまり眠れなかったし、このところ、ずっと落ち着かない日々を送っているせいか、その晩は意外なほど、ぐっすりと眠った。そして翌朝、目が覚めたときには、一瞬、これまでの煩わしさなど、全て夢だったのではないかという気にさえなっていた。

——私自身の、何が変わるわけでもない。

久しぶりに、ベッドの中でＦＭラジオを聞きながら、葉子は少しの間、天井を見上げていた。白いクロス張りの天井は、改めて眺めてみると、以前よりも色がくすんでいるようだ。考えてみれば当たり前のことかも知れなかった。このマンションを買ったのは三十歳の時だった。つまり、もう十年が過ぎようとしている。

——十年。

色々なことがあったような気もするが、その実、何も変わってなどいないような気もする。周囲ばかりが激しく動いて、葉子自身は、多少の余波を受けながらも、それでも相変わらず、ここにこうしている。

天井を見上げるうち、栃木の実家のことを思い出した。木造だったあの家では、葉子の勉強部屋の天井も、木目の浮いた板張りだった。ちょうど今の理菜くらいの年頃まで、葉子は眠りにつく前に、その木目模様の中にいくつかの人の顔を発見し、もっと幼い頃には、ひたすら怯えていた。それらの顔に、様々な想像を巡らした。

あの天井は、今はどうなっているだろう。空き家になったまま数年が過ぎている今、どんな空気に満ちていることだろう。そんなことを考えているうちに、初めて志乃と話し合ったことが実感として迫ってきた。

家がなくなる。

何も記憶までが壊され、奪われるわけではない。それは分かっていながら、やはり動揺している。故郷とは名ばかりになる。帰っても、目指す場所がなくなる。いつでも帰れると思うからこそ、帰らずにいられたのに、今度はもう、いくら帰りたいと望んでも、帰れなくなるということだ。

それは、ごく身近にいた誰かの死に近い感覚だった。看取ってやらなければならないのではないか、元気なうちに、会ってやる必要があるのではないかと、そんな気がしてきた。きちんと別れを告げる、自分には義務がある。

——最後の一人として。

そこまで考えたところで、葉子はゆっくりとベッドから抜け出した。最後の一人、という言葉が我ながら重く響いた。

理菜はまだ起きてこない。いつものようにコーヒーを淹れて、煙草を吸いながら、葉子はゆっくりと新聞を読んだ。今朝の気分なら、たとえ杉浦に関する記事が出ていても、冷静に受け止められそうな気がしたが、新聞には、何の記事も出ていなかった。続いてテレビのチャンネルをワイドショーに合わせてみる。だが、やはり今のところ、杉浦のことは扱われていない。そろそろ九時に近い頃になってようやく、葉子は朝食の支度に取りかかり、理菜を起こした。

「私、今日は少し帰りが遅くなるけど」

半分、寝ぼけた顔で部屋から出てきた理菜は、今朝は特に不機嫌そうで、黙ってトーストをかじっている。

「どうする?」

「──何が」

「だから、理菜ちゃんは、どうする。ついてくる?」

理菜は、つまらなそうに口を尖らせ、いやいやをするように首を振った。一日で嫌になったのだろう。もう十分というところか。葉子は「そう」と頷き、それならば、家で好きなことをしていれば良いだろうと言ってみた。

「だけど、好きなことっていったって、ここには何もないしね。どうしようか」

「──いい。適当にしてるから」

昨日は少し潑剌《はつらつ》としたように見えたのだが、母親への疑念を吐露し、また夜の間に何を考えたのか、今朝の彼女は妙に不機嫌だ。それならそれで、放っておけば良い。別に、相手の機嫌を取らなければならないことではないと思いながら、理菜が不味そうにサラダをつつくのを見ているうちに、腹が立ってきた。

「そういうこと、しないでくれない?」

指先でフォークをつまみ、テーブルの中央のサラダボウルに手を伸ばしていた理菜は、膨れ面のまま、ちらりとこちらを見た。

「食べたくないんなら、そのままにしておけばいいでしょう?」

理菜は表情を変えない。

「子どもみたいなこと、しないで」

相変わらずの仏頂面のまま、彼女はゆっくりと引っこめたフォークを眺めていたが、次の瞬間、それを自分の背後に放り出した。フローリングの床に、鈍い音が響いた。葉子は呆気にとられ、ついで恐怖を感じた。十代の少年少女が、驚くような事件を起こす時代だ。この子だって、ストレスだけは誰よりもため込んでいる。下手に叱責して、かえって暴れられるようでは困る。だがその一方では、理菜がそんな少女ではないはずだという思いと、一度でもなめられたらおしまいだという思いが交錯した。

「──何のつもり」

葉子は正面から理菜を見つめた。理菜はふてくされた表情でそっぽを向いた。

「不味くて食べられないとでも、言いたいわけ？」

「──」

「あなた、居候なのよ。最初だけ愛想良くして、お母さんの許可が下りたと思ったら、さっそくぼろが出てきたっていうこと？」

「──」

「拾いなさい」

パジャマの上からセーターを羽織った格好で、理菜は相変わらずふてくされたままだ。

「ほら、拾いなさい！　言いたいことがあるんなら、その口で言いなさいっ」

我ながら久しぶりに出した大声だった。理菜の肩がびくんと震えたのが分かった。彼女は顔を背けたまま、黙って椅子から立ち上がり、自分が投げたフォークを拾い上げて、その場に佇んでいる。それから、いかにもさり気ない様子でリビングの方へ行ったかと思うと、やがて何かにぶつかるような音がしてきた。

「何だっていうの――」

苛立ったため息をつき、仕方なく席を立って居間を覗いた葉子は、今度こそ、その場で息を呑まなければならなかった。理菜は、さっきまで葉子が読んでいた朝刊を片手に掲げて、フォークで繰り返し突き刺していた。厚い朝刊が、何度もフォークを突き立てられて、ぼこ、ぼこ、と音を立てる。

怒鳴るべきなのか。叱るべきだろうか。葉子は、目まぐるしく考えた。だが、良い案が浮かばない。怒り。苛立ち。破壊衝動。それを、どう鎮めてやれば良いのだろう。ここで怖がらずにいることが、果たして自分に出来るだろうか。

新聞は瞬く間に無惨な状態になっていく。葉子はそれを眺めながら、大きく息を吸い込んで理菜に近づいた。理菜は黙ってフォークを刺し続けている。その背後から、葉子は姪の身体に腕を回した。まるで愛しい人に抱きつくように、理菜の背中に身体をつけ、髪に頬を寄せた。その途端、理菜の手が止まった。

「――嫌なこと、いっぱい、あるんだね」

理菜の背中は思ったよりも固くなかった。やはり女の子なのだ、しなやかな曲線を描いて、柔らかく、そして、暖かい。微かに呼吸を繰り返しているのが、葉子にも伝わってきた。

「ちょっと、疲れ過ぎちゃったねえ」

目をつぶって、囁くように言った。

「ごめんね。叔母ちゃん、代わってあげられなくてね」

急に、がくっと理菜の背が沈んだ。バランスを失いそうになって、葉子は慌てて手を離した。理菜は小さな子どものように、その場に屈み込み、自分の膝を抱いている。その背中が、小さく震え始めた。考えてみれば、この子は一度も泣いていない。思い詰めたような表情は見せていたが、ただの一度として涙を見せていなかった。泣いたのは志乃の方で、理菜は、全てを自分の内に封じ込めていたのだ。

「どうしたの、うん？」

口にしたくない言葉を、ついに言わざるを得なかった。葉子は、床に膝をついて、再び彼女を抱きしめた。頭を抱き寄せると、まるで幼かった頃と変わらない感覚が蘇ってくる。この子は小さな頃から甘えん坊で、明るくて、何かといっては葉子にまとわりついてきた。夜は同じ布団で寝たがったし、寝つくまで手をつなぎたがった。いつでも、この子は温もりを求めていた。

——大の大人でさえ、求めてる。

こんな子が求めない方がおかしいのだ。

黙って頭を撫でてやっていると、やがて理菜は激しくしゃくり上げ、身体の奥から絞り出すように、声を上げて泣き始めた。

「もう——嫌だよう」

ひたすら頭を撫でているより他に出来ることがなかった。幼い子にするのと同様に、「よしよし」と繰り返しながら、葉子は理菜を抱き続けていた。そうしていることで、自分も一緒に涙を流している気分になっていた。

8

何枚ものティッシュを使って、涙を拭き、鼻をかんで、理菜がおとなしくなったのは、それから小一時間も過ぎた頃だった。その間、葉子はただ理菜を抱いていた。泣きながら、理菜は最初のうち「嫌だ」を繰り返していたが、それはやがて「皆、嫌い」「大嫌い」に変わった。

鼻をすする音が小さくなり、呼吸も落ち着いてきたとき、葉子はようやく姿勢を変えた。理菜自身も汗ばんでいるだろうが、葉子も理菜に触れている部分だけが汗ばみ、腰のあたりからは冷えてくるという嫌な状態になっていた。耳元で「ほうっ」という深いため息が聞こえた。理菜の全身が弛緩しているのが分かる。泣き疲れたのと同時に、初めて自分の感情を爆発させた後の、心地良い放心状態にあるのだろうと思った。

「――いっぱい、泣いたねえ」

返事の代わりに、くすんと鼻をすする音。

「少し、すっきりした？」

今度は、こっくりと頷いた。

窓の外には、冬晴れの青空が見えている。南西に向いた部屋だから、午前中は陽が射し込まないし、座っていると、何の建物も見えない。たとえば無表情な、人工の青い板が張られていても、勝手に空だと思い込みそうなものだ。

「言いたいこと、いっぱい、あったんでしょう？」

返事の代わりに、理菜の肩は微かに震えた。また新たな涙がにじみ出して、今度は、彼女は声を出さずに泣き始めた。困った、これではきりがない。適当な時間に切り上げてもらわなければ、朝食どころか、出かけることもできなくなりそうだと思った。だが、ここで中断させることは出来ない。何とか、彼女の口を開かせることは出来ないものか、そして、せめて今夜まで、ようやく吹き出しかけている思いを、持ちこたえていてもらうことは出来ないものか。姪には申し訳ないが、頭の片隅では今日のスケジュールのことや杉浦のこと、栃木の実家のことなどが駆け巡っている。

「皆、皆――」

理菜がかすれた声で呟いた。葉子は「うん？」と言いながら、また彼女の頭を抱き寄せた。

「勝手だよ――皆、自分のことばっかり」

「皆？」

理菜の丸くて小さな頭がまた前後に揺れる。

「お父さんだって――病気で大変なのは分かるけど、可哀相だって思うけど、でも、皆に八つ当たりして、心配かけてるの、知ってるくせに。お母さんだって、お父さんのこと心配してるふりしたって、本当は嫌いなんだし、外で何してるか分からないし、皆、皆――私のことなんか忘れてる。私はここにいるのに、誰も、気がつかない――」

葉子は、機械的に理菜の髪をなで続けていた。もしかすると、自分だって似たようなものだと思った。理菜と同様の心許なさを抱きながら、日々を送っている。この、空しか見えない空中の部屋で、たとえば今すぐに消えてしまったとしても、誰にも気づかれないような日々を送っている。

「そんなの、淋しいよねえ」

淋しいなどという言葉を、自分が口にするとは思わなかった。この部屋に一人で取り残されたときも、それからの日々でも、葉子は口が裂けても「淋しい」などとは言いたくなかった。いや、もっと以前からだ。初めて東京に出てきて、貧しいアパートで暮らし始めたときから、葉子は数え切れないくらいにその言葉を呟きそうになり、その度に、枕に顔を埋めたり、煙草の煙に紛らしたりしてきたではないか。このままで結構。淋しいなんて言っていられない、いや、淋しいくらい、どうということはないと、常に自分に言い聞かせてきた。

「ちゃんと、ここにいるのにねえ」

理菜はめそめそと泣き続けている。葉子は、姪を抱き寄せながら、実は自分が抱かれているのだと思った。抱かれたいのは葉子なのだ。泣きたいのは自分なのだと思った。この少女は、葉子の代わりに肩を震わし、葉子の代わりに涙を流している。

「叔母ちゃん——」

ようやく泣き疲れてきたらしい頃、理菜が葉子を呼んだ。葉子は相変わらず歌うように「うん?」と答えた。

「叔母ちゃんさ——赤ちゃん、出来たこと、あるよね」

「——生まれなかったけどね」

「どうして?」

「どうしてかなあ——叔母ちゃんがいけなかったのかも知れないし、赤ちゃんに、大き知れない」

「なぜ」を繰り返したのは、二度目の流産のときだった。それまで健康で、子どもの頃から大きな病気一つすることもなく暮らしてきた自分が、新たな生命を育むというときになって、こんな躓きを経験しなければならないとは、考えてもみなかった。何を悔めば良いかも分からなかった。頭では、特別に世間の目を気にするつもりもない、周囲の人の意見など、どうということはないと思っていたが、それでも気持ちの方は、ついていかれなかった。葉子は自分が女として「欠陥品」であるような気持ちになり、ひどく役立たずの、無意味な存在に感じた。特に、およそつまらない女に見えるような人が、さほど可愛がっているふうにも見えない子どもの話をするとき、いかにも世話の行き届いていない感じの子どもが、がさつに見える母親に叱りとばされながら歩いているところなど見かけるとき、葉子は、自分がそういう女以下の存在でしかないのだという思いに打ちのめされ、また、自分自身を呪いたい気持ちにさえなった。

たとえば志乃に対してさえ、葉子はそんな思いを抱いた。あの志乃が、二人の子どもを産めて、チャンスは同じだけ自分にもあったはずなのに、どうしてたった一人の赤ん坊も抱くことが出来なかったのかと。

「——赤ちゃんも、生まれて来たくないことが、あるのかな」

小さな呟きに、葉子は我に返り、理菜に気持ちを集中させようとした。

「ねえ」

汗と涙で頬や額に髪が張りついている。それを払ってやり、新しいティッシュで頬を拭いてやりながら、葉子は初めて理菜の顔を間近からのぞき込んだ。すっかり目を腫らして、熱に浮かされたような表情になっている理菜は、葉子の呼びかけに潤んだ瞳を向けた。

「こんなこと、なかった？　お母さんやお父さんと喧嘩したときに、『別に、産んでくれなんて頼んだわけじゃない！』って言ったこと。そうねえ、それとか『好きで生まれたわけじゃない！』とかね」

理菜は、ああ、というように頷いた。

「私たち皆、自分がお母さんのお腹の中にいた頃のことなんか忘れちゃってるから、分からないけどね、ちゃんと生まれて、ちゃんと大きくなった人は、やっぱり本当に生まれて来たいから生まれてきたんだろうなって、思うのよ」

理菜は、理解できているのかいないのか、ただ、潤んだ瞳を揺らした。

「でも、せっかく生まれても、どう考えても幸せになれそうにないとか、誰にも喜んでもらえないとか、大きくなる力が備わってないとか、そういう赤ちゃんだって、中にはいるかも知れないでしょう？　そういう赤ちゃんは、『今回は、やめておこうかな』って、思うかも知れない」

「──それは、赤ちゃんが自分で決めるんでしょう？」

「そうねえ──でも、そうとばかりは、言えないかも知れない。今、ここに生まれてきても、その子が可哀相だなとか、お母さんだって苦労するだけだろうなとか、そういうことを考えるのは、大人でしょう？　それに、人間は色々な失敗をするけれど、赤ちゃんの中にも、ちょっとタイミングを間違えちゃう子が、いるかも知れないじゃない？　本当は、他の女の人のお腹に宿るつもりだったのに、とか、本当は、十年後にお腹に入る予定だったのに、とかね。だから、そんな時は、大人が色々と考えて、今回は生まれないようにしてあげようって、決めることもあるでしょう」

理菜の瞳に新たな涙が浮かんできた。そして、「可哀相だよね」と呟き、今度は抱えた膝に額を押しつけて泣き始めた。

「可哀相だけどねえ──生まれてから、ずっと苦労して、悲しい思いもして、『ああ、生まれてこなきゃよかった』なんて思うくらいなら、仕方がないのかも知れない」

「でも、可哀相だよ──」

「──叔母ちゃんはね、だから、赤ちゃんに話しかけてあげることがあるの。『可哀相だったね』『ごめんね』って」

実際は、それは子どもが流れてから、数年間のことだった。最近では、自分が妊娠した記憶さえ、出来るだけ遠ざけようとしている。事実として、子どもは生まれなかった。その子の年齢を数えても仕方がない。所詮、自分は、母親になるために生まれてきたわけではなかったらしいと、どこかで踏ん切りをつけ、忘れるように努めている。だが、それでもやはり時折は、生まれていれば何歳になっているだろうと、つい指折り数えてしまうこともある。

「私さ——」

やがて、理菜は膝小僧に顔をつけたまま、くぐもった声で、妊娠中絶をしたのだと言った。葉子は、再び彼女の肩を抱き寄せて、「そうだったの」と答えた。

「しょうがなかったの」

「そう」

「お母さんもパニックになったし、知ってる人、皆、出来るだけ早く堕ろしましょうって、そればっかり」

そして理菜は、少し離れた町の病院まで行って、そこで堕胎の手術を受けたのだと言った。自分の胎内に別の生命が宿っていることも、よく分からなかったのに、死んだような眠りに落ちて、気がついたときには「すみましたよ」と言われたのだという。

「私だって、自分がお母さんになるなんて、想像もつかなかったし——赤ちゃんだって、欲しくなんかなかったから、『当たり前だ』って、そう思ってたんだけどね、お父さん、死んじゃうって分かって、病院とか行ってるうちに——お父さんは病気が殺すんだなって思って。私は、自分で赤ちゃんを殺したんだなって——」

理菜は、途切れ途切れでも、かなり筋道の立った話し方をした。葉子は、何の感想も挟まず、ただ相づちを打ち続けていた。

「お母さんは、『早く忘れなさい』って。全部、悪い夢を見たと思いなさいって言ったけど、だから私も夢だったかも知れないって思おうとしたけど、時々、思い出して——」

「赤ちゃんのこと?」

そこで理菜は激しくかぶりを振った。そして、姿勢を変えないまま、深々と深呼吸をしている。聞きたい話ではなかった。だが、聞かなければならないのだと自分に言い聞かせて、葉子は黙って彼女が口を開くのを待っていた。時間が流れていく。せめて昼前までには、彼女を落ち着かせたい。

「赤ちゃんが——出来たときのこと」

またため息。その都度、理菜の薄い背中が、微かに上下する。恐らく背骨が浮いて見えるほどに痩せているだろう。セーターの上から撫でていても、それが分かる。

「顔も——何も知らない人だった」

思わず、覆い被さるようにして、葉子は理菜の背中を強く抱きしめた。

「言わなくていいから」

背中に響くように呟いた。

「言わなくて、いい。分かったから」

理菜の呼吸する音が背中から響いてくる。こんな薄い背中で背負えるものではない。

「怖かったね」

理菜がわずかに頷いたらしいのが振動で伝わってきた。葉子は力を込めて、理菜を抱いた。

「理菜の責任じゃない。理菜は、何も悪くないから。赤ちゃんのことだって、赤ちゃんが出来たことだって」

理菜が「でも」と言っているらしいのが分かる。だが、葉子はその声をうち消すように、「理菜の責任じゃないのよ」と繰り返した。ふと、志乃はこの子がこんな目に遭って以降、一度でも身体に触れてやったことがあるのだろうかと思った。いくら早熟な子どもが増えたとはいえ、ごく普通に育ってきた十四、五の少女が、突然見知らぬ男から暴行を加えられたら、自分はもう二度と元には戻れないという衝撃と、生涯ぬぐい去ることの出来ない汚辱にまみれたという思いで打ちのめされるに違いない。そんな彼女を、あの母親は抱きしめてやったのだろうか。

「理菜は、何も変わらないのよ。ちゃんと、ここにこうして、いるでしょう？　叔母ちやんから見れば、小さかった頃の理菜と、どこも変わらないのよ」

ひたすら彼女の頭を撫で、背中をさすり、葉子は「よしよし」と言い続けていた。この子がここにいて、暖かい体温を保ち、規則正しい呼吸をしてくれていることが、有り難かった。それなりに葉子を必要としている人が、ここにいるということだけで、今の葉子は自分を保ち続けられるだろうと思った。

9

あまりに泣いたせいか、理菜は頭と目の奥が痛いと言い始めた。葉子は少し考えて、自分のベッドに彼女を寝かせることにした。彰彦も使っていた折り畳み式のパイプベッドではなく、もう少し安心出来るもので包んでやりたかった。雑多なものに囲まれている葉子の寝室にきて、理菜は幼い子どものように、おとなしく葉子のベッドに潜り込んだ。

「たくさん、泣いたから」

冷たく濡らしたタオルを瞼の上に当ててやり、葉子は少しの間、ベッドの端に腰を下ろしていた。

「――喋っちゃった」

目隠しをされた状態のままで、理菜がかすれた声を出した。

「誰にも言ったらいけないって、言われてたんだ――一生、死ぬまで」

「お母さんに？」

葉子の枕に頭を載せたまま、理菜は小さく顎を上下させた。確かに、死ぬまで隠し続けなければならないことかも知れない。だが、理菜にしてみれば、それは、被害者である理菜が、まるで罪人になったかのように感じられたのかも知れない。

「じゃあ、叔母ちゃんが黙ってればいいのね」

髪を撫でながら、葉子は出来るだけ穏やかに話しかけた。

「でも、叔母ちゃんとうちのお母さんは、もともと友だちなんでしょう？」

「そうよ。古い友だち。それこそ、理菜くらいの時からの」

「何でも、話すんじゃないの？」

「そんなこと、ないわ。だって、それこそ昨日、理菜が話してくれた、ガソリンスタンドのおじさんの話だって、叔母ちゃん、何も知らなかったでしょう？」

ただの友人のままなら、何でも話せる間柄でいられたかも知れないとは思う。家庭があろうがなかろうが、ちょっと気になる男の話をして、亭主の悪口を言いあって、ついでに杉浦の話でも出来たら、どれほど気が楽になっただろう。

「じゃあ――黙っててくれる？」

「約束するわ」

布団から出している手を取って、指切りの真似事をすると、タオルの下から出ている理菜の口元が初めてわずかに弛んだ。

「少し、そうしてなさいね」

ベッドから立ち上がろうとすると、理菜は再び葉子を呼んだ。

「さっき——ごめんなさい。フォーク」

葉子は微笑む準備をして、いったん、理菜の目の上のタオルを取り上げ、彼女に自分の笑顔を見せながら、タオルの冷たい面が出るように畳み直した。

「そうよ。あんなこと、今度したら、お尻、ぶつからね」

理菜は泣き腫らした上に、全体に熱に浮かされたような、半ば虚ろな表情で「お尻？」と聞き返してきた。

「そんな、子どもみたいなこと」

「子どもなの」

再び目の上にタオルを置いて、葉子は彼女の頭を軽く叩いた。

「理菜はね、まだまだ子どもなの。だから、お尻を叩かれるくらいが、ちょうどいいの」

また口元に笑みが浮かんだ。葉子はそれを確認してから寝室を出た。全身の筋肉が強ばっている気がする。これから仕事へ行くエネルギーなど、どこにも残っていないほどに疲れきっていた。人の思いを受け止めるということは、何と重いことだろうと改めて思う。何と重く、切ないことだろう。

こちらの方が、横になりたいくらいだった。葉子はぼんやりとした頭のままダイニングに戻り、そこに、固くなりかけているトーストや、再び手をつける気になどなれそうにないサラダの残骸を発見して、ため息をついた。取りあえずは椅子に腰掛けて、テーブルに肘をつき、思わず眉間を指で押さえる。改めて、大きなため息が出た。

理菜には誰にも言わないと約束したが、本当は誰かに聞いてもらいたい気持ちがこみ上げてきていた。これからあの子をどうすれば良いのか、どう対処していけば良いものか、せめてそれだけでも相談できる相手が欲しかった。何も、専門家を頼りたいというわけではない。眉間に皺を寄せ、腕組みをして聞いて欲しいわけでもなかった。ただ、肩を並べて、共にため息をついてくれる人がいればと思うだけだ。

――ついでに言えば、他のことも。

杉浦のこと、実家を手放すこと、そして更には兄嫁の浮気のこと。実家のことは別としても、葉子自身が動くことで事態が変わることなど、どれ一つとしてありはしない。それを承知していながら、こんなにも頭を悩ませなければならないことが、切なく、腹立たしい。

――あんたは、いつもそう。一人で勝手に考えて、何でも一人で決めちゃうんだから。

ふいに母の言葉が蘇った。

ことあるごとに、母はそう言ったものだ。東京の大学を受験するときも、カメラマンを目指して、せっかく就職した会社を半年で辞めたときも、結婚も、離婚も、全て葉子は事後報告だった。母にしてみれば相談の一つもなく、自分勝手に動き回るだけの娘と映ったのも無理もないかも知れない。だが、母に相談しても仕方がないと、最初から諦めていた。母には、葉子が抱える問題を共に分かち合う余力などないに決まっていると、決め込んでいた。いや、母だけでなく、誰に相談しようと、誰を頼ろうと、結局のところは、望んだような指針など与えてもらえるはずがないと、そう思っていた。全ては自分で決めなければならない。自分で選んで自分で決めたことならば、後でどんな失敗をしようと、後悔をしようと、誰かを恨めしく思う必要などない。全ては自分に跳ね返ってくるだけのことだと言い聞かせていた。

――独りよがりも、ほどほどにしないと。

母は、そうも言っていたことがある。でも、じゃあ一体誰が、私の気持ちを汲んでくれるの。真剣に、私の立場に立ってものを言ってくれるのと、葉子は常に食ってかかりたい気持ちになったものだ。一体いつから、そんなにも孤独を好み、独立独歩を決め込むようになったのか。どうして自分以外の誰かに対して、こうも距離を置き、あまりにも何も求めなくなったのだろうか。

「夕御飯までには、帰るから。休んでなさい」

出かける支度をしていると、それまで微かに寝息をたてていた理菜が目を覚ました。か細い声で「叔母ちゃん」と呼ばれて、葉子は枕の脇に落ちていた濡れタオルを拾い上げ、まだ熱っぽい表情の理菜の顔をのぞき込んだ。

「今夜、何、食べたい？」

「――オムライス」

思わず笑ってしまった。理菜は、赤ちゃん返りでも起こしたような幼い表情になって「だって」と言った。

「お兄ちゃんが、言ってたから。叔母ちゃんのオムライス、美味しかったって」

そんなことだろうと思った。取りあえず、宅配ピザを食べたいと言われるよりは、気が楽だ。葉子は、唐揚げも作ってあげるからと言い残して、マンションを後にした。

今日は、例によってペットの写真撮影だった。この仕事は、杉浦とは関係のないつてで引き受けた仕事だし、ライターも動物専門という人だったから、葉子は大して身構えることもせずに撮影現場に向かって、淡々と仕事をこなした。今日の被写体は素直でおとなしく、撮影は思いの外順調に進んだ。もう少し取材を続ける様子のライターに目配せをして、一足先に現場を離れ、日のあるうちにフィルムをラボに納めることが出来た。

昨日、納めたフィルムが現像されていたから、数点のポジを選び出し、その足で編集部に寄って、写真を納める。三郷エリと会ったらどうしようかと思ったが、幸い、誰にも会わずにすんだ。

写真を渡して、「お疲れさまでした」という声に送り出され、編集部の入っているビルを出ても、外はまだ明るかった。

——行ってみようか。

ふと思った。真っ直ぐ帰っても良いのだが、時間はまだ早い。杉浦の家が、今、どうなっているか、見てみたい気がした。杉浦本人がどうしているかも気にかかったが、突然、女主人を失うことになった家の、佇まい、周辺の空気を、知りたかった。

だが、駅へ向かう道すがら、わずかな迷いがあった。これでは単なる野次馬と変わらないのではないか、何のために、どうしてそんなことをしなければならないのだという考えが、行く足を押しとどめようとする。もしかすると、周辺を嗅ぎ回っているマスコミの人間に出くわさないとも限らない。まさか三郷エリがいるとは思わないが、大きなカメラバッグを下げて家を見つめる葉子を、誰が、または近所の住人が、不審に思わないとも限らない。それらのことを考えれば、ますます馬鹿げた考えは捨てるべきだという気にもなる。それでも、見たかった。見てみたかった。

——こんな数日で、何が変わってるわけでもないだろうけど。

足が向くものは仕方がない。葉子は歩きながら鞄の脇についているポケットのファスナーを開き、システム手帳を取り出した。通夜に行ったときに渡された会葬御礼が挟んである。そこに、杉浦の住所が印刷されているはずだった。これまで、葉子は、杉浦の自宅の住所どころか、電話番号さえ知らなかった。知る必要もなかったし、連絡先を知った挙げ句、万に一つも別れた夫の愛人だった女のように、無言電話をかけたくなったり、彼の家庭生活をのぞき見したくなったりすることがあっては、たまらないと思っていた。

住所を見ると、杉浦の自宅は通夜が執り行われた斎場と同じ町内にあった。葉子は取りあえず斎場を目指した。電車を乗り継いで斎場のある駅で降り、駅前の住居表示を眺めると、やはり思った通り、さして遠い距離ではないようだ。おおよその道順を頭に入れて、ようやく夕暮れが迫り始めている街を、葉子は歩き始めた。今日もまた、誰かの通夜があるのだろうか、喪服姿の人々が、斎場に向かうのが目につく。あの日は雪が地面を濡らしていたが、今日は、路面もすっかり乾いている。

斎場の前を通り過ぎ、途中からは電柱や家々の住居表示を眺めながら、葉子は歩き続けた。こういう作業は、日頃、住所だけを頼りに撮影現場に向かうことで慣れている。いくつかの角を曲がり、一度だけ迷いそうになり、二度ほど、その前を素通りしてしまった後で、葉子は目標の家を発見した。

こぢんまりとした家々が並ぶ、古くも新しくもない住宅街だった。小さな袋小路の突き当たりに、その家はあった。周囲に比べて幾分、新しく見える。

家の外壁の腰から下の部分と門柱、門柱に続く塀とが同じ煉瓦風のタイルで統一され、屋根まで続く外壁は、淡いブルーグレーに塗装されている。門柱に、丸みのある優しい字体で「杉浦」と書かれた表札がはめ込まれていた。脇のカーポートは空っぽだ。門から玄関までの、ほんの数歩の距離には、葉牡丹の鉢がいくつか並べられている。全てが夕闇に沈み始めていた。見回してみても、二階建てのその家の、どこにも明かりは灯されていない。生活の匂いのするものが目に入らない。こちらが、そういう目で見ているせいか、家は、既に死に始めているようにさえ見えた。

――ここが。

今にも玄関を開けて杉浦が顔を出しそうな気がした。確かに、彼とこの家の雰囲気は、良くあっている気がする。洗練され、物腰も柔らかく、そして、どこか余裕を感じさせる、そういう杉浦の持ち味がそのまま、この家にも反映されているのだろう。休みの日には車の手入れなどで表に出ていただろうし、袋小路ということもあって、家の前の道は、子どもにとっては格好の遊び場になり、近所の主婦たちにとっては、ちょうど良い社交場になってもいたと思う。その同じ道に佇んで、この数日の間に、何人の人間が、こうしてこの家を見上げたことだろうか。

津軽で見た長屋を思い出した。この家も、やがて人手に渡り、または取り壊されるその日まで、ひっそりと息を詰めて、この場に建ち続けなければならない。ほんの数日前まで、生活の音に満ち、あの小学生の娘の声や足音が響いて、軒先には洗濯物が揺れていたに違いない家は、今、自分の身に何が起こったのかと、途方に暮れているように見えた。

「あれ、宇津木さん、でしたかね」

ふいに背後から声をかけられて、葉子は飛び上がるほど驚いた。振り返ると、確かに見覚えのある顔が二つ、夕暮れの中に並んでいる。

「この前は、朝早くお邪魔して、すみませんでしたね」

そのひと言で思い出した。杉浦真希子の死を伝えに来た刑事だ。

「今日はまた、どうなさったんです？　こんな場所まで」

「ああ——いいえ。昨日、ご葬儀に伺えなかったものですから」

たしか、丘と名乗った年長の刑事が、小さく頷きながら、だが通夜には来ていたのではないかと言った。やはり、見ていたのだ。

「残念ながら、どなたもいないんですわ」

こんな場所で刑事と立ち話しているところなど、知りあいの誰かに見られてはたまらないと思った。葉子は「そうですか」と答え、何気なく駅に向かって歩き出そうとした。

だが、刑事は葉子が会釈しようとする前に、「ちょうど、よかった」と言った。「もう一度ね、ちょっと伺いたいことがあったんですわ。明日にでも、お宅に行ってみようかと思ってたんですがね」

「何——でしょうか。あの、杉浦さんは」

「ちょっとその辺で、コーヒーでも飲みませんか。お時間、ありますかね」

断れるはずがなかった。理菜のことを気にしながら話すよりは、ずっとましだ。第一、杉浦に関する新しい情報が欲しかった。格好だけ、腕時計に目を落としてから頷くと、刑事たちは揃って歩き始める。

「親戚のお子さんでしたか、まだ、いるんですか」

「当分、いると思います」

「おいくつのお子さんで？」

「中学——今度、高校です」

余計なことを聞かれたくないと思ったが、丘刑事は頷いただけだった。ついさっき、多少、迷いながら歩いてきた道は、既に夕闇に溶け始めていた。

10

駅前の喫茶店に入り、一番奥の目立たない席に落ち着くと、丘はまず、葉子が自分の座席の隣に置いた鞄に目を留めた。

「お仕事の、帰りですか」

葉子が軽く頷くのを確認して、丘は半ば満足げに見える表情で頷いている。

「いつも、そんなに大きい荷物なんですか」

「仕事柄、機材が多いですから」

数日前に、たった一度会ったきりなのに、最初が自宅で、しかもあんな格好だったせいか、葉子は奇妙な照れくささと、同時に開き直りにも近い感覚を抱いた。どうせ、相手は刑事だ。格好をつけても仕方がないとも思った。

コーヒーが運ばれてくるまでの間、当たり障りのないやりとりをして、やがて目の前に出されたコーヒーに、たっぷりのミルクと砂糖を加えた後、丘は「でね」と口を開いた。

「杉浦、なんですがねえ」

既に、呼び捨てにされる存在なのか。葉子は、たった今見てきたばかりの杉浦の家と、葉子が見知っている杉浦の姿とを思い描いていた。

「お宅さんのご協力もあってね、アリバイが証明されたのは、ご存じですかね」

葉子はゆっくりと頷いた。だが、杉浦本人から電話があったことを話して良いものかどうかは躊躇われた。何を話した、杉浦の様子はどうだったと、根ほり葉ほり聞かれるのが煩わしい。葉子は、現在の杉浦の様子と、今後の見通しを知りたいだけだ。

「――ニュースで見ましたけど、杉浦さんが警察から事情を訊かれてるって」

「今のところはね、参考人としてってことなんですわ」

「じゃあ、あの、留置場とかには」

「入ってないですよ。ちゃんと、夜には帰ってもらってます。あくまでも参考人だからね」

刑事の言葉は、予想外に葉子を安心させた。つまり、彼はまだ容疑者として確定したわけではないということだ。それを確認したいと思って口を開きかけたとき、若い方の刑事が「落ち着き払ってますよ」と呟いた。葉子は口を噤み、二人の刑事を見比べた。丘は、ちらりと隣の若い刑事を見て、小さく頷いた。

「お宅さんからね、離婚の話が持ち上がってるってことはお聞きしましたから、まあ、亭主とはいえ、気持ちは離れてたのかも知れないですが、それにしても、取り乱した様子が、全然ないんだな」

二人の刑事の視線が同時に自分に注がれたのが感じられた。葉子はコーヒーカップに伸ばしかけていた手を膝の上に戻し、改めて丘の顔に見入った。

「実行者というかね、直接、杉浦の女房を殺した被疑者がね、言うことをころころ変えるもんで、こっちとしても困ってるんですわ。だが今のところ、いくら洗ってみても、被疑者本人とホトケさんとの関係って奴が出てこないんだな。動機って奴も、今ひとつはっきりしないんです」

相手の話を遮るように、葉子は口を開いた。

「だからって、杉浦さんとは関係ないんじゃないんですか」

丘はもっともだと言うように頷き、それでも、杉浦には一応の動機があるだろうと言った。

「別れ話がこじれてたわけだしね。自分を見限って、よその男のもとへ走ろうとしてたわけだから、この野郎、殺してやろうと思うことだって、あるかも知れんでしょう」

「杉浦さんは——」

「何しろ、人一人、死んでるわけだからね。こっちとしても慎重に調べる必要が、あるんですよ」

とにかく、自分たちは疑ってかかるのが商売なのだと、丘は半ば卑屈に見える笑みを浮かべた。なんて嫌な仕事なんだろうと、葉子は密かにため息をついた。刑事とは常にそうして他人の人生に、どこまでも足を踏み入れるものなのだろうか。

「その——奥さんがおつきあいなさってた方は、どうなんです。関係はないんですか」

家庭のある女を夫から奪おうとまでしていた男の存在が、前々から気になっていた。

杉浦は離婚に応じない。女は、正月には言われるままに夫の実家へも行っただろう。男が、結論を焦ったということは考えられないだろうかと、それは以前から頭の片隅にあったことだ。刑事は、そちらはそちらで専従の者が調べていると言った。

「まあね、状況は杉浦と似たようなものなんです。アリバイもしっかりしてるし、実行者との線も浮かんではきてない」

なのに警察では、杉浦かその男のどちらかを犯人にしたがっていると、葉子にはそんなふうに聞こえた。葉子の思いを見透かしたように、丘は「動機なんです」と繰り返した。

「そりゃあね、最近はわけのわからん事件が増えてはいますがね、それでも大概の場合は、動機って奴があるもんでしょう。たとえば通り魔だって、むしゃくしゃしてやったとか、金銭目的だったとか、まあ、相手が女の場合は、いわゆる劣情を催してとかね、あるわけです。その辺が、まるではっきりしないんだ」

人間というものは、何の理由もなしに行動は起こさない、必ずそれなりの理由があるものだと、刑事は言った。葉子はぼんやりと、その言葉を聞いていた。何をするにも動機があるのだろうか。葉子の感覚では、もっとも大切なことを決めるときには、案外動機などないのではないかという気がする。ただ、そうしたかったから。そうしたいと思ったから。ごく単純に、ほとんど本能的にそう思うことが、あるのではないだろうか。その欲望を、理屈で説明することなど不可能な、そんなときがあるのではないだろうか。

「それでですね、お宅さんから見て、杉浦っていう男は、どうでした」

「どうでしたって？」

「どういう男だと、思われましたか。それなりに、深いおつきあいがあったわけですしね、感じることが、色々とあったんじゃないですか」

「――いつも、冷静な方です」

杉浦の奥底にある、ひんやりとした不気味さを思った。確かに彼の妻が殺されたと知らされたとき、葉子の中にも「もしや」という思いが広がった。それは、杉浦が時折、垣間見せた、葉子には奇妙に居心地の悪い印象の、どこか不気味で、捻れた考え方に気づいたからでもある。表面上は極めて常識的で、さほど意識することもなく社会の枠からはみ出さずに生きていられる男に、密かに巣くっている不気味さは、それだけで、葉子をかなり不安にさせたし、ある種の恐怖さえ抱かせた。

「冷静な、ね。それは分かるな。他には？」

「穏やかで、争いごとは自分から避ける、というか、何事も円満解決を望むタイプで、全体として、バランスが取れている方だと思いますが」

刑事は、何となくつまらなそうな顔で「ほう」と言った。

「それが本当なら、素晴らしいってことですかね」

「素晴らしいかどうかは分かりませんが、嘘じゃありません。私の印象では、そういうタイプです」

「粘着気質っていうかな、かなり、しつこいタイプですか」

葉子は少しの間、考えるポーズを取ってから、そうかも知れないと答えた。

「しつこいというよりは、根気強いっていう印象ですが」

なぜ、杉浦を庇うような言い方になるのか、自分でも不思議な気がする。だが、彼のためというよりも、葉子自身の為に、彼が殺人犯などであって欲しくはなかった。既に流れてしまっているはずの噂に、さらに「殺人者の不倫相手」などという有り難くもないレッテルがつくことや、「不倫した挙げ句に女房を殺させた」などという、ありもしない憶測が飛び交うことだけは避けたかった。多少の熱意と信頼関係だけで築き上げてきた仕事の幅を、こんなことで狭めるわけにはいかない。

「それに、杉浦さんは世間体を重んじるタイプです。離婚に応じなかったのは、愛情もあったでしょうし、お子さんのためでもあったでしょうが、世間体もあったと思います」

「世間体、ね」

「それに、どんなに策を弄しても、警察を敵に回したら、まずかなわないことくらい、分かってるでしょう」

二人の刑事は、互いにちらりと視線を交わし、「分かりました」と答えた。

「まあね、どなたから話を訊いても、大体、お宅さんと似たようなことを言われるんですわ。こっちの感覚じゃあ、腹の中では何を考えてるか分からんようなとこがあると、そう踏んでるんですがね。そんなこと、ないですか」

「どうでしょう——あまり、感じたことはありません」

内心では冷や汗をかいていた。さすがに人を調べるプロだけのことはある。あの杉浦の持つ、葉子をぞくりとさせた不気味さを、彼らはもう見抜いているのかも知れなかった。

話は、それで終わりになった。丘刑事は、そそくさと残りのコーヒーを飲み、わずかな時間も無駄に出来ないという様子で立ち上がろうとした。その時、若い方の刑事が思い出したように「ところで」と言った。

「さっき、どうしてあんなところにいたんです？」

「ですから、告別式には伺えなかったので」

危うく、さっきとは別の言い訳を口にしそうになり、葉子はかろうじて同じ説明を繰り返した。痛くもない腹を探られるのはごめんだ。ただ単に見てみたかったといっても、「動機は」などとしつこく訊かれてはたまらない。

「お子さんは、どちらにいらっしゃるのか、ご存じですか」

喫茶店を出たところで、葉子は尋ねた。杉浦の実家に預けられているそうだと言いながら、丘刑事は店内にいたとき、ただボタンを外していただけのコートの前を合わせた。

「いや、お時間取らせました。また何かあるかも知れませんが、お宅に伺ったら、まずいですかね」

葉子は、留守がちなので携帯電話を鳴らして欲しいと、名刺を渡した。それを見て
「フォトグラファーね」と丘は目を細めた。

「やっぱり、こう、仕事してる女性って感じですね。それも、カタカナ商売だもんな。垢抜けてる。あたしらなんて、べたべたに泥臭い仕事なもんでね、まあ、失礼があったら勘弁してください」

それだけ言うと、まるで友だちにでもするように軽く手を振って、二人の刑事は葉子に背を向けた。また、杉浦の家の方へ戻るらしい。恐らく近所の聞き込みなども続けているのだろう。たとえ、杉浦が事件とは無関係だったとしても、もうあの家には住めなくなるに違いない。

辺りはすっかり暗くなっていた。冷たい風に吹かれながら、葉子は足早に駅に向かっ

た。こんな場所へ来ようなどと思いつかなければ、刑事に会うこともなかったのにと思うと、やはり愚かな時間を過ごしてしまった気がする。お陰で電車は混む時間になり、家では理菜が待ちわびていることだろう。葉子は取りあえず自宅に電話してみようと思った。自分の家の電話番号が一瞬、思い浮かべられず、そういえば、一人で生活し始めた上に、携帯電話を持つようになったせいで、前にも増して自宅に電話することなど、ほとんどなくなっていたことに改めて気づいた。数回のコールの後で聞こえてきた理菜の声は、何かに怯えたように小さく、強ばっていた。だが、相手が葉子だと分かると、途端に明るい声に変わる。その声が「叔母ちゃん」と言うのを聞いて、葉子の胸の奥も微かに温かくなった気がした。

「ごめんね、仕事が長引いちゃって。理菜ちゃん、悪いんだけど、お肉とグリンピースの缶詰だけ、買っておいてくれない?」

「お肉? 何肉?」

「鶏のモモ肉をね、そうねえ、五百グラム」

「パックになってるのだったら、大体でいい?」

「いいわ。ああ、あとね、レモンと片栗粉も。これから帰ると、スーパーが閉まっちゃうかも知れないから」

理菜の「分かった」という声を聞いて、葉子は電話を切った。帰ってから台所に立たなければならない煩わしさよりも、誰かが待つ家に帰る喜びの方が勝るものだと、しみじみと感じながら、葉子は肩の鞄をかけ直した。

11

杉浦の容疑が完全に晴れたと知らされたのは、一月も残り少なくなった頃だった。自分からは彼の様子を嗅ぎ回らず、努めて淡々と仕事をこなすようにしていた葉子に、その情報をもたらしたのは三郷エリだった。彼女は、杉浦が真犯人だった場合を想定して、ルポまで執筆しようとしていたことなどおくびにも出さずに「良かったですねえ」と目を細めた。葉子は、彼女と同じ口調で「本当にねえ」と答えた。それにしても杉浦を容疑者扱いしていたことや、葉子に対して不躾な要望を出したことを、ひと言として詫びる気配もない彼女の無神経さが腹立たしい。その上、他の誰からでもなく、彼女から初めてもたらされた情報だということも腹立たしかった。

「これで、亡くなった奥様もほっとなさってるでしょうね。私たちも、何となく安心しましたよね」

白々しいことを言うものだ。こういうしたたかさを、人はいつの間に身につけるのだろう。だが、微笑みを返している自分だって、恐らく相当なものなのだ。志乃によれば、かなり以前から人の心の中に立ち入るようなことは言わなかったらしい葉子だが、一人で仕事をするようになってからは、さらに、強く思ったことほど口にしなくなったと、自分でも思う。ほとんど喋らずに済む仕事であるのを良いことにして、全て自分の中で自分に向かって呟き、そして呑み下す癖がついている。嘘をつくよりましだと、そんな言い訳をしながら、腹の中だけで舌を出したり地団駄を踏んだりしている。

「もう、お元気になられました？　杉浦さん」

一軒目の仕事が終わって、次の取材先に移動しながら、三郷エリが訊いてきた。葉子は「さあ」と首を傾げて見せた。

「お目にかかってませんから、分からないわ」

彼女はひどく驚いた表情をして見せる。

「でも、お親しかったんじゃないんですか？」

「あなたが、どこからどんな噂を聞いていらっしゃるか知らないけど、仕事上のおつきあいだけですからね」

今度は、彼女はまるで水でもかけられたような表情になって、「私、噂なんて」と、ひどく悲しそうに呟いた。以前は、そんな表情の変化の一つ一つが生き生きとして可愛らしくさえ感じられたものだが、今となっては、芝居がかっているとしか思えない。だが、カメラマン同様に、ライターだって掃いて捨てるほどいるのだ。その中で何とか頭一つ抜け出たい、いつかは署名入りの文章を書きたいなどと思えば、これくらいしたたかでなければならないのも、当然かも知れなかった。会う度に、夫が、子どもがと、いかにも満ち足りた生活を送っているような話ばかりする三郷エリも、実際はどういう家庭を背負い、どういう日々を送っているのか、本当のところは分からないのだ。もしかすると、野心ばかりでなく、彼女なりに将来への不安があるのかも知れない。だからこそ精一杯、肩肘を張り、自分を演出しながら、貪欲に仕事をしている可能性もある。

「本当に、人の運命なんて分からないものなんですねえ。不幸って、どこに転がってるか分からないんだわ」

早くも話題を変え、態勢を立て直すつもりなのかと、返事をする代わりにちらりと隣を見ると、三郷エリは「ほら」と言って、すぐ先を小さく指さした。商店街の一角に、淡いグリーンに塗られたシャッターを降ろしたままになっている店があった。「テナント募集」のプレートが立てかけてある。

「あそこ、自然食レストランだったじゃないですか。去年、取材に行ったでしょう」

葉子は「ああ」と頷いた。確かに去年の春頃だったか、葉子はやはり三郷エリと組んで、そんな店の取材に行ったことがある。タウン情報は、一度扱ったことのある街でも、メインに扱う店のタイプや企画を変えながら、何度でも繰り返して取り上げる。この街も、葉子はこれまでに少なくとも五回以上は訪れているはずだった。

「つぶれたんだわね」

「でしょうね。移転なら、移転先を貼ってあるはずですものね」

確か、葉子と同世代の夫婦が二人でやっている店だった。子どものアレルギーがひどかったことから、自然食に関心を寄せるようになり、やがてもともと脱サラを希望していた夫が数年間、洋食屋で修業を積んだ後、親戚中や銀行から借金をして、ようやく出した店だという話を聞いた記憶がある。三郷エリのインタビューに控えめに応じていた妻の、いかにも屈託のない柔らかい笑顔が思い出された。あの時、確か葉子は、有機栽培の大豆で作った豆腐のハンバーグ、飲みやすく工夫された青汁をベースにしたポタージュスープ、黒パンなどの写真を撮った。

「去年の段階で、オープンしてやっと二年だって言ってたんだから、三年ももたなかったっていうことですよね」

「そういうこと、ですね」

「借金も、残ってたんでしょうにねえ」

三郷エリは、さして同情しているふうもなく、「あらまあ」と呟いた。所詮、他人の不幸など、「あらまあ」なのだと、つくづく思う。葉子自身、そんな店のことなど簡単に忘れるだろう。現に、これまで取材した店が全部で何百軒になるかは分からないが、そのうちの少なくとも一割前後は、間違いなく姿を消している。同じ街を何度か訪ねるうち、今日のように、かつて存在していた店が消え失せているのを発見したことは、これ迄にも何度となくあった。こういう仕事を始めた頃こそ、「せっかく雑誌で紹介されたのに」「せっかく取材したのに」という感慨を抱いたものだが、慣れるに従って、三郷エリ同様、「あらまあ」で終わってしまうようになった。

思い描いていた人生のレールを大きく踏み外した人が、少なからず存在するということくらいは分かっている。この雑踏に紛れて、金策に走り回り、あるいは失意の底でさまよったりしている人が必ずいる。だが、そんなことは第三者には分かりようもないし、分かったところで、どうなるものでもないのだ。

――殺されようと、レイプされようと。

それにしても、杉浦はどうして連絡を寄越さないのだろうかと思った。容疑が晴れたのなら、その段階で電話の一本くらいかけてきても良さそうなものではないか。彼が容疑者扱いされていたことを、葉子が知らなかったとでも思っているのだろうか。それとも、葉子から連絡するのを、待っているのか。

目的の店を見つけたらしく、隣を歩く三郷エリが「あそこだわ」と言った。葉子は黙って彼女に従った。単に役割分担をしているに過ぎないが、服装にもあまり構わず、重い荷物を持って歩くカメラマンは、どうしてもライターのサポート役のように見えるらしい。その方がかえって気楽だと思うから、葉子はその役柄に徹することにしているが、ライターによっては自分の方が優位に立っているような錯覚に陥っている者がいる。そういう相手と組まざるを得ず、癇に障る態度に接する度に、葉子は心の中で思いきり悪態をつくことがある。ガキのくせに。ろくでもない、チンピラに毛が生えた程度のくせにと。

「それでは、私が簡単にお話を伺っている間に、カメラの者がお店の外と中、何枚かお写真を撮らせていただきますから。それで、その後、お薦めのメニューの撮影に入るということで、よろしいですか？」

マニュアルでもあるかのように、新しい店を訪れる度に三郷エリの口からは同じ台詞が流れ出す。二軒目に訪れた店でも、彼女はやはり同じことを言った。彼女に対しては、これまでそう腹立たしさを覚えたことはなかった。けれど、無神経に取材の申し込みをしてきたり、その件について、きちんとした謝罪さえしないのは、もしかすると三郷エリも御多分に漏れず、葉子をどこかで見下している証拠かも知れないという思いが頭をもたげていた。しかも、夫も子どももなく、歳だけ重ねているということも加えて。

「じゃあ、お願いします」

一応の確認を店主にとると、そこで三郷エリは必ず葉子に向かって、小さく頷くことになっている。それを合図に葉子は立ち上がって適当なアングルを探し始める。そう上等な紙質でもなく、発色も良いとは言えない雑誌に、しかも三、四センチ程度の大きさでしか載らない写真だ。そういった制約の中で、それなりに店主を喜ばせ、読者にもある程度のインパクトを与える写真を撮らなければならない。もちろん、メインに載せるのは料理の写真なのだから、店の外観や内装などはボツになることの方が多いのだが、誌面のレイアウトによっては必要になる場合もあるから、必ず撮ることにしている。

「お料理ができたら、呼ぶそうですから。外観、素敵だったじゃないですか。看板とか」

葉子の背中に、三郷エリの声が被さってきた。まるで、自分から遠ざけようとしているようにも聞こえる。分かってるの？　外は寒いのよ。それに、外観も看板も、もう自分の目でチェックをしてある。コピーはライターが書けば良い、写真はこっちがプロなのだ。第一、読者は、その写真に興味をひかれてコピーを読むということを、改めて説明して欲しいのだろうか。

――被害妄想。自意識過剰。

自分らしくもないと思った。単に数をこなさなければならない仕事の場合は特に、自分はカメラという機械を扱う、もう一つの機械であろうと、いつもそう言い聞かせているつもりなのに、こんなことで苛立つなんて。やはり、少しばかり情緒不安定になっているのかも知れないと思った。何しろ、理菜の情緒が安定していないのだ。出来るだけ淡々と過ごしたいと思ってはいるのだが、現実には、葉子はこのところ毎日、理菜に振り回されている。

フォークで新聞をずたずたに刺した日以来、理菜は目まぐるしく変化し始めた。その日によって、まるで別人ではないかと疑いたくなるほどに、激しく感情が揺れ動く。幼い子に戻ったように、べたべたとまとわりついてくる日があったかと思うと、葉子に小遣いを無心し、古本屋から山ほどのマンガ本を買ってきて、日がな一日ごろごろとしながら読みふけっている日もある。葉子の古いCDを端から聴きまくり、後からその一枚一枚についての葉子の感想や思い出話を聞きたがる日もあるという具合だ。

葉子が見ても、どこが面白いか分からないテレビ番組を見て、笑い転げていることもあれば、部屋にこもって一人で泣いているらしいこともある。やたらと不機嫌で、洗濯物や食器に当たり散らしていることもあった。それらに戸惑い、呆れ、ときには腹立たしく思いながら、葉子はそういう理菜を、基本的にはただ見ていることにしていた。一年近くの月日、ずっと自分の中にため込んでおいた様々な感情をようやく噴き出させているのだろうと、そう解釈していた。それでも、久しぶりにいる同居人の気分が安定していないということは、かなりストレスのたまることだった。葉子自身も何かしらの影響を受けるのは当然だ。

――それでも、一つは解決したじゃない。

取りあえず、杉浦の問題が片づいたというだけで、幾分気が楽になった。彼が連絡を寄越さないのは、きっとまだ、そういう状態にまではなっていない、何かと落ち着かないせいだろう。妻の葬儀もそこそこに、毎日のように警察に呼ばれていたのだから、片づけなければならない問題が山積しているのに違いない。仏事に加えて、娘のこと、家のこと、もちろん仕事のことと、そんな毎日を送っていれば、葉子に電話などする余裕はないのかも知れない。しかも、彼は理菜が家出してきていることを知っている。気配りを忘れない杉浦ならば、電話できる状態になれば、葉子の携帯を鳴らすはずだった。それなら、そのときまで待つべきだ。たとえ別れるにしても。

そこまで考えてようやく、葉子は、もう杉浦との関係をおしまいにするつもりでいたことを思い出した。そうだった。別に、待つようなことではない。このまま連絡が来なければ、それを機に自然に距離を置く方が、今後の仕事への影響を考えても、もっとも望ましい。

そんなことも考えていなかったのかと、我ながら驚き、次いで、葉子は小さな衝撃を受けた。

つまり、葉子にとっては杉浦の妻が殺されたという事実さえ、もう過去の物語になっているということではないか。通夜にも行って遺影に向かって誓いまで立て、その上わざわざ自宅まで見てきたというのに、遺された子どもを不憫に思い、理菜と重ねあわせて、その子の将来や心情にまで思いを巡らそうとしていたのに。しかも、それはついこの間のことなのだ。何年も前のことではなく、まだ半月もたっていないことなのだ。

人一人の生命が奪われたという事実さえ、葉子にとっては日常の中の小さなトピックに過ぎなかったということだ。杉浦の潔白が明確になって、これ以上、自分には何の影響もないと分かれば、それでもう簡単に忘れてしまえる程度の問題でしかなかったということになる。感性が鈍ったのだろうか。少しずつ、老け始めているということだろうかと、つい不安になる。または、自分という人間は、そこまで冷淡で薄情だったのか。元来が？

——その上、思い上がりもあるのかも知れない。

自分から言い出さない限りは、別れなど来るはずがないという、そんな自惚れがありはしないか。杉浦自身が別れるつもりでいるからこそ、電話を寄越さない可能性だってある。

普段、かなり無心にファインダーを覗く方だと思っていたが、どういうものか、その日は次々に落ち着きを失いそうになることばかり思い浮かんで、葉子はあまり愉快ではないまま、仕事を続けた。だが、そんな日もある。特に何が起こらなくても、気が沈むことくらい、誰にでもあることだ。老けるのは仕方がない、自意識も思い上がりも、ある程度は必要だ。何しろ、褒めてくれる人などいないのだから。時には自分で自分を褒め称え、そう捨てたものではないと悦に入り、周囲を責めることで自らを慰めることだって、明日へのエネルギーになる。

日暮れ近くまでかかって、予定の店を回り終え、ようやく機材をしまいかけたときに、携帯電話が鳴った。一瞬、杉浦かと思って電話を耳に当てると、聞こえてきたのは女性の声だった。

「また、急ぎで申し訳ないんですけど。明後日の夕方までに三浦半島って、難しいですか？」

以前、津軽行きを依頼してきた編集者の声だった。またもやピンチヒッターとして、葉子を思い出したらしい。

「明後日、ですか？」

「この前のね、津軽の海も、すごく良かったんで、今度は春の三浦半島っていうことで、お願いできないでしょうか。四月号なんで、一足早い春のドライブっていうことで、特集、組むんです」

ちょうど仕事の切れ目だったので、明日からの三日間を、葉子は久しぶりに連休にしようと思っていた。その間に、随分たまっていると思う疲れを少しでも癒し、さらにある程度はプライベートの部分を整理しなければならないと考えていた。理菜のこと、兄のこと、栃木の家のこと。具体的に何をするかまでは決めていないものの、とにかく少しでも、何かしておいた方が良いという気になっていた。春は瞬く間にやってくる。後から悔やむ前に、せめて、今年の桜は見られそうにもないと言われているらしい兄の見舞いだけでもしておかなければならない。

「お願いしますよ、宇津木さん」

いつでも奇麗に爪を染めて、ふわふわと気楽に見えるばかりの編集者の顔が思い浮かんだ。ここで恩を売ったって、葉子だけが覚えていても、相手はまるで何も感じないところか、こんな電話を寄越したことすら忘れてしまうだろう。特に今日は、どうも虫の居所が悪い。今後のことを考えれば、即座にでも「わかりました」と応えるべきなのに、葉子は何となくぐずぐずとためらった。

「明後日っていうとねえ」

「他の仕事、入ってるんですか?」

「いえ――そういうわけでも、ないんですけど」

「何とか、助けてくださいよ。こっちから、もう車で行ってもらって構いませんから」

「そう言われても、今は車、持ってないんですもの。ご存じでしょう?」

「でも、運転は大丈夫なんですよね?」

「ええ、まあ――」

「だったらレンタカーでも借りて、ね? もう都内から、ビュンと行って下さい」

不景気な話ばかり聞く昨今、こんな好条件を提示されたのは久しぶりだった。恐らく、葉子に電話をする前の段階で、もう数人に断られているのだろう。

「本当、恩に着ますから。宇津木さぁん、お願いしますぅ。安心してお任せ出来るの、宇津木さんだけなんですよぉ」

すっかり甘えた声を出している編集者の声を聞きながら、葉子は店主と雑談を続けている三郷エリを横目で眺めた。いずれにせよ、あなた達だって、いずれ感じることなのよ、と思う。少し前までは、無理をすることなど、何も怖くなかったのに、と。身体の疲れくらい、一晩眠ればすぐに取れる、一つのチャンスが失われても、またすぐに新しいチャンスがやってくると思っていたはずなのに、と。

12

「見えたよ、今、見えた、見えた!」

助手席から歓声が上がった。久しぶりにハンドルを握ったせいで、かなり緊張していた葉子は、ほんの一瞬、左側を見ただけで、またすぐに視線を戻してしまった。水平線らしいものが、ちらりと見えた気がした。

「本当に海だ――」

こんな急ぎの仕事を引き受ける決心をしたのは、理菜に海を見せてやりたいと思いついたからだった。たった一度、葉子の仕事についてきたときに電車に乗っただけで、あとはほとんど家の周辺を歩き回るだけの日々を送っている少女を、広々とした空間に連れていってやりたかった。

「もうちょっと暖かければねえ、気持ち良かったと思うけど」

「でも、いいよ。お日様が、きらきらしてる」

葉子が「どれどれ」と視線を移そうとすると、理菜は鋭く「前、前！」と言う。葉子は思わず苦笑しながら、目の前に延びるセンターラインを見つめた。

昨夜、海に連れていく代わりに、四年ぶりにハンドルを握るのだから、怖くても知らないわよと言ったときの、理菜の複雑な表情と言ったらなかった。それでも、心配なら留守番をしていなさいと言うと、彼女は激しくかぶりを振り、「行く！」と言い切った。

「お弁当、持っていく？」

「いいわよ。朝、早く出たいし、途中で何か買ってもいいしね」

「三浦半島って、遠いの？」

「道路が空いてればねえ、そんなに遠くはないんだけど。渋滞に巻き込まれたら、相当かかるわね。だから、早く出たいの。理菜、起きられる？」

彼女は、しっかりと頷いた。そして、葉子の本棚から少し古い道路地図を探し出し、熱心に眺めていた。

助手席に乗り込んで、しっかりとシートベルトを締めた彼女は、都内を抜ける間も、目の前の信号が変わる度に、「赤になるよ」「黄色だよ」などと言い、高速道路でも、ゆっくり、ゆっくりを連発した。ついこの間まで、いや、実を言えば今だって、もしかすると死のうとしてはいないか、いとも簡単に、自分の生命を捨てる気でいるのではないかと、葉子が密かに危ぶんでいる当の本人が、事故を恐れ、懸命に注意を促すのが、葉子には何となくおかしかった。

車は昨夜のうちにレンタカーを借りておいた。そして、まだ辺りが薄暗いうちに家を出て、渋滞が始まる前に第三京浜道路から横浜新道、横浜横須賀道路と乗り継いで、今、葉子は国道を南下して、城ヶ島を目指している。やがて左前方に、夏はさぞかし賑わうだろうと思える砂浜が見えてきた。理菜が「わあっ」とまた歓声を上げた。

「ねえ、少し止まらないの？　この辺の写真は、撮らないの？」

「もう少し先まで行くわ。大丈夫よ、まだまだ、ずっと海だから。ちゃんと、ゆっくり出来るところで止まるから」

葉子の顔を懸命にのぞき込んでいるらしい理菜の視線を感じながら、葉子は軽く微笑んだ。幼かった頃の声と大差なく聞こえる。やはり、連れてきて良かったと思った。

「叔母ちゃん、あれ、あれ」

理菜はやがて、今度は海と異なる方を指さす。その方向をちらりと見て、葉子は「ああ」と頷いた。

「みかん畑ね」

「みかん？　あの、黄色いポツポツ、みかん？」

「可愛いでしょう」

「光ってるみたいに見える。一つ、一つ」

りんごの産地に暮らしている彼女は、みかん畑は初めて見るらしかった。行き交う車も減ってきたから、葉子はようやく煙草に手を伸ばした。火をつけて、窓を細く開けると、外の音が大きくなり、冷たい風が暖かい車内に切り込んできた。「寒くない？」と聞くと、理菜は「平気」と、いかにもはしゃいだ声のままで答えた。

「匂いが、全然違うね」

「そう？」

「違うよ。いい匂い。もうすぐ——春になる匂い」

声の調子がわずかに変わった。おや、と思った葉子は、次の瞬間、「そう」とだけ呟いていた。去年の春、理菜は一生、忘れることの出来ない傷を負ったのだ。

「もう、そんな匂いがする頃かしらねえ」

出来るだけさり気ない口調で言ってみたが、案の定、返事は聞かれない。ちらりと隣を見ると、理菜は黙って窓の外を見ているようだ。しばらくの間、沈黙が続いた。車は順調に海辺の道を走っていく。

本当に、まったく取り返しのつかないことをした人間がいるものだ。理菜は生涯、春という季節を心ゆくまで味わえないのかも知れない。それは、身体に与えられた傷以上に残酷な仕打ちのようにさえ思える。葉子は改めて、理菜をレイプした犯人に、明確な怒りを覚えた。名乗り出て、目の前で土下座をされようと、きちんと刑に服そうと、その男のしたことは、消えることがない。謝罪するつもりがあるのなら、この子の全てを元に戻してくれと、そう言いたかった。

「お腹、空いた?」

「──大丈夫」

「もうすぐ、着くから」

途中のコンビニエンスストアでおむすびと飲み物、スナック菓子を買ってある。昼食は、三崎漁港の傍でまぐろでも食べるにしても、朝は店が見つからない可能性もあるし、海を眺めながらのんびりするのが良いと思っていた。

海の輝きや、みかんの黄色、風の匂い、五感を刺激するすべてを敏感に感じることの素晴らしさに、この少女はまだ気づいていないだろう。敏感だからこそ、辛いことも多くなる。何も感じない心でいれば、全ては自分の周囲を上滑りするだけで、良くも悪くも、何も心にもたらさなくなる。

――私みたいに。

それを思うと、情けなかった。結局、常に周囲との間合いをはかり、平気だ、平気だと自分に言い聞かせることで、身にまとった鎧を厚くした。自分でそれを望み、自分自身の身には、もはや何も起こりはしないと決めてかかって、それで安心を得られた気でいる葉子は、既に理菜が持っているような感覚の全てを、鈍磨させ尽くしているのかも知れない。葉子だって、かつては理菜と同じように、周囲の出来事の全てに心を揺らした季節があったはずなのに。

城ヶ島への橋を渡り、見晴らしの良いところを見つけて、ようやく葉子は車を止めた。外へ出てみると、やはり寒い。だが、徐々に高くなってきた太陽は、確かに春の輝きを感じさせているし、吹きつけてくる風も、むやみに冷たいばかりではない、微かな柔らかさを含んでいるように感じられた。

「広いねえ」

葉子について車を降りてきた理菜は、半ば圧倒されたような表情で、辺りを見回している。

「水平線まで、はっきり見える」

葉子は彼女の隣に立ち、風に吹かれて乱れる長い髪を押さえてやりながら、辺りを見回して写真を撮るためのポイントを探した。

「叔母ちゃん」

「何」

「外国って、行ったことある？」

「あるよ」

「どこ？」

葉子は、いくつかの国名を上げ、そういえば、最後の海外旅行は新婚旅行だったのだと思い出した。パスポートも切れて久しい。もしかすると、もう二度と、この国から出ることもないのかも知れない。

「私も、どっか遠く、行きたいな」

「行けるわよ。これから、いくらでも」

理菜の背を押して、一旦車に戻り、二人並んでおむすびを食べた。理菜は、海の向こうに目を向けたまま、黙々と顎を動かしていた。見知らぬ世界に行ってしまいたいという気持ちは、葉子にもよく分かる。死にたいと言い出すよりは、まだましだとも思う。だが、現実問題として、今の理菜には自分で行動を起こす力はない。せめて、自分で動けるようになるまで、もう少し時間を稼がなければならないだろう。

簡単な朝食を終えると、葉子はさっそく仕事に取りかかった。適当なポイントを見つけては数枚の写真を撮り、また車を走らせて、別のポイントを探す。理菜はその都度、一緒に車から降りてきて、葉子の手伝いをしたり、ぼんやりと海を眺めたりしていた。葉子は風景を撮るふりをしながら、理菜に気づかれないように、風に吹かれて海を眺める彼女の写真を何枚か撮った。

晴天に恵まれたその日は、予想外のドライブ日和といって良かった。理菜は風景が変わる度に歓声を上げ、広々とした野菜畑や、起伏に富んだ三浦の地形を、葉子以上に楽しんでいるようだった。漁港の傍でゆっくりと昼食をとり、午後からは油壺を巡ってマリンパークにも寄った。水族館など幼稚園のとき以来だと言った理菜はまたもや歓声を上げて、一つ一つの水槽を熱心に覗いて歩いた。葉山の方まで回った頃には、既に日は傾き始めていた。

「もう、二月なんだよね」

逗子新道から有料道路に入って、小さな旅が終わりに近づいた頃、ふいに理菜が呟いた。一月は明日で終わりだった。二月は短い。たった二、三日の違いでも、極端に短く感じる。

「受験、始まるんだよね」

「お兄ちゃん？」

再び緊張してハンドルを握りながら、葉子は隣の気配を探った。理菜が、一度こっくりと頷き、それからいやいやをするように首を振ったのが分かった。

「私も、私立の受験が、始まる」

やはり、気になっていたのだろう。全てから逃げたいと思いながら、何もかも捨てることなど、この子には出来ないのだと思った。志乃が迎えに来たときでさえ、嫌々でも帰ろうとしていたことを思い出して、葉子は「どうするの」と聞いた。理菜は曖昧な声で「うん」と言っただけだった。夕闇が迫ってきている。前の車のブレーキランプが、次第に鮮やかさを増している。

「やっぱり、受けなきゃ、まずいよね」

やがて、再び理菜が呟いた。小さな声だったから、葉子ははっきりと聞き取れるように、それまで流していたラジオのスイッチを切った。

「まあ、考え方によるとは思うわよ。最近は、高校に行く代わりに大検を受ける子も増えてるらしいし。大学に行くつもりならね」

「このまま就職って、出来ないのかな」

「出来ないこともないだろうけど――でも、難しいでしょうね。いくら人それぞれだっていっても、今の世の中で、しかも女の子でしょう？　職人になるのだって難しいし、普通のOLだって高卒以上だものねえ。お給料だって安いまんま、仕事も選べない」

「――じゃあ、やっぱり高校に行かなきゃ駄目っていうこと」

「だから、そうは言わないけどね。でも、貧乏でどうしても進学出来ないっていうわけじゃないんだったら、将来の可能性を広げるためには、その方がいいのかなあとは、思うけどね」

我ながら、型にはまった考え方だと思う。けれど、それがこの国の現実なのだし、中学を卒業しただけの少女に、果たしてどれほどの将来が待っているものか、正直なところ、葉子にはほとんど想像がつかなかった。とにかく就職出来るのは商店や工場などの単純作業で、やがて下手をすれば、水商売や風俗営業などに流されるだろう、そんな可能性が低くないという程度の、通り一遍のことしか考えられない。それらも全て、マスコミがもたらした情報だ。

「将来、か――」

理菜の声が憂鬱そうに響いた。葉子自身、中学の頃に、どうして高校へ行くのかなどということを真剣に考えたことはなかった。ただ、そういうものだと思い込んでいただけのことだった。

「たとえば、外国に行くとしたら――」

理菜の声はやはり小さいままだった。歓声を上げ、はしゃぎ続けていたさっきまでとは、別人のように暗く沈んで聞こえる。

「やっぱり、もう少し勉強してからの方が、いいのかな」

「そりゃあ、ただ行ったって、言葉だって分からないわけでしょう？　英語でも何でもいいから、少しは分かるようになって、目的を持って行くんじゃなきゃ、意味がないとは、思うわね」

理菜は「そうか」とため息混じりに呟いて、無理に決まっていることは分かっているのだと続けた。たとえば今すぐに留学したいなどと言い出したところで、自分の家に、それだけの余裕がないことくらい、よく承知しているとも言った。

――いいじゃないの、東京で。

この頃の葉子は、何となく考え始めている。理菜が長野へ戻りたくないのならば、本当に東京に住んで、東京で高校へ通えるように、志乃を説得してみようかと。もちろん、志乃は猛反対するだろう。彰彦が上京し、その上理菜まで上京してしまったら、もしかするとその頃には夫にも逝かれてしまっているかも知れない志乃は、独りぼっちになる。それでも、理菜の気持ちを最優先に考えた場合、その方が良いとは思うのだ。そして、少なくとも理菜が高校に通っている間は、葉子が責任を持って監督する。その考えに、自分本位な計算は差し挟んでいないつもりだった。何度となく自問自答を繰り返してみたが、純粋に、理菜のことを思っていると言い切れるつもりだった。

理菜が「叔母ちゃん」と言いながら、ゆっくりとこちらを向いたのが分かった。

「明日か明後日、長野に行くんだよね」

「その、つもりだけど。明日は今日のフィルムを納めなきゃならないから、明後日かな」

「私も一度、帰ろうかな」

その言葉を聞いた途端、葉子は、自分が少なからず動揺するのを感じた。

「――そう。そうする?」

「二月に、なるし」

「じゃあ、そうしなさい」

言葉に含まれた苛立ちを、理菜が気づかないことを祈った。理菜が悪いわけではない。彼女を責める筋合いなど、どこにもないのだ。やはり、彼女のことを一番に考えているつもりでいながら、自分本位に気持ちが働いている。行っちゃうの、あんまりじゃないのと、わけもなく責めたくなるのは、後に残される自分の惨めさを思うからだ。

「もうすぐ、お兄ちゃんも上京しなきゃならないし、叔母ちゃんと一緒だったら、ちょっとは気が楽だから」

理菜は、まるで言い訳をするように、そうつけ加えた。勘の良いこの子にも、葉子の苛立ちくらいは感じられても、本当の気持ちは分かるまいと、葉子は思わずため息が出た。去る人は、いつも何かを振り捨てる。目の前に広がる新しい風景だけを見ていく。去られる人間は、その後ろ姿を脳裏に焼きつけ、そして、埋めがたい空間を目の前にして、途方に暮れるしかないのだ。

——だから、嫌だったのに。

今更、そんなことを言うことの愚かさは、十分に分かっているつもりだった。それでもつい、思った。だから、最初から一人のままの方が良かったのだと。

第四章

1

　ごく浅い眠りから目覚めると、全身に嫌な汗をかいていることを知った。パジャマの胸元はひんやりと冷たく湿って、首筋に髪の毛が張りついている。部屋の空気はすっかり冷え切っている。そういえば、エアコンのスイッチを入れる間もなく、風呂にも入らずに、帰るなりベッドに倒れ込んだのだと、ようやく覚醒してきた頭で、葉子はぼんやりと考えた。

　何だか、ひどく長い、奇妙に生々しく、慌ただしい夢を見ていたような気がする。頭の片隅に、ちらちらと色の断片や、現実にあるかどうかも分からない場面、見知らぬ誰かの言葉などが、収拾のつかないまま散乱していた。

　枕元の時計は午前四時近くを指していた。再び眠ると朝が辛くなり、起きてしまうには早すぎる、こんな時間に目覚めてしまうこと自体が、日常のリズムとは異なっていると思った。中途半端な時間に寝てしまったのも良くなかったのだろうが、とにかく疲れていたのだし、以前なら、そのまま朝まで目覚めずに、ぐっすり眠れたはずだった。それなのに、疲れも癒えず、爽快感ももたらさない眠りを味わった挙げ句、こんな時間に目覚めるとは。やはり、若い頃とは少しばかり違ってきているのかも知れない。

――とにかく、これで一つ、済んだんだから。

闇の中で目を凝らしながら、葉子の思いは否応なく、このベッドに倒れ込むまでの長かった一日に向かった。目の前に、あらゆる光景が蘇ってきて、気持ちの整理がつけにくい。寝返りを打ち、見えない天井を見上げて、葉子は深々とため息をついた。混乱するのが嫌だったから眠りに逃げ込んだようなものだということは、自分でもよく承知している。だが、明日も明後日も、こんな思いを引きずったままで仕事を続けるのは、もっと憂鬱だ。

――一つ、済んだんだから。

そう思うのが一番だ、とにかく、そう思うしかない。何とかそれで整理をつけたいと思うのは、何よりも兄のことだった。

「ごめんなさいねえ」

病院の長い廊下で、泣き出しそうな笑顔と共に、志乃の言った言葉が蘇る。

「たった一日のことだから、我慢してやって。忘れちゃってね」

忘れられるはずがない。忘れて良いことだとも思えなかった。会ったのは母の葬儀以来なのだから、実に三年ぶりになろうというのに、その兄の病室に、ほんの五分もいられなかった葉子は、半ば途方にくれたまま、それでも「いいのよ」と答えるしかなかった。

「相変わらずなわけね」

志乃は深々とため息をつき、色の悪い、わずかにたるみ始めている頬を荒れた手でさすりながら、「そうねえ」と呟いた。

「ああいう人だから」

いくら慣れているとはいえ、それでも言葉ほどには取りなすつもりもないらしく、落ち着き払って見える志乃が、葉子には哀れにも、驚きの対象にも感じられた。やはり、彼女は葉子よりもずっと強い。あの兄と、二十年近くも添い続けてきたというだけでも。あの表情、雰囲気、あの言葉に接しながら、それだけの月日を共に過ごすことが出来たという、それだけでも。葉子にはとても真似の出来ることではなかった。葉子は、意外なほど動揺している自分を持て余していた。心臓がわずかに高鳴り、顔は火照っているのに、心の方は冷たく、硬く縮んでいた。

怖かった。ひと言で言うなら、とにかく怖かった。それは、久しぶりに会ったからというわけではないような気がした。兄と会えばこうなる、口をきけばこういうことになるという状態に、ほとんど条件反射的に陥っているのが、自分でも分かった。だから、嫌だったのだ。兄妹としての情愛がないとは言わない。嫌っているわけでも、憎んでいるわけでもない。だが、一定の距離をおかなければ、ときには幼い頃を懐かしみ、互いの若かった姿を思い出し、とりあえず無事でいてくれれば、志乃や子どもたちと平穏に暮らしていてくれればと祈ることさえできなくなる。たとえああいう人間でも、妹として当然持ち得るはずの感情さえも、歪んで壊れていくのが分かっていた。

こうして東京に戻り、自分のベッドに横たわっていても、葉子はまるで目の前に兄のベッドがあり、消毒薬の匂いが漂ってきそうな感覚に陥っていた。あんなになってまで、人を睨みつけて、憎まれ口しか叩けないままだなんて。

「何だ、お前」

ベッドの上に座り込んでいた病人は、志乃について病室に入った葉子を見るなり、まずそう言った。その時点までは、とにかく久しぶりなのだから、相手は病人なのだからと、自分の気持ちを鼓舞し、普段以上に陽気に、柔和に振る舞うつもりでいた葉子は、そのひと言を聞いただけで、全てのエネルギーを奪い取られた気持ちになり、さらに、兄の変貌ぶりに、思わず後ずさりしそうになった。この人は、死に向かっている。同じ親から生まれて、同じものを口にして育ったはずの人は、その後、葉子とはまるで異なる人生を歩んで、今、その滅びつつある肉体の中で、もがいている。その事実は、葉子が想像していた以上に激しく、劇的ですらあり、冷静なつもりでいた葉子を打ちのめすに十分だった。

「何しに、来たんだ」

兄は、声さえも変わっていた。かすれて弱々しくなり、音程も安定していない。以前の半分近くにまでやせ衰えて、細く色の悪い腕に点滴の針をさしたままの兄は、葉子がこれまで知っていた、どの時代の兄とも異なる、見知らぬ人のようだった。それでも、葉子に対する口調そのものは、以前とまるで変わらず、ぶっきらぼうで、寛容さのかけらもなく、常に苛立ちを含んでいる、伸びやかさも穏やかさも感じられないものだった。

「理菜を、送ってきてくれたのよ。それで、ついでにあなたにも会いたいからって」

志乃が取りなすように口を挟んだ。兄は表情一つ動かさずに、「ついで、な」と、答えただけだった。

「帰ってきたのか。それで？　あいつは」

「今、学校に行ってるの。しばらく休んじゃったから、とにかく受験のことで先生に相談しなきゃいけないからって」

兄は細い手を重そうに上げて首筋を掻きながら「馬鹿が」と呟いた。

「好き勝手なこと、しやがって」

「あの子なりに、悩んでたのよ。家のことも任せっきりだったし、色々、ストレスも感じてたんでしょう」

「何がストレスだ。生きてる限り、誰だって感じるものだ」

「そうかも、知れないけど」

「俺が、毎日どれくらいストレスをため込んでるか、考えたことがあるのかって、どうして言わないんだ。お前が甘やかすから、こういうことになるんだ」

自分の娘が受けた傷のことも知らず、ひたすら死への恐怖と生への執着を募らせるばかりの日々を送っているらしい兄は、自分の娘のことなのに、「元気になったか」のひと言さえも言わなかった。生命と共に全身の脂肪を燃やし尽くしつつある証拠に、顔まで小さくなって、鼻の骨は浮き上がり、ぼんやりと頭蓋骨の輪郭さえ分かるようになってしまった兄は、それきり黙って宙を見つめていた。兄の手のひらからは、するすると滑り落ちているに違いない一分一秒が、葉子には長く感じられてならなかった。今更、世間話も出来ないし、ここは如才なく理菜のことを謝っておくべきだろうか、それとも、これが最後だと思って、少しは優しい言葉でもかけようかなどと考えているうち、やがて兄は、乾いた唇をゆっくりと開いて、「お前な」と言った。葉子は最初、自分が呼ばれているのか、志乃が呼ばれているのかも分からず、ただ兄を見ていた。

「人の家の子どもだと思って、勝手なこと、するなよな」

葉子に話しているのだ。葉子はちらりと志乃を見て、彼女は一体、どういう説明をしているのだろうかと思った。だが志乃は、いつもの卑屈に見える表情で、わずかに目元を細めて見せるだけだった。

「分かってんだろうな、あいつが受験生だって」

「――分かってるわ。だけど、本人だって十分に承知していて、それでも――」

「子どもがいない奴には分からないんだろうけど、将来があるんだ。そういう子どもの人生を気紛れで狂わすような真似、するなよ」

葉子は思わず息を止め、唇を嚙みしめた。

礼を言われるならまだしも、何故、葉子が加害者であるかのような言い方しか出来ないのか、何故、こうも考えなしに、簡単に人を傷つけられるのか――兄という人は、まるで変わっていなかった。

「俺がこういう身体なのをいいことに、勝手なこと、するな」

あらかじめ志乃から言い含められていた通り、何を言われても逆らわないつもりではいたものの、それでも、葉子の中には憤りと絶望が広がった。家の外では、大層好人物だと評価されている兄の、それが、葉子の幼い頃から知っている素顔だった。

「まったく、東京なんかで一人で好き勝手なことやってる人間から、悪い影響でも受けたら、どうするんだ」

兄は、今度は志乃を睨みつけた。そして、「母親が俺の目を盗んで、何をやってるか分からん女だからな」と続けた。

「あいつも、似たんだろう」

葉子はますます嫌な気分になった。こんな会話をするために、数年ぶりで顔を見に来たわけではない。これが今生の別れになるかも知れないと思うからこそ、せめて最後だけでも穏やかに、少しは兄と妹らしい会話を交わしたいと思ったのに、すべては葉子の甘い幻想に過ぎなかった。

「で、ついでに俺のところにも来たのか」

「ついで、ついでって、言わないで。これでも——」

「呑気な身分で結構だな。好きなときに、好きなことが出来て」

悲しみが、胸一杯に広がった。それは幼い頃に年中味わった、何とも言えない切なさだった。

幼い頃からそうだった。兄は、父がいるときは猫を被っているくせに、母の前では大威張りをして、ときには物を壊したり、大声を上げて一人で勝手に癇癪を起こした。何の理由もないのに、突然、何にでも難癖をつけて、周囲に喧嘩を吹っかけ、食事の時間なのに家を飛び出していったり、部屋に閉じこもったりする兄を、葉子はいつでも恐怖と共に眺め、そして次には、情けない、悲しい気持ちになった。どうして、そんなふうになってしまうの。どうして、わざわざ自分から嫌な雰囲気を作って、自分から独りぼっちになるの。だから結局、お腹が空いているくせに食事もできなくなり、余計に腹立たしい状況になるのではないか。それが、どうして兄には分からないのだろうと、いつも悲しかった。

「それで？　面白いか」

「——何が」

「こういう、俺を見て」

「——冗談、言わないで」

今こそ、言ってやるべき時ではないのかと思った。今なら、暴力を振るわれる心配もないし、葉子の方が優位に立っている。冗談じゃない、いつまでそんな考え方でいるつもりなの、あなたのそれは、罰が当たったんじゃないの——。そこまで言ってしまいそうな自分が怖くて、そして、後になって自責の念にかられるに違いない自分が思い浮かび、さらに、志乃や病院の人たち、受験を控えた子どもたちまでが、どんな余波を受けるか分からないという思いから、結局、葉子は黙っているより他になかった。兄という人は、やはり何を言っても通じはしないのだと、哀れな病人を眺めながら、以前と同じ諦めが、葉子の中に広がりつつあった。兄妹とはいえ、こういう縁もあるのだと、自分に言い聞かせるより仕方がない。

「それとも、自分がうまくいってるところを、俺に見せたかったのか」

「うまくいってなんか、いないわよ——これでも色々、大変なんだから」

「色々、な。お前の色々なんか、たかが知れてる」

やせ衰え、老人のように見える兄の顔の中で、唯一生きていると感じさせる瞳の輝きは、本人の生への執着と、この世のすべてに対して抱いた猜疑心がもたらすものかも知れなかった。その、異様に光る目で睨みつけられながら、葉子の中には、やはり情けなさばかりが広がった。これが、最後の会話になるかも知れないのに。別段、ドラマのような美しい場面を期待していたとまでは言わないが、せめて「お兄ちゃん、頑張って」と、心の底から言えれば良いと思っていたのに。

「それで、いつ頃退院出来そうなの」

「知るか。そっちの女に聞いてみろ。年がら年中、医者と内緒話してるんだ。そいつのさじ加減一つなんじゃないのか」

兄は、志乃の方を見もせずに言った。そっちの女。それが、世話になっている妻に対する呼び方か。葉子は、恥ずかしくなり、本当に申し訳ない気持ちになった。思わず志乃を見ると、彼女は黙ってタオルを畳んでいた。そんな言い方ないじゃない、志乃は良くやってくれてるじゃないのと、喉元まで出かかったとき、兄はひと言「寝る」と言った。途端に、志乃は良く訓練された犬のように、兄の傍に寄った。

「もう、たっぷり見ただろう。俺は、見せ物になるために、こうしてるわけじゃないんだ。帰れよ」

兄はそれだけ言うと、ベッドに横になった。志乃が気遣わしげに布団をかけてやり、葉子の持っていった花を活けるために、脇棚から花瓶を出す間も、片手を額の上にあてて、ただ無表情に天井を見上げているだけだった。葉子が最後に、「お大事にね」と声をかけたときだけ、兄は目を動かしてこちらを見た。

「いい気味だと思ってるんだろう」

冷水を浴びせられたような言葉だった。情けなさと悔しさで、感情が高ぶり、涙さえ浮かびそうだった。だが、志乃が押し殺した声で「さあ」と腕を引っ張ったから、結局、葉子はそのまま病室を後にした。

2

「最後まで、隠し通すつもりではいるんだけど、やっぱり少しずつ感づいているみたいなのね。昼間はそうでもないんだけど、夜になると、最近、よく騒ぐらしいの」

「――騒ぐって？」

長い廊下をのろのろと歩きながら、葉子は志乃の横顔を見つめた。上京してきたときと同じ、疲れて、いかにも不幸そうな顔をしている。当たり前だ。優しい言葉一つかけられず、こんな毎日を送っていれば、大抵の女なら、逃げ出したくもなるだろう。

「帰りたい、今すぐ、家に帰るって」

「——そう」

「もうすぐ、痛みがひどくなるらしいわ。そうなったら、強い薬を使うから、意識が朦朧となって、おとなしくもなるらしいんだけどね」

早く、使ってしまえば良いではないか、本人だってその方が楽になり、後は、夢うつつの状態で過ごせるのなら、その方が良いではないかと、ある種、残忍な思いに捉われそうになりながら、葉子は、ただ頷いていた。

「怖くて、怖くて、たまらないんでしょうね。だから、このところ、前よりますます苛ついて、我がままになって、あんなことばっかり言うのよ」

兄の人生の、最後のひと幕は、もう開いている。嵐のように、病魔は肉体の中で荒れ狂い、その勢いで兄というエネルギーは肉体から押し出され、遊離して、形態を変えようとしている。その最後に向かって、目には見えない大きなうねりが、葉子たちまで巻き込むようにうねり始めているような気がした。

「あんなふうに、一人で勝手に苛々してばっかりだから、こんなことになったんじゃないかって思うことが、あるわ。もっと、のほほんとした人だったら良かったのに、結局は周りに迷惑かけて、自分で自分の首を絞めて」

表情を変えずに呟き続ける志乃を見ながら、葉子はふと、理菜から聞いた彼女の浮気話を思い出していた。ベッドに縛りつけられたままでも、兄は病人特有の勘の良さで、妻の不貞に気づいているのではないかと思う。それが、ただでさえ小心で猜疑心の強い兄を動揺させる原因になっている可能性もあると思った。だが、あの兄を、たとえ表面上だけにしても、志乃は精一杯に受け止めている。別れたかった夫なのに、さっさと見切りをつけたかったのに、結局はこうして死を看取る覚悟を決め、死後に備えて様々な準備もしなければならない志乃を、たとえ義妹でも、責めることは出来ない。

「でも、今日のことで感づいたかも、知れないわね」

洗面所で花瓶に水を入れながら、志乃は呟いた。

「いくら治療しても、ちっとも治らないし、病院のことも信じられなくなってるときに、あなたが来たんだもの、さすがに感づいたかも知れない――」

クリーム色のタイルを張られた細長い流しに、花瓶から水が溢れ落ちて、ぴしゃぴしゃと音をたてた。葉子は、それならやはり自分は来ない方が良かったということかと、余計にやり切れない気持ちになった。お互いに、鏡に映る相手の顔を見て、それから無言のまま、葉子は志乃と共にため息をついた。

「まあ、そんなことを言っていても、仕方がないわよね」

「――大変だと思うけど」

よろしくお願いしますと、頭を下げる時の情けなさは、たとえようもなかった。兄の愚かさを、詫びて良いものか、怒って良いものかも分からなかったから、結局、葉子は口を噤んだ。兄ではあるが、もはや、自分からは遥か遠い場所に行ってしまった人だ。今となっては志乃の方が、兄と過ごした時間はずっと長い。兄を蔑むことは、同時に志乃をも蔑むことになりかねないと、そんな気にもなっていた。

――取りあえず、会ったんだから。

闇を見つめたまま、葉子はもう一度、ため息をついた。兄のためというよりも、自分が後悔しないために、そうしただけかも知れない。それでも、気持ちの上ではとうに縁など切れている兄と、これで本当にけじめをつけたのだと思うより仕方がなかった。逝きつつある者への、様々な思いがないはずがない。哀惜、未練、同情、畏怖、悲哀、絶望、無常感、不安、締観。兄の癌が、もう手の施しようのないところまで進行していると知らされたときから幾度となく、葉子はそのことを考えさせられてきた。だが結局は、その現実をどう受け入れていくかという問題でしかないのだと、最近は、そう思うようになっている。現に、両親の死も、そして最近では杉浦の妻の死も、葉子はそうして受け入れ、または受け流してきた。逝く者には、せめて心安らかにと祈るより他にない。

遺された者は、葬送のセレモニーさえ済ませてしまえば、あとはひたすら日常の暮らしを紡ぎ続けるより他にないのだ。

生という一つのエネルギーが肉体から離れ、その形を変えるときの不可思議さを、葉子はいつも考える。自分の肉体を取り巻く大気には、長いときの流れの中で、肉体を失ったそれらのエネルギーが、想像もつかない密度で混ざり合っているのではないかと思うことさえあった。その中に、やがて兄も、そして自分も溶けていくのかも知れない。そこに感情の入り込む余地があるものか、かつて触れ合いたかった魂を探し出すことが出来るものか、それとも、ひたすら孤独になるものか——だが、そうなったら、そうなったときだ。肉体を持っていたときとは異なる感じ方で、風に吹かれ、漂うより他にないのかも知れないとも思う。

——さようなら。

闇に向かって、葉子は密かに呟いた。もしも兄が死んだとき、あの窮屈な肉体から飛び出した魂は、初めて人の心を知り、自分の愚かさに気づくかも知れない。だが、そのときは既に手遅れなのだ。志乃も葉子も、何の悔いも未練も残していないのに、兄だけが悔い続けることになるかも知れないのだ。いや、そうなってもなお、兄は自らを省みることもせず、現世に執着し続けるのだろうか。それを諭すのは、誰なのだろう——そんなことをあれこれ考えると、やはり兄が哀れだった。どうして、あんな人になってしまったのだろうと、考えないわけにはいかなかった。

ベッドの中で寝返りを打ち、布団を頬の上まで引き上げて、葉子は目をつぶった。自分自身も覚悟を決めなければならない。これで、本当の一人になるのだ。今度こそ、どこで誰と話すときも、身内の話になった場合には、自分は天涯孤独であると言わなければならない。

——叔母ちゃん。

ふいに、理菜の声を思い出した。葉子は再び目を開けて、闇の中の気配を探った。記憶の中で蘇ったに過ぎないと分かっていながら、姪の呼び声が、ひどく切羽詰まった、悲しげなものに聞こえて、葉子は余計に憂鬱になった。

今頃は、久しぶりに自分の布団でぐっすり眠っていることだろう。そうであって欲しかった。目が覚めれば、堰《せ》き止めていた日常の流れに、必死で乗らなければならないのだ。こうして親元に帰してしまえば、葉子に出来ることは、あの子が何とか無事に歩き出してくれるのを願うことだけだった。眠り、新しい朝を迎え、また眠る、その連続だけだったとしても、やがてときが自然に彼女を前進させ、受けた傷も遠い過去のものになる。だから、何もしなくて良いから、生きて、毎日を過ごして欲しい。

せめて、それくらいのことを、別れる前に言っておけば良かった。だが、改まって向きあうことなど、照れがあって、とても出来そうになかった。お母さんにはちゃんと謝りなさい、慌てて考えずに、自分の進む道は、自分の意志で決めなさいと、そう言うだけで精一杯だった。ようやく内にため込んでいたものを吐き出すことが出来るようになったのだから、葉子に対してだけでなく、志乃に対しても、同じように自分の感情をぶつければ良いのだがと、久しぶりに会った母と子を眺めながら、それだけを思った。近いうちに、理菜の様子を話しておこう、あの子の心をかき回さずに、少し様子を見た方が良いと言おう。だが、母親である志乃にそんなことを言うのはお節介というものだろうかと、あれこれと考えるうち、結局、葉子は志乃と改まった話をすることもなく、ただ一、二時間ほど長野の家に寄って、雑談をしただけだった。唯一、彰彦の上京の予定だけが立った。

彰彦は、妹が帰ってくるのを心待ちにしていたらしく、受験日にはまだ少し間があるが、出来ることなら今日にでも上京したいと言った。葉子にしてみれば、甥の申し出は迷惑どころか、有り難いほどだったが、それを止めたのは志乃だった。

「そんな、ひっきりなしじゃあ、叔母ちゃんが可哀相じゃないの。少しは落ち着いてからにしてちょうだいよ」

所狭しと物の溢れている古い茶の間のコタツを囲んで、久しぶりに顔を揃えた子どもの顔を見比べながら、志乃は眉間に皺を寄せて低い声で言った。あら、いいのよ。気にすることないから、何だったら叔母ちゃんと一緒に行こうかと、喉元まで出かかった。だが葉子は、その言葉を呑み込んだ。実際、ずっと姪を泊まらせていた疲れがたまっていないと言えば嘘になる。それに、久しぶりに一人の空間に身を置いて、これが本来のリズムなのだということを思い出しておく必要があるとも思った。

「だって、私立と国立の間が結構、開いてるんだし、あんたのことだから、一度叔母ちゃんのところに行ったら、また全部が終わるまで、行きっぱなしになるんでしょう」

志乃は、縁が一箇所欠けている、かなり使い込んでいるらしい湯飲み茶碗を両手で包み込みながら、「よっぽど、居心地がいいみたいねえ」と笑った。他意はないにしても、その笑顔は妙に皮肉っぽく見えて、葉子は後ろめたさを感じた。結局、彰彦は三日後に上京してくることになった。

「あの部屋、理菜が使ってたんでしょう？　ちゃんと、なってる？」

「ちょっとは物が増えたけどね、邪魔になるようなものでもないわ。それより、いるのが長くなるんだったら着替えなんかは、宅配便で送るなりして、忘れ物をしないで」

「分かってる」

「風邪が流行ってるからね、気をつけて来るのよ」

言った後、つい出すぎたことを言ったと思った。だが、志乃は知らん顔で茶をすすっていた。理菜は、何も言わずに、ただうつむきがちにコタツにあたっていた。ようやく家に帰ってきたというのに、その顔には安堵感も解放感も浮かんではおらず、むしろ大人びた、静かな諦観のようなものが感じられた。

「それで、親父のことは、どうしようか」

そろそろ病院へ行く時間を気にし始めた頃に、彰彦が口を開いた。

「急に具合が悪くなったら、俺、帰ってくるの？」

「それねえ――考えてるんだけどねえ」

志乃は、そのときばかりは、素直に困ったという表情で葉子を見た。よりによって、こんな時に受験が重ならなくても良いだろうにと、葉子もため息をついて見せた。息子に看取られないとなったら、兄も哀れな話だが、その後悔を引きずらなければならないのは、遺される方だ。

「本当に、もう駄目だってなったら、やっぱり一目でも会った方がいいんじゃないかとは――」

「お父さん、もう駄目なの？」

初めて、理菜が顔を上げた。志乃は、そんなことはないと言うように軽く首を振っただけで、すぐに彰彦の方を向いてしまった。

「だから、前から言ってるけど、滑り止めのときなんかだったらね、いいんじゃないの？」

「だけど、俺は浪人は出来ないんだよ。どこを受けるときだって、急に戻れって言われたら、気だって散るしさ、毎日毎日、今日はどうだった、ああだったたって聞かされるだけだって、俺にとってはストレスになってるんだから」

「分かってるわよ。だから叔母ちゃんのところに行って、勉強に専念すればいいでしょう。だけど、滑り止めのときだったら――」

「何のための滑り止めだと思ってんだよ。本命が駄目だったときのために受けるのに、それが受けられなかったら意味ないじゃないか」

「そうだけどねえ――」

「じゃあ、本命のときは帰ってこなくてもいいのか？　パニックになって、ぎゃんぎゃん電話してきたり、しないか？」

「ぎゃんぎゃんなんて言うこと、ないでしょう。そりゃあ、もしものことがあったら電話するに決まってるじゃないの。普通のときとは違うんだもの」

「それで受けられなくなったら、俺、嫌だなあ」

母と息子が話している間、葉子は、じっと質問の答えを求めているらしい理菜の顔を見つめていた。志乃は、まだ理菜に対して、きちんとした答えを与えていない。ちゃんと向きあってやって欲しい、それくらいの質問に答える手間など、省かないで欲しいと思った。だが結局、最後まで、志乃は理菜とは向きあわなかった。家出から戻った娘に対して、戸惑いか、こだわりでもあるのだろうかと考えて、葉子は何も言わないことにした。

それにしても、志乃の家は散らかっていた。葉子だって人のことは言えないが、生活感というのとも違う、どこか投げやりな感じが、全体に漂っていた。それが、病人を抱えた家の大変さというものなのか、崩壊とは呼ばなくとも、夫が欠け、やがて息子が出ていき、家族のバランスが崩れる予兆のようなものなのか、その辺りのことは葉子には分らない。ただ、以前の志乃の家は、決してあんなふうではなかったと思う。子どもが小さくて、もっと手のかかった頃でさえ、長野の家は、それなりの温もりと落ち着きを持ち、来る人を受け入れられるだけの空間を持っていたと思う。

恐らく、志乃自身が、もうあの家に対して以前ほどの情熱を持ってはいないのだろう。磨き上げ、維持し続けるエネルギーを注いではいないのだ。決して余裕がないからというだけでなく、志乃自身が一つの終末を覚悟しているのかも知れない。

——朝が、来る。

ベッドの中で、葉子は何分かおきに姿勢を変え、心なしか少しずつ薄くなり始めている闇に向かって目を凝らしたり、まどろむだけでもと目をつぶったりを繰り返していた。だが、どんどん目が冴えてくる。兄はあと何回、朝を迎えられるのだろうか。理菜は、きちんと起きて、新しい一日を迎えているだろうか。次から次へと思いが浮かぶ。

何か、嫌なことまで思い出しそうな気がした。葉子をさらに混乱させ、憂鬱にさせるような何かが、心の澱みの奥底で、ゆらりと揺らめいた気がした。これ以上、面倒なことなど考えたくはない、今日からまた仕事なのだと自分に言い聞かせて、葉子はまた寝返りを打った。

3

立春過ぎに上京してきた彰彦は、さすがに予備校に通うために来たときとは多少異なり、寝ても覚めても机に向かう毎日を過ごし、そんな甥のために、葉子はせめて栄養のあるものを食べさせようと、毎日、献立に頭を悩ませては、仕事の帰りにスーパーに寄った。ときには編集プロダクションのスタッフや、取材に同行したライターから夕食に誘われることもあったが、「甥が泊まりにきているから」と断る度に、何となく誇らしいような、くすぐったい嬉しさが心に満ちた。

声をかければ返事はする。だが、滅多に部屋からも出てこない同居人との生活は、葉子にとって久しぶりに心穏やかなものだった。一人でいるのと、ほとんど変わりがない。それでも、部屋の空気が違っている。それが嬉しかった。

彰彦の大学入試は二月の中旬から始まり、三月の初旬まで続くということだった。国立を一校、私立を四校受験するという彼は、最初の試験が近づくにつれ、途中で買っても良いのだが、出来れば温かい弁当を持っていきたいと言い出した。

「温かいお弁当なんて、贅沢じゃないの?」

葉子が驚いて聞くと、彰彦はわずかに照れたような笑いを浮かべて、「無理にとは言わないけどさ」と答える。

「予備校に行ってたときに、浪人してる奴から聞いたんだ。冷えてる弁当だと、一気にかき込んじゃって、午後の試験が始まった後で腹が痛くなることがあるって」

そんな軟弱なことでどうするのだと言いたかったが、本人にしてみれば一世一代の受験なのだから、仕方がない。葉子はさっそく、小ぶりのランチジャーと、ついでに料理の本まで買い込むことになった。温かい、冷たいは別として、葉子の弁当を持って行きたがる甥を可愛らしく感じたし、誰かのために弁当を作るなど、ほとんど初めての経験だったから、自然に気持ちも浮き立った。

彰彦はさらに、リビングのカレンダーに勝手に自分の受験の予定を書き込みもした。○で囲んである日が試験日で、□で囲んである日が発表なのだと説明されながら、葉子は、ふと不思議な気分になっていた。

「だからさ、○の日は、弁当よろしく」

「じゃあ、□の日は、結果が分かったら必ず連絡入れなさいよ」

「だったら、叔母ちゃんの仕事の予定も書き込んでよ。家にいる日と、いない日とさ。発表の日が仕事だったら、俺、携帯に電話入れるんだろう?」

彰彦は一カ月前よりも、ずっと打ち解けて自然に振る舞うようになっていた。時折、息抜きに出てきて、冷蔵庫から飲み物を取り出したり、煙草を吸いながらテレビを見たりする姿からは、まるで我が家に戻ってきているような、伸び伸びとした印象さえ受けた。

この子の、この変化の原因は何なのだろう。単に慣れただけなのか。葉子は、母親の言いつけも守らずに、下着まで全て叔母に洗濯させるようになっている彰彦を、ただ黙って眺めているより他なかった。

理菜に関しては、「元気？」と聞いただけで、それ以上のことは尋ねなかった。家出前に比べて少し変わったようだとか、兄である彰彦に何を話したとか、そんな話を聞いてみたいと思ったのに、彰彦は「と、思うよ」と答えただけだった。

試験が始まると、葉子の生活はさらに彰彦中心になっていった。少しでも咳をしていれば、うがい薬を買い込み、つま先の薄くなっているソックスを見つければ、新しい物を買い揃えて過ごすうち、葉子の中には「尽くす」という言葉が思い浮かぶようになっていた。夫と暮らしていた頃だって、そんな思いにとらわれたことなど、一度としてなかったのに、以前の葉子なら、自己犠牲であるとか、尽くすなどという言葉ほど抵抗を感じるものはなかったと思うのに、今、自分は初めて誰かに尽くしているのだという思いを、意外なほど素直に受け止めることが出来た。幸いなことに、兄の病状に変化はないらしく、志乃も、さほど頻繁には電話をかけてこなかった。

最初の合格発表の日、葉子は午前中から何をしていても、我ながら呆れるほどに気持ちが落ち着かなかった。今日の発表は、滑り止めに受けたと言っていた学校だ。落ちたところで、そう落胆することはない。だが、つまりはもっとも難易度の低い学校だったはずなのだから、受からなかったら先が心配にもなる。

——お守りでも、もらってくるんだったかしら。

乾いた冷たい風に吹かれながら、ふと考えて、それから葉子は思わず苦笑した。そういえば、彰彦は合格祈願のお守りは、五つも持っていると言っていたのだ。地元の予備校でもらい、母からもらい、その上、同じ高校のガールフレンドや、さらに、新潟のガールフレンドからも送られてきて、最後には兄が入院している先の看護婦からまでもらったという。

「幸せじゃないの、皆に心配してもらって」

葉子が笑うと、彰彦は例によって独特な笑顔で、「まあね」と答えた。

「だけど、あれこれ持ってると、神様が喧嘩するっていうじゃないか。だから、半分は困ったと思ってるんだけどさ」

それならば、受ける大学によって一つずつ振り分ければ良いではないかと葉子の提案を、彰彦は、いかにも良い思いつきを聞いたというように、頷いて聞いていた。だから、五校を受験する度に、彰彦は本当に一つずつのお守りを持参している可能性がある。つまり、そこに葉子の出る幕はないということだ。

そわそわと落ち着かない気持ちで、とにかく仕事を進めている最中、待ち望んでいた携帯電話が鳴った。葉子は取材中のライターと取材先の店の主人に小さく挨拶をして、慌てて席から立った。

「——もしもし？」

勇んで耳をつけた携帯電話から、耳慣れた声が聞こえてきた。杉浦だ。葉子は、一瞬、声も出ないまま、先方が「もしもし」と繰り返すのを聞いていた。

「ああ——宇津木です」

「杉浦、です。久しぶり」

「——本当。久しぶり」

「いや——どうしてるかなと思って。仕事中だったかな」

葉子は小さく「ええ」と答えた。決して忘れていたわけではない。理菜と暮らし、彰彦と暮らしながらも、一日に何回かは思い出していた。だが、会いたいとは思わなかった。彼の容疑が晴れたと知った後も、別段、逝った人への誓いを守るつもりというわけでもなく、そんな気にならなかった。

「近いうちに、会えないかな」

「今、甥が来てるんです。受験で」

「ああ――そういう時期か。じゃあ、また君も忙しいんだ」

目の前に相手がいるかのように、薄い笑みを浮かべて、葉子は「次から次です」と答えた。その葉子の耳に「実はさ」という言葉が届いた。

「会社を辞めることにしたんだ」

そのひと言には、さすがに驚いた。葉子は話が長引くのを警戒しながらも「いつ？」と聞いた。杉浦は、三月一杯で退社することにしたのだと答えた。

「それで、その後は、どうするの」

「いや、まだ具体的には考えてない。誘ってくれてるところは、あるにはあるんだけどね。だから、少し話せないかと思ってさ」

「――夜は無理だけど――明日の、昼間なら、大丈夫よ」

杉浦は、それなら明日、昼食を一緒にとろうと言った。正午に銀座で待ちあわせることにして、場所を確認し、葉子は「じゃあ、明日」と電話を切った。

――あの人も、消えていく。

ときと共に何かが流れ、わずかな間、交わりを持ったと思う人たちが、離れていく。

葉子は再び仕事に戻り、黙々とシャッターを切り続けながら、ファインダーの向こうに、これまでの杉浦と自分の月日を見ている気分になっていた。

待っていた彰彦からの連絡は、ついに入らなかった。駄目だったのだろうか。落ちたのだろうかと、帰りの電車の中でも、葉子はそわそわと落ち着かない気持ちのまま考えた。もしも、不合格だったときには、どう接すれば良いのだろう、志乃には連絡を入れた方が良いのだろうかなどと思いつつ、もう一方では、杉浦にどんな別れの言葉を言えば良いものか、彼と彼の娘は、これからどうなるのだろうと考えている。憂鬱が固まりになって、葉子の中に重く沈み、疲れた足取りをさらに遅くした。落胆する甥を見たくない。無理に慰める言葉を考えたくない。

「電話番号を書いておいた紙をさ、なくしちゃったんだ」

ところが家に帰ると、彰彦は既に帰宅していて、相変わらずの曖昧な笑顔で葉子を出迎えた。その笑顔の意味が分からない限り、滅多なことは言えないと、おそるおそる靴を脱ぐと、彰彦は背後に隠し持っていた「入学手続き案内書」を差し出した。それを見た途端、葉子は思わず「もうっ!」と声を荒げた。

「こんな大事なときに、どうしてそういうものをなくすのよっ」

祝福の替わりに、甥の二の腕を強く叩いていた。彰彦は「痛てっ」と顔をしかめながら、それでも嬉しそうに笑っている。

「もう、心配したじゃない! 仕事中だって、気が気じゃなかったのよ!」

言いながら、小さく泡立つような嬉しさが、身体の内側から湧いてきた。「もう、もう!」と繰り返し、何度も彰彦の腕を叩いているうちに、自然に笑顔がこぼれ出た。彰彦も笑っている。白い壁紙に包まれた四角い空間に、初めて二人の笑い声が響いた気がした。

「お母さんに、電話した？」

「さっき、しておいた。留守だったけど、理菜に言っておいたから」

さほど緊張しているようには見えなかったが、やはり、ほっとしたのだろう。彰彦の表情は、今朝とは見違えるほど、生き生きとして見えた。そして、彼は今夜はちょっと出かけたいのだと続けた。合格した際には、シャンパンでも抜こうと考えていた葉子は拍子抜けして「これから？」と聞いた。

「向こうもさ、今日、発表だったんだ。で、一応、受かったっていうからさ」

「向こう――ああ、彼女？」

彰彦は照れくさそうににやりと笑うと、顔を見て、少し話して、それだけで、すぐに帰ってくるからとつけ加えた。せっかく祝杯を上げようと思っていたのに、やはり、一番に喜びを分かちあいたい相手は別にいるのだ。葉子は落胆を隠しきれないまま、「そう」と答えるより他なかった。馬鹿馬鹿しい。すると、彰彦はさらに悪戯っぽい表情になって、小首を傾げてこちらの顔をのぞき込んでくる。

「――何」

「ごめんね」

「いいわよ、別に」

彰彦は、にやりと笑った。

「叔母ちゃんてさ」

「なあに」

「可愛いよな」

「――何がよ」

「やっぱ、おふくろと同級生とは思えないよ。可愛いよ」

少しばかり反応が単純すぎただろうか、子どもじみていたかと、葉子は思わず恥ずかしくなって「馬鹿、言わないの」とそっぽを向いた。

「早く、再婚すればいいのに」

「何、言ってるのよ、いきなり」

彰彦は、相変わらず悪戯っぽい表情のまま、葉子の顔をのぞき込んで、「いきなりじゃないよ」と答えた。

「前から、思ってたんだ。いつまでも一人で突っ張ってないでさ、まだまだ可愛いんだから、第二の人生ってヤツ、考えればいいのにって」

思わず眉根の寄るのが分かった。余計なお世話だと言い返しかけたとき、彰彦はすっと視線を外してしまった。

「じゃあ、俺、用意して行くから。十時か十一時までには必ず帰るからさ」

「その間に、お母さんから電話があるわよ、絶対。そうしたら、どうするのよ」

「うまいこと、言っといてよ」

「嫌よ。浮かれて女の子に会いに行ったって、そのまんまを言ってやる」

かなり本気で言ったつもりだった。だが彰彦はさらに笑って「やっぱ、可愛いよ」と言い残し、身支度をしに部屋に入ってしまった。葉子は、しばらくの間、閉ざされたドアを見つめていた。怒りたいのに、何となく怒れないのは、何も彰彦が合格したせいだけではなかった。

4

待ちあわせをした喫茶店で、杉浦はスポーツ新聞を読みながら、葉子を待っていた。葉子に気がつくと、彼は素早く新聞を畳んで、すぐに立ち上がる。その顔がひと回り小さくなり、以前よりも喉仏が目立っているのを見て、葉子は瞬間的に、彼が過ごしてきた日を思った。それほど長い時間がたったわけではない。だがそれは、取り返しのつかない現実ばかりを嚙みしめる苦い時間の連続だったことだろう。

「取りあえず、ここは出よう」

杉浦は、葉子の耳元で小さく呟き、さっとレジに向かった。葉子は黙って彼に従った。

「甥っ子の受験は、どうだい」

勘定を済ませて店を出ると、まず杉浦の方から口を開いた。

「一応、滑り止めには合格したの。本命は、これからみたいね」

杉浦は、穏やかな表情で頷き、今度は理菜のことを聞いてきた。

「あの子は入れ替わりに帰ったわ。いずれにせよ、姪も高校受験だから」

「君の周りも、慌ただしいな」

それでも、杉浦ほどではない。妻を失い、殺人の容疑をかけられ、さらに、職場まで去ることにしたという彼の変化は、わずか一カ月あまりの間に起こったとは思えないほどに激しいものだ。

「前に会ったときは、確か、イブだったんだよな」

夜は接待で賑わいそうな和食の店に落ち着くと、杉浦は改めてこちらを見た。掘り炬燵形式になっている座敷で、久しぶりに正面から向かいあい、葉子は運ばれてきたビールを二つのグラスに注ぎ分けた。

「――何だか、ずっと昔みたいな気がするわね」

乾杯の仕草をした後、互いにビールを一口ずつ飲み、それから葉子は「痩せたわね」と言った。仕方がないというように、相変わらず穏やかな表情のまま、杉浦は小さく頷いた。

「あのときは、姪っ子が家出してきたんだったっけ」

「姪が出てきたのは——事件のあった日よ」

「ああ、そうか。じゃあ、あの夜は」

「甥が、いつまでも帰ってこなかったから、私が苛々してた」

杉浦は、そうだった、そうだったと頷いた。そんな仕草さえも、どことなく老け込んで、力無く見えるのは、単に痩せたからだけだろうか。葉子はつい、痛ましい気持ちでしみじみと彼を見てしまった。すると、杉浦は葉子の視線に気づいたように、口の端だけで笑った。

「そんな目を、するなよ。哀れみを受けるのにも、もう飽きた」

返答のしようがなかった。仕方なく口を噤み、ビールのグラスに目を落としているうち、やがて、杉浦は、ぽつり、ぽつりと近況を語り始めた。娘は杉浦の両親に預けたままになっていること。職場では、表面上は誰もが以前とどこも変わらずに接してくれるが、やはり以前とはどこか違う感触があること。その原因は、杉浦が一時期ではあっても、重要参考人として警察に呼ばれたことにあるのだろうと、肌で感じられること。編集部の誰もが、等しく警察から事情を訊かれており、仕事にも多少の支障を来していたこと。葉子との仲を見抜いていた同僚というのは、実は高円寺に住んでいて、以前、中野で電車を降りる杉浦を見かけたことがあり、さらに、青山のバーでも葉子と杉浦が一緒にいるのを見たことから、おそらくそういう関係なのだろうと思っていたらしいということ。

「青山——二人でそんなところに行ったのなんて、もうずっと前のことじゃない」

「そうだけどさ。まあ、勘がいいっていうか、よく覚えてたもんだよな」

「でも、とにかく、もう噂は完璧に広がってるわね。私、『エンド』とは全然関係ないと思ってたライターから、言われたもの」

杉浦は、力のこもらない瞳でこちらを見、それから「悪かった」と呟いた。そう反省しているようにも感じられない、自分だけが謝る類の話でもないと言いたいのかも知れない、いかにもおざなりな口調だった。葉子は、心の奥に小さくこすれるような違和感を覚え、だが、その通りなのだと自分に言い聞かせた。お互い、子どもではない。むしろ、家庭のある男と知りながら、そういう関係を続けていたことを考えれば、葉子の方に非があるのかも知れないのだ。

「それで、辞めて、どうするの」

杉浦は今後のことは、まだ具体的には考えていないと、昨日、電話で聞いたのと同じ答えを繰り返した。とにかく、まだローンの残っているあの家を処分してしまって、妻の荷物の整理をしたり、娘の今後のことをきちんと決めるだけでも、それなりの時間がかかるだろうという。

「だけど、まあ、この年になって他に何が出来るわけでもないから。結局は、同じ業界にいることになるんだろうけどな」

「誘われてるところがあるって、言ってたわね」

「小さい出版社。それでもいいんだけど、また会社勤めっていうのも面倒だから、この際、フリーになろうかとも考えてる」

「フリーの、編集者？」

「ライターも兼ねて」

なるほど、そういう道もあるのかと思った。だが、大学を卒業して以来、ずっと会社勤めをしてきた人間が、五十近くなって、何の保証もない生活に身を置くのは、葉子から見れば、ひどく危険な選択のようにも思える。しかも、景気の良いときならいざ知らず、今の時代に。

「まあ、遅くとも夏頃までには、全部、落ち着くと思う」

運ばれてきた料理にゆっくりと箸をつけながら、葉子はなるべく控えめに頷いた。夏と言われると随分先のことのようだが、実際にはあっという間に来てしまうだろう。それにしても、杉浦が『エンド』を去るとなると、葉子の仕事も多少なりとも影響を受ける可能性がまた出てきたことになる。少なくとも、彼が職場を去るまでの、あとひと月あまりの間に、もう少し太いパイプを作ってはおけないものだろうかと考えているときに、杉浦が「葉子」と呼んだ。改めて名前を呼ばれたのは、実に久しぶりだった。兄が逝こうとしている今、この世の中で下の名前で呼んでくれる人間は、もう杉浦しか残っていない。

「夏を過ぎて落ち着いたら、一緒に暮らさないか」

杉浦の口調は、相変わらず静かなままで、表情にも変化はなかった。思い詰めた様子でもなく、重大な決意を明かす雰囲気でもなく、ごく当たり前の話をするような杉浦を、葉子は箸を置くことも忘れて、しげしげと見つめた。

「――どうして?」

杉浦は、わずかに目を細め、口元に笑みを浮かべて「当たり前だろう」と言った。

「俺は、一人になったんだし、それが自然の成り行きだから」

以前、一度感じたことのある、ぞくぞくとする感覚が蘇ってきた。あのときも、杉浦は「当たり前だろう」と言った。妻の浮気を知り、妻から別れたいと切り出されて、それでも彼は別れるつもりはないという話を聞かされたときだ。当たり前だろう、そんなことで別れられるはずがないじゃないか。確か、そんなふうに言ったと思う。

「――自然の、成り行き?」

杉浦の真意を確かめるつもりで、瞳の奥をのぞき込むようにしながら、葉子は注意深く、ゆっくりと口を動かした。杉浦は、当然だというように頷いた。

「一緒にいるのが、自然じゃないか」

しばらく停止していた脳が、ビールの酔いにも刺激されて、猛然と活動し始めたような気がした。何を言っているの。この人は、一体何を考えているの。改めて、不気味な恐怖が迫ってきた。杉浦は、妻の死について、どう考えているのだろうか。実家に預けた娘のことを、どう思っているのだろう。本当はどういう理由から、葉子と共に暮らしたいと思っているのだろうか。

「具体的なことは追い追い考えるにしても、葉子もそのつもりで、少しずつ考えていってもらわないといけないだろうと思ってさ」

「私が――考えるの?」

箸の先でつまんだ料理を口に放り込みながら、杉浦は当然だというように頷いた。

「君のマンションのこととか、仕事のこととか。ああ、兄さんだっけ、病気だって言ってたけど、そっちはどう」

「――春までは、もたないかも知れないって」

頷く杉浦の表情は、まるで牛乳の賞味期限でも確認した程度にしか見えなかった。このまま、彼の質問に応える形で会話を進めていったら、まるで葉子には想像のつかない結論にまで導かれていきそうな気がした。葉子は、待って、待ってと頭の中でストップをかけた。待って。私にそんなつもりがあっただろうか。会う必要さえないと感じていたのではなかったか。第一、葉子は誓ったのだ。不幸な最期を遂げた彼の妻の遺影に向かって、ご心配はいりませんと、誓いをたてたではないか。

「じゃあ、そういうことも含めて、やっぱり夏までは、お互いに色々と大変だな」

「――子どもさんのことは、どうするの」

大きく息を吸い込んで、わずかに姿勢を正して杉浦を見る。彼は、料理を口に運びながら、子どものことに関しては、本人の意志に任せれば良いと、こともなげに答えた。

「本人の意志っていったって――」

「いずれにせよ、これまで通りの生活が出来ないっていうことは、分かってるんだ。だから、僕と暮らしたいっていうんなら、僕と暮らすし、お祖母ちゃんの家がいいっていえば、そのまま向こうで暮らすことになる」

さらに、母方の実家に行きたいというのなら、杉浦の両親が反対するかも知れないが、その意向を尊重してやっても良いと、杉浦は言った。ひどく物分かりの良い父親のようにも思える。だが、そんな無責任な言い方があるだろうか。あの子はまだ小学生ではないか。子どもは、親と共に暮らすのが一番なのだ。たとえ母親がいなくなっても、父親と二人で暮らす方が、子どもにとっては嬉しいに決まっているではないかと思った。だが、それを言おうとした矢先、杉浦の方が口を開いた。

「男親一人じゃあ、どうしたって面倒なんか見切れないだろう？　だから、君には悪いと思うが、場合によってはもちろん、協力してもらうことになるけど」

葉子は、半ば呆気に取られていた。もちろん。どうしてそんな台詞を、いとも簡単に言えるのだろう。

「お互い、初婚でいうわけでもないんだし、色んな荷物がついてくることは、ある程度は仕方がないさ。その代わり、僕だって、君が甥っ子や姪っ子の面倒を見るっていったら、反対はしない」

急に食欲が失せて、葉子は箸を置いた。まさか、こんな話を聞かされることになろうとは思ってもみなかった。今日は、杉浦の近況と、心境を聞くだけだと思っていた。だからこそ、さほど身構えることもなく会うことを承諾したのだ。

それなのに、即座に断りの言葉が出てこなかった。それが、葉子自身にも不思議だった。葉子は、明らかに混乱している自分を感じながら、旺盛な食欲を見せて箸を動かし続ける杉浦を眺めていた。これが、一カ月前に妻を失った男、予期せぬ形で、築いてきた家庭を失った男だろうか。

「こういう言い方も何だけど、君に子どもがいなくて、良かったと思ってるんだ。もしも、うちの娘が僕と暮らす道を選んだとしたら、君にとっては実子と継子の両方を見ることになるじゃないか。いくら理性で判断しようとしたって、そうなると、やっぱり継子が邪魔になったり、するものな」

「そんなこと——考えたこともないわ」

「そりゃあ、そうだろうけど。これでも一応は父親なんでね、出来れば、自分の娘を可愛がってもらいたいからさ」

この違和感は何なのだろう。どうして杉浦は、葉子の意向をきちんと確かめもせずに、こんなに呑気な表情で、落ち着き払って、この先の葉子の人生まで決めつけるようなことを口に出来るのだろうか。

——分からない。この人のことなんか、まるで、分かってなかった。

その上、自分の気持ちまで分からなくなりそうだった。昨日、彰彦に言われた言葉が耳の底に残っている。いつまでも突っ張っていないで、再婚を考えろと、年若い甥は笑いながら言った。これは、一つのチャンスに違いない。杉浦と一緒になれば、葉子は今のように甥や姪に執着する必要もなくなり、孤独や不安を紛らすことも出来るだろう。尽くす喜びも、味わえる。なさぬ仲でも、子どもの成長を見ることも出来る。いくら望んだところで容易に手に入れることなどかなわない、一つの家族という形態が出来上がる。

「まあ、そう贅沢は出来ないだろうけど、このまま二人で仕事をしていれば、貧乏もしないだろうし」

「──考えさせて」

ようやく、その言葉を口にすることが出来た。言った後で、葉子は顔を上げて杉浦を見た。彼は「何を」と言った。葉子は小さく唾を飲み下し、これまで杉浦と一緒になることなど、考えたこともなかったからだと答えた。杉浦は、初めて怪訝そうな表情になり、それから、わずかに不満そうな顔になって、ふん、と小さく鼻を鳴らした。

「じゃあ、まあ、これから考えればいいさ。時間はあるんだ」

「──今は、兄のことも考えなきゃならないし、なかなか、その余裕がないと思うのよ」

「追い追い、考えればいい」

求婚されて、こんなに憂鬱になろうとは思わなかった。半分以上も残してしまった料理を見つめながら、葉子は深々と息を吐き出した。すぐに答えられない自分がもどかしかった。

5

本格的に受験態勢に入った彰彦との生活は、微妙な緊張感と静寂の中で過ぎていく。

「何だか不思議な気、するんだ」

三校目の受験を終えた頃、甥はふと呟いた。

「毎日、違うスケジュールで動くのに慣れてないからかな。いつもなら学校に行ってる時間なのに、東京の、それも叔母ちゃんの家にいるっていうのが何だか不思議だし、だからって羽伸ばして遊んでいいっていうわけでもないだろう？　平日の昼間、家にいるっていうだけで奇妙な感じでさ、時々、自分が自分じゃないみたいな気がするんだよな」

既に卒業式を終えてから上京した彰彦の表情は、言葉ほどには感慨深げでもなく、いつもの通りに淡々としている。

「もうこれで制服も着なくて、ほとんど家に帰ることもなくなるんだと思うとさ、余計に不思議だな」

葉子は、そういえば自分自身が受験生だった時にも、似たようなことを考えていたかも知れないと思った。だが、あの時の葉子には身を寄せる親戚もなかったから、受験生用の安旅館に泊まっていた。今の彰彦のように長期で滞在することなど不可能な話で、受験の前日に上京し、試験を受け終えるとそのまま帰郷する、その繰り返しだった。初めての一人旅を繰り返しているような不思議な高揚感と、上京する度に覚える違和感、緊張感、こんなやかましく忙しない、人で溢れている街に、果たして入り込む隙などあるのだろうかという不安を抱えての日々だったように思う。

「実際、これから、どんな生活が始まるか、まるっきり想像がつかないんだもんな」

「すぐに慣れるわよ」

葉子が答えると、彰彦は「まあね」と軽く答える。そう、すぐに慣れる。慣れたつもりになる。今よりもずっと故郷が遠く感じられた、あの頃の葉子がそうだったように。

以前、彰彦は言っていた。故郷も家も、全てを捨てて、自分は逃げるつもりなのだと。重い荷を背負いたくはない、全てから解き放たれて、自分の人生だけを考えたいと、いかにもあっさりとした表情で言っていた。そして、彼は「叔母ちゃんも、そうだったんだろう」と続けたのだ。あのとき、葉子には返す言葉がなかった。

「だけど、学校が決まったら、今度は住む所だって探さなきゃならないしさ、何だか面倒なことがたくさん出てくるよね。学校から離れたところには住みたくないけど、何しろ東京って広いからさ、街によって全然雰囲気が違うじゃない」

彰彦は「面倒だよな」と繰り返した。葉子は、ただ穏やかに頷いて見せただけだった。そういう面倒が、これから先もずっとつきまとう。親の庇護から離れて、自由になったような気がするのは、ほんの一時のことだ。やがて、自活の道を模索しなければならなくなり、自分の意志と関わりなく予定表が埋められて、さらに、新しい荷を背負い込むことになる。それが、故郷を捨てるということだ。

「俺さ」

仕事に出る日は、昼食の世話まで出来ないから、何でも好きなものを食べなさいとは言ってあるのだが、結局、彰彦はコンビニエンスストアの弁当やカップラーメンで済ませてしまっているようだった。だから今日は、葉子は鍋焼きうどんを作った。額に汗を滲ませて、湯気を吹きながら、彰彦はいつもの気軽な様子でこちらを見た。

「このまま、ここに住んだら、まずいかな」

「そりゃあ、まずいでしょう」

葉子も額に汗が滲むのを感じながら、何を考えるよりも先に答えていた。彰彦は、大して落胆した様子も見せず「そうかな」と答える。

「叔母ちゃんだって、一人より心強いから、いいんじゃないかと思ったんだけど」

「だけど、あんた、そういう煩わしさから逃げたくて、東京の大学に行くことにしたんじゃないの？」

「叔母ちゃんといたって、別に煩わしいことなんか、ないじゃないか。お互いのプライバシーを尊重してさ、それなりにうまくやっていけると、思わない？」

「――思わないわね。今は、あんたも半分お客様気分だから、そう感じるだけでしょう。こっちだって受験生だと思うから、こうやって鍋焼きうどん作ったり、少しは大切に扱ってあげてるんだしね」

「本当に住むことになったら、俺だって、少しは家のこと、手伝うよ」

「嘘ばっかり。そんな言葉にだまされてご覧なさいよ、後で大変な目に遭うのは、叔母ちゃんなんだからね」

心とは裏腹のことばかりが、すらすらと口をついて出る。あんたにそのつもりがあるんなら、すぐにでもお母さんに言ってみようか、そうね、ここでうまくやっていきましょうと、どうして言えないのだろうか。「そうかな」と、わずかに口を尖らせている甥を眺めながら、葉子は彰彦が少し可哀相に思え、同時に後ろめたい気分に襲われていた。

「そうよ。お母さんの代わりにこき使われるんじゃ、たまらないわ」

心にもない嫌味を言うくらいなら、何も言わずにただ微笑んでいるだけの方が良い。分かっていながら、どうして、こんな答え方をしてしまうのだろうと、葉子は心の中で舌打ちをした。

理由は分かっている。杉浦のことが引っかかっているからだ。もちろん、志乃の反応も気にはなる。自由を奪われる煩わしさもあれば、やがては余計に辛い思いで一人に戻る不安もある。だが、一番の理由は杉浦のことだ。ここで、甥との同居を簡単に承諾してしまったら、この先、もしも杉浦と暮らすことになった場合に、更に面倒な状況になるからだ。

「こき使ったりなんか、しないって。俺、まじでいい考えだと思うんだけど。そうすりゃあ、叔母ちゃんだって少しは家賃収入が出来るんだぜ。他人に払うより、いいと思わない？」

「馬鹿なこと言わないでよ。あんたたちを相手に儲けることなんか、出来るわけないでしょう。たとえ食費くらいは入れてもらうことになったとしたって、結局は赤字になるわ」

「それが困るわけ？」

「違うったら。あんただって、ここで一緒に暮らすとなったら、かなり窮屈なはずよ。彼女を連れ込むことも出来ないし、お母さんには何でも筒抜けになるだろうし」

「彼女なんか、連れ込んだりしないって。それに俺、何となく分かってるんだ」

彰彦は、半ば試すような、悪戯っぽい表情で、改めてこちらの顔をのぞき込んでくる。

「叔母ちゃんはさ、うちのお袋になんか、絶対に余計なこと、言わないって」

葉子は、わずかに澄ました表情を見せただけで、何も答えなかった。だが、そのとき、彰彦が「でも」と言った。

「そうなると、叔母ちゃんの方が困るか。コブつきだと思われたら、再婚のチャンスが余計になくなるかもね」

内心でひやりとしながら、葉子は「そういうことね」と答えた。

「叔母ちゃんだって、いつ好きな人が出来るか分からないからね」

彰彦は当てずっぽうで言っているに決まっている。それでも、甥の妙な勘の良さが、何かを感じ取っているのではないかと、ふと思う。常に曖昧な笑みを浮かべているような頼りない雰囲気の持ち主であっても、見るべきところは見ているのかも知れない。または、暮れに甥が上京してくると分かった段階で片づけたつもりの杉浦の私物でも彼はどこかで見つけたのだろうか。

「そっか。それじゃあ、まあ、しょうがないか」

その話は、それで終わりになった。葉子は奇妙な後味の悪さを感じながら、七味唐辛子をかけ過ぎて、ひりひりと辛いうどんのつゆを飲んだ。

一人暮らしを始めれば、甥の食生活は否応なく貧しいものになるだろう。自炊もそうは続かないに違いない。それを考えると余計に可哀相な気がする。誰もが通過してきた道なのだし、そんなところで過保護になる必要はないと分かっていながら、このまま甥の面倒を見て暮らすのも悪くはないのにと、自分の方がよほど未練がましい気持ちになっていることを、認めないわけにいかなかった。

「まあ、近くにはいるんだから、たまにご飯を食べに来るくらいなら、構わないから」

箸を置き、手の甲で汗を拭いながら、出来るだけさらりと言ってみた。甥は、「そうだね」と、やはりこともなげに頷いて、それから、この近所にアパートを見つけるのも良いかも知れないと続けた。

「暮らしやすそうだもんな。散歩してても、退屈しないし」

「そうよ、この辺りなら、家賃だってそう高くない部屋が見つかるんじゃない？」

中野界隈は学生が多い。都心へも近いし、住みやすい場所だ。だからこそ葉子自身が上京して以来、何度か引っ越しを経験しても、結局は中野から阿佐ヶ谷までの間を行きつ戻りつしているだけだった。初めて暮らす土地が、自分にとっての新しい原点になる。それが、東京の印象になる。

食事が済むと、彰彦は、それなら散歩がてら、不動産屋でも見てくると、出かけていった。汗をかいた後だから、風邪をひかないようにしてちょうだいよと言いながら甥を見送り、一人に戻って、葉子は思わずため息をついた。

――もしも。

このところ常に考えていることだった。

もしも、杉浦の申し出を受けることになったら、自分にはどんな将来が待ち受けているのだろうか。もしも、実母を失った娘と暮らす日々が始まったら、どうなるのだろう。このマンションで、三人の生活が始まるのだろうか。それとも、新居を探すことになるのか。そうなった場合、このマンションは売りに出す方が良いのだろうか。葉子にとって唯一の資産と言っても良いマンションを手放して、引き返す場所のない状態になって、そして、どんな日々を紡ぐことになるのだろう。

あり得ないことだと思う。葉子はこのマンションを手放すつもりはないし、この部屋で、杉浦と、彼の幼い娘と暮らすつもりもない。そんな可能性など、一パーセントとしてあるはずがないと思うのに、葉子は杉浦に会って以来、何度となく同じことを考え続けていた。

——追い追い、考えればいい。

杉浦に求婚されたのは先週のことだ。それから二度ほど、彼は葉子の携帯電話に連絡を寄越した。再婚のことについては何も触れず、ただこちらの様子を聞いて——変わりはない？　甥っ子、どうしてる——自分の状況を言葉少なに説明し——まあ、こっちも変わらないって言えば変わらないかな、少しずつ、整理はし始めてるけど——それから、今のうちに葉子にとってプラスになる人間がいたら、紹介しておくつもりだとも言っていた。

彼なりに葉子のことを気にかけてくれている、葉子の仕事に支障を来さないようにと気を回してくれている、その気持ちは、杉浦の穏やかな口調と共に、葉子の中にしみ込んだ。有り難いことだとも思った。だが、その一方では、彼の真意、彼の情愛、彼の誠実さなどというものが、葉子の秤ではかりきれるものではないという不信にも近い感覚が、常につきまとった。それに、長いサラリーマン生活に終止符を打って、本当にフリーになった場合の、具体的な不安もあると思うのだ。彼は、少しでも自分に負担がかからないような生活の手段を求めているのではないか、自分が楽をしたくて、葉子との再婚を考えているのではないかと、勘ぐりたくなる自分がいた。

――もしも。もしも。

もしも、彼と再婚しなかった場合のことは、容易に考えられた。今のままだ。今のまま、毎日のように重い鞄を提げて、見知らぬ町を歩き回る日々が、ずっと続く。夫も子どももおらず、近い内には兄も失って、ことあるごとに「天涯孤独」という言葉を口にするようになるだろう。そして、今と同じ一人のままで、この都会の、空中に浮かんでいるような部屋で、静かに、確実に年老いていく。

可能な限り働き続け、月に何度かは銀行の通帳を眺めて、誰も待たず、誰にも待たれずに日々を過ごしていくだろう。これまでがそうだったように、その生活が、果てしなく続く。それが良いことなのか、自分の望みなのか、それで満足なのか。そして、やがて一人で死んでいく、それが自分の人生なのだろうか。

若かった頃のように、新たな生活に過分な夢を抱くつもりはない。それでも、新しく家族と呼べる存在が出来て、自分以外の人間と紡ぐ生活が生まれ、誰かと同じテンポで年老いていくことが出来れば、それだけで素晴らしいことだと思う。そのためならば、多少の摩擦が生じることくらいは覚悟できるはずだ。後悔することもあるかも知れない。それでも、一人で徐々に渇いていく自分を持て余しながら、やがて渇ききっていることさえ忘れ果てて、ぽきりと折れるまで自分を支え続けなければならない人生よりも、ずっと良いのではないか。少なくとも、違う疲れ方なのではないかという気がする。

——だからって、どうして彼と暮らすことになるの。

どうして他人の子どもを育てなければならないのだ。人に寄り添うことで生まれる渇きだってあると知っていながら、しかも、得体の知れない部分を持っている杉浦と、なぜ、共に老いていくことなど想像するのだろう。どうして迷うのだろうか。

答えは出ているつもりだった。今の葉子は、別段、杉浦を求めてなどいない。ただ、他人のことで頭を悩ませることによって、長い時の流れがせめて短く感じられることを望んでいる。「うちの主人が」と言える気軽さに未練がある。世間体、人並みという言葉が頭の中にちらついている。

——もしも。

全てをやり直すつもりなら、これはチャンスには違いない。取りあえず一人ではなくなるのだし、それ以上の愛情の有無など、さしたる問題ではないような気さえしてくる。愛だけに頼って、安心して暮らしていた日々でさえ、たった一人の子どもさえ、もたらしはしなかったのだし、結果として、長くは続かなかった。杉浦に感じる、得体の知れない不気味さも、理解不能な思考パターンも、最初からそういう人だと思っていれば、大して気にはならないのかも知れない。基本的には、彼は決して悪人ではないのだし、他人に気配りの出来る、常識的で穏やかな人物ではないか。

――じゃあ、結婚する？　あの人と？　幸福になると思わない。それなのに、自問するはずがない。なぜ？　愛していない。幸福になると思わない。それなのに、自問自答を繰り返す。その理由が分からなかった。損得だけで考えているせいか、自分で考えている以上に、杉浦に対する未練があるのか、それとも、祖父母に預けられているという子どもが気にかかっているからか。

――自分が産めなかった代わりに。

確かに、そんな自分の姿に、どこか甘ったるい幻想を抱いている。未だに母親というものになってみたいという未練がましい思いがある。「うちの娘」という、専有物が欲しいと思っている。

愚かしい望みだと分かっている。あのような形で突然逝ってしまった実母に取って代わることなど、出来るはずがないではないか。子どもは、たとえ自分で産んだとしても専有物になどなり得ない。分かっているつもりなのに、どうしても幻想ばかりが膨らんでいる自分に、葉子は腹がたってならなかった。

6

二月も残りわずかになっていた。彰彦は、既に三校の受験を終えて、二校に合格していた。これで浪人する心配はいらなくなったという安心感が、葉子の気持ちを穏やかにさせていた。だが、相変わらず「もしも」という思いは、日々の生活のあらゆる隙間に入り込んで来た。

明日は彰彦の私大最後の受験という日だった。弁当の下ごしらえをして、早めに風呂にも入ってしまい、葉子はコタツの上に道具を広げて、カメラの手入れをしていた。

一体、このファインダーを通して、自分はいくつの風景、いくつの表情を見つめてきたことだろう。何千、何万回、シャッターを切ってきたことだろうかと、ふと思う。思い起こせば、あれこれと蘇ってくる顔、風景があった。街角の店や、その店の料理、凝った造りの看板もあった。けれど、その都度、自分なりに集中して切り取ってきたつもりの瞬間は、何一つとして、葉子のものにはならなかった。右から左へ流すばかりの、単なる消耗品でしかなかった。それを考えると、馬鹿馬鹿しい気にもなってくる。自分は写真家ではなく、写真屋なのだと、改めて言い聞かせなければならなくなる。

——それを、ずっと続ける。

また、杉浦のことを考えそうになって、ついため息を洩らしたとき、電話が鳴った。ベルの音だけでも彰彦の気を散らしたくない気持ちが働いて、葉子は素早くコタツから抜け出した。受話器を耳につけると、「もしもし」と細い声が聞こえてきた。

「理菜?　理菜ちゃん?　どうした?」

久しぶりに聞いた姪の声だった。元気なの、と聞くと、彼女は幼い子どものような声で「うん」と言い、数日前に県立の高校に合格したことを話した。受験したかどうかも聞かされていなかった葉子は、ほっと息を吐き出しながら、祝福の言葉を口にした。

「良かったじゃないの。叔母ちゃんも、ほっとしたわ」

恐らく、志乃から報告の電話だけでもかけておけと言われたのに違いない。理菜は、素直に「ありがとう」と答えた。

「お祝い、何がいい？」

これで立ち直りのきっかけを摑んでくれれば良い、新しい環境の中で、過去を押し流していってもらいたいと考えている葉子の耳に「あのねえ」という声が届いた。てっきり、合格祝いの品をねだられるのだと思った。ほとんど感情のこもっていない理菜の声は、それでも決して陰鬱ではなかったし、ましてや切羽詰まった感じのものでもなかった。ところが、そのままの声で、姪は、志乃がまだ帰ってこないのだと続けた。葉子は彰彦を気遣いながら「ええ？」と聞き返した。もう十時になろうとしている。

「まだ帰らないの？　病院かしら」

「面会時間は八時までだもん。遅くとも九時には、いつも帰ってくるし」

にわかに落ち着かない気分にさせられながら、葉子は「どうしたんだろう」としか答えられなかった。東京からでは、すぐに駆けつけてやることも出来ない。あの家で、理

菜がこの時間まで一人でいるのかと思うと、いじらしく哀れに思える。だが理菜は、

「そのことは、いいの」と言った。

「心配になって、叔母ちゃんに電話したわけじゃないんだ。どうせ、どこに行ってるかなんて分かってるし、この時間でもいないっていうことを知ってもらいたかったのと、お母さんがいるときだと、好きなこと話せないから」

「——例の、人のところ？」

万に一つも彰彦に聞かれないようにと、コードレスの受話器を持ってコタツに入り直し、声をひそめて言ってみた。理菜は、吐き捨てるような口調で「当然」と答えた。

「最近さ、前よりも大胆になってるんだよ。別に、今日が初めてじゃないんだ」

「だけど、本当に病院ていうことはないの？　お父さんの容態が良くないっていうことは」

「ねえ、叔母ちゃん。うちのお母さんて、馬鹿だよ」

葉子の質問には答えずに、理菜は、わずかに笑いを含んでいるような声で言った。志乃が携帯電話を買ったのだそうだ。

「携帯電話？」

「うちのお母さんになんか、必要ないじゃない？　だけど、最初にお母さんの帰りが遅れたときに、私、病院に電話したんだ。だって、当たり前でしょう？　何かあったのか

なって、思うじゃない。でも、お母さんはとっくに帰ってた。それで、次の日になったら、すぐに携帯電話を買ってきて、『用があるときは携帯にかけなさい』って言うんだよね。ねえ、本当に馬鹿だと思わない？　そんなことすれば余計に怪しまれるって、分からないのかな」

「──病院に、迷惑をかけたくないからでしょう」

子どもだましの言い逃れだと分かっていながら、そう言うより他なかった。だが、受話器を通して聞こえてきたのは、深々としたため息だった。それは大人への軽蔑と、諦めを含んだ、鼻で嗤うような息づかいだった。

「病院の中では携帯電話は使わないようにって、あちこちに貼り紙がしてあるじゃない。病院しか行くところがないんだったら、携帯電話なんか持ってたって、無駄なんだよ。あとは、お母さんは大抵家にいるんだから、お父さんに何かあったら、家に電話が来るんだから」

「──そうだけど、でも──」

「それでさ、家にいてもお母さんの携帯電話が鳴るんだよね。変な時間に。誰からかかって来てるかなんて、決まってるじゃない。そうすると、お母さんさ、『あら』なんて言っちゃって、私のこと、横目でちらっと見たりしてね。もう、最低、最低だよ。本当に、馬鹿」

理菜の口調は次第に熱を帯び、激しくなりつつある。怒り。苛立ち。志乃は、こんな状態の娘をまだ放ったままにしているのか。葉子の中にも志乃に対する憤りが広がっていった。だが、葉子が何と答えようか迷っている間に、理菜は「ま、いいけど」と急に口調を変えて言った。

「私さ、決めたんだ」

「何を？」

「お母さんはお母さんで、勝手にすればいいんだよ。その代わり、私も勝手にするから」

「勝手にって。どうするの」

「分からないけど。でも、勝手にする。それだけ、叔母ちゃんには言っておこうかなと思っただけ」

それは困る。そんなことを聞かされたからといって、葉子に何が出来るわけではないのだ。かといって、ただ待ちなさい、落ち着きなさいと言うことが、何の意味も持たないことも分かっている。途方に暮れかかっている葉子の耳に、理菜の「もう、いいんだ」という言葉が届いた。

「いいって――何が、どういいの？　理菜、何を考えてるの」

「別に」

まさか、死のうとしているのではないだろうかという思いが、否応なく頭をもたげてくる。葉子は焦って考えをまとめようとした。とにかく、今の自分に出来ることは、少しでも彼女を落ち着かせることしかない。葉子は、沈黙が続かないように、「ねえ」と話しかけた。

「お母さんの携帯電話の番号、教えてくれない？　叔母ちゃんからも、電話してみようか」

「やめてよ、そんなことしたら、私が告げ口したっていうのがバレバレだよ」

「うまく言うから。こっちから用があって電話をしたら、理菜ちゃんしかいなくて、携帯の番号を教えてくれたとか何とか」

理菜は、それならと言って、すらすらといくつかの数字を呟いた。葉子は慌てて、コタツの脇にあったティッシュの箱に、志乃の携帯電話の番号を書き留めた。

「それで、何の用だって言うの？」

「それは、これから考えるけど——」

「いいよ、電話なんかしなくたって。それより、ねえ、叔母ちゃん」

理菜は抑揚のない声のまま、葉子の仕事のことを聞いたかと思えば、原宿にあるという雑貨店の名を出し、次にはティーン向けの雑誌の仕事はしないのかなどと言い出す始末で、まったく落ち着きがなかった。それらの一つ一つに答えながら、葉子は、背ばかり高くなった姪の、全身を震わせて泣いていた姿と、薄い背中を思い出していた。かじかんだ心とは裏腹に身体中から発せられていた熱までが蘇ってきた。怒りのための興奮か、苛立ちを鎮めるための発散か、とにかく何かを求めていることは分かる。本当は母親に対して吐き出したい思いが、形を変えている。

「ねえ、お兄ちゃん、いつまでそっちにいるって？」

「受験が終わるまでだから、来週かしらね」

カレンダーを横目で見ながら、葉子は答えた。

「来週、か。まだまだだね」

「もうすぐよ。ねえ、どうする？　お兄ちゃんが、そっちに戻ったら、理菜ちゃん、出てくる？」

この前は、春休みまで待てなかったと言って飛び出してきたのに、理菜は、いよいよ春休みに入るという今になって「分からない」と答えた。葉子は思わず「どうして」と口走っていた。この子にはまだ休息が必要だ。自分一人のために使う時間が必要だ。それくらいなら与えてやれると思った。

「いらっしゃいよ、ね？　叔母ちゃんは全然構わないんだから。て、いうよりも、そのつもりでいたんだから」

その言葉に嘘はない。理菜のことが気がかりなのも本当だし、何よりも葉子自身が一人にならないための防衛策として、甥に代わる相手が欲しいのだ。ことにこの数日は、一人に戻ってしまったら、すぐにでも杉浦との再婚に傾いていきそうな自分を感じている。頼りたいのはこちらの方なのだ。お願いだから一人にしないでと、かつて一度として口にしたことのない言葉が、喉元までせり上がってきている。

「だけどさあ」

「だけど、何？」

「お父さんが——もう、本当にヤバイみたいだし」

「——そうなの？」

胸を衝かれた気がした。もうすぐ天涯孤独だの、覚悟だのという言葉を使いながら、やはり自分は兄からは遠いところにいるのだということを、改めて思い知らされた。今、確実に死に向かっている兄を、じっと見つめているのは、志乃以上に、受話器の向こうにいる理菜なのかも知れない。

「強い薬、使うようになったから、うとうとしてることの方が多くなったけど。でも、お母さんはお兄ちゃんには言うなって言うし、自分でも黙ってるでしょう」

確かに初耳だった。このところ、志乃は電話をかけてくることさえ、少なくなっている。

「——お母さんの代わりに、理菜ちゃんが電話番、してるの？」

「そういうわけでも、ないけどね。お母さんだって、携帯の番号くらいは病院に教えてるだろうし。でも、いざっていうときに、いてあげないのも可哀相でしょう」

「――そう、ね――大変ね」

理菜は、返事をする代わりに、葉子の耳に息がかかるかと思われるほどの深いため息をついた。そして、今の話は彰彦にはしてくれるなと念を押した。

「お医者さんは、あと半月くらいは大丈夫だろうって言ってるらしいから。だから、試験が終わるまでは、言わないようにしようって、お母さんも言ってるから」

いよいよ秒読み段階に入ったのだ。強い薬とは、おそらくモルヒネのことだろう。最後の最後に、患者の苦痛を和らげるために使う薬といえば、葉子にはそれくらいしか思いつかない。思わず胸が苦しくなった。本当に、もう二度と兄と話すこともなくなってしまった。兄の魂は、既に肉体から離れようとしているに違いない。だが、そんな状況を聞いてさえ、やはり葉子には他人事になってしまっているのだ。兄の生命が残り少ないと分かっていても、葉子の日常は何一つとして変わることはなく、大した努力も要さずに、そのことを頭の片隅に追いやることが出来ている。それが、理菜とも、志乃とも明らかに異なる、縁の薄かった妹としての立場だった。

「――お母さんも、疲れてるのよ。分かってあげてね」

「分かってる。うんと疲れた顔、してるしね」

「だったら、勝手にするなんて言わないで」

「それとこれとは、別だよ。疲れてるからって不倫していいっていうこと、ないでしょう」

「そうだけどねえ」

「お母さん、ずるいんだよ。一人になるのが怖いからって、先に逃げ場所を作って」

返す言葉が見つからなかった。葉子だって、逃げ場所を作りたい。誰だって、そうではないか。ひりひりとした心を抱えたままで、一人でなどいたくない。彰彦が帰ったら理菜を、理菜がいなくなったら杉浦でも、とにかく逃げ場所として確保したいと思っている自分に、志乃を責めることなど出来はしないと思った。だが、自分を置いて一人で安全な所へ逃げ込もうとする母親を、娘が許せないことも分かる。今の理菜は、父と同時に母も失おうとしている。そう感じているのに違いなかった。

「じゃあ、お父さんの具合にもよるだろうけど、取りあえず叔母ちゃんは、待ってるから。いつ来ても、いいんだから、ね」

「でも叔母ちゃんだって、お葬式には、来るんでしょう?」

「——まだ、そんなこと、言うもんじゃないわ」

「本当のことだもん」

声の印象だけでは、理菜の心を読み取ることは難しかった。とにかく志乃が戻ってくるまで、きちんと戸締まりをしておくこと、火の元を確かめることと、ありきたりなことを繰り返し、酷だとは思いながら「しっかりするのよ」と締め括るより他なかった。

電話を切った後、葉子は大きな無力感に襲われた。やがて、その無力感を押しのけて、志乃に対する腹立ちが膨れ上がってくる。そこに、わずかな羨望さえ含まれていることも否定出来なかった。死の床にある夫を欺き、あんなに不安定な娘を放っておいてでも、駆け込みたい逃げ場所をまんまと確保した彼女に、義妹としてなどではなく、単純に、同性としての嫌悪があった。

「長野から？　親父、どうかしたって？」

振り返ると、いつの間にか彰彦が立っていた。葉子は、ただ小さく首を振って見せただけだった。

7

兄の容態が急変したという電話が入った。早くから起き出して温かい弁当を作り、ちょうど彰彦を送り出したところだった葉子は、絶望的な気分で志乃の声を聞いた。理菜が電話してきたのは、つい昨晩のことだ。

「彰彦、まだいる？」

「つい今し方、行ったところよ」

「もう？　じゃあ、どうしよう」

志乃の声は、興奮のためか緊張のせいか、いつもより早口で、はっきりとしており、それが、葉子には彼女が待ちわびていた報せを受けた喜びを隠しきれずにいるように聞こえた。

「危ないの？」

「分からないわ。私もこれから家を出るところだから。でも、こんなこと初めてだし」

何とか持ちこたえてくれないものだろうか。せめて、彰彦の受験が全て終わるまで、甥を動揺させないために、生き続けていてくれないものだろうか。葉子の祈りは、ただそれだけだった。

「大学に連絡してみようかしら」

「可哀相よ、せっかくこれまで勉強してきたのに」

「でも、もう二つは受かってるんだし、それがあの子の運命だと思えば、仕方がないもの」

死にゆく者への思いと、将来をかけている息子への思いと、志乃はどちらをとろうとしているのだろうか。昨晩、理菜から聞かされた話が、葉子の中には不快な澱となって、まだしっかりと残っている。あなたは、それほどまでに兄のことなんか思ってやしないじゃないの。それなのに、どうして簡単にそんなことが言えるのと、葉子の中で急速に怒りが膨らもうとする。だが今は、電話で喧嘩をしている場合ではない。自分たちに出来る最良の方法を考えるべきときだ。

「病院は、何て言ったの？　身内の人を呼んで下さいって？」

「そうは——そうは言わなかったわ。ただ、容態が急変したから、すぐに来て下さいって言われただけ」

「それなら、取りあえず病院に行って。それから、もう一度電話をくれない？　本当に身内を呼んだ方がいい状態なら、私から大学に連絡を入れて、試験が済んだら、真っ直ぐ長野に戻るようにって、伝えてもらうから」

「試験が済んだら？」

「だって、ここまで来て、可哀相でしょう。とにかく病院でどう言われるかによるんだから、ね」

志乃はため息混じりに「そうね」と答えた。

「理菜は？」

「もう玄関の外で待ってる」

「じゃあ、とにかく病院に着いたら、必ず電話をちょうだい、いい？　ことによっては、私も今日の仕事をキャンセルしなきゃならないかも知れないんだし、まあ、代わりの人が見つからなかったら、私は行かれないかも知れないけど」

「ああ、ああ、そうね。あなたも、そうね」

一体、誰に電話しているつもりなのだと、また苛立ちが大きくなる。分かり切っているつもりの彼女の無神経さ、葉子には理解し難い志乃の中での優先順位のつけ方というものが、今更のように腹立たしく感じられた。こんな時は、出来ることなら顔などあわせたくない。ただでさえ平静ではいられない、一つの生命が消えつつあるのを見届けなければならないような時に、万に一つも口汚い罵りあいにでも発展しては、たとえ逝く人が兄であったとしても、申し訳ない。

電話を切った後、本当はもう少しベッドに潜り込みたいと思っていたのだが、葉子はそのまま片づけものを済ませ、窓を開け放って掃除機をかけながら、これからの段取りを考えた。彰彦が試験を受けにいった大学の電話番号と、彰彦の受験番号を確認しておく必要がある。仕事先は、昼近くならなければ電話をしても誰も出ないだろう。仕事の準備とは別に、二、三泊は出来る旅の支度が必要だ。普段着の他に、黒のストッキングや靴、数珠に喪服まで用意すると、かなりの量になる。クリーニングから戻ってきたばかりの喪服を、またすぐに着ることになるのかと、ついため息が出た。杉浦の妻のことが、否応なく思い出される。

――私のことは、ご心配いりません。

小雪の舞う日に、葉子は黒い額の中で微笑む杉浦真希子に、そんな誓いを立てた。だから成仏して下さいと祈った。

杉浦真希子の魂は、果たして本当に成仏しているのだろうか。四十九日間は家の軒先にとどまるという死者の霊は、その後、無事に冥界へ旅だっただろうか。もしもまだ、あたりを漂っているとしたら、唯一、真実を知っているといって良い彼女は、今頃どんな思いで自分を殺した相手のこと、夫や娘のことを見つめているだろう。葉子のこともそうだ。あなた、誓ったんじゃないの、それなのに、何を迷っているのと、そう思ってはいないだろうか。誓いは嘘だったの、簡単に裏切るつもりなのと、責めているかも知れない。

何となく背筋が寒くなった。思わず背後を振り返り、辺りに自分以外の存在の気配を探ろうとする。

——そう。私は誓った。

ひっそりと静まり返っている空間に、葉子は語りかけた。忘れてなんか、いない。その誓いを破るほどの情熱で、杉浦を自分のものにしたいなどと、考えてはいない。ただ、彼が望んでいる。残された娘のことを考えても、もう一度、穏やかな家庭を築くのは、決して悪いことではないと、彼が考えている。

——彼が、望んでる。

もしかすると杉浦は、一人では生活できない男なのかも知れなかった。別段、杉浦に限らず、一度でも家庭の味を知ってしまった男は、再び一人に戻ることが想像以上に苦痛らしいことを、葉子は自分の周囲を見ていて感じたことがある。掃除洗濯の煩わしさなどはもちろんのこと、常に背中に乗せていた鞍が外され、裸馬に戻ったような心許なさがあるらしい。それを、弱さと決めつけるつもりはない。ただ、葉子の夫だった男がそうだったように、まるで慌てふためくように新たな生活を築こうとする男の感覚が、葉子にはよく理解出来なかった。

そう簡単に整理などつくはずがないではないかと葉子は思う。たとえ過去の生活の全てが清算できたとしても、新たな生活に不安はないのか、同じ失敗を繰り返し、敗北感に打ちひしがれることへの恐怖はないのかと考えてしまうのだ。しかも、杉浦の場合は普通の形で妻を喪ったわけではない。杉浦真希子は殺されたのだ。

ついぼんやり考えていると電話が鳴った。葉子は慌てて我に返り、受話器に飛びついた。

「この二、三日が山じゃないかって」

受話器を通して聞こえてきた志乃の声は、さっきよりも深く、静かに聞こえた。兄は既に意識もなく、ひたすら荒い呼吸を繰り返しているという。

「じゃあ、山を越せば、持ち直すこともあるっていうことね？」

「それは分からないけど、とにかく今日明日中に、どうこうっていうことでは、ないみたいなんだけど」

葉子はため息混じりに「そう」と言った。兄自身のことを思えば、もうここまで来てしまったからには、少しでも早く、楽にさせてやった方が良いようにも思える。当人に苦痛を与えるだけの延命治療ならば、断った方が良いと、葉子は常日頃から考えてきた。だが今、彰彦のことを考えると、せめてあと一週間か十日、持ちこたえて欲しかった。

「それでね」

「ああ、彰彦のことは、じゃあ、どうしようか。一応、大学に連絡を入れておく?」

「それは、まあ――帰ってきてから、言ってもらっても大丈夫なんじゃないかとは思うけど。あのね」

それから志乃は少し声をひそめて、栃木の家のことを、具体的に考えてもらえないかと言った。

「ああ――そうね。分かったわ」

考えるといっても、何をどう考えれば良いのか。だが、病人にかかりきりになっている志乃にしてみれば、他に頼る相手もいないことは確かだ。第一、理菜が愛人だと言っているガソリンスタンドの経営者などに親切顔で乗り出してこられたりしてはたまらない。そのくらいなら、葉子を頼ってもらった方がまだましだ。

「彰彦の受験が済んで、三月になったら一度、帰って見て来ようとは思ってたんだけど、この分じゃあ、少し早くした方がいいかもね。権利証なんかは、そっちにあるわよね？」

「それは、大丈夫。じゃあ、本当に悪いんだけど」

この世の中に、身近な者の死を突きつけられて、手放しでただ悲しんでいられる者がどれほどいることだろうか。ほとんど感覚が麻痺している状態のままで、まず襲われるのは事務的な手続きの煩雑さだ。どれだけ周囲の人間が動いてくれたとしても、結局は、まったく知らん顔をしていられるはずもない。本当に静かな状態で、真っ直ぐに死という現実を受け入れていられるのは、おそらく死んだ本人以外にはいないのだろう。両親のときはもちろん、葬儀に参列する度に、葉子はそう感じていた。

取りあえず、これで表面上は普段通りの生活に戻れるはずだった。だが、気持ちは一向に落ち着かず、嫌でも死の床にある兄の表情が思い浮かぶ。濃いコーヒーを淹れながら、葉子の中には、幼かった頃からの断片的な記憶が浮かんでは消えていった。最期くらい、少しは良い顔、素直に死を悲しめるような表情を思い出したいと思うのに、自分の内のどこを探しても情けないほどに、怒っている後ろ姿や、人を睨みつけていたときの形相、口元に力を込めて、こちらの心が縮み上がるようなことを言うときの残忍な表情、そんなものしか思い出せなかった。

――逝くときは、せめて怒らないで、静かな気持ちで逝って。

今、兄に伝えられるとしたら、そのひと言だけだ。兄の人生は、そう実りの多いものだったとは言い難いかも知れない。だが、満更捨てたものでもなかったはずだ。少なくとも、人並みのものは全て手に入れることが出来た。それを、さらに豊かにしなかったのは、兄自身の性格による。誰を恨む筋合のものでもないはずだ。兄は自分の手で、自分の人生を曇らせ、周囲の人の人生まで曇らせた。これまでの数々の嫌な思い出に対して、葉子はもはや謝罪して欲しいとも思ってはいない。だが、取りすがって泣きながら「死なないで」と言うことなど、出来るとも思えなかった。ただ、静かに見送ることだけが、妹としての最後の情愛の示し方だと思う。

それでも出来ることなら、兄が逝く瞬間には立ち会いたくなかった。心から悲しめる自信がない。一つのエネルギーが途絶えるときの、独特の荘厳さすら、今回に限っては感じられないのではないかという不安がある。涙一つ流さず、事務的に動き回る自分が思い浮かぶ。そして、これで本当の天涯孤独になったのだ、過去からつながってきたものが、また一つ切れたのだと、自分本位のことばかり考え、最後には自己嫌悪に陥るような気がする。

——そうやって、結局は人を不愉快にさせる。

兄らしいといえば兄らしいではないか。誰のことも喜ばせず、楽しませず、怒らせ、怯えさせ、悲しませてきた人は、最期までそういう存在であり続けるのだ。

ぬるくなったコーヒーを飲みながら、葉子はぼんやりと窓の外を眺めていた。淡い水色の今日の空は、確かに春の気配を漂わせて見えた。

8

彰彦から、今から長野へ戻るという連絡を受け取ったとき、葉子は今日撮影したフィルムをラボに届けようとしている途中だった。

「おふくろの話だと、急にどうにかなるわけでもないらしいけど、取りあえず帰ってこいって言うからさ。このまま帰るよ」

大学の事務局は、葉子の伝言をきちんと伝えてくれたのだろう。葉子よりも先に母親に電話をして事情を聞いたらしい彰彦の声は冷静で、慌てているふうもなかった。

「お金、持ってる？」

「ギリギリだけどね。向こうに着いたら、また電話するから。じゃあね」

短い電話はそれで切れた。朝からずっと落ち着かない気持ちでいた葉子は、彰彦と連絡がとれただけでも、わずかに気持ちが軽くなるのを感じた。

渋谷には、今日も若者が溢れている。彰彦と似たような年格好の少年が、あまり浮かない顔をして歩いているのを見かける度に、葉子は、彼も受験生なのだろうか、どこかの大学を受けてきた帰りなのだろうかなどと、つい思った。考えてみれば、彰彦は十八で父親を喪うことになる。理菜はまだ十五ではないか。そんな子どもが世の中に少なくないことは十分に承知しているつもりだが、自分の甥や姪が経験するのだと思うと、不憫でもあり、不思議な気持ちにもなった。

——心残りだろうか。

今、生と死の境をさまよっている兄のことを、また考えた。子どもたちがほんの小さな頃は、半分おもちゃのような感覚で可愛がってもいたらしいが、その後はさほど子煩悩ではなかったことは、志乃からも聞いているし、子どもたちの反応を見ていてもよく分かっていた。兄は、父親としての責任を負うことが嫌いだったのかも知れない。まるであぶくのように、勝手に生まれてきたような気持ちでいるらしいと、志乃から愚痴られたこともある。

フィルムを出し、代わりに現像済みのポジ・フィルムを受け取って、葉子はいつもの編集プロダクションを訪ねた。明日も仕事の予定が入っているが、兄が危篤であることを話すと、担当の若い女性編集者は気の毒そうに眉をひそめて「大変ですね」と頷いた。

「何か、次から次っていう感じじゃないですか」

さほど親しく言葉を交わしたこともない相手から言われて、葉子は反射的に杉浦と三郷エリの顔を思い浮かべた。彼女が出入りしているところには、間違いなく葉子と杉浦との噂が流れていることだろう。杉浦の容疑が晴れた後も、葉子は一、二度エリと組んで仕事をしている。表面上は涼しい顔をしていても、彼女なりに気まずいらしく、以前のようには親しげに話しかけてこなくなった。だから葉子の方も、あえて何も話さずに、黙々と写真を撮ることに専念している。

「東京なんですか?」

「長野なんです」

「じゃあ、長野まで行くんですか。寒いのに、よけい大変じゃないですか」

自分が無神経な発言をしたことにも気づいていないらしい若い編集者に、葉子は、何の苦もなく浮かべられる穏やかな表情で、ゆっくりと頷いた。

「ところで、宇津木さんてお幾つでしたっけ。あ、失礼ですけど」

「四十です」

さらりと答えて見せた。少しは意外そうな顔でもされるかと思ったのだが、彼女はなるほどというように頷き、それでは数えでは四十一になるんですねと言った。

「気をつけた方が、いいですよ。働いてる女性にはね、男の厄年も回ってくるんですって。数えで四十一っていったら、男の前厄でしょう」

実は、自分も今年は女の前厄なのだと笑う編集者に、葉子は「そうですか」としか答えることが出来なかった。相手は親切のつもりなのだ。いちいち本気で怒る気はない。

「じゃあ、取りあえず明日は急場しのぎで何とかするとしても、困ったな。予定が立たないと、こちらとしてもお願いしにくくなっちゃいますよね」

人の生き死にの問題だから、編集部の都合でどうなるものでもないのだがと続けられて、葉子は改めて自分の立場の弱さを思い出す。一度、隙間が出来てしまえば、どんな同業者に仕事を取られるか分からない。特に、どこへ行っても景気の悪い話ばかり聞く昨今では、一つでも仕事を取りたがっているカメラマンが溢れている。

「どうしようかなあ。春からの新しい企画なんかもね、進み始めてるんで、こっちとしては、それも宇津木さんにお願いしたいとは思ってるんですけど」

「――取りあえず、今週と来週一杯、様子を見させていただけないですか」

言ってから、兄の生命に期限をつけたのだと思った。葉子は慌てて、「その間には、病状も安定するだろうと思いますから」とつけ加えた。仲の良い兄妹と、思われたいのだろうか。馬鹿げた取り繕い方だと、自分で自分が嫌になる。

まるでもったいをつけるように、少しの間、考える顔をしていた編集者は最後に「分かりました」と頷き、では、二週間後からまた仕事の予定を入れて欲しいと言ってくれた。我ながら卑屈なほど深々と頭を下げ、かといって、相手の機嫌を取ろうとしているとは思われたくないばかりに、表情だけは落ち着いた、大人らしい微笑みを浮かべている。それが、この何年かの間に葉子が身につけた、フリー・カメラマンとしての鎧だ。

朝が早かった上に、一日中気持ちが落ち着かず、食欲もなかったせいで、帰りの電車の中では必死に空席を探す有様だった。ようやくマンションに帰り着いたときには、かなり疲れていて、せめて今日のところは兄に持ち堪えてもらいたいとまで思うようになっていた。

——それくらい、してくれたっていいじゃない。他には、何一つしてもらったこともないんだから。

半ば八つ当たりするような気持ちで、のろのろと靴を脱ぐ。今夜はずっと一人で過ごす、久しぶりに心細い夜になるのだということに、思いがいかないわけではなかったが、そんなことさえ、どうでも良かった。

このまま気を抜いてしまったら、何をするのも億劫になりそうな気がして、まず留守番電話を確認し、さらに、志乃の家に電話を入れてみる。恐らく留守だろうから、その後で志乃の携帯電話を鳴らすつもりだったのに、意外なことに数回目でコールの音が途絶え、いつもの志乃らしくない声が「もしもし」と言った。葉子が名乗ると、彼女の声には落胆とも安堵ともつかない落ち着きが戻った。

「思ったより安定してるのよ。何もしないで朝から飛び出しちゃったから、理菜についてもらって、ちょっと帰ってきたの。もう少ししたら、また行かなきゃならないけどね」

葉子は「大変ね」と言い、そういえば、志乃だって葉子と同い年なのだから、男の前厄に重なるのだろうか、だが、彼女は働いていないのだし、関係はないだろうなどと考えていた。

「もう、ここまで来ちゃったら、いつ何があっても不思議じゃないっていうことは、今日言われたわ。だから覚悟はしておいて下さいって。だけど、また少し元気になる可能性だって、あるんですって。あとは本人の生命力次第っていうか、そんなところらしいのよね」

「じゃあ——」

「だから、駆けつけてきてもらっても、すぐにどうなるかは分からないっていうところらしいの」

つまり、すぐに長野へ行く必要はないということらしい。葉子は「そう」と答え、もう絶対に駄目だと分かったときには連絡をするからと言う志乃の声を聞いた。

「最期には会えないかも知れないけど——意識だって戻るか分からないくらいだから、いいわよね？」

良いと答えるべきかどうかが分からない。葉子としては、この前会った段階で、別れは告げたつもりでいる。だが、あっさりと「そうね」と答えるのも薄情な気がした。

——お前は、八方美人なんだ。

ふいに、兄の声が聞こえた気がした。いつの頃だったかも覚えていない。とにかく、言葉の意味が良く理解できなかった年頃だったことだけは確かだ。何かの折に葉子は、その言葉を投げつけられた。意味が分からないなりに、その時の、いかにも憎々しげな兄の表情が葉子に衝撃を与えた。喧嘩をしないで欲しい、家族は仲良くして欲しいと、単にそう思っていただけの葉子には、あの頃から既に、兄は遠い存在だった。

「じゃあ、私、ちょっと栃木の方へ行ってみるわ」

返事をする代わりに言うと、志乃の声がわずかに変わった。

「そうしてくれる?」

「ずっと行ってないんだもの、だけど今回は、取りあえず様子だけ見てくるっていう程度だと思うから、すぐに買い手まで探してくるとは思わないでね」

「分かってる。悪いわね」

「そんなこと、ないわ。もう諦めてるもの」

「諦めてるなんて、そんな、淋しいこと言わないで」

この部屋で、ぽろぽろと涙を流していた志乃の姿が蘇る。本心だったかどうかは別にしても、あの時、志乃は自分が無力な兄嫁であることを詫びてくれた。だから葉子は、故郷の家を手放す決心をした。

「淋しいことでも、ないでしょう。仕方がないのよ」

兄の病状が安定したからといって、今更、今週と来週の仕事を取り戻すわけにはいかない。この際だから、栃木に行くのが最良の選択と言えそうだ。

「ああ、それから彰彦だけどね」

葉子は思い出したように話題を変えて、彰彦はランチジャーを持ったまま帰るはずなので、今度、上京してくるときには忘れずに持たせて欲しいと言った。受験はまだ残っている。

「ランチジャー？　あの子、そんな物を持たせてもらってたの？」

「だって、冷たいお弁当をかき込むと、お腹が痛くなるかも知れないとかって言うんだもの。最近は色んなデザインのものがあるのよ」

「あら——そう。ごめんなさいね」

「受験生だからね、少しの我がままはしょうがないかなと思ってるわ。浪人は出来ないからって、本人も頑張ってたんだし」

「彰彦が大学に受かったのは、何もかも、叔母ちゃんのお陰なのねえ」

どうしても、子どもの話題になると志乃の口調が何となく皮肉っぽいものに変わる。自分が敏感過ぎるのか、志乃が何を不快に感じているのか、それを考え始めると、また嫌な気分にさせられる。

彰彦が帰宅したら、また連絡をさせるからということで、ようやく会話は終わった。

葉子は、長野に行かずに済んだことを心の底から嬉しく思い、だが、支度をした荷物は、そのままにしておこうと思った。いずれにせよ、その日は確実に近づいている。

——終わりが、来る。

エアコンのスイッチを入れて、ようやく室内に暖かい空気が流れ始めたのを感じながら、葉子はソファに身体を投げ出した。足も、腰も冷えているのが分かる。耳の奥で微かに血液の流れる音が聞こえた。兄の体内では、この血液の流れも止まろうとしているのだということが、不思議なほどに生々しく感じられた。

ずいぶん長い間、葉子はそのままの格好で、自分の呼吸する音を聞き、手足に温もりが戻るのを感じていた。今のところ、自分にはまだ終わりは来ない。事故にでも遭わない限りは、明日も明後日も、こうして呼吸を繰り返し、日々を過ごすことだろう。それが、どういうことなのか、どんな意味のあることなのか、分からない。

——独りになって、故郷を失って。

あと何年、新しい季節を数えることだろう。最後の最後には、どんな季節の中にいることだろうか。

考えて結論の出ることではなかった。室内が完全に暖まった頃、葉子はようやく起き上がった。はからずもまとまった休みを手に入れることになって、久しぶりに故郷へも帰るというのに、新たに気が重くなり始めている。本当は、怖いのだ。現実を目の前にすることが怖い。一人であの家に足を踏み入れるのが怖い。改めて、過去の亡霊に会うような気持ちになる。そういえば、何年も使っていないうえに、見かけたという記憶すらなくなっている栃木の家の鍵はどこにしまってあっただろうかと考えながら、葉子は背筋を伸ばしきらないまま、寝室に向かってのろのろと歩き始めた。

第五章

1

　バス停の前にあった空き地が、いつの間にかコンビニエンスストアに変わっていた。久しぶりに降り立った町は、重く、低く垂れ込めた灰色の雲の下で、ひっそりと固く凍えているように見える。

　バスを降りるなり、久しぶりに感じる鋭い寒風に涙さえ浮かびそうになりながら、葉子は少しの間、周囲を眺めた。近くをバイパスが通ったお陰で、幹線道路だというのに、その交通量は以前よりも大分減ったようだ。一方、ベッドタウン化は、こんな辺りまで進んできているらしく、以前は畑や牧草地だったところに、こぢんまりとした家がひしめきあっている。それでも辺りはひっそりとして、どことなく寂れた雰囲気が漂っていた。いや、そんな気がするだけなのだ。長い東京暮らしの間に、巷には常に人が溢れ、道路といわず乗り物の中といわず、いつでも混雑しているものだと、それが普通だと、そう思い込んでいるせいに違いなかった。

——昔から、こんなものだったじゃないの。

腕時計に目を落とすと、ちょうど昼に差し掛かろうとしていた。このまま何もない家に行っても、じきに空腹になるに違いない。葉子は、都内では見かけたことのない店名のコンビニエンスストアに寄っていくことにした。ドアを開けると、凍えかけた頬の毛穴を開かせるような、ぼわりとした熱風が顔に当たり、化学調味料をたっぷり使っているに違いない、おでんのだしの匂いがした。店名にはなじみがなくても、店内の雰囲気は、まるで代わり映えのしない、当たり前のコンビニエンスストアだった。新鮮さはないが、一定の安心感がある。便利になったものだ、と思いながら、葉子パンとミニペットボトルの茶をカゴに入れ、さらに店内を歩き回るうちに、使い捨てのカイロがあったので、それも一緒に買うことにした。

——他に、いるもの。

何もないところへ行くわけではない、かつて生活していた家へ帰るのだ。食べ物以外なら、何でもあるはずだと思う。それでも不安だった。急に必要な物を思いついたからと言って、気軽にここまで戻って来る気にはなれないに違いない。何しろ、バス停から葉子の実家までは、足早に歩いても十分はかかる。しかも、急な坂道を上り下りしなければならない。中野のマンションとは、そんなところからして違っていた。雑貨の並ぶ棚の片隅に、ガムテープや雑巾などと並んで軍手が売られているのを見つけた。少し考えて、それもカゴに放り込む。

「いらっしゃいませ」

レジにカゴを置くと、ストライプのエプロンをした、かなり化粧の濃い赤茶色の髪をした女が、葉子の顔も見ずに商品のバーコードを読み取り始めた。何となく見覚えのある顔だと思ううちに気がついた。中学の頃の同級生ではないか。名前は出てこないが、確かに、この顔には見覚えがあった。

――こっちに、いたんだ。

考えてみれば、驚くようなことでもない。葉子の同級生の半分以上は、今でもこの界隈に残っている。誰も彼もが、葉子のように高校を卒業と同時に上京したり、志乃のように結婚相手の仕事の都合で引っ越したりというわけでもない。地元の高校を卒業して、地元の企業に就職し、地元の人と結婚して、この土地に暮らしている、むしろ、そんな人の方が多い。

「ありがとうございました」

女は、葉子には気づかない様子だった。確か昔は、ちょこまかと落ち着きがなくて笑い上戸の、それなりに可愛らしい少女だったように記憶しているが、今となっては、どこから見ても険のある、渇いた中年女にしか見えなかった。話しかけてみようかと一瞬迷い、やはりやめようと自分に言い聞かせて、葉子は小振りのポリ袋を受け取った。会話をするのが面倒臭い。さほど親しかったわけでもないのに、わざとらしく懐かし気な声を出して、実家の様子を見に来たのだとか、他の皆は元気にしてるかなどと話さなければならないことが億劫だった。

店を出ると、枯れ草の匂いのする風の中を、葉子は再び歩き出した。物珍しげにきょろきょろとはしているが、だからといって、家までの道順の、何一つとして忘れているわけではない。かつての風景と、目の前の景色の一つ一つを照らし合わせて、変化の跡を確かめながら、この景色も、もうすぐ自分とは無縁のものになるのだと思っていた。

新しい建物が増えている他に、以前からあった古い駄菓子屋が、建具だけアルミサッシに取り替えてあったり、物置小屋に毛の生えた程度の理髪店だったところが、それなりに見栄えのするモルタル塗装二階建ての構えになっていたりという変化は、そこここで見られたが、道路そのものは、道幅さえ変わっていなかった。

バス停前の信号を渡り、平坦な道を少し進むと、左手に折れる道がある。昔、葉子が通学に使っていた道だ。小学生の頃までは、まだ泥道で、水たまりや轍《わだち》の跡などで、かなりでこぼこだったが、葉子が中学生だった頃に完全に舗装された。当時は両側に水田が広がっていて、道の脇には農業用水の側溝が、かなり幅広くとられており、覗けば魚を見ることも出来た。遠くに、ぽつり、ぽつりと家々の屋根が見渡せるだけで、遮るものがないだけに、冬場は勢い良く吹き抜ける寒風に凍えながら通学した記憶がある。だが、今は道の両脇に沿って、アパートや住宅が立ち並んできている。魚の泳いでいた側溝は、塞がれてしまっていた。

その道を横目に見て、さらに直進すると、やがて道は山の端の突き当たりで左右に分かれている。右に曲がれば、ちょうど山裾をなめるように平坦な道がもう少し続き、左に曲がれば、すぐに急な坂道になっている。以前は雑木が生い繁り、道路の上にまで枝を広げて、昼間でも鬱蒼とした闇を作り上げていたものだが、何年か前からその山自体が、少しずつ切り崩されて、宅地へと変貌しつつあることは、両親の葬儀の折などで、帰郷する度に見ていた。

——これから、新しく住み着く人がいる。

たまに帰ってくる度に、葉子はそんなことを考え、不思議な苛立ちにも似た感覚を抱いた記憶がある。自分の生まれ育った町が、勝手に風景を変えていくこと、無分別に見知らぬ人を受け入れていくことに対する、まったく身勝手な怒りだった。

坂道は、小さな丘陵を真っ直ぐに上る、かなり傾斜の急な道だった。左手には土が剥き出しの切り通しが迫り、右手には段々畑が広がっていたものだが、今は、かなり大きく山を崩して階段状に住宅が建っている。葉子が霜柱を踏んで遊んだ左手の崖は、すべてコンクリートブロックで固められ、一定の間隔をおいて人工的な低木が植えられていたし、ところどころに「新築住宅販売中」「現地見学地」などと染められた赤や黄色の幟旗がはためいていて、その鮮やかな色が、灰色の風景の中で、奇妙に空々しく見える。

かつて、この界隈の色は、決して灰色などではなかった。どれほど天気の悪い日でも、年に何回か降る雪さえ積もっていなければ、必ず深い緑と土の色が広がり、それらの匂いに満ちあふれ、その隙間に、人々の生活する場が遠慮がちに、点在しているだけだった。

——嫌いだったくせに。

今更、その頃を懐かしむのも勝手な話だ。葉子は急な坂道をのろのろと上りながら、つい苦笑した。ちょっと足を延ばせば、那須高原を始めとして、いくらでも豊かな自然に触れられる土地だ。通学の途中だけでも、十分に恵まれた自然環境の中で、様々な楽しみを発見することが出来た。その有り難さに気づいたのは、上京して、嵐のように目まぐるしい学生時代を過ごし、やがて社会人になった後だ。奇妙に心が渇いていると気づき、緑が見たい、澄んだ空気を胸一杯に吸い込みたいなどと、疲れた心がふと呟いた時のことだった。

昔はどんな歩調でこの坂道を上ったか、よく覚えていなかった。自転車を押しながら平気な顔で毎日上っていたとは思えないほど、今の葉子にとっては、とてつもなく急な、長い道に思える。風はいよいよ強く、鋭く吹きつけてくるというのに、額に汗が滲んでくる。乾いた風が、喉の奥に絡まる気がした。

坂道の途中には、右手に折れる何本もの新しい道が出来ていて、その都度、葉子は足を止めて通りに沿って並ぶ家々を眺めながら、呼吸を整えた。そうする間にも、かなりの頻度で車が上からも下からも通っていく。それも、葉子には新しい発見だった。昔は、自動車が通ることなど、日に何度もないような、そんな道だったのだ。

——もう、ここは、私の知っていた町ではなくなっている。

何も、今日初めて感じたことではない。それでも、改めて嚙みしめずにいられない。少し離れていただけでも、この町はしたたかなほど静かに、当たり前に、その表情を変えてきたのだ。懐かしさよりも、よそよそしさ、解放感よりも気詰まりな重苦しさを感じるようになったのは、まだ両親が健在で、志乃たちもこちらに住んでいた頃からのことだった。

それにしても、よくも毎日、こんな坂道を上り下りしていたものだ。休んでは歩き、歩いては立ち止まって振り返る。呼吸を整え、風景を確かめる。やがて、左手に続いていたコンクリートの崖が途切れ、代わりに、蛇行しながら延びるフェンスが現れた。その向こうは、今度は落ち込む形の切り立った崖になっている。風の向きが変わった。汗ばんだ額を寒風で乾かしながら、葉子は少しの間、フェンスの向こうを眺めた。

崖の下には、雑木林と沼地が広がって、そこだけは昔と変わらないようだった。葉を落とした木の枝から、ところどころカラスウリの蔓が下がっているのが見え、冬枯れの中で朱い実を揺らしている。だが、その向こうには、小高い丘を隔てて、やはり新しい住宅の屋根が見えている。以前はまったくの空き地だった辺りだ。空き地の向こうには、また山があり、志乃の実家は、その山を越えたところにあった。直線ならば、そう遠い距離ではないのだが、実際に行き来するには、自転車で二十分以上も走らなければならなかった。葉子の家があるこの辺りと、志乃の家のある地域との間には、ただ山や森があるだけだったのに、今はもう、わずかな隙間さえ埋め尽くされ始めている。

モズの声が鋭く聞こえてきた。

——帰るんだったら、誰かに連絡しておいたら？　吉岡のおばさんとか。

昨晩、電話で話したときの志乃の言葉が思い出された。兄の容態が急変したのは一昨日のことだ。その一日は、彰彦の受験当日でもあったし、何とも慌ただしく過ごしたが、兄の容態は小康状態を保っているということだった。昨日のうちにラボと編集部を往復して、仕事の片をつけてしまい、葉子は今日、予定通り栃木の自宅を見に来ることにした。

——会ったら、よろしく伝えておいてね。ずっとご無沙汰しちゃって、あの人の容態も、何も知らないはずだから。

実際、志乃はこの近所で生活している葉子の親戚のほとんどと、まったくといって良いほどつきあいがない様子だった。ごくたまに、自分の実家側の親戚と連絡を取りあうことくらいはあるのだろうが、兄に関係のある人、つまりは葉子の身内とは、意識的に距離をとろうとしている節があった。だが、あの家を売るとなったら、その時は黙ったままというわけにもいかないだろう。しかも、兄の死期が近づいているのだ。もしものときには、連絡を入れずに済ませられるはずがない。

そういう面倒まで、全部押しつけられた気がして、葉子は憂鬱になった。もともとが自分の親戚なのだし、一軒に声をかければ、後はあっという間に伝わってしまうだろうから、物理的には大して手間のかかることではない。ただ、かつてあの家に暮らしていた一家の、最後の生き残りとして、何年も不義理をしてきた自分が、兄嫁の名代のように親類の前に出るのが嫌だった。

坂道は、この辺りからわずかに平坦になり、左手の崖に沿って、緩やかに弧を描き始める。その右手に広がる住宅地が、葉子の家のある地域だった。真っ直ぐ行けば、あと五分もかからない距離だ。

そこまで来て、にわかに迷いが生じてきた。町自体がこれほどまでに変化してしまっている中にあって、あの古い家が果たしてどうなっているか、どこまで傷んでいるものかを、一人で見届けなければならないことが、急に不安になってきた。面倒だから、憂鬱だからというだけで、近くに住んでいる親戚の誰にも挨拶せず、一人で行って、一人で帰ってこようと思っていた気持ちがぐらつき始めている。

――電気はブレーカーを上げれば何とかなると思うけど、ガスも水道も、止めてあるから、暖房も入れられないと思うの。

志乃は、そうも言っていた。自宅に行っても、茶の一杯も淹れられず、オーバーも脱げないのかと思うと、余計に憂鬱になる。ここはやはり、せめて一番身近に感じられる叔母だけにでも連絡を入れて、帰りに暖を取らせてもらうくらいは甘えさせてもらった方が良いのかも知れない。何しろ、この寒さだ。葉子はオーバーのポケットから携帯電話を取り出して、少しの間、それを眺めていた。電波は十分に届いている。電話番号も覚えていた。

――帰りがけで、いいか。

自分の家に行くだけではないか。誰かにつき添ってもらわなければ、行かれないというものでもない。

それに、心細さはあるものの、やはり一人で行くべきだという気がした。一人で、これが見納めになるかも知れない我が家をじっくりと眺め、記憶に刻んでおくべきだ。そこで過ごしてきた年月、そこを放り出してからの年月を、よく考えるべきだと考え直す。

携帯電話をポケットに押し込んで、葉子はまたゆっくりと歩き始めた。せめて、あと一カ月でも季節が進んで、うららかな春の日だったら、ここまで気持ちも怯まなかっただろうにと思うと、やはり兄が恨めしかった。

2

見覚えのある道を曲がった途端に、葉子は頭の中がぐらりと揺れた気がした。何もかも、変わっていない。よく見れば建て替えている家もあり、すっかり様変わりしている一角もあるというのに、その辺りの空気は、葉子が暮らしていた頃と、何一つとして変わっていなかった。以前よりもずっと狭く、その上、何となく傾いでさえ見える細い道を、葉子は靴音を忍ばせるように歩いた。

山の形を変えてまで、新しい暮らしを営む人たちの波が押し寄せてきているというのに、この一角だけが、それらの流れから完全に取り残されている。それだけに、ときが止まったような、奇妙な錯覚に陥りそうな気がしてならなかった。これから見る葉子の家だけでなく、この一角そのものが、過去に取り残され、滅びつつあるようにさえ、感じられた。

一つの角を曲がる度、葉子は見覚えのある家々を眺め、通りを眺め、そして、かつて、この近所を走り回っていた頃の自分を思った。耳の底に、トラックで来る移動スーパーが流していた音楽や、子どもたちの遊ぶ声など、様々な音が蘇ってくる。

最後の角を曲がる頃には、自然に全身が緊張していた。行き交う人の姿はない。だが、どこかの家の中から、誰かがこちらを見ているのではないかという気がしてならなかった。あれは宇津木の家の娘ではないか、今頃何をしに帰ってきたのだろうと囁きながら、じっと見張っているのではないかという、妙な強迫観念までが働いた。

角の家は、昔は大きなコリー犬を飼っていて、人が通る度に吠えたものだが、今はひっそりと静まり返っている。その隣の家には、葉子よりも少し年下の三姉妹がいた。葉子が大学生になった頃、長女は不良になって、次女は軽い知的障害があったために、中学を卒業すると同時にどこかの工場へ住み込みで働きに行き、残った三女は病弱で、いつも二階の窓から外を眺めて暮らしていた。今、その家に誰が住んでいるのか、新しい情報をもたらしてくれる人もいなくなってからは、まるで分からない。

そのはす向かいの家が、葉子の幼なじみの少年が住んでいた家だ。同い年ということもあって、幼い頃は毎日のように、一緒にどろんこになって遊んでいたものだが、小学校の高学年の頃から次第に疎遠になった。中学までは一緒だったのに高校は別になり、やがて、彼の家の前には真っ黒い大きなオートバイが停められるようになった。あの子は暴走族に入ったらしい、週末の夜には、いつも仲間と走りに行くらしいと、そんな噂を母が聞きつけてきて、葉子はさらに彼が遠い存在になったのを感じたものだ。大学受験を控えて、夜中まで勉強するようになると、深夜によく、オートバイのエンジンを吹かす音が聞こえてきた。頭にパーマをかけて、ニキビ面を不自然に歪めて歩く彼を見かけたこともある。

その家の前に差し掛かると、家は改築され、広かった庭はガレージになっていて、そこには二台の車と、一台のオートバイ、さらに、数台の自転車までが停められていた。おそらく、彼が嫁を取り、子どもたちを育てて暮らし続けているのだろう。高校さえ満足に卒業したか分からないという話だったが、こうして無事に生活しているのなら、それはそれで大したものだ。

思い出をたどりながら、一歩ずつ前に進む。否応なく、視線は歩調よりも先へ先へと進みたがり、そして、大きな、こんもりとした緑のかたまりのようなものを捉えた。

そこが、葉子の家だった。

古い塀は下の方から苔がつき始めて、かつては白っぽく見えたはずのコンクリートが、全体に黒ずんで見えた。その、大人の背丈ほどの塀から上が、鬱蒼と繁った緑に埋め尽くされているのだ。以前ならば、ちゃんと家が見えていた。瓦屋根も、窓も、木の壁も見えていたはずなのに、それらのすべてを、大きく育ちきった椿や松、杉、木犀などが、びっしりと取り囲んでしまっている。

葉子はしばらくの間、息を呑み、完璧に植物に侵食された我が家を見た。もはや明らかに人が暮らしている気配など感じられない、完全な廃屋だ。

一瞬、足が止まりそうになった。この有り様を見ただけで、もう良いではないか、このまま帰ってしまおうかと、そんな気持ちにもなった。だが、ここまで来て、中にも入らずに帰ってしまえば、きっと後悔するだろうということも分かっている。どんな形になっていようと、この家こそが、自分が生まれ育ち、二十年近い歴史を刻んだ場所なのだ。それに、この家は、もうすぐこの世から消え去る。その前に、せめてアルバムの一冊でも、両親の思い出の品の一つでも、持ち帰るべきだとも考えていた。

門柱の脇に植えられている松は、以前はそれなりに調和のとれた枝振りで、そう大きくもない家の見栄えを良くするのに役立っていた。母の葬儀の時には、まだほんの少し頭を低くすれば、何の不都合もなく通れたはずなのに、この数年の間にさらに伸びて、その上、根から全体に傾き始めてでもいるのか、張り出した枝はさらに低くなったように感じられた。しかも、細い針のような葉の半分以上が、赤茶色に変色して枯れ始めている。松食い虫か、または何かの病気だろうか。この、家を守ってきた木さえも、終わりが近いことを悟っているような気がして、葉子は余計に言葉を失った。葉子がいない間も、ずっとここに根を張ってきた松の木が、今まさに死に瀕している。

この場に、いつまでも立ち尽くしているわけにはいかない。バッグから、日頃は使っていないキーホルダーを取り出して、まずは両開きの鉄の門扉に回してある鎖の南京錠を開ける。何年も放置されていた割には、鍵は、いとも簡単に、密やかな音をたてて開いた。冷たい鎖を引くと、凍てついた空気に、じゃらじゃらという耳障りな音が響く。

この音を聞きつけて、近隣の誰かが顔を覗かせるのではないかと、葉子はまた気が気ではなくなった。

早くも軍手をはめたい気分で、すっかり錆の浮いた門を引き、今度はきいきいという、やはり引け目を感じる音をたてながら、ようやく門を開けた。一歩、中へ足を踏み入れ、また、きいきいといわせながら門を閉める。門扉越しの景色は、葉子が幼い頃に眺めていたままの、近所の風景だった。この家だけが、変わってしまっている。人が住んでいないということが、外見からだけでも、これほどまでの変化をもたらすものかと、中へ入るのが余計に憂鬱になる。それでも仕方がない。葉子は、改めてきびすを返し、庇の上からも、足元からも、庭木や雑草に覆われて、その上、いつの間にか脇の窓まで割れ落ちているという有り様の、古い玄関に向かった。

中がどんな状態になっているのか、今更ながら不安になってくる。魔物がいるとは思わない。だが、自分には想像もつかない空間が広がっていることだけは確かだろう。それを、こんな寒い日に一人で見て、確かめなければならないなんて、何という損な役回りなのだろうか。兄が、もう少し手入れを怠らずにいてくれれば良かったのだ。ことあるごとに、長兄だ、嫡子だと言うのなら、両親の亡くなった後も、もっとこの家のことを考えるべきだった。

――やりっぱなしの、放りっぱなし。

そういえば、母は、いつも兄のことをそう言っていた。この家で生活していたその母も、今は跡形もなく消えてしまっている。

玄関の鍵を開けるときには、お願いだから怯えさせないで欲しいと、ほとんど祈る気持ちになっていた。白い息をそっと吐き出しながら、葉子はごく単純な構造の、シリンダー錠を開けた。

——た、だいま。

頭の中に、津軽で見た長屋が思い浮かんでいた。鍵を開けるべき扉どころか、すべての外壁を剝ぎ取られた、あの部屋を思った。

あの部屋に暮らしていた男は、その後、故郷を捨て、人の命を奪い、そして、自分の人生も、希望も、すべてを捨て去ってしまった。もしも、あの男が再び故郷へ帰ることがあったなら、そして、無惨に蹂躙されたかつての我が家を見たら、どう感じたことだろうか。たとえ貧しく、惨めで、おぞましいまでの思い出がしみ込んでいるだけの家だとしても、飢えも寒さも満足に凌げないまま、憎しみばかりを育てた家だったとしても、それでも、あの有り様を見たら、男はきっと感じたに違いない。恐ろしく長い年月が過ぎ去ってしまったことや、さらに、自分の知らない間にも、周囲はきちんと時を刻み続けていたこと、自ら打ち棄て、解放されたとばかり思い込んでいたものが、実は、何もかも消え去ることなく、ただのろのろとときの澱みにはまり込んだように残されていたに過ぎなかったことなど——それは、今の葉子の気分そのものだった。

——ただいま。

改めて心の中で呟き、葉子は玄関のドアノブを回した。恐れていた異臭のようなものは感じられない。外気とまるで変わらない、いや、むしろもっと密度の濃い、ただ冷えきった空気だけが、ひっそりと闇の中から葉子を出迎えた。

玄関の三和土には、あろう事か何足かの靴が、そのまま並んでいた。作りつけの下駄箱の扉までがわずかに開いていて、その隙間から、箒の先が見えている。つい今し方まで誰かが生活していたように見えるのに、だが、それらのすべては埃を被って、白っぽく見えた。

大きく息を吸い込み、覚悟を決めて、葉子はその三和土に足を踏み入れた。何もかも、知っている、何もかも覚えている、それでいて、まるで未知の空間が広がっていた。

玄関の扉を閉めるのが、何だか怖い。このまま過去に呑み込まれて、自分までもが外の世界から置き去りにされそうな不安があった。その上、扉を閉めてしまうと、いっぺんに暗くなる。ここで靴を脱ぐべきか、それとも、土足のまま上がった方が良いものだろうかと迷う一方で、葉子はブレーカーがどこにあったかを考えていた。確か、手洗いの脇の、勝手口との境の壁面に設置されていたはずだ。とにかく、そこまでは手探りで行くより仕方がない。どうせ玄関の扉を開け放っておいても、勝手口の方までは外の光も届かないに違いないのだし、途中にある台所の窓などは、雨戸がついているわけでも、外から塞いでいるわけでもないのだから、完全な闇になるとも思えなかった。思い切って扉を閉め、その上、施錠までして、葉子は土足のままで家に上がり込んだ。

靴を履いていても、床が埃を被っていることが分かる。母が元気だった頃は、いつも丁寧に乾拭きをして、ワックスをかけていた板の間を、葉子はゆっくりと踏みしめた。記憶していた通り、台所の窓や、雨戸の上のはめ殺しの窓から、外の弱々しい光が入り込んでいる。

――誰もいない間も、この家は、この光だけを吸っていた。

どうしても、早く歩くことが出来なかった。葉子は息を殺し、全神経を目と耳に集中させて、この薄闇にひそんでいるかも知れない何かの気配を探るように、そろり、そろりと歩を進めた。玄関前の板の間は、そのまま廊下につながっている。右手に台所があり、その先に勝手口、手洗い、浴室と続く。左手にはまず四畳半の部屋があって、二階への階段があり、茶の間があって、両親が使っていた部屋。さらに、浴室と並ぶ形で、父だけが「書斎」と呼び、他の家族は納戸としか思っていなかった部屋がある。

――何も、変わってない。

当たり前のことを改めて感じながら、葉子は手洗いに向かって歩いた。階段の辺りからも、光が漏れてくる。二階にある小窓から入ってくる光だろうと思いながら、下から見上げて、葉子は思わず息を呑んだ。

確かに小窓は階段を上った正面の壁にあった。だが、ガラスが割れて、そこから、何かの蔓が這い込んできている。まるで大きな生命体の触手のように、壁にそって、その蔓が二階のどこかに向かって伸びているのが見えた。この家は、もはや人間の住処ではなくなっているのだ。雨戸を開ければさらに分かることだろうが、奔放に成長を続けている植物が、家全体を取り囲み、静かに、確実に侵食を続けている。

疲労感とも、絶望感とも異なる、やるせないような思いがこみ上げてくる。もう、どうすることも出来ない。今となっては、手の施しようもないのだという思いが、早くも葉子をがんじがらめにし始めていた。

とにかく、この薄暗さがいけないのだ。余計に心細くなる。電気をつけて、家の傷み具合を確かめないことには、靴を脱いで良いものかも、荷物を置く場所さえも分からないではないかと心の中で呟いて、葉子はわずかに大股に、勝手口に向かった。

3

葉子の記憶に間違いはなく、ブレーカーはすぐに見つかった。その横に、父のものか、母のものかも判然としないコートが下がっている。ずっと昔から、そうだった。ここにはいつも、家族の服が掛けられていた。大抵の場合は、普段着どころか、もう着古した服で、寒い日など、ほんの近所か、または庭先に出るようなときにだけ引っかける、レインコートやジャンパー、カーディガンなどだった。特に、玄関よりも勝手口から出入りすることの多かった母の、エプロンやオーバーが掛かっていることが多かったような気がする。

何を見ても、必ず何かの思い出がまとわりついてくる。そんな物に囲まれて、葉子はほとんど窒息しそうな気分で、とにかくブレーカーのメインハンドルを押し上げる。次いで、配電盤の他のハンドルもすべて押し上げて、葉子は試しにすぐ脇にある手洗いのスイッチを入れてみた。手洗いのドアを開けると、白い陶器の和式便器が、底にたまっているはずの水も、すっかり乾ききった状態で、ひっそりとオレンジ色の光に浮かび上がっている。良かった。取りあえず、電気は通じるようになったらしい。

玄関口まで戻って、今度は廊下のスイッチを入れてみる。やはりオレンジ色の、いかにも古ぼけた明かりが点灯した。

数年ぶりに、人の温もりが戻ってきたことを感じさせるような明かりだった。だが同時に、その明かりは意外な発見ももたらした。便器が乾いているどころの話ではない。廊下には、埃を被った下に、ところどころ大きなしみが出来ており、しかも、羽目板の数箇所が壊れて、そこから何かの植物が、緑色の葉や茎を覗かせていたのだ。

――ここからも。

人が住んでいる家だって、床下など滅多に気にするものではないと思う。植物にその気があれば、今と同じように隙間を見つけて、蔓を伸ばし、芽を出すことも可能だろうと思うのに、どういうわけか、そんなものを見た記憶はない。それが、空き家になった途端に、ちょっとした隙間を狙って、こうやって入り込んでくる。そこには、ある種の意志さえ働いているような、したたかで、ふてぶてしいまでのエネルギーが感じられた。

――これじゃあ、いくら意地を張って、守って見せるなんて言ったところで、とてもじゃないけど、元通りになんか出来ないわ。

諦めるために来た、踏ん切りをつけに来たのだから、かえってこの方が良かったのかも知れない。そう思うことにしよう。葉子は、どうやら靴は脱がないままの方が良さそうだということだけを確認し、今度は、とにかく一階中の明かりをつけて回ることにした。少しでも歩みを止めると、過去の亡霊にからめ取られてしまいそうな不安がある。小さな思い出の一つ一つに全身を蝕まれて、身動きが取れなくなるような恐怖心があった。

本当は、閉め切ったままになっている雨戸を開けた方が良いと思った。だが、すぐ傍まで忍び寄っているに違いない木々の勢いに圧倒されそうな気がして、それも恐ろしい。それに加えて、庭木の向こうから、物見高い近所の人々が、何事かとのぞき込んでくるかも知れないと思うと、不快だった。この家は、今、まさに最後の人間を受け入れた。葉子は、この家にとっては死刑を宣告しにきた係官のようなものだ。そんなところを見られて、勝手な噂を流されるのでは、たまらない。

台所の流しには、湯飲み茶碗が幾つも置かれていた。おそらく、兄たちが最後に来たときの跡なのだろう。いや、もしかすると母の葬儀の後の痕跡か。そのまま、まさか何年も放っておくことになるとも考えずに、慌ただしさの中で、おそらく兄に急かされて、洗えないまま残してしまったとも考えられる。

朝食をとるときに必ず使っていたテーブルの上には、赤い丸いトレイと調味料入れが、そのままになっている。横に台布巾が畳まれたまま乾いており、テーブルを囲んでいる椅子の一つには、母のものに違いないエプロンが、やはりそのまま掛かっていた。葉子はため息をつきながら台所を見回し、さらに振り返って茶の間を見た。

——まるで、蒸発した後みたいだわ。

ここに住んで、普通に生活していた人たちが、ある日突然、煙のように消え去った——家には、そんな雰囲気が満ちあふれていた。だが、大きな地震があったわけでも、誰かが暴れたわけでもないのに、廊下と台所の間に掛けられていた玉暖簾は落ちていたし、壁の額も外れて落ちていた。妙なところから電気コードが垂れ下がり、茶の間の小さな茶箪笥は倒れている。それらは、誰かの意志によって起きた変化ではなく、暖簾や額を留めてあった金具の劣化や、畳の沈み込みがもたらした変化だということくらいは、容易に察せられる。すべてが、ひっそりと、こっそりと、崩壊に向かっていた。

茶の間の中央に置かれている座卓は、紫檀《したん》で、生前の父が自慢にしていた品だった。その上には、ずいぶん昔から家にあった陶製の特大灰皿が載っていて、誰のものか分からない吸い殻が数本、残っていた。ときと共に、家は確かに崩壊を始めているが、だからといって、そこにあった物が煙のように消え去るというわけではない。

――これくらい、片づけていきなさいよ。

おそらく、これも兄の痕跡に違いないと思うと、流しの湯飲み茶碗に続いて、その無神経さに腹が立った。いくら兄が急き立てようと、せめて流しに運んでおくくらいは出来ただろうと、志乃にも腹が立ってくる。自分が決して几帳面な性格でないことくらいは承知しているが、その葉子でさえ不快に思うことを、彼らはこの家にしていったというこことだ。空き家になると分かっていながら、まさか誰かが片づけるに違いないとでも考えていたのかと、苛立ちが募った。

――所詮は、他人の家だった。

志乃にしてみれば、そういうことなのだろう。この家に嫁ぎ、葉子と同じ宇津木の姓を名乗るようになっても、彼女は、決してそれを受け容れることは出来なかったのに違いない。何度となく離婚を考え、自分の選択を悔やみ、人生を恨みたい気持ちにさえなっていた志乃が、たとえ、舅や姑には大した不満を抱かなかったとしても、兄の生まれ育った家そのものに馴染もうという気になど到底なれなかったことは、当然のことかも知れない。

——ごめんなさいねえ、私に力がないばっかりに。

理菜が家出をしてきた時、迎えにきた志乃は、葉子のマンションでそう言って涙を浮かべた。ただ、経済的に必要だから、自分たちには不要な物だからという理由で、ストレートにこの家を処分したいと言われるよりは、どれほど有り難いことかと、あの時の葉子は思ったものだ。だからこそ、この家を手放す決心をした。だが、今にして思えば、あのくらいの芝居くらい志乃にはお手のものなのかも知れない。彼女は彼女なりに、葉子の性格を把握している。争いごとが嫌いで、結局はお人好しだということを、彼女は上手に利用したのに違いなかった。

——そんなことを、今更考えても仕方がない。

果たして、この家の中であと何時間過ごすことになるのか分からないが、せめて腰を下ろせる場所だけでも作らなければならなかった。何か敷くものがないだろうかと辺りを見回すうち、自分の足下に目が留まった。たとえ新品でも、靴を履いたまま、家の中を歩き回るものではないと、幼い頃から幾度となく聞かされて育ったのに、いくら埃だらけだからとはいえ、かつては家の中心で、時には家族の団らんの場になった、この部屋に、こうして土足のままで立っている自分は、果たして兄とどこが違っているのだろうか。

せめて、最後に少しくらい慈しんでやっても良いだろうということにようやく気づいた。この茶の間だけでも良い、人の暮らしがあった、間違いなく、葉子の両親の歴史が刻まれていたのだということを、もう少し腰を落ち着けて感じたい。

「掃除機──あったわよね」

肩から下げていたショルダーバッグとコンビニエンスストアの袋を座卓の上に置いて、誰にともなく呟いてみる。

「あったわよねえ？ お母さん？」

今度は、もう少し大きな声を出した。日頃、独り言など言う癖はないのに、こうして誰かに話しかけるふりでもしないことには、静寂に押しつぶされそうだ。

「どこだった？ いつものとこって、どこだっけ」

声を出しながら、家の中を歩き回る。玄関脇の四畳半の部屋は、その昔は、葉子の祖母が使っていた部屋だ。祖母が死んでからは、古いタンスばかりが何棹も並ぶ、いわば衣装部屋のようなものになっていた。その部屋を覗くと、案の定、古いデザインの掃除機が、やはり埃を被って横たわっていた。

「あった、あった」

掃除機を提げて、茶の間へ戻る。コンセントの場所も忘れていない。リールコードを引き延ばして、コンセントにつなぎ、ホースを持ってスイッチを入れると、長い眠りから覚めたように、掃除機は大げさなうなりを上げた。古ぼけたモーターの音だけが現実につなぎ止めておいてくれる気がして、ただの電化製品を、葉子は初めて頼もしく感じた。

母が毎日のように握っていたはずのホースを持って、しばらくの間、葉子は黙々と茶の間に掃除機をかけ続けた。水道は使えないという話だったが、試しに流しの蛇口を捻ってみると、水はちゃんと出る。そんなところも、やはり兄たちは好い加減に済ませていたらしいと、今度は怒るよりも呆れながら、葉子は浴室の方に向かい、脱衣所に置かれている洗濯機の脇の棚からタオルを取り出して、雑巾代わりに使うことにした。迷うことも、考え込むこともなく、自然に身体が必要な物を求めて動けることが、我ながら切なかった。間違いなく、ここが葉子の生まれ育った家なのだ。とにかく、水道が使えるということは、手洗いも使えるということだ。それだけでも、少しばかり気持ちが楽になった。

およそ三十分ほどかけて、せっせと掃除機をかけ、畳に雑巾掛けをしていると、どうしても雨戸を開けたい気がしてきた。この際、せめて空気を入れ換えるくらいは、してやったって良いではないか。隣近所から覗かれようと、知ったことではない。葉子は、一度脱いだ靴を廊下に持っていって履き直し、雨戸を開け始めた。

4

いつの間にか、音もなく雨が降り始めていた。おそれていたほどではなかったが、それでももう歩き回ることさえはばかられるほど、鬱蒼と緑の繁る庭を眺めながら、葉子は冷たい茶をペットボトルから飲み、パンを頬張っていた。水道が使えると分かっているのだから、湯くらい沸かしても良さそうなものだったが、白湯を飲む気にもなれず、かといって、何年も放置されていた茶を淹れるつもりにもなれない。結局、仕事の合間に摂るような、味気ない昼食になった。

やがて、ひそやかに屋根を叩く雨音が聞こえ始め、さらに、たん、たん、と雨垂れがリズムを取り始めた。伸びるだけ伸びた木々の枝からも、滴が落ち始めた。辺りには、ささやかな音が満ち、葉子は崩壊寸前の家にいる孤独を、しばらくの間、忘れた。

――雨の音。

屋根を叩くただの雨音さえ、ずいぶん長い間、聞いたことがなかった。都心の、空中に浮かんでいるような部屋では、雨音などまったく聞こえては来ない。せいぜい、耳を澄ませば下界を走る車のタイヤが路面の雨水を跳ね飛ばしている音が、微かに聞き取れるくらいのものだ。

さらに寒さが増してきたようだった。買ってきた使い捨てカイロを身体のあちこちに忍ばせておかなければ、歯の根も合わなくなりそうな気がする。ようやく外気を取り込んで、こうして座れるようにまでなった茶の間は、畳も波打っているし、茶簞笥は倒れ、額縁はずり落ちて、隅々にはクモの巣が張っており、まるで落ち着ける雰囲気ではなかったが、それでも葉子は、切なさや、後ろめたさを引きずった痛々しさとは別に、どこか静かに、穏やかに、気持ちがほぐれていくのを感じていた。ここにあるものはすべて、葉子の知っている、記憶に刻みこまれているものばかりだった。ここは、葉子の世界だった。

——帰って、来た。

今更、どういうつもりだと思いながら、テレビのスイッチも入れてみた。リモコンは乾電池が切れているようだったが、テレビ本体は、今も立派に鮮やかな映像を映し出す。座卓に肘をつき、こうして雨に降り込められながら、ぼんやりとテレビを見ていると、ふと時間が逆行していくような気分になった。

背後を母が通りかかる。台所から水を流す音がする。二階のベランダで、物干し竿を揺らす音がする。スリッパで歩き回る音、陽に干した布団を叩く音、隣の部屋で、かた、ことと鏡台を使う音——それらの音は、すべて葉子が幼い頃から、常に聞いてきた音だった。紛れもなく、母が生き、暮らしていた音だ。葉子のすぐ脇で、新聞をばさりと音をたててめくるのは、いつもの父の癖だった。パチリ、パチリと爪を切っていたときの父の背中も、はっきりと覚えている。廊下に出て、母の周囲の音に比べて、この家にいるときの父の音は、常に突発的で、そのくせ、ちっぽけだった。その代わり、父は家の周囲に音を残した。当時から軋んだ音をたてていた門を開け、最後に門をかけるのも父だった。家の中を素足で歩き回る父の足音は記憶にない。だが、前の道を、こつ、こつと靴を鳴らして歩く音は、今でもはっきりと覚えている。

多少なりとも空腹が満たされると、寒さは幾分感じなくなった。小さな音量でテレビをつけたまま、葉子はぼんやりと、庭木の繁る窓の外を眺めていた。

――お兄ちゃんに頼んだって無駄だから、言ってるのよ。

いつか、母は言っていた。年齢と共に、だんだん庭木の手入れも大変になってきて、せめて、伸びすぎた枝を落とすくらいは手伝いにきてもらえないかと。あれは何年前のことだっただろうか。葉子は、どうして母の頼みを受け容れなかったのだろう。それくらいは植木屋に頼めば事足りるではないかと、こちらにだって都合というものがある、木の枝を落とすためだけに、わざわざ東京から帰れるはずがない、そんなことを言った記憶がある。

――それは、そうなんだけどね。じゃあ、そうするわ。

もう少し以前の母ならば、葉子を責めるようなことを言ったと思うのに、あのときの母は、こちらが拍子抜けするほどに、あっさりと引き下がった。葉子は、面倒から解放された安堵と同時に、また一つ、後ろめたさを背負い込んだ。当時、父はもう逝った後で、母は一人で、この家に住んでいた。

——一人で。

家には、母の気配が満ち満ちている。こうしてぼんやりしていると、同じように雨の降る日、一人でここにいたに違いない母を思った。一人で雨垂れの音を聞き、一人で台所に立って、一人分の食事の支度をし、二階の物干し場から、一人分の洗濯物を取り入れて、母の晩年は、その繰り返しだったはずだ。

——そんなこと、考えたこともなかった。

何を根拠に、あんなにもこの家を疎ましく思い、必死でもがき続けてきたのかが、今となってはよく分からない。十代の頃は、この家から出さえすれば、自分には無限の可能性が開けているとでも思っていたのかも知れない。二十代の頃は、自分にとってこの家は、既に過去の存在になったのだと決めつけていた。三十代になれば、少しばかり憂鬱な、気がかりな存在になり、それでもなお、葉子は故郷に足を向けなかった。その間も、母はこの家で生き、日々の生活を営み、そして確実に、年老いていった。

廊下を母のスリッパの音が響く。洗濯かごを提げて、素足で畳を踏む。ちょっと、女の子なんだから、ごろごろしてばっかりいないで、少しは手伝ったらと、背後から声がする。もう、たまに帰ってきたんだから、ゆっくりさせてくれたっていいでしょう？　何、言ってんのよ。帰ってから何日、ゆっくりしてるの。あんた、この家のお客様じゃないんでしょう。

学生の頃に交わされた会話だ。母は家中のどこからでも葉子を呼んだ。葉子は、その都度、テレビを見ながら、本を読みながら、懸命に鏡を覗き込みながら、いつも好い加減な返答ばかりしていた。

――いつだって上の空なんだから。お父さんに、そっくり。

非難する時ばかり、母は葉子を父親に似ていると言い、不満げに睨んだ。それでも葉子は、そっぽを向いていた。そこで喧嘩になれば、今度は兄とそっくりと言われる。膨れ面で知らん顔をする以外、他にどうすることも出来なかった。

出ていく者は、いつも勝手だ。勝手に未来を思い描き、新しい世界に身を投げ入れて、無我夢中で泳ぎきることしか考えない。後に何を残し、自分が誰に、どんな後ろ姿を見せているかなど、考える余裕もありはしない。私だって必死なのよ、私だって大変なのよと、それればかりを繰り返すうちに、やがて、どこから泳ぎ始めたのか、誰に背中を見せていたかも忘れてしまう。

今更のように、見送らなければならなかった人のことを思った。自分を残して、この場を去っていく者を、どんな思いで見送らなければならなかったか――母は、ここで、一人で、すべての人を見送って、暮らし続けていた。

――仕方がなかったのよ。そうするより他に、生きてなんかいかれないって、そう思ってたんだから。

漂う母の気配に、葉子は必死で言い訳をした。

――そうでしょうよ。だから、あんたはここを出ていったんだものね。

母の呟きが聞こえる気がした。実際には、そんなことを言われた記憶はない。母は一度として、淋しいとか、帰ってきて欲しいなどと言うこともなかった。兄たちが長野に引っ越して、もう栃木に戻る可能性がなくなったと分かった後も、それでは葉子に何とかならないかとは言わなかった。

今は、分かる。母は、言えなかっただけなのだ。あの頃の葉子は既に結婚していたし、故郷とはまったく無関係の生活を築いていた。そこに、母の入り込む余地はなく、また、葉子たちも故郷に帰ることなど思いもよらなかった。母が自分を待っているとは、考えたこともなかったのだ。

――待ってないはずがないでしょう。

母の気配が、ため息のように漂う。

「そうよね」

葉子も小さく呟いた。そうよ。いつもいつも、母は待っていた。

だが、葉子は母を裏切った。一度ならず、二度、三度と、母の思いを裏切り続けてきた。帰ると言っておきながら帰らなかったり、連絡すると言いながら、たった一本の電話を忘れたり、そんな程度のことであっても。だが、その都度、母がこの家で、どんな思いで葉子の帰りを待ち、知らせを待ち続けていたのか、今になって、それが分かる気がした。

――恨んでた？　お母さん、私を恨んだ？

母の気配に、葉子は語りかけた。恨まれていなかったことは分かっている。だが、恨めしく思ってはいたと思う。

――そりゃあ、そうだわ。お母さん、あんたのことを許してるわけじゃ、ないからね。

はっきりと背いたわけではない。だが、母の意を汲まなかったことも確かだ。それが当たり前なのだとも思う。この世の中に、何もかも母の言う通りになる子どもなど、いるはずがない。だから、母も諦めたのだろう。裏切られるために産み育てたようなものだ、見捨てられるために、教育を与えたようなものだとため息をつきながら、それでも母は、やはり報われない思いばかりを抱いていたのではないだろうか。

――その上、未だに中途半端なままなんだもの。何のために、お母さんが我慢してきたか、全然、分からないんだもの。

この寒さだというのに、ぼんやりと睡魔に襲われそうになる。その背中に、母の気配が忍び寄る。あんたは、これで良かったの。こうなるために、ここを捨てて、何もかも忘れようとしてきたのと、母の気配が問いかけてくる。

——忘れてなんか、いないったら。

それが、どれほど弱々しい言い訳か、自分でもはっきりと分かっていた。間違いなく葉子は、この家を忘れていた。忘れようと努めていた。明確な理由があったわけではない。嫌いだったわけでも、憎んでいたわけでもない。ひと言で言うなら——。

——邪魔だったんでしょう。あんたは一人で、好き勝手にしたかったのよね。

そう。邪魔だった。ひたすら、自分の負担になるとばかり思っていた。自分が背負い込む、大きくて重いばかりの荷だと思っていた。

今ならば、分かる。取り残され、打ち棄てられる者の思いが分かると思う。現に、二人の子どもには生まれる前から去られ、夫に去られ、甥や姪にも去られた今の葉子には、自分の生活から、何かが剝ぎ取られていく痛みが、よく分かる。

——そのときに、帰ってくればよかったんじゃないの？　お母さんが元気なうちに、少しは話すことだって出来たかも知れないのに。

本当ね。でも、お母さんとそんな話が出来るなんて、考えてなかったのよ。私は、お母さんに話すのが上手じゃなかった。お母さんは、お兄ちゃんと話してるときの方が、ずっと楽しそうに見えたもの。あんなに喧嘩ばかりして、暴力まで振るわれても、それでも、お兄ちゃんといる方が幸せそうだったもの。だから、私は小さい頃から、お母さんとは上手に話せない、そういう癖がついてたのよ。でも、もうすぐお兄ちゃんもそっちにいく。迎えにいってあげてるんでしょう？

——お母さんも、いたらなかったね。

はっと気づいた。いつの間にか、頬杖をついたままで居眠りをしていたらしい。葉子は、周囲の気配を探り、改めて雨垂れの音に耳を澄ませた。ああ、ここで身体を横にして、眠ることが出来たら、どんなに良いだろうかと思った。そうやって寝ていれば、母が毛布でも出してきてくれそうな気がしてならない。風邪をひくじゃないのと、すぐ傍の畳を踏む気配さえ、探ることが出来ると思う。だが、そうやって眠ってしまったら、自分はもう二度と目覚めることはないのではないかという気がした。恐怖は感じなかったが、わけの分からないまま意識だけが遠くに浮遊し、そして、二度とこの肉体に戻っては来られないような不安があった。

とにかく、もう少し、家の中を調べてみなければならない。それほど遅くまではいられないのだ。自分に言い聞かせて、のろのろと立ち上がる。腰の辺りに手をやると、コートが湿気を吸っている気がした。ずっと雨戸を閉めたままでいたのだから、畳も何もかもが、湿気を帯びているのは、考えてみれば当たり前のことだった。

廊下に出て、再び靴を履く。一体、こんな状態の家から何を持ち出せば良いものかを、改めて考えなければならなかった。

5

以前に比べて、やたらとうるさく軋むようになってしまった階段を、恐る恐る上がる。正面の小窓から入り込んでいた植物は、階段の手すりにも絡みついていることが分かった。今は、そのままの格好で枯れかけているように見えるが、春になれば、また息を吹き返し、成長を始めるのだろう。そして、今度の夏までには、一階の床にまで届き、やがてすべての室内に入り込むに違いない。今がもう、限界なのだ。こうして中を歩き回れる、今が最後の機会だったに違いない。葉子は、土足のままでそろそろと階段を上りながら、改めてそう感じていた。

引きむしりたい、家から締め出してしまいたいと思う。だが、それが無駄な努力であることも分かっていた。この家は、もはや植物にすべての権利を明け渡していた。今更、この家を返せと言う方が、かえって理不尽な要求なのかも知れない。

二階には、兄の部屋と葉子の部屋、さらに八畳の座敷が二つある。ここまで来たからには、すべての部屋を覗くだけでも覗いておこうと思い、まずはかつての自分の勉強部屋を覗いた。

――私の、部屋。

すべての物が、当たり前過ぎるほど当たり前に揃っていた。その六畳間が、かつては葉子の宇宙だったのだ。ベッドがあり、勉強机があり、小さなタンスがあって、ぬいぐるみが転がっている。壁にはポスターが貼られ、たった三、四年使っただけで、あとは物置き代わりになったエレクトーンが更に部屋を狭くして、本棚には、古い雑誌や本が並ぶ、それらは、葉子のすべてだった。

たまに帰る度に、少しは掃除をしたらと言われ、その都度、「そのうちね」と答えていた、その結果がこれだった。母は、葉子が幼かった頃と変わらないこの部屋を毎日眺め、雨戸だけを開《あ》け閉《た》てしていたのだろう。

タンスの中を覗いてみようか、押入はどうなっているだろうかと思った。いずれにせよ、思い出の品を、わずかでも持ち出さなければならないのだ。一度に持ちきれるかどうかが不安だったが、一つにまとめてしまえば、さっきのコンビニエンスストアから宅配便で送ることも出来るだろうと、そこまでは考えがまとまっている。だが、いざとなると、どの押入も、どの扉も、開けることが躊躇われた。中が植物だらけになっていたら、自分は悲鳴を上げるかも知れない。または、湿気を吸い、腐食が始まって、おぞましいばかりの光景を見なければならないかも知れない。そう考えると、どうしても決心がつかない。

——それに、ここにある物は、全部過去の物なんだから。

確か初めて上京する際に、葉子は自分の持ち物をずいぶん捨てたように記憶している。その後も、母が満足するほどではなかったが、帰省する度に、少しだけ大人びた気分になって、幼稚に見える品や、不要になった参考書、二度と袖を通すとも思えない服などは、せっせと捨てていたと思う。それに、大切にしたいと思う品は、もうすべて持ち出してしまっていた。もしも押入に入っている荷物があるとすれば、むしろ、葉子が東京から運んだ品に違いなかった。アパートの部屋が狭くて置ききれないからと言い訳をして、ほんの一時期だけ夢中になったギターや大学の講義で必要だからと買わされた高い本、古い雑誌やレコードなどを、せっせと運んだ記憶がある。

この部屋は、このままで良いのかも知れない。むしろ、何も持ち出さず、このまま消えてしまう方が良いのかも知れない。

——さようなら。昔の私。

いかにも格好をつけた気障な言葉のような気がしたが、改めてそんな挨拶をすることも、もうないだろう。葉子は、少しの間、室内を歩き回り、結局、何一つ手を触れないまま、部屋を出た。

ついで、階段を挟んで反対側にある兄の部屋を覗いてみることにした。少女の頃、部屋から一歩でも出る度に、暴れている音がするのではないか、煙草の匂いがしてくるのではないかと、怯えて様子を窺うのが常だった兄の部屋になど、ほとんどまともに足を踏み入れたことがない。南西に面している葉子の部屋に比べて、南東側にある兄の部屋は、この家中で一番恵まれた位置にある部屋だった。

——勝手に入ってくんなって、言ってんだろうっ！

ふいに、兄の怒鳴り声を思い出した。とにかく兄という人は、ことあるごとに大声を上げ、癇癪を起こさずにはいられない人だった。葉子が記憶している限り、小学生の頃から、既にそんな少年だったと思う。あの人は、一体何に対して、あんなにも苛立ち、怒りを抱き続けていたのだろうか。今、まさに終焉を迎えているあの人の人生とは結局、一体何だったのだろう。

そんなことを考えながら、埃っぽい引き戸に手をかける。以前はすっと音もなく開き、また、兄が思い切り叩きつけるように閉めていた引き戸は、葉子が力を込めても、軋んでつかえながら、ほんの少しずつ、がた、がたとしか開かない有様だった。

——なに。

目の前に開けた光景に、一瞬、我が目を疑った。冷たい風と雨しぶきが顔に叩きつけてくる。全身を寒気が駆け抜けた。

そこは、兄の部屋などではなかった。もはや、誰の部屋にもなり得なくなっていた。

天井どころか、屋根そのものが、抜け落ちているのだ。いつの間に、こんなことになったのか分からないが、ただ埃を被っていただけの葉子の部屋とは異なり、兄の部屋は、部屋の半分ほどの天井が完全につぶれ、抜け落ちた屋根瓦が室内に積み重なって、おまけに雑草までが生えていた。

——終わってるんだわ、もう。

思わず白く見える息を吐き出しながら、葉子は呆然と、その部屋を眺めていた。あの兄が、どれほど暴れたところで、せいぜい柱に傷をつけ、壁に穴を開ける程度だった。ここまで破壊され尽くしている部屋というものを、かつて見たことがないと思った。

——いや、ある。

津軽の、あの長屋だ。あの部屋も、完全に破壊され尽くしていた。ただ、家財道具さえも持ち出されていたから、かえってさっぱり見えたのだと、今になって気がついた。この部屋には、ある時代までの兄のすべてがまだそのまま残っているはずなのだ。崩れ落ちてきた屋根瓦を取り払えば、そこにはかつての兄の使っていた様々なものが埋もれているに違いない。なのに、それらが目に触れることさえ、もはや自然の勢いそのものが許さない、そんな印象があった。兄の生命の火が消えるのと同時に、兄の歴史のすべてが、今、埋もれようとしている。もっと大きなエネルギーがすべて呑み込もうとしている。

もしも今、兄がこの部屋を見たら、どう思うだろうか。過ぎてしまった時を思い、自分が踏みつけにしてきたものを思うだろうか。こんなことならと、何か一つでも悔やむことがあるだろうか。

逝く時には、せめて心安らかにと願っている。その気持ちに、偽りはない。だが、その一方で、悔いて欲しいという思いもあった。見てごらんなさい、こんなことになってる。これがあなたの人生そのものだったと思わない？　自分で、こういう結果を招いたんだと、気がつかない？　生まれてこの方、一度としてまともな会話さえしたことのなかった兄に、自分の思いを、きちんと伝えられた覚えさえない兄に、こんな部屋を眺めながら、今、葉子は自分の方がよほど大人になった気分で話しかけていた。今さらながらに、こんなにも縁の薄い兄妹だったのかと思うと、いたたまれなかった。

やはり、兄はもう逝くのだと、この部屋が語っている。もう、時間は残されていない。葉子は力を込めて、再び引き戸を閉めた。見てはならないものを見てしまったと思う。打ち棄てられ、忘れ去られたものの怨念にも似たものが、まとわりつく。

葉子自身にも、ある意味で報いが来たのかも知れない。こうして、誰よりも最後に、この家の有り様を見届けなければならない役目を負わされたことが、すべてを切り捨てたつもりになっていた報いといえば、言えなくもないだろう。

これ以上、他の部屋を見る勇気が失われかけていた。どうしようか、奥の部屋も見ておかなければならないだろうかと迷っているとき、コートのポケットの中で携帯電話が鳴った。葉子は弾かれたように電話を取り出した。誰でも構わない、生きている人間の声を聞きたい時に、その電子音はまるで天の助けのように感じられた。

「もしもし？　もしもし？」

聞き覚えのない男の声が、微かなノイズの向こうで呼びかけてくる。

「もしもし？　宇津木さんじゃないですかね」

「——どなた？」

「宇津木さん？」

「そうですけど、どなた」

冷え切った家の中に、自分の声だけが虚しく響く。今、閉めたばかりの兄の部屋の扉を見つめたまま、葉子は電話の向こうに神経を集中させた。

「ああ、丘ですが。城北署の、丘」

「城北署——ああ、警察の」

中年の刑事の顔が思い浮かび、途端に胸が苦しいような気持ちになる。まさか、相手は葉子が栃木にいるなどとは思ってもいないのだろうが、それにしても、執拗に追いかけられている気がして、自然に声が硬くなった。丘は、葉子が仕事中だとでも思っているのだろう、突然の電話を詫び、「お変わりありませんか」とありきたりな台詞を口にした。

「何か」

「実は、ですね。ちょっと、お目にかかりたいなと思いまして」

「今、東京を離れているんですけれど」

「あれ、そうですか。じゃあ、ご旅行中で？」

「そういう、わけでもないんですが。どういうご用件ですか」

ほんの少し、沈黙が流れた。あの刑事から連絡が入った以上は、杉浦に関することに違いないと思う。そして案の定、丘は杉浦の名前を口にした。

「今朝、ですねえ、病院に運ばれたんですわ」

「――病院ですか？」

「首を吊ってね」

扉の木目が、奇妙に歪んで見えた。携帯電話を耳に押し当てたまま、葉子は、声にならずに吐き出された息が、白く広がるのを見つめていた。

6

「まあ、詳しいことは直接ね、お目にかかってからお話ししますが」

携帯電話を通して聞こえる声からは、何の感情も含まれていないような印象を受けた。葉子は、こんな時には果たしてどういう受け答えをするのが良いのだろうかと考えていた。考えるというよりも頭の片隅をかすめていくという程度のものでしかなかったが、それでも、ほとんど空白になっていた頭の中で、それは確かに小さな思考だった。

ご親切にどうもと言うべきか、まあ、本当ですかと驚くべきなのか、どうして私に報せるんですかと、白々しく尋ねるべきか――。いずれにせよ、自分の気持ちとはどこかそぐわない、陳腐な受け答えになってしまうことは間違いないと思った。刑事は、杉浦が病院に運ばれたと言った。首を吊ったとも、言った。その事実を、自分のどの部分で受け止め、咀嚼すれば良いのかが、まるで分からない。

「それで、いつ、こっちに戻られます？　長期の、撮影旅行か何かですか」

「いえ――あの、それで杉浦さんは、今は」

「ああ、ええと。さっきね、医師によって、死亡が確認されました」

「――亡くなったん、ですか」

こうして、ひとつの死を報せる電話が入る可能性があることは、半ば覚悟していた。だが、それは断じて杉浦ではなかった。逝くのは兄のはずだし、連絡を寄越すのは、志乃か、または彼女の二人の子どものどちらかのはずだ。そのときの覚悟くらいはついていた。どう受け答えをするかも、その後、自分が何を考え、次にどう動くかも、おおよその予測はつけていた。だが、杉浦では相手が違いすぎる。どうして杉浦でなければならないのかが、どうしても分からない。容易に「そうですか」などと言えることではない。

「昨日の夜から今日にかけては、誰とも接触していませんし、遺書も残ってるんでね、一応、自殺と断定されました」

「——自殺、ですか」

死が、絡みついてくる。

この家にはびこる植物のように、四方八方から伸びてきて、葉子をがんじがらめにしようとしている気がした。何故この時期に、こんなに一時に人の死に接しなければならないのか、自分の周囲には、どれほどの死臭が漂っていることだろうか。葉子は、思わず身震いしながら、荒野とまるで変わらない印象の、もう我が家とも呼べなくなった空間に佇んでいた。

「我々もね、まさかとは思ってたんですわ。だから、それなりに気をつけてはいたんですがね」

「気を——」

「ほら、あの人の仕事は、何ていうか普通の勤め人と違うから、普段から出勤時間が遅いでしょう。ですが、さすがに昼過ぎになっても家から出てこないもんでね、もしやっていうんで、入ってみたんですわ。そうしたらね」

「じゃあ、杉浦さんは自宅で――」

「発見した段階で、もう心臓も呼吸も停止してたんです。で、遺書に、宇津木さんの名前が書かれてたもんでね、取りあえずお報せしようっていうんで、電話したわけなんですが」

「――私あての、遺書ですか」

「いや、誰にあてたっていうわけじゃありません。文章の中に、親御さんとか、娘さんとか、お宅さんの名前とかが出てきただけで。ああ、まあ、電話でこれ以上、話しててもしょうがないな。それで、いつ戻られます？　田舎のご両親にも連絡したんで、もう、今日中か、遅くとも明日には、遺体を引き取りに来られると思いますけど」

「あの――今日中に帰れるかどうかは、まだ」

咄嗟に嘘をついた。杉浦の遺体になど、誰が対面したいものかと、ほとんど反射的に思っていた。そう。会いたくない。このまま、記憶の片隅からさえ消え去ってもらいたい。骸となった相手に取りすがって泣けるとは、到底思えない。

――悲しく、ない。

電話の向こうで、丘刑事は、それなら明日は帰れるかと聞いてきた。

「多分、大丈夫だと思います」

自分の声がひどく事務的になっているのを感じた。杉浦が死んだという、たった今報されたばかりの現実よりも、悲しくないという事実の方に、葉子は少なからず衝撃を受けた。悲しくないなんて。結婚するかも知れなかったのに。

「じゃあ、ええ、お手数なんですが、ちょっとですね、うちの署にお寄りいただけないですかね。いや、何だったら、こちらから伺ってもいいんですが――」

「伺います」

「場所、分かりますかね。前に、私の名刺を、お渡ししたと――」

「持っています」

「じゃあ、ですね、私も外に出てる場合があるもんで、時間が分かったところで、ちょっと、ご連絡いただけると有り難いんですが、ええ、念のために電話番号を――」

「頂いた名刺、手許にありますから」

「ああ、そうですか。ええ、じゃあ――」

「東京に戻ったところでご連絡します」

切り口上になっている。早く電話を切りたい。こんな連絡は受けたくなかったと思った。心のどこを探しても、涙を流したい自分が見つからない。そんなはずがないと思うのに、ただの報せではない、彼の死を告げられているというのに、悲しめない自分を感じたくはなかった。

「ああ、いやあ、こんなご連絡は、こっちとしてもしたくなかったんですがね」

最後に、刑事は半ば取り繕うような口調で「それにしても」と続けた。

「死んだ人のことをあれこれ言いたくはないが、宇津木さんも、まあ、面倒な相手と関わったもんですよね」

「――面倒な」

「まあ、お目にかかってからね、ゆっくりお話ししますわ。お仕事中、すみませんでしたね」

短い挨拶の後で電話は向こうから切れた。

のろのろと携帯電話をオーバーのポケットに滑り込ませ、白い息を吐きながら、葉子はぼんやりと二階を見回した。何が現実なのか、分からなくなりそうだ。こんな、今にも崩れ去りそうな光景を眺めながら、自分は今、ほとんど馴染みのない声の主から、一体何を聞かされたのだろうか。

――あの人が、死んだ。

最後に話をしたのは一昨日のことだ。兄が危篤に陥って、長野の志乃と頻繁に電話のやりとりをして、彰彦のことを気遣い、仕事をこなし、やっとの思いで一日を乗り切った日の夜更けのことだった。彰彦がマンションにいると思い込んでいたらしい杉浦は、わざわざ葉子の携帯電話の方を鳴らしてきた。

――何か、変わったことはあった。

杉浦の声は、いつもとまるで変わらなかったはずだ。葉子は、兄の容態に関しては何も言わず、ただ、「疲れてるけど」と答えたと思う。事実、疲れ果てていた。何も考えずに、とにかく眠りたい気分だった。

「どう、そっちは」

「こっちも、結構な」

杉浦の静かな声を、葉子はベッドの中で、目をつぶったまま聞いていた。

「大変?」

「まあ、色々とね」

あのとき、葉子は、彼が仕事の処理や荷物の整理などのことを言っているのだと解釈した。そして、杉浦が今の状況から解放されたら、今度こそ決断を下さなければならないのだということを思い出して、余計に憂鬱になった。まさか、彼が死ななければならないほどに追い詰められているなどとは、まったく感じなかった。

いや、精神的には疲れていて当然だったと思う。普通の感覚で考えれば、妻を喪い、長年、馴染んでいた職場を去り、家の処分から娘の育て方まで考えなければならないという状況は、想像を絶するほどの重圧になっていたことだろう。だが、葉子はそんな彼の心情を、敢えて推し量りたいとは思わなかったし、第一、杉浦という男は、葉子が想像するほどの衝撃など受けない人間なのかも知れないと思っていた。その証拠に、彼はこんな状況の時に、将来を語る余裕を持っていたではないか。フリーの編集者になって、葉子と一緒になり、新しい生活を築きたいなどと、涼しい顔で口に出来るような男が、絶望の淵に沈んでいるとは、夢にも思わなかった。

そんな彼だからこそ、葉子は言い様のない不安を覚えていた。驚くほど強靭な精神力の持ち主なのか、単に無神経なのか、日頃、葉子が馴染んできた相手とは異なる人格が、彼の肉体の中で蠢いているような印象を受けた。だが、その正体を知りたいとは思わなかった。突き詰めて考えることが本能的に恐ろしかったのだ。後から後から、葉子の知らない、または理解を越えた杉浦が姿を現したとき、どうすれば良いのか分からなくなる気がした。

「まあ、甥っ子の受験ももう少しだろう？　頑張れよ」

「そっちも」

あの時、彼は確かに「ああ」と言った。そして、いつもと同じように「じゃあ、また」と電話を切った。あの時点で、彼はもう死ぬつもりになっていたのだろうか。あれが、別れの挨拶だったということなのだろうか。

――死んだ。

目の前の扉が風に鳴った。この向こうには抜け落ちた屋根瓦が積み重なった、既にうち棄てられた世界が広がっている。かつての主は、死の床にある。望むと望まざるとに関わらず、どう足掻こうと、もう逃げようがないところまで追い詰められている。その兄を、杉浦は易々と追い越していった。昨日まで、いや、少なくとも一昨日までは、健康で、ごく普通に会話の出来た男が、今、冷たい骸になって、どこかに横たわっているという。

——動揺してるのよ。だから、実感が湧かないから。悲しくないんだわ。

ようやく兄の部屋の前から離れて、葉子はのろのろと歩き始めた。だからといって、少し前までの緊張感など、とうに消え去っている。ただ、ほとんど機械的に、ずっと立ち尽くしているわけにもいかないと思うから、今度は奥の八畳間に向かった。頭の中では、杉浦は死んだのだという同じ台詞ばかりが、くどいほど繰り返されている。そのお陰で、ほとんど覚悟もせずに手を伸ばし、力任せに開いた障子に、大きなしみが広がっていることさえ、別段気にもとまらなかった。

客間として使っていた部屋は、家中でもっとも贅沢な空間だった。部屋の中央に大きめの座卓があり、畳も押入の襖も、他の部屋よりも高級なものを使ってある。床の間には書院造り風の違い棚がしつらえてあり、脇の壁には竹をはめ込んだ小窓があって、床柱も全体に大小の瘤が盛り上がっているような、それなりにどっしりとしたものだ。鴨居の上には、葉子の祖父の代から家にあるという、大きな書の額が掲げられていたし、他にも誰かの色紙がはめ込まれている丸い額などが下がっていた。

　久しぶりに覗いてみると、だが、その客間も、畳は歪み、床の間の掛け軸は落ちて、白っぽく変色した床の上で波打っていた。電気のスイッチを入れると竹を編んで作られた笠からは、不思議な光の模様が天井に映し出されたものだが、今は、その笠も破れ落ちて半分以上が垂れ下がっている。やはり木目が美しかったはずの天井板も、見る影もなく変色し、その上、どこから入り込んだものか、やはり蔓草が這い始めていた。

　葉子は、小さくため息をつきながら、その部屋を見回した。押入には、客用の夜具が何組も入っているはずだ。だが、その押入の襖の隙間からも、細く頼りない蔓草が這い出しているのを発見して、葉子は、全身を悪寒が駆け巡るのを感じた。

　かつては、来客の有無に関わらず、定期的に日に干されて、暖かく大きく膨らんだ布団や、糊をきかせた清潔なシーツ、小振りで堅めの枕などが入っていた押入だ。幼かった頃は友だちと隠れん坊をする時など、格好の隠れ場所になったその空間が、今や完璧に植物の楽園と化している。しかも、改めて眺めれば、襖には茶色い大きなしみが広がっているし、周囲の壁にも、亀裂が走っている箇所がある。

　――もう、駄目だわ。

　とてもではないが、押入を開けてみる勇気など出なかった。こんなことならば、もっと早く来て、中を確認しておくべきだった。特に持ち出すような物がなかったとしても、人間の住まいとして、まだ完璧に体裁を整えていた頃、何なら一泊していこうかと思えるようなときに、この部屋を見ておくべきだった。だが、もう駄目だ。何もかもが、手遅れだった。

さらに、客間の奥の八畳間も同様だった。手前の部屋と異なるのは、元は和室だったのに、カーペットが敷かれて、簡単な応接セットとテレビ、ステレオなどが置かれ、洋風にしてあることくらいだ。葉子が幼い頃までは、手前の部屋との境の襖を取り払えば、大広間として使えるようになっていたが、それほどまとまった来客があるわけでもないからと、葉子が小学生の頃に手を加えた。中学や高校の頃、葉子は学校の友達が来る度に、その洋間に彼女たちを案内し、おしゃべりに興じたり、レコードを聴いたりした。

かつては淡い緑色だったカーペットは、埃と湿気を吸い、一面の苔のように見えた。その上、ところどころ小さなキノコさえ生えている。旧式の大きなステレオには、全面に白い黴らしいものが大小の斑点のように広がっていた。最後に誰が使ったのか、ターンテーブルの蓋は開かれたままで、その中のＬＰレコードにまで真っ白に黴がついている。革製のソファーも同様に黴びて白茶けて見え、隅にはひびが入り、背もたれに掛かっている白いレースのカバーは黄色く変色していた。当時はまだ珍しかった窓のブラインドも、糸が切れて、羽根がだらしなく左右に偏ってずり落ちていた。

――あの人が、死んだ。

レコードラックには、懐かしいLPレコードが何枚もあるはずだった。両親が若い頃に聴いたという古いSP盤だってずい分残っていたと思う。せめて、それくらいならば持ち帰れるのではないかと思って、一歩、足を踏み出し、葉子はやはり立ち止まってしまった。靴がカーペットに沈み込む。相当な湿気を吸っているらしいことが、その感触だけで分かった。見上げると、天井板の数枚が外れかかって、辺り一面に、黒々としたしみが広がっている。雨漏りが始まっているのだ。ここも、もうすぐ屋根が落ちるのだろう。

——本当に、もう、駄目だわ。

諦めるより他になかった。

結局、自分はこの家に、何一つとして、してやることが出来なかったのだと、改めて思った。この家にも、この家で暮らした人々にも、葉子は何の手も差し伸べることがなかった。

震えるように吐き出す自分の呼吸だけが、奇妙に大きく聞こえる。この息をしている限りは、自分にはまだ生命があるのだと、ふと思った。

「——死んだんだって。あの人が」

改めて、声に出して言ってみた。冷たく湿った空間は、その声を簡単に呑み込んだ。

丘の話からすると、杉浦は自宅で首を吊って死んだということになる。葉子は、一度だけ見に行ったことのある杉浦の家を思った。あの家のどこで、杉浦は首を吊ったのだろうか。娘を親元に預け、毎日少しずつ、荷物を整理しているはずだと思っていた。まだローンの残っているという家は、既に次の家主を求めていたはずだ。だが、あの家もまた、早く手を打たなければ、そのままの姿で崩壊に向かうことだろう。この家のように、いや、この家よりも、むしろ津軽で見たあの長屋のようになるかも知れない。「自殺した人の家」「奥さんが殺された家」などと、ずっと囁かれ続けるのだ。ましてや今の景気では、買い手も簡単には見つからないに違いない。そして、あの家はやがて人間以外の何かに侵食されていく。

——我々もね、まさかとは思ってたんですわ。だから、それなりに気をつけてはいたんですがね。

丘刑事の言葉を思い出した。すると、彼らは偶然、杉浦の死を発見したわけではないということになる。つまり刑事たちは、日夜、杉浦を張り込んでいたということだ。それから、刑事は何か他のことも言った。葉子に対して、面倒な人と関わったものだとか、そんな意味のことを言ったと思う。

刑事の言葉が何を意味するのか、今は考えたくないと思った。葉子は、何一つとして触れることの出来ない状態の洋間を、ただ呆然と眺めていた。すべてが終わる。何もかもが目の前から消えてなくなるのだということばかりが、胸に迫ってきた。

7

一階に下りると、茶の間だけが微かに人の温もりを残していた。誰も見ていないのに、テレビはつけっぱなしになっていて、葉子の耳にも馴染みのあるコマーシャルが流れている。座卓の上には空になったペットボトルやコンビニエンスストアの袋が雑然と置かれていた。すべては葉子自身が、ほんの少し前に残した温もりだ。再び廊下で靴を脱ぎ、湿った畳を踏んで、その座卓に手をつきながら、ゆっくりと腰を下ろす。雨の音は相変わらず続いていた。まだ三時にもならないというのに、庭の木が繁り過ぎているせいか、夕方のような雰囲気だ。

——死んだ。

葉子に求婚し、共に暮らそうと言っていた男が消えてしまった。その事実を、出来るだけ早く、自分の中で正しい位置に収める必要があると思う。

とにかく今、分かっていることは、葉子はもはや杉浦とのことで悩む必要がなくなったということだ。自分の内の打算や、再び誰かと暮らすことへの不安や、杉浦の娘への思いなどを、毎日のように推し量り、迷い、やがて結論を出さなければならないと分かっていながら、のらりくらりとしていた日々から、これで解放されるということだった。

もしも、葉子の憶測に間違いがなければ、彼は警察からマークされていたということになる。当然のことながら、その理由は、彼の妻の死に関係していると考えないわけにいかない。やはり、杉浦は単なる遺族、被害者ではなかったと、そういうことなのだろうか。だから、丘は葉子に「面倒な人」という言葉を使ったとしか思えない。

——まさか。

そう言って、自分の内に広がる黒々とした不安をうち消すべきだと思った。少なくとも、葉子がこれからの人生を共に歩もうとし、新しく家族という形態を整えて、もしかすると子どもまで引き取って暮らすかも知れなかった相手が、警察に追われるようなことをしていた、やはり妻の死と無関係ではなかったということを、そう易々と受け容れるべきではないと思った。いや、それ以前に、彼が首を吊ったと知らされた段階で、「まさか」と叫ぶべきではなかったか。あの人が死ぬはずがありません、私を残して逝くはずがないでしょうと、どうして言わなかったのだろうかと思う。それなのに、葉子の中には、まったく異なる考えが、大きく頭をもたげつつあった。

——一緒になる前で、良かったじゃない。

それが、正直な感想だった。悲しみや衝撃よりも、まずそう思った。良かった。他人のままでいる間のことで。自分は関係ないと言うことが出来て——。

もしも、共に暮らす決心などした後で、または実際に生活し始めて、その後に杉浦が逮捕されるようなことにでもなったら、それこそ、葉子のその後は目も当てられなくなったに違いないのだ。今のように、密かに関係を噂されている程度なら、素知らぬ顔のしようもあるが、そこまでいってしまっていては、葉子までもが「共犯者」として見られる可能性があったと思う。噂好きな人々は、杉浦が葉子と一緒になりたくて妻を殺害したのではないか、または、陰で糸を引いていたのは葉子なのではないかなどと、面白おかしく話したことだろう。そうなる可能性が、すぐ目の前に迫っていたのだと思うと、冷や汗が滲む気がした。

不幸中の幸い。杉浦には申し訳ないが、そんな思いがどうしても頭をもたげてくる。誰かに守られているとか、何かに支えられているとか、そんな言い方をするつもりはないが、奇しくもこの家にいるときに彼の死を報され、同時に、首の皮一枚で生命がつながったような気持ちになったことが、何となく不思議だった。もしも、中野のマンションで、この報せを受けていたら、葉子はもっと取り乱したかも知れないと思う。生きながらにして空中に浮かぶ棺桶に入れられたような、息の詰まりそうな孤独に叫び声さえ上げたくなったかも知れない。または、もしも本当に杉浦と一緒になった後で、しかも娘まで引き取っていたとしたら、その後の人生を考えただけで、今度は自分の方が死にたくなった可能性だってある。

「——お母さん、私、また当分、一人だわ」

座卓に頬杖をついたまま、小さく呟いてみた。

――あんたがそんなこと言うなんて、珍しいじゃない。

台所から、そんな言葉を返してくる母が思い浮かぶ。葉子は母に愚痴をこぼしたことがなかった。はかない恋に破れたときも、小さな裏切りに傷ついたときも、第一志望の大学を落ちたときも、写真のコンクールに落選したときも、葉子は何一つとして心の内を母に語ったことはなかった。

「お母さんが、聞こうとしなかったからじゃない？」

そんなことはなかった。葉子が話そうとしなかっただけのことだと、今は分かる。葉子が口を開けば、母は母なりに、懸命に耳を傾けたことだろう。そして、母が自分の人生から学んだ言葉をかけてくれたと思う。だが、以前の葉子にはそういう会話そのものが重く感じられた。通り一遍のことを言われても、救われるとは思わなかった。「そんなことより」と前置きをされて、話題の矛先を変えられ、説教じみたことでも言われるのではないかと、いつも警戒していた。苛立ちたくない、反発したくない、だから、最初から口を開かなかった。それは、まったく一人よがりな考え方だったと今は思う。

「ギリギリのところで助かったっていう感じよね。あの人、死んだんだって」

死、という言葉を口にして、初めて心が小さく震えた。自分から死ぬなんて、一人で首を吊るなんて、一体、杉浦は何を考えていたのだろうか。どういうつもりで、そんな真似をしたのか。

今更ながらに、彼のことを理解していなかったと思う。彼のことなど、何一つとして知りはしなかった。いや、知りたいとも思っていなかった。不可解さに悩み、不気味さに戦慄し、取り返しのつかないことをしてしまったと気づくのが恐ろしかった。理解などしていなくても、日々の生活は紡げる。見えている範囲で折り合いをつけていけば良いのだと、自分に言い聞かせていた。そういう意味では、葉子は半ば結婚を承知するつもりになっていた。あくまでも自分本位な考えで。

だが、愛していなかった。

今、はっきりと分かる。愛そうとさえ、していなかった。

確かに、頼りにしていた時期はある。離婚した後の葉子を支えたのは、まぎれもなく杉浦の存在だ。彼と話していると落ち着いた。それなりに共感を覚える部分もあった。強いて言うならば、その穏やかさだけを、葉子は求めていた。

葉子は、別れるのなら自分の方からでなければならないと、常に思っていた。夫に裏切られたときのように、また捨てられる惨めさなど、二度と味わいたくはないという意地で、そんなふうに考えているのだと、自分なりに解釈していた。だが、実際のところは、まるで違っていた。愛していなかった。だからこそ、愛していない自分が相手から捨てられるなんておかしいと、そう思っていたのだ。

――今頃、気がつくなんて。

もうその必要さえなくなった今になって、結婚など出来る相手ではなかったことに気づくとは。今ならば、きちんと別れの言葉を口に出来るなどと思うとは。お粗末過ぎる。何が一人前の大人なのだ。聞いて呆れる。

「だって、好い加減もう、諦めてたのよ」

愛や恋などで人生を語るべきではないと、いつの間にかそう呟く自分がいた。これから先の人生を、いかに心静かに、穏やかに暮らしていくか、そのことだけを考えるべきだと、いつの間にか、そう思っていたのだ。仕方がないではないか。十代や二十代の頃とはわけが違う。降り積もった疲労感が、日増しに肩や背中を重くする。受けた傷を癒すには時間がかかるようになる。心などときめかなくても生きてはいかれる。男に限らず、たとえどんな相手との関係であっても、自分の孤独を癒すための材料に過ぎないという程度に受け止め、常に冷静であるべきだと、いつの間にかそう自分に言い聞かせていた。

――いつから、そんなふうになったのかしらねえ。あんたがねえ。

母の気配が漂う。

いつからだろう。離婚する頃？　いや、そのずいぶん前から、夫と気持ちがすれ違っていることには気づいていた。流産する前？　二度目の？　最初の？

――昔は、そんな考え方は、しなかったんじゃないの？

自分でも分からなかった。何か大きな心の傷がきっかけになったのだとしたら、少しは記憶に残っていそうな気もするが、それさえも分からない。今は、すべてが過去の出来事になってしまったということ以外には、何も分からなかった。杉浦さえも、もはや過去の存在になった。彼が勝手にそうした。結婚を口にしたときよりも、もっと唐突に、もっと一方的に、彼はすべてを断ち切ったのだ。

「しょうがないのよ。何もかも、どんどん流れていくんだもの。一つ一つにこだわっていたら、生き延びていかれないの」

雨垂れの音を聞きながら、葉子はぼんやりと母の気配に話しかけ、そして、周囲の空気を肌で探った。こうして、いつまでも座っていたら、やがて夜が更ける頃までには本当に母が姿を現すのではないかという気がしてくる。母だけでなく、縁側には父の背中が浮かび上がってくるかも知れない。そうするうちに、小柄だった祖母まで蘇り、そして、この朽ち果てかけている家に、幻のように生活の音が蘇るかも知れない。

だが、そんな時間まで、ここにいられるはずがなかった。横目で窓の外を見る。雲が厚いのだろう、一層暗さを増して、このまま夜になりそうだ。まだ目的のアルバムさえ見つけだしてはいないというのに、ぼんやりしている場合ではなかった。

――いつだって、そうなんだから。来るなり帰りのことばっかり気にして。

また、母の気配が呟いた。

確かに、葉子はいつでも急いでいた。忙しい自分を見せつけようとでもするように、いつも柱時計を見上げ、帰りの電車のことや、東京での暮らしのことばかりを考えた。どうして、そんなに急いでいたのか、今となっては良く分からない。東京という街が、さほど魅力的に感じられなくなった後でも、別段、自分を待っている人などいないと分かっていても、何故あんなにも、いつも慌てたように繰り返しこの家を捨て続けたのか。その挙げ句、自分はどこにたどり着いたというのだろう。

——仕方がなかったのよ。

何の言い訳にもなっていないことは、自分がいちばん良く承知している。仕方がなかったことなど、一度もない。ただ、葉子は繰り返し繰り返し、この家や自分の過去や、それにまつわるすべてのものを、母までひっくるめて捨て続けてきたというだけのことだ。仕方がないのだと、そうするより他にないと、思い込んでいた。

葉子はのろのろと立ち上がり、今度は母たちの部屋を覗いてみることにした。その押入の中のどこかに、古いアルバムや思い出の品などが入っているだろうということくらいは、見当がついていた。

8

ほどなくして、葉子はいとも簡単に昔のアルバムを探し出した。それは、押入の下の段の、茶箱の中に収められていた。押入の中全体は、二階同様にずいぶん湿気を帯びていて、古い布団や柳行李などは黴びたり、変色したりして何とも不吉な匂いがこもり、唯一、例の蔓草が入り込んでいないことだけが救いだったが、その中で茶箱だけは、きっちりと湿気を遮断して、中のものを十分に守り続けていた。

それを引きずって茶の間に戻ると、葉子は中のものを確認し始めた。合計すると、七冊に及ぶアルバム。おそらく祖母の物だと思われる、古い櫛や鏡、年代物らしい帯、縮緬《ちりめん》の風呂敷、さらに、布団も包めたに違いない大きな唐草模様の風呂敷、そして、葉子や兄が幼かった頃に描いた数枚の絵や、幼稚園や小学校の修了証書。桐の箱に入ったへその緒。母子手帳。手紙の束。古いハンドバッグには、父の物だった眼鏡に鼈甲《べっこう》の櫛、止まったままの金の腕時計に懐中時計も入っていた。それらの一つ一つを、丁寧に眺めている余裕は、今の葉子にはなかった。時間のことも気になっているし、第一、頭の中ではずっと、杉浦が死んだというひと言が響き続けているのだ。

――よりによって、こんな時に。

苛立ちがこみ上げてこなくもない。さっきは、この家で聞いたことで救われたと思った報せではあったが、ゆっくりと感傷に浸る余裕も奪われてしまったのかと思えば、恨めしい気持ちにもなる。だが、やはりその方が良かったのかも知れない。この廃屋の中で、一人で感傷に浸ることの方が、葉子にとっては余計に重い時間になったかも知れないのだ。

こんな茶箱を、そっくり東京まで持ち帰ることは不可能に近い。今更、運送屋を呼んで運んでもらうのも、大げさな気がする。だが、母が湿気を避けて保管し続けてきた物だけは、そう簡単に要と不要とに分けるわけにはいかないと思った。とにかく、何らかの方法を考える必要がある。いくつかに小分けしてでも、運んでしまった方が良いと思った。

それにしても、いくら使い捨てカイロを身体中に貼りつけているとはいえ、寒さに手がかじかみそうだった。葉子は、少しの間、考えを巡らし、素早く靴を履くと、取りあえず坂の下のコンビニエンスストアまで行くことにした。そこで相談するしかない。小分けして東京に送るにせよ、この家では梱包する材料が、もう満足な形では見つからないだろう。

下駄箱から、いちばん古びて見えない傘を探し出して、葉子は足早に家を出た。外には、ときが止まったかのような風景が、ひっそりと広がっていた。本当の夕闇が迫ってこようとしている。風が出てきたらしく、枯れ始めている松の枝までが、小さく揺れていた。

雨に降りこめられた住宅地の坂を、一人で足早に下りる。鼻の頭が冷たくなって、吐く息も白く流れた。こんな天気の日に、何度となくこの坂道を下りた。学校へ行くときも、友人の家へ行くときも、または何の目的もなく、ただ歩き回りたいときもあった。愉快でも不愉快でもなかったこともあれば、心さえかじかみそうなほどに惨めで淋しく、孤独な気分のこともあった。

ふと思い出した。いつの頃からか、葉子はこの坂道を下りる度に、家出する自分を夢想するのが習慣になっていたことがある。深夜か明け方か、または普通に登校するときか分からないが、心の中で「ごめんなさい」と呟きながら、二度と戻るつもりのない家の気配だけを引きずって、逃げるようにこの坂を下る自分を夢想し続けていた。何か理由があってのことではない。ただ、どこか追い詰められた気分で、そうしなければならない、仕方がないのだと自分に言い聞かせながら、坂道を下りる自分を繰り返し思い描いていた。

おそらく、今の理菜と同年代の頃だ。ついに一度として、行動に移したことはなかったが、その代わり、葉子は大学に進学して上京するという形で、正々堂々と家を捨てたことになる。

——どうしてあんなにも逃げることばかり考えていたんだろう。

家が嫌いだったとは思わない。だが、どんなに幼い頃でも、葉子は「帰りたい」と思ったことがなかったことを覚えている。小学校の林間学校などで家から離れたとき、親戚の家に泊まりにいったとき、盲腸で入院したとき——どんなときにも、葉子は「帰りたい」とは思わなかった。周囲の友人たちが「早くおうちに帰りたい」などと言うのを、半ば不思議な感覚で眺めていた記憶がある。

葉子が生まれて初めて「帰りたい」と感じたのは、この生まれ育った家へではなく、六畳一間の、中野の古アパートの一室へだった。誰が待っているわけでもなく、天井や壁を隔てて他人の生活の音が聞こえてしまう、そんな部屋に暮らすようになって初めて、葉子は「帰りたい」という感覚を学んだ。どんなに狭く、汚いアパートであっても、そこだけが自分の居場所であり、あの部屋にさえ戻れば、安心できるのだと感じていた。

坂道に沿って新しく立ち並んだ住宅を眺めながら、葉子はぼんやりと考え続けていた。要するに、葉子はこの風景、この小さな町、この道、たった今、テレビも電気もつけたままで出てきたあの家、全てになじめなかったのだ。拒絶するつもりはなかったし、嫌いだったとも思わないが、少なくとも安心できるだけの居場所を確保することが出来なかった。

その大きな原因になっていたのが、兄だったことも、よく承知している。兄がいる限り、母は葉子の方を向かず、葉子は常に緊張し、怯えていなければならなかった。幼い頃から、葉子は自分こそが出ていかなければならない立場の人間なのだと思い込んでいた。

——欲張って、人を弾き出しておいて。

今更ながらに、兄が恨めしかった。

逝くなら、逝ってしまえば良い。志乃も子どもたちも、もう諦めはつけていることだろう。

だが——と、考えそうになって、葉子の中には新たな苛立ちが膨らんだ。とにかく今は、一つのことをまとまって考えることが出来ない。それが、葉子を苛立たせるのだ。一つ一つを取り上げれば、どれも集中して考えたいことではない。だが、どれ一つをとっても、簡単にやり過ごしてしまえるはずのない問題ばかりが葉子を取り囲んでいる。

思い浮かんだのは、杉浦の娘のことだった。母を殺害され、父に死なれて、あの少女は、これから先、どうやって生きていくのだろう。独りぼっちにされ、その上、もしかすると母の死には父が関係しているかも知れないという重荷まで背負って、あの少女の人生は、これから先、どうなってしまうのだろうか。本人の責任ではない。ただ、生まれてきただけのことなのに。

白い息を吐き、古い傘に当たる雨音を聞きながら、葉子は長い坂道を下り続けた。もしも杉浦の家がすぐに売れなければ、いつかあの少女も、今の葉子のように、廃屋となった我が家を見なければならなくなるかも知れない。楽しかった思い出も、おぞましい記憶も全てがない交ぜになった空気の中で、絶句しなければならないかも知れない。もしかすると、葉子の娘として暮らすことになったかも知れない少女。ことと次第によっては、葉子を母と呼んだかも知れない少女。

――縁がなかった。

そういうことだ。

仕方がない。坂道を下りきり、さらに平坦な道を進みながら、ときの流れとは何なのだろうかと思った。一体いつの間に、これほど月日が流れてしまったのだろう。まさかこの道を、こんなことを考えながら歩くことがあろうとは思わなかった。少女だった自分と今の葉子を隔てたものとは、何なのだろう。

バス停の前のコンビニエンスストアにたどり着く頃には、天気のせいばかりとも言えないほどに、辺りには薄闇が迫り始めていた。入り口の脇に宅配便の看板が出ていることを確認してから、葉子はおでんだしの匂いの立ちこめる店内に入った。今度は、レジカウンターの中にいたのは、かつての同級生ではなく、見覚えのない中年男だった。何となくほっとしたが、かといって真っ直ぐに近づいて話しかけるのも躊躇われて、葉子は、何を買うつもりもないのに店内を一周した。

食品が並ぶ棚とは背中合わせのコーナーに、家庭用雑貨が並んでいた。さっき、使い捨てカイロや軍手を買った辺りだ。日頃は、コンビニエンスストアで雑貨など買わないのだが、何となくその棚の前をぶらぶらとするうち、片隅に、乾電池やカセットテープと一緒にインスタントカメラやフィルムが売られているのに気がついた。

——撮っておこうか。

単なる習慣のようなもので、葉子はどこへ出かけるにも小さなカメラを持ち歩いている。当たり前のようにバッグの中に入れっぱなしになっているだけで、日頃は滅多に使ったこともないオートフォーカスのカメラの存在を、どうして忘れていたのだろう。津軽の長屋に、あんなに強く惹きつけられた自分が、どうして自分の家の写真を撮っておくことを思いつかなかったのか。我ながら、間の抜けた話だと思った。

パッケージの脇に貼られている値段は、日頃、葉子が通っている量販店で売られているフィルムに比べてずっと割高だった。こんなに高いのなら、予め用意してくれば良かった。どうして、そんなことにも思いがいかなかったのだろうかと思いながら、葉子は、そのフィルムを十本買うことにした。

レジに向かい、相変わらず無表情なままの中年男の前にフィルムを置いて、ついでに宅配便用の箱か手提げ袋を売っているかと聞いてみる。久しぶりに声を出した気分だった。目の前にいる、生身の人間に話しかけること自体が、ひどく新鮮に感じられた。だが、ストライプのエプロンとはまるで釣り合わない風貌の男の答えは「あることは、ありますけど」という、ひどく素っ気ないものだった。

「どのくらいの大きさですか」

なおも訊ねると、男はまるで仕方がないとでもいうように、葉子に背を向けて白い扉のついている棚に向かった。商売気がないというか、エプロン同様に、この場にも似合わない男だと思っていると、「宇津木さん」という声がカウンターの奥から聞こえてきた。

「宇津木さん、じゃありません？　葉子さん」

さっき立ち寄ったときにいた、かつての同級生が奥から半ば探るような目でこちらを見ている。一瞬、相手が誰だか分からないふりをして、葉子は「ええ」と小さく頷いた。すると、相手はこの上もなく嬉しそうな笑顔になって、カウンターの前に進み出てきた。

「やっぱり！　分からない？　私、佐伯、佐伯逸子！　ほら、中学で一緒だった」

今度は仕方なく、にっこりと微笑むしかなかった。葉子は可能な限り表情を明るくして、「あの、佐伯さん？」と言った。佐伯逸子は「そうそう」と頷きながら、さらに近づいてきて「やっぱり！」と目を輝かせている。

「さっきも一度、いらしたでしょう？　あのとき、あらって思ったのよ。確かに宇津木さんに見えたんだけどなあって。わあ、元気？　変わらないわねえ」

外見はすっかり老けて厚化粧になっていたが、最後の「わあ」は、まさしく逸子らしい口調だった。葉子は、怪訝そうな表情でこちらを見ていた男がすっと奥に引っ込むのを見計らって、「御主人？」と聞いた。逸子は小さく肩をすくめて頷く。

「去年ね、脱サラして、この店出したの」

「ああ、去年。久しぶりに帰ってきたら、コンビニになってたんで驚いたのよ。でも、佐伯さんのお店だったとはねえ」

「今は、横井なんだけどね。私だって驚いてるんだもの、まさか、こんなことになるなんて思ってもみなかったから」

「ごめんなさいね、さっきは全然気がつかなかったわ」

「いいの、いいの。こっちだって、声をかけていいもんかどうか、迷ってたんだもの。久しぶりねえ」

「本当に」

我ながら、普通にすらすらと話せることが不思議だった。だが、こんな他愛ない会話が、意外なほどに嬉しい。この世の中に、少なくとも一人は自分を知っていてくれる人がいる、笑顔を向けてくれる人がいる。それだけで心が温かくなった。

「よく、帰ってきてるの？」

「そうでもないのよ。何かと忙しくて」

「何年か前に同窓会で聞いたんだけど、雑誌の仕事か何か、してるんだって？」

「一応ね、フリーでカメラマン、やってるの」

逸子はさも感心した表情で大きく頷き、カウンターの上に置きっ放しになっていたフィルムに目を落として、「なるほど、それでね」と言った。葉子が今でも賀状のやりとりだけ続けている、かつての級友から聞いたのかも知れない。だとすると、葉子が旧姓に戻っていることも、彼女は知っている可能性がある。だが、逸子はその件に関しては、何も訊ねようとはしなかった。

「じゃあ、今日は取材で？」

「違うの。今度、実家を処分することになったもんだから」

「処分？　売っちゃうの？」

葉子は穏やかに微笑んで、もう住む人もいなくなったからと言った。

「ひどいものだわ、人が住んでないと、家ってあんなに傷むのね」

言葉にしてしまえば、たったそれだけのことだった。それ以上に細かく説明したい衝動を、そういう思いの全てはカメラを構えるときにこめるべきだという考えで押さえ込み、葉子は小さくため息をついた。

「だから、古いアルバムとか、持ち出せる物だけ、東京に運ぼうと思ったんだけど、思ったよりも量が多いものだから、ここから宅配便にしてもらおうと思って」

ようやく本題に入った。細かく頷きながら葉子の話を聞いていた逸子も、思い出したように宅配便用の袋を取り出し始める。

「一枚で、いい？」

「茶箱一杯分だから、もう少し、いりそうね」

「茶箱一杯分？」

逸子は目を丸くした。

「宇津木さんの家って、坂の上だったわよね。そこから、往復して運ぶつもりなの？」

「仕方がないわ。こんなことなら車で来ればよかったんだけどね」

昔の面影さえ感じられないほどの厚化粧の顔が、わずかに歪められ、同情的な表情が浮かんだ。葉子は、ふと逸子も苦労したのだろうと感じた。彼女の夫が、どういう理由で脱サラすることになったのかは知らないが、コンビニ経営が、そう容易い仕事ではないことくらいは、テレビなどで見て知っている。第一、終夜営業で年中無休となれば、それだけで、かなり過酷な労働になるに違いない。素顔の逸子は、ひょっとするとかなりくたびれた、葉子よりもずっと老けて見える女になってしまっているのかも知れない。

「ちょっと、待っててね」

カウンターの上に会計前のフィルムと宅配便用の紙袋を置きっ放しにして、逸子はまた店の奥に消えてしまった。葉子は、ぼんやりと店内を見回していた。ただ、おでんだしの匂いと、空々しいほどに陽気な音楽だけが広がる空間。もしも葉子なら、四六時中、こんな場所に閉じこめられていたら息が詰まることだろう。それを、かつての同級生は支え続けている。

「この人が、運んでくれるって」

数分後に現れた逸子は、背後に夫を従えていた。葉子は驚き、恐縮しながら改めて逸子の夫を見た。ただ無愛想なだけかと思ったが、今度は少しばかりはにかんだような、照れた顔に見える。

「でも、お仕事が――」

「気にしないで。この天気だし、そんなに時間がかかるわけじゃないんでしょう？　こんな袋、幾つも使うより、茶箱ごと運んだ方がいいじゃない？　宅配便扱いにはならないけど、ちゃんと送ってあげるわよ」

葉子は、心の底から頭を下げた。旧友だと気づきながら、密かに敬遠した自分を恥じた。既に故郷とも言えなくなったと、一人で勝手に思っていたが、決めつけることもない。そう思えるだけで、有り難かった。

9

逸子の夫は無口な人で、葉子を助手席に乗せてワゴン車で走る間も、崩れかけている家の、テレビも電気もつけっ放しの居間に足を踏み入れる間も、ほとんど口を開くことがなかった。

「特大の風呂敷が見つかりましたから、それで包みましょうか」

「勿体ないでしょう。引きずったり、他の荷物を上に積まれたりするから。店に戻ってから、ガムテープとひもで荷造りしますよ」

大きな茶箱を一人で持ち上げ、彼は無表情のまま、家の前に停めた車に運んでいく。その後をついて歩きながら、葉子は、これが男手というものだと改めて感じていた。力がある。大きい。それだけで、安心させられる。

店に帰る車の中で、葉子は「本当に助かりました」と小さく頭を下げた。逸子の夫は隣から「いや」と口の中で答えただけだった。

「近いようでも、そう簡単には帰ってこられなくて」

「今、東京ですか」

「高校を卒業してから、ずっとです」

「じゃあ、不動産屋も東京の業者にするんですか」

そのことを忘れていた。家の変貌ぶりに打ちのめされ、母の気配と言葉を交わしたり、杉浦の死を報されている間に、ほとんど何もしないまま、一日が終わろうとしている。業者に関しては何も考えていないと答えると、逸子の夫は、地元の不動産業者ならば心当たりがあると言った。

「前に住んでたところを処分して、あの土地を買うときに、世話になった会社でね」

社名を聞くと、葉子も看板か何かで見た覚えがある気がした。

「どうせなら、地元の業者の方がいいんじゃないですか」

「あの、ご紹介いただけますか」

「いいですよ」

相変わらず、ほとんど感情を含まない、かといって、決して不快にも思っていないらしい口調だった。妻の旧友というだけで、初めて会った人間に、どうしてこんなに親切に出来るものかと半ばいぶかしく思い、それから葉子は、そうだった、と思い出した。ここは東京ではないのだ。面倒なつながりを嫌い、何でも疑ってかかる人間ばかりが息をひそめて暮らしている土地ではなかった。ここには、まだこういう人情が残っているのだ。たとえば普通の旅人にでも、これくらいの親切心は見せるだけのゆとりがあるのかも知れない。葉子が恐縮するほどに、逸子と彼女の夫は、大したことをした気にはなっていないのだろう。

「店に戻ったら、電話してみますわ。今日中に、東京に帰るんでしょう」

「あそこに泊まるわけには、いかないですから」

逸子の夫の横顔が、「まあ、無理だろうな」と頷いた。余計なことは口にしない男が、内心ではあの家の有り様を見て、どう感じているか、葉子にだって察しはつく。だが、もう仕方がなかった。彼の口から逸子に伝わり、それがさらに他の人にまで広がったとしても、そんな噂は、家が壊される頃までには消え去ることだろう。

店に戻り、逸子にも手伝ってもらって、大きな茶箱をしっかりと荷造りしている間に、彼女の夫は本当に不動産屋に連絡を入れてくれた。そして、売り主が東京に住んでいるのなら、滅多に戻っては来られないだろうから、これから見に行っても良いと不動産屋が言っていると教えてくれた。葉子は慌ただしく伝票に荷物の送り先を書き込みながら、それなら自分も急いで家に戻るからと答えた。

「ここで、待ってたら。どうせ通り道なんだから、拾っていってもらえば、いいでしょう」

だが、逸子の夫はそう提案し、葉子がぽかんとしている間に、電話に向かって何時頃来られるかなどと聞いている。

「優しい御主人ねえ」

葉子は思わず逸子に囁いた。彼女は、わずかに照れ臭そうな表情で、鼻のつけ根にくしゃりと皺を寄せると、「外面だけよ」と答えた。

「分かるでしょう？　無愛想だし、口は重いし。それが、『あんな垢抜けた人が、どうしてお前の同級生なんだ』なんて、さっき言ってたのよ。私より、ずっと若く見えるって」

「あら、失礼ね。そんなこと、ないわよね」

だが逸子は小さくかぶりを振って、葉子は本当に若く見えると力説した。羨ましい、やはり都会暮らしは違うのだろうかなどと言われて、葉子は返答に困った。

「だとしたら、一人で気ままに暮らしてるからでしょう。未だに地に足がつかないっていうか、ふらふらしてるから」

誤魔化すつもりで、半ば自嘲的な笑いを浮かべて見せた。逸子は、余計なことを言ってしまったような当惑した表情を見せて、一人も良いではないかと言った。

「私なんか、子どももいるし、お姑さんもいるしね。その上、こんな商売まで始めて、もう今更、後へは引けないところまで来ちゃってるから、仕方がないわ。だけど、一人で生きていかれるんなら、そういう生き方も、いいと思う。そう出来たら良かったかも知れないとも、思うわ」

保守的になりがちなはずの、片田舎の主婦にしては、逸子は、ごく自然にそう言った。

それだけ、彼女も日々の暮らしの中で考えることがあるのだろう。葉子には想像もつかない、重い荷を背負っている可能性もある。そんな話を聞いてみたい気もしたが、互いに深入りしないのが賢明だと思い直した。今日のハプニングを、単純に旧友との喜ばしい再会として記憶に残せることの方を、もしかすると逸子自身も望んでいるのかも知れなかった。

「十分くらいで、来るそうだから」

電話を終えた逸子の夫が近づいてきて、それだけ言ってレジに戻っていく。後ろ姿に礼を言ってみたが、彼は何も答えず、ぽつぽつと来始めた客に相変わらず不愛想な声のままで「いらっしゃい」などと言っていた。

「一応、照れてんのよ」

逸子は小さく肩をすくめて笑っている。葉子も一緒になって微笑んだ。こういう夫婦がいると思うだけで、何となく心がくつろいだ。自分も含めて、葉子の周囲には、こんな当たり前に見える夫婦が少なすぎた。志乃にしても、杉浦にしても。だが、この世の中から、こういう人たちが消滅したわけではないのだ。

「本当に助かりました」

立ち寄ってくれた不動産屋の車に乗り込んで店を後にするとき、葉子は改めて逸子夫婦に礼を言った。

「大変ね」

逸子は、もっと何か話したそうな表情をしていたが、土産代わりにと、温かい缶コーヒーを差し出してくれた。

「元気でね。頑張って」

「帰るときに、また顔を出させていただくわ。そんな、永久の別れみたいな言い方、しないでよ」

「あ、そうか、じゃあ、寄ってね」

家が売れるまでには、まだ何度か来なければならない可能性もある。それよりも近い将来、兄の納骨にも来なければならないかも知れないのだ。志乃から、長野に新しい墓地を買い求めているという話は聞いていなかった。遅かれ早かれ、兄は骨になって、この地に戻ってくる。だが今、そんなことまで話す必要はなかった。

再び見知らぬ男の運転する車に乗って、葉子は急な坂道を上った。途中、相手の質問に答える形で、土地の権利は兄と葉子の二人の所有になっていること、その兄が、余命幾ばくもないことなどを簡単に説明した。

「ああ、それでですか」

「今日、久しぶりに来てみたら、家も相当傷んでますし、今更住むことも出来ない状態なんで」

「お兄さん、この近くの病院ですか」

「仕事の都合で、長野に転勤になったものですから、そのまま向こうにいます」

ついでに兄の出身校の話になると、三十代の半ばに見える不動産屋は、自分も同じ高校の出身だと答えた。同窓生だと分かっただけで、彼の態度は親しげなものに変わり、さらに、葉子や志乃の通っていた高校が、男の妻の出身校だと分かると、一層親しみのこもった話し方になった。

「そうですか。まだお若いのに、残念ですねえ。もう、本当に駄目なんですか」

「少し前に危篤状態になって、今も、意識はないんですって」

「でも、持ち直すっていうこともあるんじゃないんですか。家を処分するんなら、一度、お兄さんの意志を確かめた後でも――」

「どうも、無理みたいなんです。末期の癌ですしね――育ち盛りの子どももいますから」

若い不動産屋は、声だけでも十分に同情的になっていると分かる声で「そうですか」と答えた。

「じゃあ、出来るだけいい条件で売れるように、頑張りますから」

そう言ってもらえるだけで十分だった。車に乗ってしまえば、歩いて十分程度の距離など、瞬く間だ。ついさっき、逸子の夫の車で戻った家に、今度は不動産屋の車で戻り、葉子は落ち着かない気分で、再び軋む音をたてながら門を開けた。

「ああ、大分、繁っちゃってますね」

不動産屋はさして驚いた様子も見せずに、まず家の周囲を見たいからと、庭へ回り込んでいった。庭木をかき分け、薄暗がりの中でおおよその広さだけでも確認してきたのか、再び戻ってきたときには、背広の肩が雨の滴で濡れていた。

「土足のまま、どうぞ」

湿って汚れた廊下には、微かに泥のついた靴跡が残っていた。逸子の夫の残していったものだ。彼は、躊躇うことなく土足で家に上がり込んだ。勿論、葉子がそうしてくれと言ったからだが、この家は、もうそういう存在になってしまっていた。これから先、誰かが立ち寄ることがあるとしても、全て土足で踏みにじられるだけなのだと、改めて思った。

葉子が権利証などの書類は兄の家に保管されていることを話したり、逆にこの辺りの相場などを聞かされた後、男は意外なほどあっさりと、「はい、分かりました」と頷いた。今後のやりとりは電話とファックスで行い、必要なときだけは来てもらうかも知れませんと言うと、彼はもう手許の時計に目を落としている。商売柄、こんな有り様の家を見ることも珍しくないはずだと思うのに、彼は何となく薄気味の悪そうな顔をしていた。

「じゃあ、こちらは買い手を探し始めますからね。すぐに見つかるかどうか分からないけど、まあ、大丈夫じゃないですか。これだけの広さだし、この高台は、坂の下の方に出来始めてる家なんかより、ずっと人気もあるし。ことによってはうちの会社で買い上げさせてもらうことも、あるかも知れないかな」

「出来るだけ高く買っていただければ、それで構いません」

「まあ、相場っていうものがありますけど、努力はしますから」

それにしても、傷みましたねと言いながら、家中を見回した後、不動産屋は「それじゃあ」と、もう玄関に向かう。

「横井さんのところまで、送りましょうか」

有り難い申し出だった。だが葉子は、まだ用事が残っているからと、柔らかく断った。不動産屋は、こんな家で何の用があるのだというような顔をしたが、「それじゃあ」と愛想笑いを浮かべると、馬鹿丁寧に頭を下げて、そそくさと帰っていった。不動産屋を送り出し、玄関の扉を内側から閉めるとき、また奇妙な錯覚に陥りそうになる。幼い頃から、こうして何度、誰かを送り出して、この扉を閉めたことがあったろう。行ってらっしゃい。早く帰ってきてね。じゃあね。またね——時には一人になることもあった。だが、次には必ず、誰かを迎え入れた。今の葉子はもう二度と、誰のためにも、この扉を内側から開くことはない。白く見える息を深々と吐き出して、葉子は改めて人気のなくなった家を見回した。

始まった。自然に崩壊に向かうこの家を、ついに、人為的に無に帰す作業が。だが、その方が良い。このまま、徐々に内部の醜さを露呈して、ゆっくりと人目にさらされ続けるよりも、ひと思いに消える方が良いのだ。

——本当は、もっと建っていたかったんだろうけど。

だが、一人去り、二人去って、ついに、この家は用を為《な》さなくなった。もしも、家そのものにも魂というものが宿っているなら、孤独と絶望に喘ぎ続けていたことだろう。

それが、もう終わる。葉子が死に水を取る。

煙草を一本取り出し、ゆっくりと吸った後、葉子はバッグから小さなカメラを取り出した。中に使いかけのフィルムが少し残っていたから、まず、それから使ってしまうことにした。一応、逸子の店で十本も買い込んできたが、一枚でも多く撮れた方が良いと思った。

——これが、遺影になる。

家中の明かりを点けて歩き、改めて家の中を一周した後、葉子はまず玄関から写真を撮り始めることにした。埃を被り、白い黴に覆われた革靴。下駄箱の上の置物。割れたガラス。息を詰めて、全てを丹念に、丁寧に撮る。家の中にフラッシュの閃光が走り、シャッターの音と自分の靴音だけが響き始めた。この家を、こんな角度から見たことはなかった。当たり前のように暮らし、育った家の本当の姿を、葉子は生まれて初めて目の当たりにした気分になった。

——今更、そんな写真を。

夢中になるにつれ、背後から、母の気配が話しかけてきた。今更だから、撮るんじゃないの。こう見えても、プロなのよ。いつもは写真屋だって思ってるけど、本当は私、写真家なんだから。

そういえば、母に自分の写真を見せたことなどなかったと思い出した。ことにプロになってからの仕事を、葉子はついに一度として、母に見せなかった。母も、特に見たいとは言わなかったし、ただ、それで暮らしていかれるのか、生活が成り立つものなのかということだけを心配しているようだった。

廊下を突き破って伸びている植物を撮った。広がるしみも、電気のコードにまとわりつく綿埃も、至る所に張ったクモの巣も、階段も、破れた窓も、手すりを這う蔓草も、とにかくどこを向いてもシャッターを切り続ける。

——勿体なくないの。そんなにパチパチ撮って。

何、言ってるのよ。仕事中はね、こんなものじゃないのよ。まあ、このところ景気が良くなくなってからは、大分考えて撮るようにはなってるけど。

母の気配が「そう」とため息をついた。心配性で、倹約家の母だった。戦争を体験している者は、どんな物でも大切にするのだと、口癖のように言っていた。その母が暮していたときのままの物が、この家には、当たり前のように残されている。それらにも、葉子はレンズを向けた。おそらく、葉子はこの家を売って得た金額の大半を、志乃に渡すことになるだろう。もともと、兄にすんなり渡したくないだけで、自分も相続した家だった。当然のことながら志乃は遠慮するだろうし、その押し問答には時間がかかるとは思う。だが、その面倒が嫌ならば、彰彦や理菜に、個人的に渡すのでも良い。さっき持ち出した茶箱と、今、こうして撮り続けている写真だけが残れば、もう、それで全てを手放して構わないと、そんな気になり始めていた。

——あんた、帰る家がなくなるねえ。

胸が熱くなっていく。仕方がないのよ。こうして最後を見取るのが、私の役割だったのかも知れないんだし、誰もいない家を、もう帰る場所とは呼べないわ。

だからといって、母を最後の最後まで、ここに残しておくわけにはいかなかった。いつまでもここで、帰らない子どもを待たせておくわけには。

——出来れば、待っていて上げたかったけどねえ。

思わず涙がこみ上げてきそうになった。母の気配は、確かにそう囁いた。それは、間違いなく母の本音だったろう。待つことに慣れ、それを自分に課せられた役目のように思っていたかも知れない母の思いが、初めて分かったと思った。

葉子は大きく深呼吸をし、涙をこらえて、ファインダーを覗き続けた。鴨居も、倒れた茶簞笥も、波打つ畳も、何もかもを、しっかりとカメラに収めようと思った。こんな気持ちになったのは、実に久しぶりだった。ただ、写真を撮りたい、シャッターを切り続けたいと思う。背後から覆い被さるような母の気配と言葉を交わしながら、葉子は孤独も恐怖も忘れて、ひたすら、この家の表情を切り取り続けた。

第六章

1

目の前に、薄ぼんやりと馴染みのない天井が広がっている。一瞬、どこにいるのだろうかと考えそうになって次の瞬間、葉子は自分が眠っていたことに気づいた。どのくらいの時間が過ぎたのか、横になったときは闇に包まれていた室内に、朝の気配と新たな冷気が忍び寄ってきている。

枕の上で、そっと首を巡らしてみると、視界の中に布団とベッドが入ってきた。灰色っぽく見える布団は、明るい光の下では確か柔らかいピンク色だった。その布団が、微かに動いた。理菜はまだ眠っているのだろうか。

六畳の理菜の部屋は、かつての葉子の勉強部屋と、どことなく雰囲気が似ていた。勉強机と本棚の他に、小さなタンスやカラーボックスなどが置かれて、壁にはポスターが貼られ、狭い隙間を埋めるように、マスコット人形やぬいぐるみ、ファンシーショップで売られているような可愛らしい小物の類が溢れかえっている。そんな部屋の、机とべッドとの隙間に布団を敷いて、葉子は昨晩、ただ身体を休める程度のつもりで横になった。

——逝ったんだわ。誰もかも。

姿勢を戻して、葉子は大きく深呼吸をした。今日と明日を乗り切れば、また日常に戻る。何事もなかったかのように、仕事に追われ、見知らぬ町と編集プロダクションとラボとを行ったり来たりして過ごす日々に戻る。ああ、いや、違っていた。まだ一つ、用事が残っている。葉子はまだ、丘という刑事に会っていなかった。それどころではなかった。

兄が逝った。

つい一昨日、栃木の実家へ戻ったのが、もうずっと以前のことのように感じられる。あの日、結局、家に帰り着いたのは夜も相当更けてからで、ようやく風呂で身体を温め、やっとの思いでベッドに潜り込んだと思ったら、志乃からの電話で起こされた。

「先生が、呼びたい人がいたら、呼んでくださいって。今度こそ、もう駄目らしいの」

「分かった。朝一番の電車で、行くから」

「悪いわね。こっち、まだ寒いから。気をつけて来てね。あの人には、あなたが来るまで頑張れって、言うからね」

疲れ果てて、半分痺れたような頭に、志乃の声は奇妙な明るさを持って響いた。そんな必要はないと言おうとしたが、口をついて出たのは、他の親戚への連絡のことだった。栃木の親類縁者もいれば、他の土地の者もいる。冠婚葬祭の時しか顔をあわせないような人ばかりだが、かといって、そういうつきあいをおろそかにすると、また何を言われるか分からないといった連中だ。

「今夜はもう遅いから、悪いでしょう？　うちの実家なんかにも、明日の朝、電話しようかと思ってるんだけど」

「何だったら、私からしようか？」

「いいのよ、いいの。とにかくあなたは、明日、来てくれるわね？」

そして、短い電話は切れた。受話器を戻した後で、彰彦と理菜のことを思った。病院に詰めているのだろうか。自宅で眠れない夜を過ごしているのか。今、まさに父を喪おうとしている現実を、十代の甥と姪とは、どう受け止めていることだろう。

「今度は、お兄さんですか。ははあ、そりゃあ、大変だな、次から次へと」

丘刑事に電話を入れたのは、長野に着いてからのことだった。今日から三月に入るというのに、町のそこここに、まだわずかな雪が残っているのを横目で眺めながら、葉子は飛び乗ったタクシーの中で、丘の「お大事に」という言葉を携帯電話から聞いた。少し前にも、「次から次へと」という言葉を聞いた気がしたが、それはいつ、誰に言われたのだったろうかなどと、出来るだけ余計なことを考えながら、何とか病院に着いた時には、兄は既に逝っていた。今朝、七時二十分のことだったと聞かされた。

「最後に、ほんの少しだけ意識が戻っていてね、『疲れたな』って言って。それで」

病室でなく、霊安室で兄を見守っていた志乃は、葉子を認めると、まずそう言った。幅の狭い寝台に寝かされている遺体は、白い布で包まれて、早くも線香の匂いに包まれていた。だが、葉子の目にとまったのは、その兄の遺体よりもまず、志乃の隣に腰掛けていた、理菜の方だった。長かった髪をばっさり切って、しかも、彼女はその髪を明るいオレンジ色に染めていたのだ。まるで、夕日が一しずく、こぼれ落ちたように、その色彩は霊安室の中で輝いて見えた。

「顔、見てやって。まだね、まだ少し、温かいと思うのよ」

志乃の声はわずかに震えていた。そして、白々とした狭い部屋に、すすり上げる音が響いた。理菜の横に腰掛けていた彰彦が立ち上がってきて、葉子を招き入れようとする。葉子は、提げていた鞄とショルダーバッグを甥に手渡し、理菜と志乃を一瞥した後で、兄の遺体に近づいた。

顔にかけられた白い布に手を伸ばし、そっと外して、葉子は不覚にも、思わず笑いそうになってしまった。おかしかったというよりも、あまりにも兄らしくて、情けなくて、笑うより他にない気分にさせられたのだ。

「――何よ。まだ何か、文句言いたそうな顔じゃない」

生前、最後に会ったときには、少年の頃の面影が戻ったようにも思ったが、その頃よりもさらに肉がそげ落ちて、文字通り骨と皮だけになった兄の顔には、安らぎなどというものはまるで浮かんでいなかった。ひどく苦しんだのかも知れない、自分の運命を受け容れられないままで事切れたのかも知れない。とにかく、兄はひどく不満げに見えた。

「やっぱり、そう見えるよな。きっと、もっと怒鳴ったり、文句言ったりさ、もっと威張りたかったんだ」

傍に立った彰彦が静かな声で呟いた。見上げると、甥の横顔には、穏やかな慈愛のようなものさえ浮かんでいる。この子は大人になったと、葉子は思った。いつの頃からか、彼は父親を追い越していたのだろう。そして、父を許し、認めてもいたのかも知れない。東京で一緒に暮らしている間、言葉の端々から窺えた母親への非難は、そのまま父の思いを汲んだものだったのだろうか。

確かに、兄も幸福ではなかった。原因は兄自身にある。だが、もう一方の側面から見れば、志乃もまた、兄を苛立たせるばかりの、そう相性の良い妻とは言い難かった。常に受け身に回っている様で、弱々しく見せながら、頑として譲らない性格の志乃に、兄なりに手を焼いていたとも考えられる。

「だけど、馬鹿だよな。通夜だって葬式だって、俺たちだけじゃなくて他の人も来るのにさ、外で愛想ばっかり振りまいてたっていうイメージが、台無しじゃないか」

呟きながら、彰彦は父親の顔に手を伸ばし、額にかかっていた髪を指で払ってやっている。葉子は、ペンだこの出来た、祖父譲りの彰彦の手を、じっと見つめていた。息子に触れられて、兄の顔は今にも動き出しそうに見えた。目を見開き、「うるさいっ」と怒鳴りそうだった。見守っていないと、すべてはもう、後戻りの出来ないところまで来たのだと言い聞かせていないと既に肉体から解き放たれ、自由になった兄の気配が、再びもとの棲み家に入り込んできそうな気がして、そう簡単に視線をそらすことができない。兄は、もっと生きたかった。決まっている。

「いつも、そうだったんだ。ちょっと考えれば分かりそうなもんなのにさ、先に怒鳴って、暴れて、自分で収拾がつけられなくなって、余計に癇癪起こしてさ」

「あんまり苛々してるから、病気にもなったんでしょう」

志乃の低い声が、堅い部屋に響いた。そして、彼女は遺体の反対側に回り込んで、改めて兄の顔をのぞき込む。疲れた顔をしていた。放心とまではいかないが、緊張から解き放たれて、ほっとして良いのか、まだ何かに身構えているべきか分からないような、頼りない顔をしていた。

「お兄ちゃんが大学に合格したことだって、結局、本人の口から聞けずじまいでねえ。短気でせっかちだから、こういうことになっちゃうのよ、ねえ」

半ば微笑むように、志乃はゆっくりと兄の骸に話しかける。いつになく、静かで柔らかい、慈しむような口調だった。葉子は、そんな義姉の顔を、それとなく見つめていた。安心している。ようやく解き放たれた、そう感じている。

志乃は、兄の枕元に置かれている香炉に新しい線香を立てる。葉子もそれに従って、蠟燭の火に線香をかざした。初めて兄に両手をあわせ、目を閉じている間に、「本当に、終わったんだわねえ」という呟きが聞こえてきた。

——終わった。

ついに最後の最後まで、笑いながら語りあうことなど一度として出来なかった関係が終わりを告げた。こうして手をあわせながら、何を語りかければ良いのかが、分からない。覚悟していたはずなのに、労《いたわ》りの言葉さえ、容易に浮かんでこなかった。

——あの家、見てきたのよ。

植物に侵食され、妖気さえ漂わせんばかりの惨状を呈していた、兄と葉子とが生まれ育った家のことだけでも伝えなければならないと思った。

——欲張って、しがみついて、そのくせ、何の手入れも出来なかった家を、最後に見たいと思った？　一度でも帰りたいと思ったことはある？

分からなかった。兄が望郷の念を抱いていたかどうか、あの家に、どんな思いを寄せていたか、葉子には見当さえつかなかった。その程度のつながりしか、なかった。それを思うと、情けない。情けなさに、涙が出そうになった。

——私の方に原因があったんだろうか。

今、隣のベッドに横たわる姪の気配を感じながら、葉子はぼんやりと考えていた。たった三、四日ほどの間に、二人の男が逝った。一人は、夫になったかも知れない男。一人は、唯一の血を分けた兄。それなのに、自分の中には、いかにも乾いた無機的な感覚しかないのだ。今更ながら、自分は彼らのことを何ひとつとして理解していなかったと思う。だが、少なくとも兄に対しては、決して最初からそんな形ではなかった。自分なりに兄という人を受け止めたかったし、理解もしたかった。兄の方で、そんな妹に刃を向けたのだ。理解されることを拒絶した。弱みを見せず、虚勢を張り続け、そして、理由の分からない憎悪さえぶつけるようになった。何故、そんな人になってしまったのか、何が原因で、兄の性格が形成されたのか、葉子にはまるで思い当たるところがなかった。単に生まれつきのものなのか、一つ屋根の下で暮らし、同じ物を口にしながら、葉子には見えなかった何かを経験してしまったせいなのか。

とにかく、そんな兄の人生は、昨日の朝で終わりを告げた。日が悪いということで、昨日は仮通夜、今日が通夜ということになっている。病院が紹介してくれた葬儀屋は、今日の夕方になったら、納棺を済ませて、遺体を斎場へ運ぶと言っていた。はからずも暦のお陰で、兄は肉体を持ったまま、実に久しぶりに我が家へ戻ることが出来た。昨晩はかなり遅い時刻まで、志乃や子どもたちに囲まれて、最後の夜を過ごした。

――本当なんだろうか。

頭では分かっているが、やはり不思議な気がした。第一、兄の家族に囲まれて朝を迎えること自体が、葉子にはほとんど初めての経験なのだ。彰彦たちが小さな頃には、確かに何回か、そんなこともあったと思うが、そういう日に限って、兄は帰ってこなかったり、わざと志乃を怒鳴りつけたりして、葉子をひどく居心地の悪い気分にさせた。そんな兄が、おとなしく横たわり続けていること自体が、ひどく奇妙なことに思えた。

布団の上にそっと身を起こして、脇のベッドを覗いてみる。こちらに背を向けて、オレンジ色の髪が跳ねていた。理菜が眠っている。それだけで、何故か安心した。

2

理菜の部屋から抜け出すと、途端に真冬のような冷気と、線香の匂いに包まれた。その空気の中を一歩ずつ進みながら、葉子は、確かに兄が逝ったことを実感していた。この家に、普段どんな匂いが漂っているかは分からないが、今の空気は、死者を悼《いた》み、送り出そうとするのに、いかにもふさわしい。

「起きたの?」

兄の遺体を安置してある居間には、もう志乃がいた。落ちくぼんだ目は充血して、唇も乾き、彼女は長い髪をほつれさせたまま、力無い微笑みを浮かべた。

「あなた、寝なかったの？」

「横にはなったけどね、眠くもなくて。もう、着替えたの？」

「このまま横になっただけだから」

仮の祭壇が作られている前で、いつも使っていた布団に横たわっている死装束の兄の前で、葉子は志乃と小声で言葉を交わした。まるで、眠っている兄を気遣うような、奇妙な囁きあいだった。

「理菜は？」

「よく寝てるわ。彰彦くんは？」

「明け方まで起きてたんだけどね、少し寝るって。今夜はまた、他のお客様なんかも見えるしね、そうそうあくびも出来ないだろうからって」

葉子は「そう」と頷き、新しい線香を灯して、ほとんど儀礼的に手をあわせた。お早う。こんなに朝早くから、私たちがお喋りしていても、もう文句も言えなくなったわね。真っ先に新聞を読むことも、やたらと熱いお茶を飲みたがることも、朝から誰かに当たり散らすことも、もう出来なくなった。でも、お陰で、静かな朝だわ。久しぶりに来た私がそう思うくらいだから、いつも細々とした愚痴ばかり言っていた志乃はもっと、そう思ってるでしょうね。

「あの子、受験生の割に徹夜も出来ないんだから」

「その方が健康的でいいじゃない」

志乃と向き合ってコタツに入る。柔らかい湯気の立つ湯飲み茶碗を前に置かれて、葉子は小さく頭を下げた。この前、兄の見舞いに訪れたときに出されたのと同じ、縁の欠けた湯飲み茶碗だった。

「国立の受験、どうするって？」

茶をすすりながら、葉子は義姉の顔を見た。彼女は、疲れた顔に何の表情も浮かべず、ただ「さあ」と首を傾げただけだった。

「まだ、聞いてないけど。本人次第じゃないかしら」

「日程的には、一応大丈夫っていうことに、なっちゃったわけよね」

「それだけは、助かったわ」

そして志乃は力無く笑う。葉子の中で、彼女と話す度に感じる、例のざらりとした不快感が密かに揺らめいた。嘘でも良いから、せめて受験が終わるまで頑張って欲しかったと言えないものか。既に硬く、冷たくなっているとはいえ、本人が目の前にいるのに、何故、「助かった」と言えるのか。

「まあ、直前にバタバタするわけだから、可哀相だとは思うけど、私立は受かってるんだし、気軽にね、受けてもいいとは思ってるのよ」

分かっている。彼女だって疲れている。兄に対しても、看病する自分に対しても、限界を感じていたはずだ。とうに諦めもついていただろう。だが昨日、霊安室でわずかに泣いた以外は、兄を家に連れて戻ってからも涙一つ浮かべることのない志乃に、やはり葉子は恨めしさを感じていた。勿論、泣けないのは自分も同じではある。それでも夫婦ではないか、夫が逝ったのではないかと言いたかった。

「ああ、それでね」

自分の湯飲み茶碗を両手で包み込むようにしながら、志乃がわずかに表情を変えて、口を開いた。それだけで、葉子は何となくピンと来るものを感じた。

「栃木の家ね、地元の不動産屋さんを紹介してもらったから。坂の下の方がどんどん開発されて、お陰で高台の人気も出てきてるそうよ」

先回りをして答えた。志乃は「そう」と頷き、ほっとしたようにため息をつく。

「どうせ今日と明日、色んな人たちに会うじゃない？　その時に頼めないかとも、思ってたんだけど、じゃあ――」

「売りに出したことは言ってもいいんじゃない？　欲しいっていう人がいるかも知れないし、誰か紹介してくれる可能性だって、あるだろうし」

志乃は、ゆっくりと頷く。そして、「そうね」と呟いた。

「じゃあ、もう、あの家を見ることもなくなるのね――ああ、だったら、権利証なんか、渡しておこうか。不動産屋さんからの連絡って、あなたの方に入るんでしょう？」

今度は葉子が頷く番だった。本当は、水道が止められていなかったこと、灰皿や湯飲み茶碗が洗われもせずに残されていたことなどを思い出していた。だが、家そのものがなくなるというときに、そんな小さなことを言っても仕方がない。志乃の気持ちは、とうの昔にあの家から離れている。いや、離れているどころか、あの家に近づいたことさえ、最初からなかったのに違いない。

「私が、もう少ししっかりしてれば、良かったんだけど。嫌なこと押しつけて、ごめんなさいね」

だが、必ず最後にはそんな言葉をつけ加える。だからこそ葉子は、彼女にきついことを言えずに来た。これが志乃という人なのだ、彼女なりに精一杯なのだと思うから、黙ってきた。

「ああ、それよりね」

沈黙を懼《おそ》れるかのように、彼女はまた口を開いた。葉子は、何となくぼんやりと兄の骸を眺めていた。この部屋に、こんなふうに布団を敷いて横になることなど、生前の兄にはなかったはずだ。そう広いとは言い難いが、この家には居間とは別に、夫婦の寝室がある。

葉子は最初、兄の遺体はそこに安置されるものとばかり思っていた。だが志乃は、その部屋は兄の入院以来、自分一人の寝室になっているし、あまりに雑然としていて兄を寝かせられる状態ではないと言った。それに、せっかく家に戻ってきたのだから、「家族が集まる」部屋に寝かせてあげたいと言われて、葉子はやはり違和感を抱いた。狭くて雑然としているのは、この部屋の方だと思うのに、志乃は「お茶の間に」と繰り返した。まるで、既に自分一人の部屋になった場所に、兄の骸など入れたくないと言い張っているような、そんな印象を受けた。

「葬儀屋さんとお坊さんが見えるの、今日の三時過ぎっていってたでしょう?」

「そういう話だったわね」

「だったら、私、ちょっと美容室に行って来たいんだけど」

茶を飲みながら、葉子は「そう」と答えた。

「もう何カ月も行ってないし、いくら何でも、これじゃあ、どうすることも出来ないもの」

確かに白髪の目立ち始めた髪は伸び放題で、ただ無造作に束ねているだけの姿は、哀れにも見えた。どんな喪服を着るつもりかは知らないが、多少なりとも身綺麗にしたいと思うのなら、それはそれで良い。

「それに、理菜も連れていこうかと思って」

ゆっくりと首を振りながら、彼女は憂鬱そうに呟いた。白んでいた窓の外に朝陽が射し始めた。明るいオレンジ色に彩られる窓を見つめて、葉子は、理菜の髪を思った。

「どうするの」

「もちろん、黒く戻させるわよ。あんな頭じゃあ、何を言われるか――」

「私、行かないからっ！」

その時、急に鋭い声が聞こえた。驚いて振り返ったのと、居間の襖が開けられたのが同時だった。淡いピンク色のパジャマの上から綿入れを羽織った理菜が、居間の入り口に立って、こちらを睨みつけている。その髪は、そこだけ朝陽が当たっているかのように、やはり明るく輝いていた。

「黒くなんか、戻さないからねっ」

昨日、葉子は理菜とほとんど言葉を交わさなかった。彼女は父の遺体を前にして、どこか放心しているように見えたし、その横顔は、葉子だけでなく、周囲の誰をも拒絶しているように見えたからだ。唯一、話したことといえば、髪のことだった。「すごいじゃない」と言うと、彼女は別段、面白くもなさそうな表情で、「これくらい、普通だよ」と答えた。

「何、言ってるのよ。寒いから、ほら、閉めてよ」

志乃がうんざりした顔で言う。理菜は、後ろ手に襖を閉めると、その場で立ち尽くしている。

「理菜ちゃん、お父さんに、お線香あげたら」

取りなすつもりで、葉子は声をかけた。このところの理菜が、東京にいた頃よりもなお情緒不安定になり、母親に反発を感じて、苛立っている様子なのは、先日の電話でも十分に感じていた。それに、彼女が立っているのは、兄の骸の、すぐ足もとなのだ。だから、こんな狭い部屋に安置するものではないと、また腹が立つ。

「ね？　お父さん、もう今日一日しか、ここにいられないんだから」

理菜は、ちらりとこちらを見、きゅっと唇を噛むと、黙って遺体の傍に座り込んだ。昨日一日で習い覚えたのか、新しい線香を灯し、手をあわせて、それから彼女は父親の顔にかけられた布に手を伸ばす。今風の、可愛らしいプリント生地で作られた黄色い綿入れの肩越しに、葉子は兄の死に顔を見た。

——明日には、焼かれる。

昨日、病院の霊安室で見たときから、時間の経過に伴って、兄の顔は少しずつ変わってきていた。最初は若さを取り戻したように見え、次いで別人のような、または他の生き物のような雰囲気に変わってきている。それは、単に生理学的な変化なのかも知れなかったが、葉子には何か他の意味があるようにも思えた。生前の兄が、決して人前で見せることのなかった本当の素顔が、そこに現れているような気がした。

本当は、それらの変化を写真に撮っておきたい誘惑に駆られていた。実際、今度はフィルムも多めに持ってきている。だが、周囲の、ことに二人の子どもの反応を思うと、容易には言い出せないまま、つい数日前、栃木の家の写真を撮った小型カメラは、まだ一度もバッグから取り出していない。

「お父さん、顔が変わってきたみたい」

父親の遺体に向かって身を乗り出していた理菜が、小声で呟いた。やはり、姪も気づいているのかと思ったとき、志乃が「そんなこと、ないでしょう」と言った。密かにため息をつきながら、葉子は、改めて志乃を見た。彼女は眉根の辺りに苛立ちを漂わせて、黙って湯飲み茶碗を見つめている。

志乃は、もはや兄に何の興味も持ってはいないのだと、改めて思う。多少の変化があろうと、志乃にとって、夫という存在の死は、とうに決まりきっていたことであり、そして、もう確定してしまったということなのだろう。

「気がつかないの？　変わってきてるじゃない」

理菜が苛立ったように振り返る。

「そういうものなんでしょう。身体だって硬くなってるんだから、顔も強ばるのよ」

唇を嚙みしめたまま、理菜は母親を睨みつけ、それから諦めたように、父親の顔に白布をかける。次に振り返ったとき、葉子は思わず、理菜が叫び声でも上げるのではないかと思った。それほどの形相を浮かべて、彼女は志乃を睨みつけていた。

「行かないからね」

押し殺した声で呟いた理菜に対して、大声を上げたのは、志乃の方だった。

「そんな頭で、あんた、親戚中の笑いものになりたいのっ。駄目！　黒く、戻しなさい！」

「笑いものになったって、私は別に、構わないもん！」

「あんたが構わなくたって、じゃあ、お母さんはどうするの！」

「うるせえ！　お前なんか、関係ない！」

一瞬、呆気に取られた。大声を上げる志乃を見たのも初めてなら、そんな口調で怒鳴り返す理菜を見るのも初めてだった。ましてや、父親の遺体のすぐ傍で、母子は怒鳴りあい、睨みあっているのだ。情けなさと戸惑いと、そして、母子の間に張りつめた緊張感に、思わず恐怖を覚えながら、葉子は「ちょっと、やめなさいよ」と言うのが精一杯だった。だが、彼女たちは葉子には一瞥もくれずに、ただ睨みあっている。

「だったら、お通夜もお葬式も、出させないからねっ。そんな頭で、あんたの学校の友達や先生だって、来るんだから！」

「馬鹿、言ってんじゃねえよ！　私の勝手にするんだよっ」

「冗談じゃないわよ！　ただでさえ、近所で目立ってるのが分からないの！」

ああ、こういうやりとりが、昔、葉子の家でも常に繰り広げられていた。葉子は、思わず耳を塞ぎたい気持ちで、兄の遺体を見つめていた。見てごらん。あなたがいた頃と、そっくり同じになってるでしょう。あなたが、こういう家庭しか築けなかったから、朝早くから、それもお通夜の日だっていうのに、こんなことになってるでしょう。それが、あなたが遺したものなのよ。さあ、見てごらんなさい。

「何、やってんだよ、朝っぱらから！」

その時、また襖が開いて、今度は彰彦が顔を出した。

「親父が死んだ家が、朝っぱらから喧嘩してるって、また言われるぞ」

やはり着替えて眠らなかったのか、全体に毛玉のついている古びたセーター姿で、髪もぼさぼさのまま、彰彦はうんざりしたように居間を見回している。それでも、理菜の表情は変わらなかった。ただ志乃だけが、ようやく我に返ったように目を伏せた。

この家族は、本当にもう駄目なのかも知れない。少なくとも、彰彦が上京してしまった後、志乃と理菜の二人が、肩を寄せあって静かに暮らしていかれるとは、どうしても思えなかった。

3

結局、美容室へは志乃が一人で出かけることになった。兄にいさめられ、膨れ面のままで部屋にこもってしまった理菜は、そのまま朝食にも姿を見せなかった。

「落ち着かないよなあ、今日、通夜なんだぜ」

昼までには帰ると言い残し、志乃が軽自動車のエンジン音を残して行ってしまうと、まず彰彦がやれやれといった表情で口を開いた。日が高くなってきて、傍に兄の遺体さえなければ、のんびりとした休日のような清々しさがあたりに漂っている。

「親父の葬式出すのに、お袋が、あんまりピカピカの髪型じゃ、かえって変なんじゃないかなあ」

「そう派手にはしてこないわよ。いくら何でも今のままじゃ、ひどいと思ったんでしょう」

「だって、しょうがないじゃないか。昨日まで病院でつきっきりだったんだから。葬式に来る人だって、何もお袋が綺麗にしてるところなんて期待してないよ」

葉子は、ぼんやりと天井を見上げながら、さっそく煙草を吸っている彰彦を見た。

「だったら、お母さんが行く前に言いなさいよ。今更ぶつぶつ言ったって、しょうがないんだから」

すると、彰彦は皮肉っぽい表情になって、自分の言うことなど聞くような母親ではないと答える。だが葉子の目から見ると、志乃は彰彦の言うことなら聞き入れそうな気がした。さっきだって、彰彦が止めたからこそ、理菜との睨みあいをやめたのではないか。

「あれは、俺が隣近所のことを言ったからだよ。ああ見えて結構、見栄っ張りだから。親父が死んだ家で、朝っぱらから大喧嘩してるなんて、誰だって思われたくないしね」

葉子は小さくため息をついて頷いた。確かに、その通りだ。喪に服し、悲しみに沈んでいるはずの家から金切り声が聞こえてくれば、隣人たちは、たとえ悪意はなくとも興味津々で耳をそばだてるに違いない。

「それにしても、理菜ちゃんのあの頭、いつから?」

彰彦は、急にくすりと笑って、「似あわねえよな」と言いながら、父の容態が急変して、自分が東京から帰った日には、もう既にあの髪になっていたと答えた。

「勿体ないわねえ、綺麗な髪だったのに」

「いいんじゃねえの? 今、流行だしさ、あいつなりに、何か吹っ切りたかったんだろう」

それは、葉子にもよく分かる。だが、あまり良い兆候ではないという気もした。普段から遊び慣れている子ではない。むしろ、これまでは野暮ったいほどの、地味な田舎の中学生だったのだ。

「あの子が受かった高校って、あの頭でも受け入れてくれるところかしらね」

「無理だと思うよ。そう馬鹿が行くところでもないしさ」

「じゃあ、どうするんだろう」

「知らねえ」

そして彰彦は、大きなあくびをする。相変わらず、人に不快感を与えるようなことのない、穏やかな表情をしている。だが、父親が死に、母と妹だけになったというのに、あまりにも呑気だという気もした。ふと、彼は以前、全てを捨てるつもりだと言っていたことを思い出した。故郷も、家族も、面倒なものからは逃げ出すのだと。

「本当に、死んだのね」

半ば探るようなつもりで、言ってみた。彰彦は、横目でちらりと父親の方を見た後で、ああ、ともうん、ともつかない声を出した。

「まあ、親父もよく頑張ったよ。俺の試験とぶつからないようにしてくれたしさ。しょうがないよな」

既にずいぶん前から死を宣告されていたとはいえ、その口調は妙にあっさりし過ぎていた。葉子の経験からすると、父のときも、母のときも、本当に逝ってしまった、もう二度と会えないところへ行ってしまったという現実を自分の中で受け入れるのには、一年や二年はかかった気がした。それは、身近な者の死を理解するというよりも、単に諦めるより他にないのだという感覚だった。未練や後悔、懐かしさや心細さに襲われる度に、仕方がない、仕方がないと、何度となく自分に言い聞かせる作業の末に、ようやくたどり着く、わびしいほどに静かな感覚だったという気がする。それを、十八の彰彦はもう既に「しょうがない」と言う。頭で理解しているだけのことなのか、それともまだ実感が湧かずにいるのか、その辺りまでは分からない。

「あっさり、してるじゃない？」

また、意地の悪い気持ちになった。試すように甥の顔を覗き込むと、彼は一瞬、意外そうな表情になり、眉の辺りにほんのわずかな苛立ちを浮かべた。

「だって、そうだろう？　これから先のことを考えたらさ、めそめそなんか、していられないしさ」

「それは、そうだけどね。でも――」

「親父はいいよ。死んだらもう、何も分からなくなるんだし、病気はもちろんだけど、お袋からも、仕事からも、全部解放されたんだから。だけど、俺のこと考えてみてよ。悲惨だと思わない？　受験の真っ最中に葬式出して、まあ、私立が受かってるからいいようなものの、これから先のことを考えると、ぞっとするよ。仕送りだって、満足にしてもらえるか分からないわけだし、就職するときだって、親父のコネなんか使えない。何より、あの二人がのしかかってくるわけだから」

彰彦は、心底憂鬱そうな表情で、深々とため息をつく。

「あんた、捨てるって言ってたじゃない」

「そうさ。だけど、今すぐってわけにも、いかないじゃないか。今日だって、明日だって、俺、きっと集まってくる親戚中に言われるんだ。『これからは、あんたがしっかりするのよ』とか『お母さんと妹を支えるんだぞ』とかさ。考えただけでうんざりする」

「それくらい、しょうがないでしょう」

言いながら、かつての葉子だって、そういう煩わしさを何よりも疎ましく思っていたことを思い出した。明確な理由など何もない。ただ、面倒なことが嫌いだった。単に血がつながっているというだけで、冠婚葬祭などのときだけ妙に結束する人々というのも、嫌だった。それを思うと、あまり彰彦を責められたものではない。それに今の彰彦は、自分の輝かしい未来だけを見つめている。そんな状態の時に何を諭されても、貸す耳などないのだろう。

「俺、これ以上さ、何をして欲しいとか思わない代わりに、取りあえず足だけは引っ張られたくないんだよ。叔母ちゃん、考えてもみてよ。これで、お袋が俺と一緒に上京するなんて言い出してみなよ。もう悲惨だよ」

「そういうことは、ないでしょう」

理菜から聞いた、志乃のつきあっているという男のことが頭に浮かんだ。兄の看病で疲れ果てていたはずの彼女が、今日まで持ちこたえられたのは、もしかすると、その男のお陰なのかも知れない。だが、彰彦は勿論、そんなことには気づいていない。

「分からないじゃないか。元々が、ここの土地の人間じゃないんだから、親父が死んじやえば、もう長野にいる理由はないっていうことなんだから」

「そうは言っても、今更、栃木にも帰れないだろうし」

「だから、俺について上京したがる可能性、あるだろう？」

「今まで、一度も東京で暮らしたことのない人が、そうはならないと思うわよ。第一、ここに越してきてからだって、もう十何年もたつのよ。もうすっかり、ここが、お母さんの世界になってるわよ」

彰彦は、疑わしい表情で「そうかなあ」と呟く。その時、微かに階段を踏む音がした。葉子は彰彦に目配せをした後、さり気なく視線を落とした。襖が開けられてから初めて顔を上げると、普段着に着替えた理菜が、相変わらずの膨れ面で立っていた。彼女は、どことなく決まり悪そうに、おずおずと父親の傍に行き、また線香を灯す。そして、肩で大きなため息をついた。

「何か、食べたら？」

オレンジ色の頭がいやいやをする。

「お昼まで待つの？　お母さんも、お昼までには戻るって言ってたけど」

今度は、頭は動かなかった。代わりに、彼女はくるりと振り返って、自分もコタツに足を入れた。彰彦の前に置かれた灰皿と、彰彦の顔とを見比べて、理菜は、またつまらなそうに口を尖らせる。

「──髪の毛なんか、切ってくるか分からないよ」

理菜が何を言おうとしているのかを、葉子は理解した。だが、何も知らない彰彦は、怪訝そうな表情で、そんな妹の顔を見つめている。葉子は、理菜に小さく首を振って見せた。余計なことは言うものではない。第一、ここには兄がいるのだ。確かに昨日の朝までは呼吸していた兄が、今も聞き耳を立てている。

「お父さん、やっと帰ってきたんだから、出来るだけ傍にいてあげなさいよ」

「──お母さんは？　自分だけ、髪の毛切りに行くとか言っちゃって──」

「お母さんのことは、いいから。あんたたちは、せめて、傍にいなさい。お父さん、今もまだ聞こえてるかも知れないわよ」

理菜は、ようやく葉子の言葉の意味を理解した表情になった。そして、また肩でため息をつく。

「お前、その頭、自分でやったのか」

彰彦が、特にとがめる口調でもなく聞いた。理菜は、カットだけは美容室に行ったと答えた。

「親父も、見たの？」

「見せたもん。まだ、意識はっきりしてたから」

「何だって？」

「『馬鹿みたい』って。最初、私だって分からなくて、その辺のチンピラかと思ったんだって。強い薬、使ってたから、朦朧としてたんだよ」

「朦朧としてなくても、そう思うよ」

彰彦が、当然だというように笑った。葉子も、つい笑った。理菜は、何か言い返そうとして彰彦と葉子を見比べ、自分も決まり悪そうに口元を歪めた。

「本当に、戻さなきゃ駄目かな」

彼女はため息混じりにぽつりと呟く。突っ張りきれない、結局のところ、いくら喧嘩をしても母を気遣い、父の病院に通い続けていた少女のままなのだ。

「理菜は、戻したくないんでしょう？」

葉子はコタツに頬杖をついて、改めて姪の顔を覗き込んだ。彼女はつまらなそうに唇を尖らせて、「そうだけど」と呟く。瞳が揺れる。自信のなさが窺える。突っ張るのなら、思い切り突っ張れば良いのだと言ってやりたかった。周りのことばかり考えて、彼女はますます自分の居場所を失いつつある気がした。

「私は、理菜が平気なら、別に構わないと思うけどね。だけど、今日は学校の友達も、先生も来て下さるんだろうし、親戚や、色んな人に会うのよ。驚かれるだろうし、何か言われるかも知れないし、それでもいいんならっていうことよ」

「――だって、もう、結構あちこちで見られてるし」

「じゃあ、いいんじゃない？　ねえ」

同意を求めるように彰彦を見ると、彼はまた新しい煙草に火をつけながら、「ああ」と答えた。

「だけどお前、どっちにしたって卒業式には黒く戻さなきゃならないぞ。それだったら、今日のうちに戻したって同じだと思うけどね」

不安そうに俯いていた理菜の表情が、またすっと変わった。そして、挑戦的に兄を睨みつける。

「そんな、当たり前のこと言わないでよ」

「当たり前の、どこが悪いんだよ」

「卒業式なんか、どうだっていいじゃん！　駄目だっていうんなら、あんなもん、出なきゃいいんだから！」

突然、理菜は激しい口調で食ってかかった。さすがの彰彦も鼻白んだ表情になって、眉をひそめている。理菜は、心が荒れている。疲れている。やり場のない怒りが、彼女の中で渦巻いている。その苛立った表情は、やはりどこか兄と似ていると思いながら、葉子は深々とため息をついた。

「また、怒鳴るの？　今日がどういう日だか、分かってるんでしょう？」

それでも理菜はこちらを見ない。

「黒く戻したくないっていうんなら、それでいいわよ。笑う人がいたとしてもね、あんたが笑われるんだから、叔母ちゃんたちは関係ないからね。卒業式だって、あんたが、その髪の方が大事だっていうんなら、誰も止められやしないんだから」

「——」

「だけど、とにかくすぐに怒鳴るの、やめなさい。普通に話せば分かることでしょう？」

理菜は、何も答えようとしない。理菜の怒りに対して、葉子は反射的な恐怖を覚えていることを十分に自覚していた。だが、理菜自身を恐れていると思われては、この先もっと、彼女は葉子から遠ざかるだろう。既に、母親との溝は深まる一方の彼女が、このまま誰からも離れていくことの方が、今は問題だと思った。

「そういえばね、栃木の家、見てきたのよ」

態勢を立て直すつもりで、葉子は話題を変えてみた。だが、思ったほどの反応もない。無理もないことかも知れなかった。志乃は、子どもたちを連れて実家へ帰ることはあっても、夫の家にはあまり足を向けたことはなかったはずだし、葉子の両親も、孫の顔を見る機会が少ないことを、さり気なく嘆いていたことがある。

「いい値段で売れればいいけどね」

彰彦が、わずかに興味深そうな表情になった。あの家がいくらで売れるかによって、自分の将来にも少なからず影響が出ることを、よく承知しているらしい。

「売るの？　お祖母ちゃんの家？」

ところが、理菜は意外そうな顔で、そう言った。葉子は、自分の方こそ意外な気持ちになって、「そうよ」と理菜を見た。

「聞いてなかった？　お母さんから」

「じゃあ、叔母ちゃん、帰る家がなくなるの？」

「——そういうことね」

言いながら、ついため息が出た。自分に帰る家がなくなることくらいは、とうに承知している。それよりも十五の理菜が、そんな発想をすること、さらに、志乃の家庭のあちこちに、目に見えない秘密の糸が張り巡らされているらしいことが、葉子を憂鬱にさせた。志乃と彰彦、志乃と理菜、彰彦と理菜——三人では共有できていないものが多すぎる。

4

考えてみれば、志乃を除いて、この三人が顔を揃えるというのは、実に久しぶりのことだった。中学生の彰彦が理菜を連れて、中野のマンションへ来て以来だろうか。この冬、交互に葉子の元へ来た甥と姪を順に眺めて、葉子はそれから、横たわる兄の骸を眺めた。

「私と、あなた達のお父さんが、生まれて育った家だけどね。もう、住む人もいなくなったわけだし」

「だからって、売っちゃうこと、ないじゃない。私、聞いてないよ、全然」

理菜は、葉子が意外に思うほど不満げな表情で、さらに口を尖らせている。それに比べると、彰彦の方は、相変わらず人ごとのような表情を崩さなかった。

「すぐじゃなくても、そのうち戻るんじゃないかと思ってたもん」

「誰が？　お母さんが？」

「だって、当然でしょう？　お母さんは、お父さんと結婚して、宇津木になったんだし、お父さんは長男だったんだから、お祖母ちゃんたちが死んでなかったら、そのうち、うちが面倒見ることになってたんじゃないの？　お父さんだって、もう一度、栃木に戻るかも知れないって、言ってたんだよ」

「だけど、現に、お父さんは亡くなったでしょう？　お祖父ちゃんもお祖母ちゃんも、もういないんだしね」

「だけど、私は引っ越すんだと思ってたんだよ！」

また、理菜が感情を高ぶらせようとする。葉子は、この子はどうしてすぐに声を荒げるようになってしまったのかと、半ばいぶかしく思った。これでは、まるで、兄が乗り移ったようではないか。

「お前、すぐにそういうキンキン声、出すな」

彰彦も、うるさそうに小さく舌打ちをする。その声は、かつての兄の声と、驚くほどよく似ていた。この二人は確実に、兄からのものを受け継いでいる。本人たちは意識していなくても、たとえ嫌だと言っても、間違いなく、彼らは兄の後を継ぐ者たちだった。

「――だって、知らなかったもん。私、聞いてないもん」

彰彦に叱られ、それ以上にショックを受けている様子で、理菜はうなだれて呟いた。

「じゃあ――帰らないんだ。ずっと、ここに住むんだ」

それが、理菜にとってはよほど憂鬱なことらしいのは、葉子にも察しがついた。もしかすると、彼女は栃木に移ることで、全てをやり直したいと思っていたのかも知れない。自分自身の忌まわしい過去も知られておらず、母親も関係を疑われるような相手から離れて、まったく新しい気分で暮らしていきたいと考えていたのだろうか。

「理菜ちゃんが聞いてないって、知らなかったわ。ほら、お母さんが、あんたを迎えに東京に来たときに、そういう話が出たのよ」

理菜は、打ちひしがれた様子で、知らなかったと繰り返した。

「――お母さん、いつもそう。そういう話、私には全然、してくれないんだ。お兄ちゃんには相談しても、私にはまるっきり」

彰彦が、わずかに居心地の悪い顔になった。

「お前に言ったって、きっと今みたいに反対すると思ったから、言わなかったんじゃないか?」

「反対されるようなこと、どうして勝手に決めるわけ? あの家は、お父さんの家だったんでしょう? お父さん、知らなかったはずだよっ」

一瞬、ひやりとした。確かに、自分の本当の病名さえ聞かされていなかった兄が、死後のことなど相談されていたはずがない。つまり兄は、あの家が売りに出されたことを知らないまま、逝ったということだ。

「だって、言ってたもん。『帰りたい』って。私、聞いたよ。お父さん、何回も言ってた」

兄の骸が、こんなときに限って微かに動いたような気がした。とうに冷たく、硬くなっているはずの薄い胸が、新鮮な空気を吸ってわずかに膨らんだような気がする。そうだぞ、俺、帰るつもりだったんだからな、どうして勝手なことをするんだと、耳の底にこびりついている怒声が、今にも響きわたりそうな気がした。葉子は両腕を悪寒が駆け上がるのを感じながら、心の中で「仕方がないじゃない」と呟いていた。そんなことを言ったって、そうするより他になかったんだから。あなたの女房が、そうしたいって言ったんだから。

「死んでからだって、お骨になった後だって、帰りたいかも知れないよ。お父さん、心残りかも知れないよ」

懸命な表情で言う理菜に視線を戻して、葉子はまたため息をついた。

「でもねえ、お父さんも、見たらがっかりしてたわよ、きっと。ものすごく傷んでたもの。誰も住んでなかったし、空気も入れ換えてなかったからね、もう、ひどかった」

自分が目の当たりにした光景をまざまざと思い出していた。特に、屋根の抜け落ちた兄の部屋の様子はひどいものだった。葉子はあの部屋を見て、兄の生命そのものを見たと思った。もしかするとあの時、既に意識を失っていたはずの兄は、本当に魂だけで、あの家に戻ってきていたかも知れない。自分を取り巻いていた微かな気配は、何も母のものだけではなかったかも知れないと、今になって気がついた。

「今更、住もうにもね、もうどうしようもないくらいだったのよ」

理菜は、それでも納得出来ない様子で唇を嚙む。

「そこまで放っておいたのは親父の責任だし、だからって、今更建て替えるような余裕、うちにはないだろう？」

彰彦も、大人びた口調で妹に話しかける。理菜に比べれば、栃木の家のこともずっと鮮明に記憶しているはずなのに、彼は、祖父母のいた家のことよりも、自分たちの将来の方を、あっさりと選んでいるに違いなかった。

「俺だって大学に行くわけだし、お前だって、これからまだ金がかかるし、母さんに、それほどの生活力があるわけじゃないんだから。だから、あの家は親父が遺した、唯一の財産ていうことなんだから――」

「お母さんはお母さんで、それなりに生活していかれるんじゃないの」

だが、理菜が吐き捨てるようにそう言い放ったから、彰彦は、また怪訝そうな表情になる。葉子は「理菜ちゃん」と顔をしかめて見せた。

「さっきも言ったでしょう？　ここには、お父さんもいるんだからね」

さすがの彰彦も、今度は何か言いそうになった。だがそれよりも先に、葉子は「とにかく」と口を開いた。

「もう、あの家は、売りに出したのよ。元々ね、そこはあなた達のお父さんと私の、二人の名義になってるから、お母さんだけの一存で売れるものじゃないの。私も承知して、売ることにしたの」

理菜の瞳が揺れていた。涙のせいでもなく、怒りに燃えていたわけでもない。ただ、ゆらゆらと揺れて、どこかへ漂っていきそうな目だった。葉子は、彼女を引き留めるように、その瞳をじっと見つめ、それから彰彦の方を見て、わずかに姿勢を正した。

「今、ちょうどお母さんがいないから、あなた達だけに、話しておこうかな」

「何を」

「――何」

「お母さんには、言わないで欲しいの。いい？」

甥と姪は、互いの顔をちらりと見てから、同時にゆっくりと頷いた。葉子は、栃木の家を売った場合、それによって得た金額は、当然のことながら、志乃と葉子との折半になること、だが、志乃はその金額の中から相続税を支払うことになるし、さらに、正確に言えば兄の遺産は、その半分が、彰彦と理菜とに相続の権利があることを説明した。彰彦は、当然のように承知していると答えたが、理菜は、わずかに驚いた顔になった。

「私も、もらえるの？」

「理屈ではね。だけど、何ていっても田舎でしょう？　実際いくらで売れるかはまだ分からないけど、その半分から税金を差し引いて、さらに、それを半分にするとなると、あなた達のお母さんが受け取るお金は、そう多くはないわ」

「まあ、そうだろうな」

彰彦は納得したように頷く。理菜は、そんな兄を黙って見つめているだけだった。

「だからね、こうして欲しいの。あなたたちの分は、そっくりお母さんに預けてくれない？　お母さんだって心細いだろうし、子どもたちが受け継ぐ分を使うつもりはないにしても、そんなこと、言ってられなくなる可能性だって、あるでしょう」

「じゃあ、俺らは一銭ももらうなっていうの？」

彰彦が、急に険しい表情を見せた。葉子はそれを制して、その代わりに、本来ならば彰彦たちが受け取る分に相応する額は、葉子が自分の取り分から出すことにすると言った。彰彦は、眉をひそめたままで「叔母ちゃんが？」と言った。

「だけど、叔母ちゃんだって困るじゃないか。栃木の家がなくなったら、叔母ちゃんに残るのは、あの中野のマンションだけなんだろう？」

「そうだけど、お母さんよりいいと思わない？　私は仕事も持ってるし、子どももいないわけだから」

「だけど、母さんには生命保険の金だって入るんだよ。当座の金には困らないって」

「当座は困らなくても、その先、どうするの？　あんた達にはまだまだかかるだろうし、その後、あんた達でお母さんの面倒、ちゃんと見られる？」

彰彦が答えに詰まっている間に、理菜に視線を移してみたが、理菜も戸惑った表情のままで、全てを完全には理解しきっていないように見えた。誰かが死ぬということは、そういうことだ。跡形も残さずに、煙のように消えてしまうことが出来れば、あっさりしていて結構だろうが、たとえ身一つであったとしても、必ず形のあるものが残り、そして、誰かがその始末をつけなければならない。

両親を見送ったときには、今より若かったこともあって、さほど感じなかった。だが、杉浦に続いて、まだ若かった兄にも逝かれてみて、葉子は改めて、自分が逝くときのことも考えておかなければならないと思うようになっていた。世の中には、あれこれと残したいと願う人もいるだろう。だが、葉子自身には、さほどそういう思いはなかった。せいぜい、自分が撮りためてきた写真の中から、一枚でも残ってくれれば、それで十分だと思っていた。

「とにかく、それで、彰彦は、仕送りくらいはしてもらえるかも知れないけど、他の分については無理を言わないこと。必要なことがあったら、叔母ちゃんが、あなたに渡せる範囲の中で、何とかするから」

「どうしてお母さんに、言わないの？」

ようやく、理菜が顔を上げた。葉子は、志乃の性格から考えて、叔母である葉子がそこまですれば、気を使うに違いないこと、惨めな、肩身の狭い思いをするだろうということなどを説明した。

「お母さん、ただでさえ、叔母ちゃんに何度も頭を下げてたのよ。お父さんもしっかりしてなかったし、自分も弱かったから、結局あの家を売ることになったんだって、すごく責任、感じてる」

心の中では、別の思いも揺れている。本当は、こんな形で甥や姪とのつながりを保ち続けたいと願っている。そんな計算が働いていないとは言い切れなかった。または、彼らに恩でも売っておきたいのか。葉子だって、将来に不安がないわけではない。ここまで一人で生きてくれば、最後に頼るものは身内と財産だけだという気にもなっている。彼らに恩を売ることで、まるで保険でもかけたつもりになっているのではないか、結局のところは彰彦たちに、すがりつこうとしているのではないかと、何度も自分に問いかけた。

——この子達に頼るんじゃない。恩を売るわけじゃない。

志乃に頭を下げられて、あの家を手放そうと決心した時に考えたことを実行しようというだけにすぎない。本来ならば自分は相続を放棄しても良いとさえ考えていたものに、これ以上しがみついていても仕方がないという思いに、嘘はなかった。葉子には、最後に写した家の写真と、もうとうに東京に着いて、どこかの配送所で葉子からの連絡を待っているはずの、あの茶箱がある。それだけで十分だった。

「じゃあ、じゃあ、たとえば——」

理菜が、少し言い淀んだ後で、ようやくこちらを見た。

「たとえば、私が叔母ちゃんのところに住みたいって言ったら、食費のこととか、心配しなくてもいいっていうこと？　たとえば東京の学校に行きたいって言ったら、叔母ちゃんが何とかしてくれるの？」

葉子は、思わず答えに詰まった。まさか、理菜が本気でそんなことを考えているとは思っていなかった。

5

「お前、東京に行くつもりなの」

彰彦も、まさかといった表情で身を乗り出してきた。

「だから、たとえばの話」

理菜は、そっぽを向いて答えた。

「じゃあ、母さんのことは、どうするんだよ。俺も上京して、お前までいなくなったら、母さん、この家に一人になるんだぞ」

「――その方が、いいんじゃないの？」

「何で、その方がいいんだよ。あの母さんが、一人で暮らしていかれると思うのか？」

「いいじゃないっ。一人になって、好きなことすれば、いいんだから！」

また、理菜の瞳が揺れている。葉子は、「理菜ちゃん」と鋭く言いながら、もしかするとこの少女は、自分がこの町にいたくないというだけでなく、母を好きにさせてやりたいと思っているのかも知れないと考えた。または、志乃が自由に振る舞う姿を見たくないだけかも知れない。とにかく、志乃が栃木に帰る意志のないことを知った今、理菜の中には、ある種絶望的な想像が広がっていることは、間違いがなさそうだ。

「お前さあ、さっきから、何か隠してるみたいな言い方ばっかりしてるけど、言いたいことがあるんだったら、言えばいいだろう」

「——別に」

「何か、俺の知らないことがあるわけ？　俺がいない間に、何かあったのか？」

「——あったって、お兄ちゃんには関係ないと思うよ。お兄ちゃんが留守の間にあったことなんだし、どうせ、春からお兄ちゃんは東京に行っちゃうんだから」

「じゃあ、お前はどうなんだよ。お前だって東京に行くっていうんなら——」

「だから、私も関係なくなるんだよ」

「何だよ、それ。お前、何、言ってんだ？」

この子達は、昔から決して仲が悪いというわけではなかった。そんな二人を眺めていて、葉子は自分の幼い頃、自分と兄との関係と引き比べ、微笑ましく、また羨ましくさえ感じたものだ。だが、それでも成長するに連れて、二人は異なる考えを持ち、それぞれの人生を歩み始めている。自分たちの両親に対してさえ、彼らはまるで異なる目を向けていることが、よく分かる。

「とにかく、お前まで上京するっていったら、俺にしたって——」

「だから、別にお兄ちゃんにくっついていこうなんて思ってないってば。私は、叔母ちゃんに聞いてるのっ」

「叔母ちゃんの都合だって、あるだろうが、馬鹿。第一、母さんが、そう簡単に言うと聞いてくれると思うのか？」

早いテンポの言葉の応酬を聞き、葉子はまた兄の骸に目を向けた。見てごらんなさい。今、全員がばらばらになろうとしてる。あなたがいなくなったからっていうわけでもないんでしょう、きっと。あなたが逝くのを、皆が待ってたっていうだけなのかも知れない。あなたが、それなりに築いた気になっていたものは、こんなに簡単に崩れていくものだった——。

「口では何だかんだ言ったって、きっとオーケーすると思うよ。お母さんは」

奇妙にひねくれた、底意地の悪い表情で、理菜はきっぱりと言ってのけた。掃除の行き届いていない、古ぼけた居間を眺めながら、葉子はもしかすると近い将来、この家もまた朽ち果ててしまうのかも知れないと思った。そう考えるだけで、壁の隙間や天井板の間から、不気味な蔓草が顔を出してきそうな気がしてくる。植物は、待っているに違いないのだ。もしかすると人の気配を感じている間はじっと息をひそめて待つことの出来る、植物には、そんな能力があるのかも知れないとさえ思う。

彰彦が何か言った。理菜がそれに答えている。二人の会話は、葉子の耳元を素通りしていく。彼らに、あの家を見せておくべきだったろうか。自分たちがこうして毎日寝起きし、あらゆる思い出の品が溢れている家が、崩壊していく様を想像させることが出来れば、少しは考え方も変わっただろうか——。

「その方が、お母さんだって喜ぶに決まってるっていうこと！」

また、理菜が大きな声を出している。

「だから、何で、喜ぶんだって」

「何でも！」

確かに、今の理菜の状態を考えれば、環境を変えることも必要だとは思う。だが、それは東京に住むということだろうか。東京は、こんな不安定な少女が心を癒せる場所だろうか。葉子自身の負担だって、考える必要がある。数日、数週間というわけではない。本当に共に暮らすとなったら、葉子にも、ある程度の覚悟が必要だ。

それにしても、数日前まで再婚を迷っていた自分が、姪を引き取れないというのもおかしな話かも知れない。見知らぬ少女を、我が子として育てなければならなかったかも知れないことを考えれば、幼い頃から知っている理菜を引き取ることくらい、どうということもないはずだ。第一、葉子は求めていたではないか。曲がりなりにも、家庭らしい体裁が整うことを望んでいた。

——今のこの子に、最良の選択。

とにかく自分の欲や計算は捨てて、理菜が、これ以上、心に傷を受けない選択をしなければならない。それだけを自分に言い聞かせようと思った。ただでさえ、人間不信に陥っている少女だ。父を喪い、本当は心細さに震えているはずなのに、唯一の頼りである母さえも、自分から遠ざけようとしている。だが、志乃の不貞というのは、単なる誤解なのかも知れないし、理菜の苛立ちも、この年頃の少女にはありがちな反発というだけかも知れない。自分が早計に、一緒に暮らしても良いなどと答えてしまったら、実際は小さな隙間に過ぎない母子間の食い違いが、決定的な亀裂になりかねない。

それでも、環境は変えさせたい。本当なら、東京などではなく、もう少しのどかな、のんびりとした土地に住まわせてやりたいと思う。それを考えると、やはり栃木の家のことが思い出される。結局、葉子の考えは堂々巡りをするばかりだった。

「お母さんには、男がいるっていうことだよっ！」

理菜の激しい口調に、思わず我に返った。慌てて「理菜ちゃん！」とたしなめたが、遅かった。さすがの彰彦も表情を強ばらせている。

「勝手な憶測で、そんなこと言うもんじゃないって言ってるでしょう？」

「憶測？　憶測って？」

「だから、何の証拠もないでしょうっていうこと。第一、さっきから言ってるじゃないの。お父さんがいる前で、そんな話をするなんて——」

だが理菜は、不敵とも思える表情を浮かべて、ふん、と小さく鼻を鳴らした。

「お父さんだって、気がついてたよ。言ってたもん、『お母さんは、俺が早くいなくなればいいと思ってる』って。『早く死ねばいいんだろう』って！」

昨日から、一度も泣いていなかった理菜が、その時になって初めて唇を歪め、目に涙を浮かべた。見る間に顔全体が歪み、彼女はそれを隠すように、慌てて兄の遺体の方を向いてしまった。

「言ってたもん――お父さん、可哀相だったんだから。同じ病室にお見舞いに来てる人とか、看護婦さんから、ちょっとずつ色んなこと聞いてたらしくて、私、何度も『そんなこと、あるわけないじゃない』って言ったけど、お父さん、気がついてたんだよ。ねえ？　お父さん、あれでも結構、我慢してたよねえ」

理菜はしゃくり上げながら、懸命に父親の骸に向かって語りかける。

「今日だって、お葬式の時に、髪の毛なんかどうだって、いいのにさ、最後くらい、傍にいてあげればいいのにさ」

胸が詰まる思いだった。初めて、兄が哀れだと思った。自業自得といえば、それまでだ。だが、中学生の娘にまで弱音を吐かなければいられなかった、病院のベッドで、素知らぬ顔を続ける妻の世話にならなければならなかった、そんな兄が、どうしようもなく哀れに思えてならなかった。兄は、本当に幸福ではなかった。

――馬鹿なんだから。

悲しみよりも悔しさがこみ上げてきた。そんな悩みを抱えながら病気と闘って、それで周囲に八つ当たりしていたというのなら、こちらだってもっと受け止めてやれたはずなのだ。なのに、普段から仏頂面で、癇癪を起こしてばかりいたから、いつもの我が儘だとばかり思っていた。耐えているのは一方的に志乃の方だと、どうしても、そう見えていた。

——本当に、馬鹿なんだから。

理菜のすすり泣きを聞き、彰彦の深刻な顔を眺めて、葉子は自分もつい、頭を抱えたくなった。馬鹿馬鹿しくて、容易に泣くことさえ出来そうにない。兄は、小さな頃から不器用だった。要領が悪かった。あがり性で、小心で、デパートのエスカレーターの手前で足踏みをするほど、臆病だった。それを見破られたり、笑われたりするのが嫌で、癇癪を起こしたり、虚勢を張ったりしていた。暴君のように振る舞い、本当の感情は全て、押し隠していた。

そんなことも忘れていた。あまりに長い間、兄の仮面を見つめ過ぎていた。兄が、それを望んだからだ。先回りされることも、察知されることも嫌い、労りや温もりも拒否して、勝手に自分を作り上げていたからだ。

今となっては、全てが手遅れだった。兄は、もう逝ってしまった。誰にも心を開かず、誰からも理解されないまま、兄は、明日には骨になる。

「叔母ちゃん——知ってたの」

急に疲れた顔になって、彰彦がこちらを見た。葉子は、ため息をつきながら、小さく頷くより他なかった。

「でも、叔母ちゃんだって、理菜ちゃんから聞かされただけなのよ。だから、本当のところは、分からない」

「本当、だろうな」

ところが、彰彦はそう答えた。父親の枕元に、また新しい線香を灯していた理菜も、眉をひそめて振り返る。

「あいつじゃないのか。バイパスの、ガソリンスタンドの親父」

一瞬、理菜と顔を見あわせたまま、何も答えられないままでいると、彰彦は「やっぱりな」と、唸るように言う。

「前にさ、一度、そうじゃないかなと思ったこと、あったんだ」

「――いつ」

「いつだったかな。結構、前だよ。去年とか、一昨年とか、それくらい」

理菜は、打ちのめされたような表情で、またそろそろとコタツに足を入れる。葉子も、もはや何も言うことも出来ない気分だった。雑然とした居間に、線香の匂いと三人のため息だけが広がった。

「最低だよ――お母さん、最低」

「だけど、しょうがないんじゃないのか？　元々、父さんとはうまくいってなかったんだし、父さんが癌にならなかったら、今頃は離婚してた可能性だって、あったんだから」

憂鬱そうに俯く二人を見ているうち、腹の底から怒りがこみ上げてきた。

「さっきの、叔母ちゃんの提案ね、撤回するわ。例の、栃木の家を売ったお金のこと」

甥と姪は、よく分からないといった表情で、こちらを見る。どちらの目にも、救いようのない暗い陰が宿っていた。

「あなた達の分は、お母さんから、きっちりもらいなさい。あの家は、お父さんの家なんだから。お父さんは、お母さんじゃなくて、あなた達に遺したかったに違いないんだから」

今更、志乃を責めても仕方がない。彼女が苦労していたことも、本当のことだ。だが、必要以上に彼女の立場を思いやる必要は、もうないと思った。志乃は志乃で、兄を裏切り、したたかに生きてきたのではないか。決して弱いとばかりも言えないではないか。

「自分たちで管理するのが難しいっていうんだったら、お母さんにでも、叔母ちゃんにでも預けておくのは構わないけどね。でも、あの家を売ったお金だっていうこと、お父さんからもらったお金だっていうことを忘れないで、無駄使いしないようにしなさい。いい？」

二人がゆっくりと頷いたときだった。風が吹き込んできたわけでもないのに、ふいに祭壇に灯してあった蠟燭の火が揺れた。黒い煤が立ち上ったかと思うと、オレンジ色の炎がちろちろと震えて、すっと消えた。反射的に、首筋から頰の辺りを、ぞくぞくとする感覚が駆け抜けていく。兄は、聞いている。聞こえている。そう思った。

「それから、理菜ちゃんね」

灯が消えて、白い煙がすっと上がるだけになった蠟燭を見つめながら、葉子は続けて口を開いた。

「理菜が東京に来たいっていうんなら、叔母ちゃんは、構わないわ。だけど、今のあんたみたいにフラフラしてるんじゃ、責任を持って預かれない」

「――」

「逃げ出すためじゃなくて、やり直すために東京に来たいっていうんなら、その決意を見せて欲しいの」

「決意って――」

「いい？　今の、そんな頭で東京に出てきても、人は格好だけで判断するの。すぐに似たような格好の、悪い友だちが出来て、誘惑に負けて、流されるだけなのよ。あなた、流されたくて上京したいの？」

理菜ははっきりとかぶりを振った。葉子は、出来るだけ視線に力を込めて、姪を見据えた。

「だったら、髪の毛の色を戻しなさい。それから学校に行って、先生に相談しなさい。真剣だっていうところを証明して、東京の高校に行くつもりなら、どういう手続きをとればいいのか、どんな高校に行かれるのか、自分で調べなさい」

理菜は唇を嚙んだまま、それでも小さく頷いた。彰彦が、ほとほと疲れたというように、大きなため息をつく。葉子が、蠟燭の火が消えていることを教えると、彼は、何となく薄気味悪そうに、口元を歪めた。

6

兄の葬儀は、雛祭りだというのに雪のちらつく、何とも寒々しい日に執り行われた。前日から集まり始めた親戚の相手をしたり、葬儀屋との打ち合わせに追われたり、香典を管理する役に回ったりしたお陰で、葉子はほとんど志乃と口をきかずに過ごすことが出来た。避けているとは気づかれたくない。兄との最後の別れの日に、見苦しい嫌味の応酬などもご免だ。だから、葉子は意識的に、忙しく動き回っていた。

前日、いかにも喪服が似合いそうな、きっちりと一つにまとめた髪型にセットして帰宅した志乃は、ことに喪服に着替えてからは、数珠と白いハンカチとを片時も離さず、立派に喪主の役割を果たしていた。昔の彼女からは想像もつかないほど太った上に、前髪も額にかからないようにセットしたせいで、さらに大きな丸い顔が目立ったが、それでも面やつれはしており、普段から無表情なところが、見ようによっては夫に先立たれて呆然としているようにも見えて、彼女は、周囲のあらゆる人たちに気遣われながら、完璧に主役の座に落ち着いていた。時折、そんな彼女の様子を離れた場所から眺める度、葉子は自分の中で、何かがはっきりと変わり始めているのを感じていた。

恐らく、もうこれまでのような我慢はしないだろう。兄が逝った今、志乃に対して、昨日までのような後ろめたい気遣いは不要になった気がする。第一、これまでの志乃の人生は決して葉子が勝手に想像し、半ば申し訳なく思ってきたような、堪え忍ぶばかりの悲惨なものではなかったに違いないのだ。ふてぶてしく計算して立ち回り、嘘もつき、何よりも自分で働くこともせずに日々の生活への不安など感じたこともなく生きてきた。その原因がたとえ兄にあったとしても、彼女の不誠実さや白々しさが、葉子には許せない気がした。これから先、一人になったことを嘆き、兄に苦労させられた日々を振り返って、長々と愚痴をこぼされたりしても、葉子にはもはや、これまでのように辛抱強く相づちを打てる自信がなかった。

——もう、いいじゃないの。全部、終わったんだから。

そう言い放つことの出来る時までは、志乃と向きあうのはやめておこう。ときが過ぎて、やがて甥や姪がそれぞれに成人する頃には、彼女との縁は嫌でも薄れているだろうと思った。

早すぎた死。葬儀の場では、会葬者の誰もが、その言葉を口にした。志乃は、誰かから挨拶をされる度、目頭にハンカチをあて、深々と頭を下げていた。その脇には、二人の子どもがいる。卒業式以外では、もう着ることもないだろうと思っていた高校の制服に、はからずも袖を通すことになったと苦笑を浮かべていた彰彦と、葉子に言われて、東京へ出る気構えを見せるために、大慌てで髪を黒く戻した理菜とは、母親が会葬者に頭を下げると、自分たちも無表情にそれに倣う。三人の姿は、あくまでも悲しみの淵に立たされ、ひっそりと肩を寄せあっている母子に見えた。だが、三人がそれぞれに思い描いていることが、どれほど異なるものかと、葉子は少なからず意地の悪い目にならざるを得なかった。

「さぞかし、心残りだったろうに」

「宇津木の家系は、そう短命っていうことはないはずなのにねえ」

「若いだけに、病気の進行も早かったんでしょう」

集まった親戚たちは、昨日から似たような話ばかりを繰り返している。宇津木の血筋と、志乃の実家の血筋との二つの集団に別れて、彼らは兄の無念さを察して嘆き、遺された母子の行く末を案じた。純朴で小心な人々は、兄の遺骨は栃木の墓に納めるにしても、母子はこれからどこでどう暮らすのだろうか、自分たちに頼られても何の力添えも出来ないのにと、不安げに額を寄せ合った。

「葉子ちゃん、あんた、何か、聞いてる？　長患いだったんだから、志乃さんだって多少は考えてることも、あるんでしょう」

会葬者の表情や葬儀の様子を、さり気なくカメラに収めていた葉子に声をかけてきたのは、かつて、葉子の母が逝った時、相続の権利など放棄するものではないと忠告してくれた叔母だった。葉子は、栃木の家を売りに出していることを話した。叔母は「もう、売りに出してるの？」と驚いた顔になり、頬をさすりながらため息をついた。

「そんなことだけ、早手回しだわねえ」

「つい、三日前なんだけど。私が向こうに行って、不動産屋さんに頼んできたのよ」

「三日前？　あんた、帰ってたの？」

それなら、どうして連絡を寄越さなかったのだ、立ち寄ろうとは考えなかったのかと、叔母は責める口調で言った。

葉子は、何しろ日帰りだったこと、家を一人で見たいと思ったこと、傷みがひどくて、持ち出したい荷物さえ容易に探し出せなかったことなどを説明した。そして、ようやく見つけ出した茶箱を、バス停の前のコンビニエンスストアから東京へ送る手はずが整った頃には、もう日が暮れていたのだと言うと、叔母はいかにも残念そうに、それでもようやく諦めた口調で「そうなの」と頷いた。

「まあ、あんたも忙しいんだろうから、それなら仕方がないけど」

「でも、無理してでもその日のうちに東京に戻って正解だったのよ。志乃から危篤だって連絡が入ったのが、その日の夜中だもの」

そのひと言を聞いた途端、叔母の額と眉間には皺が寄り、彼女はまた新たな涙を浮かべた。幼い頃から、ずっと可愛がってきた甥の死は、葉子が想像していた以上に、年老いた叔母に衝撃を与えた様子だった。体調が思わしくないという程度のことは聞いていたが、叔母は兄の死期が迫っていることも、癌という病名さえも報されていなかったのだという。昨日、初めて兄の遺体に対面したときから、叔母は嗚咽を洩らして「可哀相に」を連発し、ようやく涙が乾いたと思うと、また泣いた。

「あの子も、可哀相にねえ――可哀相に」

肩を震わせて、叔母はまたひとしきり泣き、鼻をかむ。それは、何も叔母だけではなかった。集まった親戚の誰彼が、昨日から同様の行為を繰り返している。

――年をとった。

叔母だけでない、ここに集まった全員が、確実に年齢を重ねていた。兄嫁の親というよりも、かつては同級生の親として、葉子が遊びに行ったときなど、菓子や飲み物を出してくれた志乃の母も、すっかり萎んで小さくなっていた。同様に志乃の父親も、頭は薄くなって、日に焼けた顔には深い皺が刻まれ、ずい分疲れた風情の、片田舎の老人だった。彼らは控えめに自分の娘を見守り、そして、誰彼構わず、ひたすら頭を下げ続けていた。そんな姿を眺めていると、どうしても両親のことが思い出された。

今も生きていてくれたら、葉子の父や母は、どんな様子になっていたことか、どんな表情を見せるようになっていたことだろうか。だが、子どもを見送らなければならない立場に立たずに済んだのは、やはり幸いだったのかも知れない。志乃の両親が、沈痛な面もちではあるものの、それなりに落ち着いて見えるのは、志乃を見送るのではないからだ。

「昔は二人揃ってお下げ髪だったのにねえ」

志乃の母は昨日、久しぶりに会った葉子にそう言って、泣き笑いのような表情を浮かべたものだ。そして、「まさか、こんなことになるなんて」と絶句していた。まさか、二人が義姉妹になるなんて。まさか、娘がこんなに不幸な結婚をすることになるなんて。まさか、その男が、こうも早く逝くなんて。口を噤んだ志乃の母の表情からは、そんな言葉を読み取ることが出来た。

まだ余熱のある兄の骨が骨壺に納まる頃には、年老いた親戚たちの涙も、ほとんど涸れた様子だった。その日のうちに初七日の法要を済ませ、さらに精進落ちの料理を振舞われた後、葉子は早々に帰りの支度を始めた。別段、今日中に帰らなければならないわけではない。日程的にはもう一泊くらいしても構わなかったが、とにかく志乃の顔を見ていたくなかった。

「叔母ちゃんからは、お母さんに何も言ってくれないの」

志乃は、彰彦につき添われて、他の親戚のために部屋を取った旅館に行っていたから、真っ直ぐ家に戻ってきたのは、葉子と理菜だけだった。制服姿で黒い髪に戻った理菜は、髪を染めていたときとは表情までも変わって、ひどく幼く、頼りなげに見えた。

「こんなときに面倒な話をしたって、お母さんだって冷静に聞ける状態じゃないでしょう？　それに、さっきも言ったけど、理菜が本気なら、自分で何とか出来るくらいじゃなきゃ困るのよ。もしも本当に東京で暮らすことになるとしたら、自分のことは自分で責任を持つくらいの覚悟をしてくれなきゃ、叔母ちゃんだって困るんだから」

理菜は唇を尖らせ、憂鬱そうな表情で俯いたが、一応は「分かったよ」と答えた。葉子は、彼女が中野のマンションで初めて、それまで閉じこめていた自我を爆発させた日のことを思い出した。ふてくされた表情でフォークを投げ出したかと思うと、今度はそのフォークで朝刊を突き刺し始め、激しく泣いて、もう疲れた、嫌になったと繰り返した日のことだ。あの時の、彼女の薄い肩や頼りない背中を、葉子は今もはっきりと覚えている。

「出来るわよね？」

理菜は上目遣いに葉子を見つめて、相変わらず膨れ面をしている。葉子は、黒く戻った彼女の頭を抱き寄せた。もう片方の手を背中に回して、強く引き寄せる。微かな抵抗が感じられたが、次の瞬間には、理菜の細い身体は、ふわりと葉子に寄り添ってきた。

「理菜が本気で掛けあって、それでも難しいときには、叔母ちゃんが手伝うから。でも、とにかく自分でやってみなさい」

肩口に引き寄せた理菜の頭が、小さく動いた。

「——味方で、いてくれる?」

「もちろん」

「私、間違ってないよね?」

「それは——叔母ちゃんには分からない。でも、もしも間違っていたとしても、今の理菜が、他にどうすることもできないと思うんだったら、それはそれで、仕方がないのよ」

理菜の手が葉子の肩に回された。背ばかり高くなったくせに、まるで幼い子どもがしがみついてくるような格好で、理菜は葉子の肩口に顔を埋める。やはり、この子は人の温もりを恋しがっていた。

「だって——ここにいたくないんだもん。お母さんの顔も、見たくない。どうしても、絶対。もう、嫌なんだもん」

改めて顔をのぞき込めば、頬を紅潮させ、理菜はやはり暗い瞳を揺らしている。葉子は、その瞳を出来るだけ力を込めて見つめた。

「嫌なら嫌で、しょうがないじゃない、ね？」

「だって、お母さん――」

「もう、分かったから。大丈夫よ、時間が解決することも、あるから」

まだ何か言いたそうにしていた理菜は、ようやく諦めたような表情で葉子から手を離した。

「彰彦くんの最後の受験が、十二、十三日でしょう？　今度、上京してきたときにはアパートも探すって言ってたから、どっちみち、その後は彰彦くんの心配はしなくていいと思うのよ。理菜は、卒業式は？」

「十六日」

「じゃあ、卒業式にちゃんと出て、それからいらっしゃい。待ってるからね」

理菜の表情に、ようやくぎこちない微笑みが浮かんだ。葉子は、もう一度、彼女の頭を軽く撫でて、自分も微笑んで見せた。

「あんた、黒い髪の方がずっと可愛いわよ」

「――そうかな」

「当たり前よ。ロックでもやるんなら、あの色でも悪いとは言わないけど、まだまだ、顔が追いつかないわね」

理菜は、今度は本当に微笑んだ。ちょうど、電話で呼んでおいたタクシーが来たから、葉子はその顔に「またね」と言い置いて、主のいなくなった家を後にした。最後に、親戚の泊まっている旅館に寄ってみようか、志乃に会っていった方が良いだろうかとも思ったが、儀礼的な挨拶を交わすためだけに、帰りの時間を遅らせることもないだろうと考え直して、そのまま駅へ向かうことにした。

次に、あの親戚たちと顔をあわせるのはいつのことだろうか。恐らく、そう遠くない将来、今日集まった誰かを見送るために、そういう機会が生まれることだろう。順番に、一人ずつ、人は去り、消えていく。

春先の雪は、思った以上に本降りになって、町の景色をかすませ、あらゆる音を吸い込もうとしていた。ヒーターの効いたタクシーのシートに身を沈めて、葉子はようやく深々と息を吐き出した。久しぶりに吸った煙草が旨かった。

この数日、ほとんど一人になることのなかったせいもあって、車内の静寂は懐かしいものだった。これでようやく、一人で兄の死を噛みしめることが出来る。かつて、同じ家で暮らした家族が逝ってしまった現実を、自分なりに受け止めるときがきた。悲しむのなら、今がチャンスかも知れなかった。タイミングを逃すと、悲しみは容易に溢れ出ず、心の中に澱となって残る。それを、葉子は両親を見送ったときに学んでいた。

タクシーの振動を心地良く感じながら、葉子は、自分の心が揺れ動くのを待った。兄の死に顔を思い出し、幼い頃からの、あらゆることを思い出そうとした。だが、タクシーが駅に到着し、東京へ行く列車に乗り込んでからも、やがて雪のせいで淡い水墨画のように見える風景が、車窓の外を流れ始めても、それらしい感情がこみ上げてくる気配はない。哀れだったとは思う。全てが終わって、あんな小さな骨壺に納まってしまえば、その儚さを思わないわけにいかない。だが、悲しいのとは違っていた。ただ、心に大きな隙間が生まれている。空虚な、何の感情も含まない闇が、ぽっかりと口を開けている感じだった。

——終わった。

それだけが感じられた。ずいぶん長い間、常に心に引っかかり、自分ではどうすることも出来ないと分かっていながら、時には右往左往し、様々に思い煩う原因になっていたものが、ぽとりと取れて落ちた感じがした。無論、兄の心を思えば哀れだとも、気の毒だとも感じないわけではない。だが、誰のために悲しめば良いのかが、分からなかった。少なくとも、葉子自身の感傷で悲しんでみたところで、もしも兄がそれを見ていたら、「馬鹿にするな」とでも言うに違いない。俺の気持ちがお前に分かるかと。所詮、分かるはずがなかった。

兄の死が葉子にもたらしたものは、古い家を処分する問題と、これまで見えなかった志乃の一面を知らされたことくらいのものだ。葉子自身は他に何の影響も受けておらず、生活そのものも、何も変わらない。兄が逝ったからといって、葉子は幸福にも、不幸にもなってはいなかった。

7

東京へ戻った翌日、葉子は栃木と長野で撮りためてきたフィルムをラボに納めた足で、丘刑事を訪ねた。久しぶりに会う丘は、必要以上に愛想の良い笑みを浮かべながら警察署の受付に現れ、何度も「すいませんね」と言った。

「お兄さんですか、亡くなったの」

「最初に、うちに来られたときに、私が預かってるって申し上げた姪の、父親です」

久しぶりに赤いセーターを着て、葉子は、応接室とも異なる雰囲気の、粗末な面会室のような場所で刑事と向かい合った。若い婦人警官が、薄い茶を運んでくる。まさか、警察署で茶を出されようとはと、葉子は苦笑したい気分だった。その一方で、この自分の落ち着き具合は何なのだろうかとも思っていた。身体は確かに疲れている。だが、気分は悪くなかった。

「しかし、重なるときには重なるもんだな。どっちも、まだ四十代でしょう。普通なら、まだまだっていう年齢なのに」

「兄の場合は、病気ですから、仕方がありません」

暗に、杉浦の死と一緒にされては困ると言ったつもりだった。丘刑事は、一瞬戸惑った表情になり、「ああ、まあ」と曖昧な答え方をした。

「そりゃあ、そうかな。杉浦は、まあ、ああいう最期だったわけだから」

丘は杉浦を平然と呼び捨てにする。それが何を意味するのか、葉子にだって察しはついている。彼は死んだ後になっても、この刑事にとっては、まだいわゆる「容疑者」に違いないのだ。ただの自殺ではない。こうして、警察署で話題にされる存在だったということだ。だが、これからどんな話を聞かされても、葉子は驚かない自信があった。その覚悟は出来ている。杉浦は、間違いなく死んでいる。物理的にというよりも、葉子の中で、それは既に、動かし難い事実になっていた。

「今頃は葬儀の方も、済んでる頃だとは思うんですがね」
二、三の雑談の後で、丘はそう切り出した。葉子は、薄い茶をすすり、小さく頷いた。
「こちらとしては、一つだけ、確かめておきたいことがあったんです」

葉子は古びた小さなテーブルに湯飲み茶碗を戻し、膝の上で両手の指を組みあわせて、丘を正面から見つめた。

「杉浦真希子さんの事件でね、我々は、ずっと動いていたわけですがね」

「そうだろうと、思ってました」

刑事はゆっくりと頷いた。杉浦の妻を刺した犯人が、二十三歳の無職の男だったということは、葉子もテレビのニュースで知っている。そして、その犯人が、誰かに頼まれて犯行に及んだらしいということも、やはりニュースで知っていた。

「探り続けてたわけですわ。実行犯と、杉浦との線をね」

丘は、気難しげに口元を歪め、自分もがぶりと茶を飲んで、一つ、息を吐き出した。

「こんな話を、あんたにするのは酷だと思いますが、手間取ったわけは、杉浦の巧妙さでしてね。何しろ、本ボシの野郎は、杉浦の名前どころか顔さえ知らなかった具合でね」

「顔さえ？」

「間に、何人か入ってたんですな。ほら、杉浦は、元々が週刊誌の記者だったでしょう。その頃から色んな世界に首を突っ込んでたみたいでね。結構、顔が広かったっていうところですかね」

事件発生当初、警察は妻が殺害されたというのに連絡も取れず、居場所さえ摑めないという状態だった杉浦に、通り一遍の質問だけをして済ませたという。だが、そのときの杉浦の態度が、刑事達の勘を刺激した。必要以上に演技過剰になることもなく、かといって、白々しくもない程度に、実に辛抱強く被害者の夫としての顔を保ち続けていた杉浦は、最初は「犯人を捕まえて欲しい」「自分が復讐したい」などと言っていたという。だが、突然、妻を喪ったというのに、彼は一度として「信じられない」とは言わなかったのだそうだ。その現実を、彼は易々と受け入れていたと、刑事は言った。

「今だから言いますがね、宇津木さん、あんた、すんでのところで救われたような部分、あると思うんですよ。あの男は、駄目だ。たとえ、ホシじゃなかったとしても、所帯を持って、一緒に幸せになろうっていうタイプの男じゃ、ないです」

葉子は、わずかに目を伏せたまま、丘の言葉を聞いていた。杉浦の妻の霊前で誓った日のこと、小雪の散らつく通夜の晩のことを思い出していた。誰よりも哀れなのは、覚悟も予測もないままに、自分なりに未来を切り開こうとしていた矢先、あらゆる可能性をはらんでいたはずのときを、突然奪い取られた、杉浦真希子だった。

「何ていうのかな、人間らしい感情みたいなものがね、どこか、ごそっと抜け落ちてるんですよ。もちろん、口ではうまいことを言うし、物腰は柔らかいし、何しろインテリですしね、そりゃあ、ちょっと見には分からないんだが、どこか、ひやっとするところを持ってる男でしたね」

それは、葉子も十分に気がついていたことだ。だからこそ、杉浦への疑念を完璧には拭い去れずにいた。彼ならば、心一つ揺らすことなく、妻を殺せるに違いない、しかも、自分の手を汚すことさえしないだろうと、何となくそう感じていた。

結局、杉浦からの自白を得られなかった丘たちは、そこから地道な捜査を始めた。二十三歳の、チンピラに毛が生えた程度の実行犯の供述の全てを確認して歩き、細い糸を手繰り寄せるようにしていった。そして、その一方では、杉浦と真希子の夫婦関係から、杉浦の身辺まで、全てを洗い直したのだという。

「実はね、あんたのことも、多少は調べさせてもらってたんです」

丘は、少しばかり言いにくそうな顔で、そう言った。葉子は、内心で動揺しながら、考えてみれば当然の話だと頷いた。杉浦の愛人として殺人を共謀し、または、杉浦の犯行を知っていたと疑われても、無理はない。だが、丘は、葉子への調べは、杉浦の周辺にいる他の人々と、ほとんど大差ないものに過ぎなかったとつけ加えた。

「取りあえずね、小説でもない限りは、そう意外な人間なんて出てきやしないものですが、それでも一応は、周りにいる全員のことを調べなきゃならんのが、我々の仕事でね」

もしも、葉子が杉浦の犯行を知っていたとしたら、そこから崩せば容易だろうと思っていた、あんたは、そう嘘のつけるタイプには見えなかったからと言われて、葉子は曖昧に微笑んだ。ここで、こういう形で褒められて、喜ぶというのもおかしなものだが、それでも、調べた上で疑念を取り払ってもらえたということが嬉しかった。

杉浦の死の一週間ほど前から、彼には二十四時間の張り込みがついていたという。彼の電話の通話記録、預金の出し入れ、交友関係、全てが調べられた。警察は、手繰り続けている糸がつながり次第、杉浦を引っ張るつもりだったのだそうだ。

「奴《やっこ》さんも最初の頃は、涼しい顔をしてましたが、そのうち、我々の尾行に気がついて、こっちをまこうとしたりね、少しずつ行動に焦りみたいなものが出てきた。おそらく、奴さんは奴さんで、情報を集めてたのかも知れませんがね」

栃木の、崩壊した兄の部屋の前で、丘から電話を受けたときのことを思い出していた。あの日、東京はどんな天候だったのだろうか。杉浦は、どんな空を見上げて死を決意したのだろう。

「遺書はね、出来ればあんたにも見せたかったんだが、遺族の方が、コピーも困るっていうんで、そのまま持って帰ってもらいました」

「――私の名前が、出てたんですよね」

丘は、胸をそらして大きく息を吐き出すと、ゆっくり頷いた。

「確かね、『宇津木さんには申し訳ないが、この前の話は、なかったことにして欲しい』って、そんなことでしたがね」

馬鹿馬鹿しい。思わず鼻を鳴らしそうになった。何という勝手な言い草なのだと思った。葉子は、自分も小さくため息をついて、それから改めて頷いた。

「この前の話って、何ですかね。それを一つ、伺っておきたかったんですが」

「——一緒にならないかっていうことです」

丘は、何と言ったら良いのか分からないという表情になって、ただ頷くばかりだった。そんな顔をしてもらうようなことではない、葉子自身、今となってはほっとしているのだと言いたかったが、結局、何も言わない方が良いと結論を下した。いずれにせよ、彼はもう逝ってしまった。これ以上、さして親しいわけでもない刑事に、死んだ人を中傷するようなことを言っても仕方がない。

「一緒に、ねえ」

「——出来れば、子どもも引き取って、一緒に暮らしたいって、そう言われていました」

丘は、また大きなため息をついた。そして、独り言のように、あんな段階にいて、よくもそんなことが言えたものだなと呟いた。実際、その通りだった。その不気味な無神経さが、葉子には何よりも引っかかっていたのだ。

「それで、あの人が死んだ理由って、本当のところは、何なんですか」

改めて刑事を見つめると、丘は少し考える表情になって、うなり声のようなものを上げる。やはり、良心の呵責に耐えかねて、というところなのか、または警察の捜査に根負けしたということなのだろうかと考えていると、やがて「要するにね」という声が聞こえた。

「杉浦っていう男は、自分が捕まるということが、どうしても納得できなかった、嫌だったんです」

「嫌、だった？　あの、じゃあ、何ていうか死んでお詫びという——」

言い終わる前に、丘は自分の顔の前で大きく手を振った。

「そんなつもり、ありゃあしません。あいつは、自分が女房の殺害を企てたことだって認めてやしないんですから。かといってね、潔白を証明するためにっていうのとも、違いますよ。遺書によればね、杉浦は単に、知り合いに愚痴をこぼしただけだっていうんです。『女房を何とかできないか』ってね。それを、相手がどう思おうと、自分の責任じゃないってね。『何とか』って、どういうつもりで言ったんだと思います、ええ？」

第一その一方で、杉浦はその知りあいの男の預金口座に二百万を振り込んでいたと聞いて、葉子は開いた口がふさがらない気持ちだった。杉浦が首を吊った日の段階では、実行犯との間に入ったその男の所在は摑めていなかったそうだが、情報は確実に集まりつつあった。そして、その男さえ見つかれば、杉浦の逮捕も、もはや時間の問題だったのだと、丘は悔しそうに言った。

「百歩譲ってですよ、その『何とか』っていうのが、単に襲えっていう意味だったとしてもですよ、自分の女房じゃないですか。他人に女房を襲えと言って、金まで払ったっていうことです。これだけで十分に、野郎の異常性が出てるじゃないですか」

いくら冷静に聞こうと思っても、さすがに二の腕をぞくぞくする感覚が駆け上がった。同時に、自分がそんな男と関係し、再婚まで考えていたことを、ひどく愚かしく、恥ずかしく感じた。人を見る目がないにもほどがあるというところか。まさか、そこまでとは思わなかった。

「自分が捕まって刑務所にぶち込まれるなんて、とてもプライドが許さなかったんでしょう。そんな屈辱的な目にあうくらいなら、自分は潔さの方を選ぶっていうようなことを、書いてましたがね」

「――でも、本当に、彼が関わってたんですよね？　それが間違いっていうことは――」

「ないです」

丘刑事は、きっぱりと言ってのけた。そして、実は一昨日、行方を探していた男の身柄を確保したのだと続けた。都内の銀行に立ち寄って、預金を下ろそうとしていたところを通報されたのだという。彼は、杉浦から妻を「何とか」して欲しいと依頼されたことを、既に認めているということだった。

「いくら格好をつけても、もう逃げられないっていうことを、杉浦は感じてたんです。それだけのことですよ」

丘は、新しい煙草に火をつけて深々と煙を吸い込んだ。葉子もつられるようにバッグから煙草を取り出して、ゆっくりと吸った。本当に、全てが終わったと、改めて思う。遺書など、見せられなくて結構だった。そんなものが記憶の片隅にでも刻まれたら、憂鬱が長引くだけのことだ。葉子は、杉浦が見せていた笑顔や優しさだけを記憶に留めておけば良いのだ。

「それでね」

丘がまた口を開く。葉子は、煙草の煙を避けるようにわずかに目を細めながら、刑事の顔を見た。

「宇津木さん、あんた、本当に杉浦の潔白を信じてましたか。あんたが事件とは無関係だっていうことは、よく承知してます。ですが、それなりのつきあいがあったんだから、何か感じるっていうこと、なかったですか」

「――ありませんでした」

葉子は、ゆっくりと呟くように答えた。

「じゃあ、本当に杉浦と所帯を持つつもりだったんですか」

「それも――ありませんでした」

「ほう、それは、どうして」

「――愛して、いませんでしたから」

丘は、わずかに鼻白んだような奇妙な表情になったが、やがて「まあ、男と女のことだからね」と、諦めたように頷いた。薄情な女と思われたか、または、鈍感で自分本位と思われたか。どちらでも構わないことだ。

四十分ほども話した後、警察署の外まで見送りに出てきた丘は、最後に、杉浦の年老いた両親は、杉浦の潔白を信じたままで帰ったと言った。必要があるなら、彼らの住所や連絡先も教えるがと言われて、葉子は柔らかくかぶりを振った。

「お目にかかっても、申し上げられる言葉も、ありませんから」

丘はまたゆっくり頷き、「遠いところ、ご苦労さんでしたね」と言った。葉子は、刑事に軽く会釈をして、馴染みのない建物を後にした。

——本当に、済んだ。これで、全部。

自分の靴音だけを聞きながら、葉子は改めて息を吐き出した。もはや、怒りも悲しみも、何も浮かんではこない。本当は、もう少し動揺するのではないかとも思っていたのだが、自分でも意外なほどにすっきりと、こうして歩いている。もう、誰にどう思われようと結構だ。とにかく、寂寥感とも喪失感とも異なる、だが、ぽっかりと空間の出来た自分のこの状態を、今はゆっくりと味わいたい、それだけだった。

終章

床一面に並べた写真を、葉子は飽きることなく眺め続けていた。小さなオートマチックのカメラだったから、どの写真も絞りが甘いし露出も今一つだが、そこには間違いなく、「我が家」の死相が記録されていた。かつて、葉子自身も何度か雑巾掛けをさせられた床、毎日、寝起きをした部屋、食事をし、テレビを見て、家族が集まった部屋、生活の音の満ちていた空間、全てが、かつての面影を残しつつ、確実に崩壊へと向かっている。

今日、東京は春の気配に満ちている。空気は乾いており、窓越しに届く陽射しは、明るくうららかで、暖かかった。白い壁と天井に囲まれたこの空間にいると、たった一週間の間に起こった出来事の全てが、遠い幻のように思えてくる。本当は、何一つとして起こってなどいないのではないか、兄の死も、杉浦の自殺も、全て夢だったのではないかという気がしなくもなかった。だが、あの日、廃屋の中で、一人でシャッターを切り続けていた時の感覚は、今もはっきりと覚えているし、順を追って思い返せば、杉浦の死も、兄の葬儀も、全てが現実だったのだと分かる。何よりも、こうして心の中に口を開けているこの空間が、逆に抜け落ちていったものの存在を、確かに現実だと感じさせた。それは間違いなく、今も生きている葉子自身の内から何かが抜け落ちた痕跡だった。

──私が終わらせたわけじゃない。勝手に全てが過ぎていった。

ふと、津軽の小さな町で、やはり廃屋の写真を撮ったときのことを思い出した。いや、完全な廃屋ではない。それは脇腹を大きくえぐられて、そこから死に始めているように見える大きな長屋だった。やがて殺人を犯して死刑囚となる運命をたどった男が暮らした部屋だった。葉子は思わず息を呑み、足のすくむ思いでシャッターを切り続けた。ほんの数カ月前のことだ。あの長屋が残る限り、既に刑死している男の記憶は、人々から薄れることはないだろう。男は今も不名誉なまま、生き続けていることになる。

あの建物を見ていたからこそ、葉子は栃木の家を手放すことを、案外あっさりと承諾できたのではないかと思う。残してはならない、無惨な姿をさらしてはならないと、咄嗟に判断したことは確かだ。たとえ、母の気配が漂い、様々な思い出が染み込んでいようと、あのままでは全てが薄汚れ、ただの怨念めいた印象しか残らないに違いない。それでもなお、あの家を残したいと思うとしたら、それは家族への思慕や追憶などという感覚よりも、単なる執着でしかなかっただろう。

結局、故郷とは待つ人のいる場所のことかも知れない。または母そのものだったのかも知れないと、今になって思う。建物だけが残り、気配だけを探ることが出来たとしても、心の支えになど、なりはしないのだ。

改めて写真を眺めながら、葉子は、夢中でシャッターを切り続けていたときの感覚も思い出していた。あんな充実感は、実に久しぶりだった。純粋に、良い被写体に出逢えた気分だった。

——被写体。

部屋一杯に並べた写真の中には、兄の葬儀のときのものも混ざっていた。本当は、病院から自宅へ戻ってきたばかりの兄の顔を撮っておきたかったのだが、結局それはかなわなかったし、今、改めて眺めても、普通のスナップ写真以上のものはない。人の表情を写すよりも、人間以外のもの——街や建物を撮る方が、葉子は昔から好きだった。人物が混ざるとすれば、それは風景にとけ込んだ人でなければならないと、以前、暇に任せて町中を歩き回っていた頃には、そんなことも考えていたはずだ。すっかり忘れていたが、カメラを片手に、葉子にはそうやって街を歩いていた頃があった。

——撮ろうか。もう少し。

衝動というほどの強いものではなかった。だが、これから先の日々、見知らぬ町の、旨いかどうかも分からない飲食店の料理や店構えなどばかり撮っていても、仕方がないという気がする。単に生活のためだけにシャッターを切り続けていたら、やがて、葉子は写真が嫌いになってしまうかも知れない。そうなったときの自分を想像すると、背筋が寒くなる。そうなったら、葉子は本当の孤独と虚無感とに囚われるに違いなかった。

好きなものを好きなように撮る、誰に見せるためというわけでなく、自分が切り取りたい一瞬、その場面を撮っておきたいと思った。

そう思いつくと、心の底が微かに泡立つように感じられた。ぽっかりと口を開けた心の隙間に、新しい何かが流れ込んでいく。

まずはもう一度、栃木の家を撮っておきたい。今度はきちんとした機材を持って、昼間のうちに丁寧に写真を撮りたかった。葉子は、目まぐるしく今後のスケジュールを考え始めた。兄の容態を気にして取った休暇は、もう明日で終わってしまう。明後日からは、また忙しい毎日が始まるだろう。日常に埋没してしまったら、せっかく奮い立った気持ちも、すぐに萎えてしまう心配があった。だとすると、自由に動けるのは明日だけということだ。もう一日くらいは、ゆっくり休みたいと思っていた。せめて、兄の初七日が過ぎる頃までは静かに過ごすべきだと、半ば殊勝な気持ちにもなっていた。だが、こうして自分から動きたいと思うこと自体が、何年ぶりかと思うほどに久しぶりなのだ。今の、この気持ちを大切にしたいと葉子は思った。

こうなったら行くしかない。そして、今度はプロのカメラマンとして、あの家をじっくり見つめてこよう。そう決心したとき、電話が鳴った。わずかに浮き立った声で受話器を取ると、聞こえてきたのは志乃の声だった。

「この間は、どうも」

志乃の声は、相変わらず感情を含んでおらず、どういう機嫌なのかも判然としない。近いうちに、彼女の声を聞くことは覚悟していたが、まさか、こんなに早く電話を寄越すとは思わなかった。葉子は、咄嗟に身構える気持ちになった。取りあえず、通り一遍の挨拶をする。大変だったわね。ご苦労様。もう、少しは落ち着いたの。疲れが出てる頃じゃない。全てに対して、志乃は「うん」「ええ」としか答えない。そして、深々とため息をついた後で「やっとね」と呟いた。

「——やっと？」

「これで、静かになると思ってたのよね」

何を言おうとしているのか、それだけでピンときた。だが葉子は、とぼけた声で「何が」と聞き返した。

「彰彦は離れちゃうけど、これからは静かに暮らせると思ってたのよ」

また始まった。どうして、こうも持って回ったものの言い方しかできないのか。

「まだ、あの人のお骨だって家にあるっていううちから、私だって、そうそうこんな電話、したくないのよ」

せっかく、こちらとしては距離を保ちたいと思っているときに電話を寄越して、志乃は、わざとかと思うほどに、こうして葉子の神経を逆撫でする。

「私だって、まだ緊張が続いてて、ゆっくり眠れないくらいなのよね」

本当に苛々する。葉子は「だから何なの」と言いたいのを懸命にこらえていた。葬儀の折には、葉子だってそれなりに手伝ったのに、それに対する労いの言葉も感謝もなく、ねちねちと遠回しな言い方ばかりする志乃が、本当に嫌でたまらないと改めて思った。

「せめて、暖かくなるくらいまでは、静かに暮らしたいって思ってたのに」

「――」

「ねえ、聞いてる？　もしもし？」

「聞こえてるわ。何が言いたいの？」

その途端だった、鼓膜を震わすような勢いで、志乃の「何がじゃないわっ」という怒鳴り声が響いた。

「こんな時に、うちがどういう状態か分かってて、あなた、どうしてあんなこと言うのっ」

「あんなことって、何」

「とぼけないでよ！　理菜のことよ！」

「理菜が、何なのよ」

「東京で暮らせって、言ったんでしょうっ。あなた、どういうつもりなの！」

もう、うんざりだ。せっかく新しく生まれた空間に、まったく違うものをそそぎ込もうと思っている矢先に、こういうことで煩わされるのはたまらない。それにしても、志乃がここまで感情を爆発させるとは思わなかった。葉子は、大きなため息をつきながら、こちらの言葉に耳を貸す気配もなく、一人でわめき続けている志乃の声を聞いていた。ひどいわよ。あの子はまだやっと高校生になるところなのよ。父親が死んで、子どもたちまで全員離れていったら、この家はどうなると思ってるの。あなたには子どもがいないから分からないのよ。あの子たちのために、今日まで苦労して、我慢に我慢を重ねてきたっていうのに、それを横からさらっていこうっていうの——。

「あのねえ」

相手が好い加減、好き勝手なことを言ったと思われた後で、葉子は可能な限り落ち着いた声を出した。すぐに、「何よ」という、かつて聞いたこともないほどの、好戦的で不敵な返事が返ってきた。

「あの子は、自分の意志で、東京に来たがってるのよ」

「誰かが入れ知恵するからでしょうっ！　誰が母親だと思ってるの、私よ！　私が——」

「誰が入れ知恵したっていうの。あなた、あの子のことが見えてないの？　この前は家出までしてきて、今度は髪をあんな色に染めて」

「だって、ちゃんと帰ってきたし、髪の色だって黒く戻したじゃないの。一時の気まぐれだっただけじゃない！」

「分かってるはずでしょう？　あの子は、ずっと我慢してきたの。兄さんのこともあったから、必死で我慢してきたのよ」

「私だって、我慢してきたわ！」

「あの子は、まだ十五なの！」

ようやく、志乃が口を噤んだ。葉子は、聞こえよがしにため息をついて、「十五なのよ」と繰り返した。本当は、言いたいことが山ほどある。だが、兄が逝ってから一週間もたっていないうちから、話題にすべきことではないと思った。どう言ったところで、志乃を責める言葉にしかならない。

「あの子なりに、色々と考えてるんだと思うわよ。一度は真剣に高校にも行くつもりで、取りあえずそっちに戻ったりもしたんだから。だけど、駄目だったんでしょう」

「――じゃあ、私はどうなるの？　彰彦も理菜も上京しちゃったら、私、一人になるのよ」

思わず鼻で笑いたくなった。そんなことはないだろうと言いたかった。ちゃんと、駆け寄ることの出来る相手がいるではないか。子どもたちがいなければ、誰はばかることなく、噂の相手と逢うことも出来るではないか。

「今まで、何のために苦労してきたんだか、これじゃあ、まるで分からないじゃないの。あの子たちのために、私は自分の全てを犠牲にしてきたんじゃないの。それを、やっと落ち着いたと思ったら――」

「やっと？　やっと、死んでくれたっていうこと？」

これまでの葉子だったら、いくら苛立っても、決して口になどしない言葉だった。一瞬、電話の向こうで志乃が息を呑んだのが分かった。

「な――何、言ってるのよ。そんな意味のはずがないじゃない」

「そう？　私には、そう聞こえたわ。やっと死んでくれて、これで思い切り羽を伸ばせると思ったのにって」

そうではないか。兄はいなくなった。志乃には、相応の生命保険金も入るだろうし、そう多額とまではいかなくとも、栃木の家を処分した中から、それなりの金額が入る。

「だったら、いっそ子どもたちも離れてくれた方が、なおいいんじゃないの？　少なくとも、あの子たちは、そう考えてるわよ」

志乃の顔が強ばる様が目に浮かぶ。まさか、義妹である葉子に、そんなことまで言われるとは思ってもみなかったのだろう。時にはおだて、時には泣き落としのような真似をしながら、志乃は葉子に対して、常に我を通し続けてきた。兄が苦労をかけているという後ろめたさと、いちいち言葉を返していては余計に面倒だと思うから、葉子は常に言葉を呑み、聞き役にだけ回ってきた。だが、それも終わりにしたかった。

「――何の、こと」

志乃の声が初めてかすれた。葉子は「さあ」と答えた。

「知らないわ。あの子たちにだってプライドっていうものがあるだろうから、あまり人聞きの悪いことは、言いたくはないでしょう」

自分の内に生まれた空間は、一歩間違えば孤独にも、単なる虚無にもつながると分かっている。だがそれは、これまであまりにも長く背負ってきた荷物を下ろしたせいだとも分かっていた。一人で自由だ、気ままだと言われながら、結局のところ、葉子は自分の意志で動くことさえ、ずいぶん長い間、忘れていた。だから、それを元に戻す。初めて東京へ出てきた頃のように、何も持たず、何も背負っていない状態になってみたいと思った。

「いいじゃない？　羽を伸ばせば」

「私、そんなつもりは――」

「あろうと、なかろうと、どっちでもいいわよ。でも現実に、そうなるでしょう？　兄さんは、もう死んだんだもの。病院に行く必要もなくなったし、あれこれと苦労させられて泣くことも、もうないんだものね」

「そんな――」

急に、志乃は普段の気弱な声に戻った。やがて、微かに鼻をすする音が聞こえてきた。

「ひどいこと、言わないで――そりゃあ、色んなことがあったけど、でも、私、ただほっとしてなんか、いないんだから。そりゃあ、大変は大変だったけど、あの人の方が苦しかったんだから」

「もう、いいわよ」

「私は、ただ、あなたに相談したくて――」

「相談したいっていう口調じゃ、なかったじゃない？　私が入れ知恵して、理菜を呼び寄せようとしてるって、あなた、そう思ってるわけでしょう？」

「そんなこと――」

志乃は声を震わせていた。そして、「ひどいわ」と言って泣いた。葉子はうんざりしながら、まだ当分の間は、彼女との縁は切れないだろうと感じていた。少しばかり身軽になったとは言っても、こうして次から次へと問題が起きてくる。志乃の問題が落着したとしても、理菜の問題は残るだろう。そして、やがてまた周囲に新しい人間との関わりが生まれ、新しい問題が起きてくる。

――生きている限り。

ずっと、そういう思いをするのだろう。嫌だとか良いとか、そういう次元の問題ではなく、自分の都合とも関係なく、そういう面倒な事柄に日々、頭を悩ませながら、これからも年月を過ごしていくのだ。

「私は、ただ、もうどうしたらいいか分からなくて、あの子、大声で怒鳴り散らしたかと思ったら、自分で手続きするとか言って、勝手に学校に行っちゃって——」

「だから、もういいったら。あの子がそこまで真剣に考えてるんだったら、仕方がないじゃない」

「だって——」

いくら話しても、埒が明きそうになかった。生前の兄は、常にこんな志乃の相手をしていなければならなかったのだと思った。だとしたら、気の毒な話だ。たとえ、あんな兄でも。

「ねえ、説得してもらえない？　私の言うことなんか、もう、聞かないのよ。あなたから、何とか言い聞かせてもらえない？」

「私、約束したのよ。理菜の味方になるって」

「そんな——」

そして、志乃は絶句し、あとはすすり泣きばかりになった。葉子は、片方の耳にコードレスの電話機を押しつけたまま、部屋中に散らばっている写真を眺めていた。とにかく明日、栃木へ行く。そして、壊される前の家の写真を撮ろう。志乃がどうなろうと、理菜が上京しようと、今せっかく開いている心の空間に、また同じような荷物を詰め込むわけにはいかない。

「切るわね。ただ泣いてたって、電話代の無駄でしょう」

「ちょっと待ってよ。ねえ、お願いだから――」

「ねえ、志乃」

こんなにはっきりと彼女の名を呼んだのは久しぶりかも知れなかった。志乃は声を詰まらせながら「何」と答えた。

「あなただって、自由にすればいいじゃないの。本当にしたいこと、すればいいでしょう？」

「だって、私はあなたほど強くないし――」

「そんなこと、ないと思うわよ。私より、ずっと強いじゃない。要領だってずっといいし、世渡りだって上手だろうし、きっとすぐに再婚相手が見つかるわ」

「何てこと、言うの」

「初七日にもならないのに？　いいじゃない？　早めに言っておいた方がいいと思って。私は反対なんかしないから、心配しないで。志乃は志乃で、自由にすればいいのよ」

「そんな――」

「だって私たち、まだ四十になったばっかりなのよ。普通に考えれば、まだ人生の半分以上が残ってるっていうことでしょう。その代わり、子どもたちまで巻き添えにするのは、やめた方がいいわ。特に理菜はね。どうせ、遅かれ早かれ、あの子たちは離れていくんだから、それが思っていたよりも早くなったって覚悟する方が、いいんじゃない？

私に言えるのは、それだけ。まあ、私には、あなたがいつも言う通り、自分の子がいないから無責任なんだろうけどね」

そして、葉子は「切るわね」とだけ言って、一方的に電話を切った。これで、志乃が愕然となろうが、逆上して子どもたちに当たろうが、もはや知ったことではなかった。

それが原因で、葉子と子どもたちの仲が疎遠になったとしたら、それはそれで仕方のないことだ。

——これはこれで、おしまい。

明るい室内に写真だけが散らばっている。静寂に耳を傾けるような気分で、葉子は飽きることなく写真を眺め続けていた。寒くも暑くもない。淋しくも、腹立たしくもなかった。今ならば、葉子は栃木のあの家を侵食しつつある植物を、もっと生々しく撮れるだろうという気がした。そしてシャッターを切り続けるうちに、自分の内に口を開けている空間にも、またそろりと何かが忍び込んで来そうな予感があった。

本書は二〇〇二年五月、小社より文庫判
で刊行され同名作品の新装版です。